„Du solltest wissen, dass mein Blut intensiv ist."

„Das ist meines auch", erwiderte er. Seine akzentgefärbte Stimme war nun eine Nuance tiefer.

Ein Jäger auf dem Sprung, dachte ich und bewunderte seine silbernen Iriden. Sie gingen in dunkle Ränder über und erinnerten mich an einen berstenden Stern. *Verführerisch. Verlockend. Sündig.*

„Nimmst du meinen Vorschlag an?", fragte er. Seine gestochene Aussprache war nun sehr markant und vielsagend.

Ja, er will mich definitiv so sehr kosten wie ich ihn.

„Ja, das tue ich." *Beiß mich, wenn du es wagst, König von Gold und Granat. Denn deine Reaktion auf mein Blut wird mir zeigen, ob du meiner Zeit würdig bist oder nicht.*

Nur die Härtesten konnten eine Essenz vertragen, die so stark war wie meine. Deshalb meine Warnung. Aber er hatte auch hier ebenso zuversichtlich geantwortet wie bei allem anderen.

Ein wahrer Anführer. Ein Adeliger. Ein König der Vampire.

Ein Schatten legte sich über sein Gesicht, als er tief in seinem Inneren die Herausforderung verstand, die ich ihm gerade zu seinen Füßen gelegt hatte.

Jetzt bist du mein, Göttin der Nacht, schien er zu sagen, als er mich mit seiner Hand um meinen unteren Rücken näher heranzog. Seine andere Hand in meinem Nacken drückte er leicht zusammen, als er seine Lippen auf meinen Hals senkte.

LEXI C. FOSS

VERLANGEN
DES SCHICKSALS

UNVERGÄNGLICHE TRIEBE & TUGENDEN

Verlangen des Schicksals

Copyright © 2023 Lexi C. Foss

Deutsche Übersetzung: Well Read Translations

Titelbild entworfen von: Manuela Serra

Photography: CJC Photography

Models: Peter Stelling & Jenna Elisabeth

eBook ISBN: 978-1-68530-215-3

Taschenbuch ISBN: 978-1-68530-216-0

Für Island, weil mich dieses Land immer wieder zu Geschichten inspiriert. Deine magischen Landschaften und atemberaubenden Wasserfälle (die Fossar!) gehören zu den schönsten, die ich jemals gesehen habe. Ich kann ein Wiedersehen kaum erwarten.

Und für Kel, der diese wunderbare Welt erschaffen hat, auf dessen Küsten es Nyx erlaubt war zu stranden. Ich hoffe, dass sie dich zum Lachen bringt, mein Guter. Oh, und bitte richte Uriah herzliche Grüße von mir aus. #SoulMate

VERLANGEN DES SCHICKSALS

UNVERGÄNGLICHE TRIEBE & TUGENDEN

VERLANGEN 🌢 DES SCHICKSALS

Es war einmal vor langer Zeit, da öffneten sich Tore auf der Erde, durch die es der Magie gewährt wurde, sich über die Welt der Menschen zu ergießen.

Geschlechter wurden erschaffen. Übernatürliche Kräfte wurden zugewiesen. Und eine neue Ordnung wurde hergestellt.

Alle Neuankömmlinge müssen sich einem Haus anschließen. Aber das ist die Geschichte einer Göttin, die sich dem Gesetz widersetzt, und des Oberhaupts des Hauses, das sie in die Knie zwingen möchte.

**Nyx.
Göttin der Nacht.
Meine neueste Obsession.**

Die verwegene Frau hat einen meiner Männer getötet. Weshalb es an mir, dem König des Hauses von Gold und Granat, liegt, sie dafür büßen zu lassen.

Oh, ja, da gab es so viele Dinge, die ich sie mit ihrem kleinen, ungehorsamen Mund tun lassen wollte. Aber sie war viel stärker, als sie es uns glauben ließ.

Nun ist mir eine Sehnsucht geblieben, die ich nicht ganz stillen kann.
Denn ein Biss war nicht genug.

Du magst die Göttin der Nacht sein, aber ich bin immer noch dein König.
Du wirst niederknien.
Du wirst betteln.
Und vor allem wirst du bluten.

Willkommen im Haus von Gold und Granat, wo die Monarchie durch Macht bestimmt wird und Blut die bevorzugte Währung ist.
Tritt ein – auf eigene Gefahr.

Verlangen des Schicksals ist ein eigenständiger paranormaler Liebesroman, der im Universum der unvergänglichen Triebe und Tugenden spielt. Es handelt sich um eine abgeschlossene Geschichte mit einem Happy End.

Hallo und willkommen zum Chaos in meinem Kopf!

Das hier ist ein außergewöhnliches Buch: Denn diese Geschichte gehört sowohl zur Serie der „Unvergänglichen Triebe und Tugenden", führt aber auch zu einer meiner anderen Serien, die manche Leser vielleicht schon kennen, nämlich „Die Blutallianz".

Der Ton von *Verlangen des Schicksals* ist allerdings ganz anders. Das liegt an den Gesetzen der Welt und deren Charaktere, die ich hier habe entstehen lassen.

Nyx ist möglicherweise eine der stärksten Heldinnen, die ich jemals erschaffen habe. Sie ist zwar nicht übertrieben mächtig, aber sie ist … *eigenwillig*. Sie ist eine Göttin, die ein Reich und dessen Magie erkundet. Und sie lässt sich von niemandem vorschreiben, was sie zu tun oder zu lassen hat oder wohin sie gehen soll. Nicht einmal vom König der Vampire, der sie findet.

Deshalb würde ich diese Geschichte - verglichen mit der Welt der Blutallianz - als eine meiner „leichteren" Lektüren einstufen. Aber es gibt auch hier Szenen, in denen Blut fließt. Schließlich ist Vesperus ein Vampir. Sollten Sie allerdings am Beißen nicht sonderlich Gefallen finden, dann … ist das hier vielleicht nicht ganz nach Ihrem Geschmack.

Suchen Sie aber etwas mit Witz und Sinnlichkeit sowie mit Blutvergießen und verbotenem Liebesspiel, dann haben Sie definitiv die richtige Wahl getroffen.

Sie brauchen keines meiner anderen Bücher zu kennen, um *Verlangen des Schicksals* genießen zu können.

Denn die Geschichte ist zwar Teil der Welt der „Unvergänglichen Triebe und Tugenden", aber auch komplett eigenständig.

Sie erzählt einfach, wie alles mit Nyx und Vesperus begonnen hat. Und für meine Fans der „Blutallianz": Hier erfahrt ihr, was Nyx dazu bewogen hat, die „Gesegneten" zu erschaffen …

PROLOG

NYX

Vor etwa drei Monaten

Ein weiteres Reich.

Ein weiterer Fehlschlag.

Ich seufzte und drehte das magische Medaillon aus Obsidian zwischen meinen Fingern hin und her.

Dies war mein siebzehntes Universum und es war irgendwie schlechter als die sechzehn anderen davor. Keine Magie. Keine Spur von Übernatürlichem. Nichts Aufregendes. Und kein Mond.

Ich richtete meine Augen auf den smogverhangenen Himmel und zog meine Mundwinkel nach unten. Die Sterblichen dieses Reiches hatten ihre Atmosphäre so dermaßen verschmutzt, dass kein Licht mehr durchdringen konnte. Und als Konsequenz davon waren die meisten Menschen bereits gestorben.

Keine Sonne bedeutete keine Pflanzen.

Was dazu führte, dass es keine Tiere gab.

Die Gegenwart des Hungertodes war so stark, dass ich ihn in der verschmutzten Luft beinahe schmecken konnte.

Es gab auch kein Wasser mehr, weil der Abfall die Flüsse und Meere verseucht hatte. Sie waren nichts als eine giftige Kloake.

Definitiv keine ideale Welt für mich, entschied ich. *Schon wieder.*

Die anderen Reiche hatten mich zumindest ein paar Monate lang in ihren Bann gezogen. Dieses hier hatte es nicht einmal ein paar Tage geschafft.

„Gut." Meine Finger hielten inne, als ich mich auf die Zauberkraft konzentrierte, die dem halbmondförmigen Medaillon in meiner Hand innewohnte. „Sollen wir es noch einmal versuchen?"

Niemand konnte mich hören.

Aber daran hatte ich mich bereits gewöhnt.

Ich existierte oft allein in einer Welt, die ich mir selbst erschaffen hatte. Genau das hatte aber diese Unruhe in mir überhaupt erst ausgelöst. Denn ich wollte ein Zuhause. Einen Partner. Eine erfüllte Existenz. *Freunde.*

Ach, ich begann schon zu glauben, dass das Schicksal meine Wünsche nicht erfüllen wollte.

Nun denn, Pech, liebe Göttin des Schicksals. Ich möchte mehr, als bloß im Hinterzimmer einer Welt zu leben. Ich möchte meine wahre Bestimmung finden, was auch immer das sein mag.

Ich schloss meine Augen und konzentrierte mich auf den Obsidian. Wörter einer antiken Sprache kamen über meine Lippen, als ich den Zauber entfachte, der es mir einmal mehr ermöglichen würde, in eine andere Realität einzutauchen.

Die magische Kraft surrte und summte und ließ Lichter hinter meinen geschlossenen Augenlidern aufflackern, sodass mir beinahe schwindlig wurde. Es war eine unterschwellige Warnung, dass ich den Zauber zu schnell erneut benutzt hatte, aber ich hatte keine andere Wahl. Dieses Reich war unbewohnbar.

Wenn du mich vielleicht an einen Ort geschickt hättest, der einladender ist, dann müsste ich das nicht tun, sagte ich in Gedanken zu dem Stein. *Aber du scheinst entschlossen zu sein, mich ...*

Eine Druckwelle explodierte in meinem Inneren, setzte meine Adern in Brand und ließ mich hörbar nach Luft schnappen.

Ich riss meine Augen auf und versuchte meinen Blick auf die Bedrohung zu richten, aber plötzlich wurde meine Welt auf den Kopf gestellt und ich wurde in die Mitte eines Strudels dunkler Energie hineingerissen.

Ich fauchte, als meine eigene Lebensenergie wieder aufflackerte und ich den Mond anrief, er möge diesen pechschwarzen Abgrund erhellen.

Ein Regen von sternartigen Himmelskörpern tauchte in meinem peripheren Gesichtsfeld auf und meine Zauberkräfte erwachten flackernd zum Leben. Allerdings nicht schnell genug.

Die dunkle Spirale schluckte mich mit Haut und Haar und zog mich in einen Sog fremdartiger Energie hinein, die mich in eine Welle von eisigem Wasser stürzen ließ.

Ich prustete und trat aus Instinkt mit den Füßen, um mich selbst an die Oberfläche zu befördern.

Das alles, um jedoch nur immer wieder nach unten gezogen zu werden, in einen tödlichen Strudel, der mich gegen eine Wand von zerklüfteten, scharfen Felsen schleuderte.

Ich griff an die Felswand und suchte sie nach etwas ab, an das ich mich klammern konnte. Ich musste versuchen, mich selbst aus dem Wasser zu hieven, aber die Wellen waren zu stark, zumal der Mond die Gezeiten kontrollierte.

Mein, dachte ich, und versuchte, die alte Zaubermacht, die mich aufgrund meines Geburtsrechts umgab, einzufangen. *Du unterliegst* meiner Macht. *Höre mich an!*

Es brauchte noch ein paar Schläge, bis sich der Wellengang beruhigte. Der Mond lenkte ein und erlaubte mir vorübergehend, die Wogen so zu kontrollieren, dass ich mich aus dem Sog befreien konnte. Die ganze Welt würde es spüren. Aber niemand würde dazu imstande sein, die Veränderung zu erklären.

Als *ein gigantisches Ereignis,* würden die Menschen es bezeichnen. *Ein Phänomen, das man nicht beschreiben konnte.*

Zumindest wenn man annehmen wollte, dass sich die Bewohner dieser Welt wie alle übrigen auch verhielten.

Ich spuckte einen Mundvoll Wasser aus, während ich die Strömung dahingehend ausnutzte, dass sie mich um die Felsenklippen herum schwappte und an einen nahegelegenen Strand trug.

Dann fiel ich auf den dunklen Sand und holte tief Luft, als ich meine Kontrolle über den Mond wieder abgab.

Magie zischte über meine Haut und die Welt kam wieder ins Lot.

Der Ozean begehrte mit einer massiven Welle auf, die mich beinahe erneut aufs Meer hinauszog, aber ich wehrte sie mit einem Energiestoß ab, mit dem ich die Elemente daran erinnerte, wer hier das Sagen hatte.

Ich bin die Göttin der Nacht. Die Geliebte des Mondes. Eine Königin, die sich niemals unterwerfen wird.

Ich war in meinem Dasein mit so vielen Namen bedacht worden und alle von ihnen hatten zugetroffen. Aber ich bevorzugte für gewöhnlich einfach nur *Nyx.*

Ich drehte mich auf den Rücken und bewunderte den

mitternächtlichen Himmel über mir. Dabei fiel mir auf, dass keine Wolke zu sehen war und ich sog die frische Luft ein.

Viel besser, dachte ich verträumt. *Kein Smog. Keine Luftverschmutzung. Nur eine unsichtbare Schicht von …* Ich runzelte die Stirn und legte meine Hände auf die Erde, als ich versuchte, mich nach oben wegzudrücken. *Nun, das ist etwas Neues.*

Diese Welt besaß Magie.

Eine Menge davon.

Ich konnte spüren, wie Energie überall rund um mich pulsierte und die dynamische Natur dieser berauschenden Gegenwart Blitze des Glücks durch meine Adern schickte.

Ich schürzte die Lippen und mein Herz setzte einen Schlag lang aus.

Habe ich es tatsächlich geschafft? Habe ich endlich eine geeignete …

Ein heftiger Stromschlag traf meinen Arm, wodurch ich meinen Stein in den Sand fallen ließ. „Was …"

Meine Augen wurden immer größer, als mein Medaillon aus Obsidian zu Asche zerfiel.

Nein, nicht zu Asche.

Zu Sand.

Nur dass … Ich ließ ihn durch meine Finger rieseln und runzelte die Stirn. „Das ist unmöglich."

Ich konnte immer noch seine Kraft in meinem Inneren spüren, selbst wenn sich die magnetische Energie des Steins in etwas anderes verwandelt hatte.

Meine Beine zitterten, als ich mich dazu zwang aufzustehen, und ich suchte mit meinem Blick den Strand und die nahegelegenen Felsen nach der verborgenen Energiequelle ab. *Wo bist du hin?*, fragte ich mich und drehte mich um meine eigene Achse. *Ich kann dich spüren. Warum kann ich dich nicht sehen?*

Wiederum blickte ich auf das Häufchen Sand, das zuvor mein Medaillon gewesen war, und meine Mundwinkel senkten sich. „Ist das eine Strafe dafür, dass ich dich zu schnell wieder in Anspruch genommen habe?", fragte ich es.

Als Antwort schien der Sand magisch zu schimmern.

„Ich verstehe." Ich kniff meine Augen zusammen. „Du hast dich also in einen neuen Gegenstand verwandelt und jetzt lässt du mich nach dir suchen."

Ein majestätisches Versteckspiel.

Ich kniff mir in den Ansatz der Nase und schüttelte meinen Kopf. Das würde eine Weile dauern. Denn die Zaubermacht konnte sich überall befinden.

Ich flüsterte einen Zauberspruch, mit dem ich die Energie des Mondes ausschließlich für mich sichtbar machen konnte. Aber bis auf den Wellengang hinter mir konnten meine Sinne nichts wahrnehmen.

Was bedeutete, dass die Magie diesen Bereich verlassen hatte und nun an einem anderen Ort weilte. Zum Glück existierte sie immer noch in diesem Reich. Wenn sie das nicht täte, würde ich sie nie mehr finden können.

Na gut, dachte ich. *Ich werde dich aufspüren.*

Und in der Zwischenzeit würde ich diese Welt des Zaubers erkunden. Sehen, was sie zu bieten hatte. Vielleicht sogar so lange bleiben, bis …

Ein Schuss krachte durch die Nacht und ich löste mich instinktiv in Luft auf. Ungefähr sieben Meter weiter links tauchte ich dann wieder auf. Ich hörte das Geräusch eines fluchenden Mannes und der Schrei eines anderen folgte: „Dort!"

Zwei weitere Schüsse wurden abgegeben, was mich dazu zwang, mich in Schatten zu hüllen und wiederum weiter zu springen.

6

„Was zur Hölle ist das?", wollte einer der Männer wissen.

„Ich weiß es nicht, aber es ist nicht gelistet ... Töte es."

Ich hob meine Augenbrauen. „Wie bitte?" Ich nahm neben dem einen, der dem anderen befohlen hatte, *es zu töten*, Gestalt an. „Ich bin nicht ..."

In einer Hand hielt er eine Klinge, deren scharfes Metall fast meinen Brustkorb durchstoßen hätte, als er sich mit einem barbarischen Knurren auf mich warf. Zaubermacht umgab ihn, was mir sagte, dass er kein menschliches Wesen war. Und sein Freund genauso wenig.

Noch waren es die drei weiteren, die plötzlich mit Waffen auftauchten, die sie alle auf mich richteten.

„Nun, das ist eine ziemlich primitive Begrüßung", flüsterte ich und warf ihnen eine mächtige Energieböe entgegen.

Der Wellengang reagierte auf meine Anrufung: Das Wasser wirbelte in die Luft und ließ die fünf Angreifer auf den Strand stürzen.

Mit den Händen in die Hüften gestützt, stellte ich mich vor sie, während sie alle verzweifelt nach ihren Waffen griffen. „Ich schätze es nicht, wenn ..."

Eine weitere Kugel wurde abgefeuert. Diese traf mich beinahe in den Kopf, aber ich verflüchtigte mich, bevor sie ihr Ziel fand.

„*Wie unhöflich*", zischte ich und bewegte mich auf das besagte Individuum zu, das soeben versucht hatte, mir ein Projektil zwischen die Augen zu jagen. „Tz, tz tz", machte ich. „Ihr habt wirklich schlechte Manieren." Ich schlug ihm das Gewehr aus der Hand und warf es ins Meer.

Augenblicklich wurde ich von einem Wolf attackiert.

EIN GESTALTWANDLER, erkannte ich sofort und kniff meine Augen zusammen, als er versuchte, seine

7

Zähne in meinen Hals zu bohren. Das würde *nicht* gut für ihn enden.

Mit einer kräftigen Bewegung, die ihn gut sieben Meter nach hinten schleuderte, schüttelte ich ihn ab; und alle fluchten.

Mit diesen Bewohnern hatte ich eindeutig einen schlechten Start hingelegt. Mit einem Seufzer versuchte ich, den Sand von meinen feuchten Kleidern zu klopfen und eine hoheitsvolle Haltung einzunehmen. „Nun. Wenn ihr jetzt so freundlich sein wollt, mir zu erlauben, dass …"

Magie summte in der Luft und warnte mich vor einer anrollenden Armee übernatürlicher Wesen. Es waren mindestens ein Dutzend von ihnen und ihre Auren waren alle aggressiv und mit einer Mischung aus diversen Energien gefüllt.

Meine Lippen wurden schmal.

Ich wollte meinen großen Einzug in eine mögliche neue Heimat nicht mit Blutvergießen beginnen. Ich war nicht Ares. Er hätte sich möglicherweise für Krieg entschieden, aber ich bevorzugte es, mich auf eine freundschaftliche Art vorzustellen.

Nach einer schönen Dusche sowie einem Schläfchen, und nachdem ich meine Kleider getrocknet hatte, würde ich mich um diese Wesen kümmern.

Dann würde ich, falls ich mich besser fühlte, meine Anwesenheit bekannt geben.

Oder ich würde mich zuerst ein bisschen umsehen. Die Gegebenheiten und Gesetze des Ortes kennenlernen. Entscheiden, ob ich bleiben wollte.

Und währenddessen nach meinem verlorenen magischen Obsidian suchen.

Ja.

Das war ein guter Plan.

„Ich wünsche euch eine gute Nacht", sagte ich zu

ihnen, während ich eine letzte riesige Welle aus dem Meer zog. Sie war mehr als Ablenkung als als Vergeltung gedacht, aber der Mond spürte mein Missfallen und handelte dementsprechend.

So nahm die Welle mehr das Ausmaß eines Tsunamis an.

Sie würde zwar niemanden töten, aber auf jeden Fall eine Botschaft überbringen.

Eine Göttin weilt jetzt unter euch. Zollt Respekt. Und vielleicht wird sie, falls ihr dieses Reich gefällt, entscheiden zu bleiben.

Ich lächelte. *Es war an der Zeit, den Ort zu erkunden.*

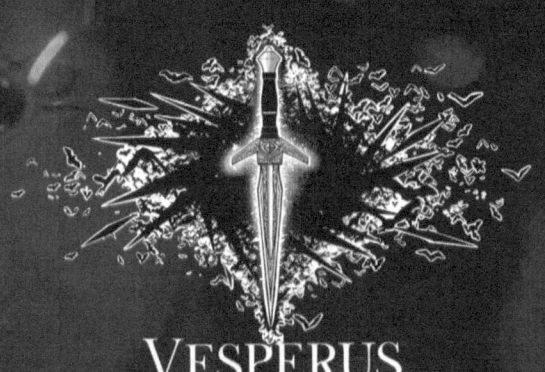

VESPERUS

Das Haus von Tod und Diamanten.

Ein treffender Name, wenn man bedachte, wie ich mich momentan fühlte.

So. Viele. Verdammte. E-Mails.

Und der Papierkram. Verflucht, ich ging darin unter.

Dies unterzeichnen. Das genehmigen. Jenes durchsehen.

Ich wollte meinen Kopf gegen den gottverdammten Schreibtisch schlagen. Das war die Beschäftigung im Dasein eines Königs, die ich am wenigsten mochte.

Als König des Hauses von Gold und Granat musste ich diese Aufgabe auch nur zu seltenen Anlässen erledigen. Das meiste meiner Büroarbeit bestand gewöhnlich darin, Hinrichtungsbefehle zu unterzeichnen oder Tötungsaufträge zu erteilen.

Wir waren ein Geschlecht von Söldnern, deren Währung das Blut war.

Leider erforderte die Errichtung eines neuen Hauses in meinem Territorium nun allerdings einen umfangreicheren Aufwand an Administration.

Besonders weil es darin ausartete, dass alle Beteiligten sich darüber einigen mussten, ob sie in eine Region innerhalb der neuen Grenzlinien ziehen wollten oder gleich in eine andere Gefolgschaft wechseln wollten.

Die meisten hatten sich für die erste Möglichkeit entschieden, suchten sich in ganz Skandinavien neue Behausungen aus und schickten mir dann die Rechnungen für ihren Umzug.

Aber eine Handvoll meiner Leute hatte sich dazu entschlossen, das Haus zu wechseln, zumal ihre Vorliebe für den Tod das Interesse an dieser Organisation geweckt hatte. Insbesondere da es im neuen Herrscherhaus vor übernatürlichen Wesen der neuesten Art nur so wimmelte: den Phantomen. Sie waren Geistern ähnlich, da es ihnen möglich war, zwischen einer körperlichen und einer sphärischen Existenz hin und her zu wechseln.

Ich hätte mich durch die Wahlmöglichkeit fast etwas beleidigt gefühlt, wenn nicht zwei Phantome dafür optiert hätten, sich dem Haus von Gold und Granat anzuschließen. Und ich freute mich schon sehr darauf, sie kennenzulernen.

Wenn ich nur einmal dieser Verwaltungshölle entkommen konnte.

„Du murrst schon wieder", sagte Cara, als sie eine Tasse mit Kaffee, der mit Blut aufgepeppt war, auf meinen Schreibtisch stellte.

Ich ächzte, griff zur Erfrischung, die ich schon dringend nötig hatte, und nahm einen Schluck.

Die warme Flüssigkeit schmeckte himmlisch auf meiner Zunge.

„A-positiv", murmelte ich, zufrieden mit dem Getränk, das sie mir serviert hatte. „Ich danke dir."

Cara zwinkerte mir zu und ließ sich neben Larus auf die Couch plumpsen. Mit unbewegter Miene fragte er sie: „Wo ist mein Kaffee?"

„Immer noch in der Maschine, nehme ich an",

antwortete sie mit süffisanter Stimme und klimperte dabei mit ihren langen, blonden Wimpern.

„Hmmm", säuselte er und in seinen silberblauen Augen flackerte ein bekanntes Feuer auf. „Dann sollte ich wahrscheinlich eifersüchtig sein?"

Sie lächelte. „Vielleicht möchte ich das."

„Ist dir langweilig, Schätzchen?", fragte er. Sein dunkles Haar schimmerte vor elfenhaftem Zauber. „Brauchst du eine kleine Erinnerung, zu wem du gehörst?"

„Mmm, ich genieße deine Erinnerungen", flüsterte sie.

Diese zwei Feenwesen waren genauso schlimm wie Vampire, da sie sich gegenseitig permanent zum Ficken verführen wollten. Und sie waren dafür bekannt, dass sie dabei auch gern Publikum hatten.

Ich räusperte mich. „Dieser Papierkram ist auch so schon schrecklich genug. Ihr beide müsst nicht auch noch mein ganzes Büro unter sexuelle Spannung setzen. Wenn ihr es nicht mehr aushaltet, dann geht verdammt noch mal raus."

„So griesgrämig", neckte Cara.

„Er spielt lieber mit Messern als mit Füllern", erwiderte Larus. „Aber als König muss er sich um all diese Angelegenheiten persönlich kümmern, wenn er nicht riskieren will, dass es innerhalb des Hauses zu Zwietracht kommt."

„Das sagst du immer", murmelte ich. Larus diente mir oft als politischer Verbündeter, da er es besser verstand, andere höflich zu beruhigen, als ich es tat. Aber als Oberhaupt des Hauses hatte ich auch ein Image zu bewahren. Und er half mir dabei, das zu tun, indem er mir zu Reaktionen riet, die angemessen waren.

Wie zum Beispiel jetzt bei all diesen Anträgen.

„Du wirst dich mehr engagieren müssen", hatte er

gesagt, als die ersten Anfragen hereinströmten. „Unsere Leute müssen merken, dass du dich um sie kümmerst."

Was ich tat. Ich kümmerte mich mehr um sie, als sie jemals ermessen konnten. Ich zog es lediglich vor, dies mit Schutzmaßnahmen und nicht mit politisch korrekten Entscheidungen zu demonstrieren.

Es ging mir nicht um Macht, selbst wenn ich die Vorteile, König zu sein, genoss. Aber für mich ging es mehr um Pflicht. Ich war der Stärkste in unseren Gebieten. Deshalb war ich der Anführer. Wenn neben mir jemand auftauchen würde, der mächtiger war, dann würde ich es in Erwägung ziehen, meine Rolle an ihn abzutreten.

Aber der Einzige, der es momentan in Bezug auf Stärke mit mir aufnehmen konnte, hegte leider kein Verlangen zu regieren.

Kaspian, direkt unter mir in der Hierarchie, zog es vor, im Hintergrund zu agieren. Er versteckte seine Macht hinter einer Maske der Langeweile und entschied sich dazu, lieber meinen Befehlen zu gehorchen als seine eigenen zu formulieren. Aber wenn er gebraucht wurde, war er zur Stelle. Und das war es letztendlich, was ihn in die Rolle eines Anführers drängte.

„Hier." Cara deutete mit ihrem elfenhaften Kinn auf den Kaffeetisch vor ihnen und ein Muffin tauchte darauf auf. „Ein Espresso-Chip mit ein paar extra Schokoflocken."

Manche Elfen konnten Waffen aus dem Nichts auftauchen lassen. Diese hier konnte Backwaren herbeizaubern. Oberflächlich betrachtet war das kein besonders hilfreiches Talent für eine Söldnerin, aber sie büßte dadurch nichts von ihrer tödlichen Natur ein. Es machte sie einfach nur noch gefährlicher.

Eine wahre schwarze Witwe – nach außen hin süß, in Wahrheit aber absolut todbringend.

Larus grinste. „Eine Frau, die es auf mein Herz abgesehen hat."

„Nein, das besitze ich bereits." Ihre überzeugten Worte brachten den Mann neben ihr dazu, zustimmend zu summen. Das paarungswillige Duo teilte sich den dritten Platz in der Befehlsstruktur. Das starke Feenpärchen bestand aus zwei meiner besten Scharfschützen.

Nur mein Stellvertreter konnte sie übertrumpfen.

Mein Talent im Umgang mit Gewehren verblasste im Vergleich zu ihnen dreien. Hauptsächlich, weil ich das gute alte Schwert vorzog. Messerwerfen funktionierte für mich auch.

Oder ich verwendete einfach nur meine Reißzähne.

Doch leider war ich auf unbestimmte Zeit in meinem Büro gefangen.

Ich brauche einen guten Fick, beschloss ich. *Oder einen Kampf.*

Ich würde etwas für später in die Wege leiten müssen. Oder vielleicht beides. Vielleicht wäre Jira für etwas Spaß zu haben. Sie hatte immer Lust darauf, zu …

Ein Stapel Blätter flatterte von meinem Schreibtisch zu Boden, als mein Stellvertreter neben mir auftauchte. Der Vampir bewegte sich mit einer Geschwindigkeit, die meiner eigenen nichts nachstand.

Ich setzte meine Kaffeetasse ab und blickte ihn an. „Hast du auch nur die geringste Vorstellung davon, wie lange ich gebraucht habe, um das alles zu ordnen?"

Kaspian betrachtete die Unordnung und legte dann sein Telefon auf den Schreibtisch. „Slater hat gerade angerufen."

Kaspian zeigte keine Spur von Reue. Wie dem auch war, diese drei Worte machten eine Entschuldigung hinfällig.

Denn es konnte nur einen Grund dafür geben, warum Slater meinen Stellvertreter angerufen hatte.

Ich tauschte mit Kaspian Blicke aus. „Hat er sie gefunden?"

Wobei *sie* die unbekannte göttliche Einheit darstellte, die im ganzen verdammten Land Probleme gemacht hatte.

Das Haus von Gold und Granat hatte vor ungefähr drei Monaten die Verantwortung dafür übernommen, *sie* ausfindig zu machen. Bislang hatten alle meine Söldner darin versagt, auch wenn auf den Kopf der unbekannten Kreatur eine saftige Prämie ausgesetzt war.

In der Hoffnung, die Sache unter Dach und Fach zu bekommen, hatte ich schließlich Slater, meinem besten Spürhund, die Aufgabe übertragen. Denn was auch immer dieses *Ding* war, es bereitete Schwierigkeiten. Die gesamte Art der Vampire konnte die Gegenwart einer ungewollten Macht fühlen. Und viele der anderen übernatürlichen Wesen hatten sie auch gespürt.

Was zu einer Flut von Nachrichten und Telefonanrufen geführt hatte, denen ich mich lieber nicht widmen wollte.

„Ja. Sie befindet sich in einem Pub", antwortete Kaspian. Dabei leuchteten seine dunklen Augen vor unbändiger Aufregung. „In Irland."

„In einem Pub?", wiederholte ich. „Ist sich Slater auch wirklich sicher?"

„Er hat das Pub noch nicht betreten, aber er sagt, dass die Magie, der er gefolgt ist, ihn zu diesem Ort geführt hat." Kaspian rief ein altes Pub in Dublin auf dem Bildschirm auf. „Wir haben immer noch einige unserer Männer in Irland. Ich würde sagen, wir schalten ein paar von ihnen ein und beenden dieses Katz-und-Maus-Spiel."

Ich nickte. „Darauf trinken wir einen." Ich hatte von diesem ganzen Chaos die Nase schon voll. „Ruf Klas an. Er ist erpicht darauf, sich unter Beweis zu stellen. Aber hol auch Nolan dazu. Wenn sie die Kreatur nicht lebend erwischen, dann haben sie die Erlaubnis, sie zu töten."

Wenn man bedachte, wie schwer es gewesen war, dieses Wesen aufzuspüren, wäre ich nicht überrascht, wenn diese Situation mit Letzterem enden würde.

Wie dem auch war, mit dem Verschwinden dieser Erscheinung würde mir eine Last von den Schultern genommen werden.

Ich hatte schon vor Monaten versprochen, mich um die Sache zu kümmern und – tja – das war eben noch nicht passiert. Das wiederum war etwas, woran mich Volker und Elias bei mehr als bloß einer Gelegenheit erinnert hatten. Beide Herrscher hatten die Ankunft dieses Etwas und die darauf folgenden energetischen Störungen gespürt und ich hatte mich mit meinem Haus freiwillig der Sache angenommen. Es war ein angemessenes Vorgehen gewesen, weil ich über alle erforderlichen Ressourcen verfügte, das illegale Wesen zu verfolgen und zu beseitigen.

Nur dass es immer wieder entkam.

Und niemand konnte mir sagen, wie es überhaupt aussah. Ob es weiblich war. Oder männlich. Ein Vampir. Eine Hexe. Oder eine Gottheit. Nichts. Denn die wenigen, die es zu Gesicht bekommen hatten, hatten es als schattenhaft und flüchtig beschrieben.

Verdammte, nutzlose Grenzkontrolle. Diese Soldaten waren keine Mitglieder *meines* Hauses, sondern gehörten dem Haus von Geist und Saphir an. Odin und Lady Gabriella hatten bei allem abgewinkt, als ob die Misere nie passiert wäre.

„Was auch immer es gewesen ist, es ist entkommen", hatte Lady Gabriella mit einem Unterton des Desinteresses in ihrer Stimme gesagt. „Aber du hast sicher die Ressourcen, um es zu finden, oder? Genau dafür ist dein Haus doch da, oder etwa nicht?"

. . .

Diese Worte hatten mich angestachelt. Es war eine Art, mein Interesse zu wecken und mich herauszufordern, ohne die Verantwortung für die große Misere zu übernehmen, mit der alles begonnen hatte.

„Oh und vergiss nicht, Sky Serpell auf dem Laufenden zu halten", hatte sie hinzugefügt. Damit bezog sie sich auf einen der ranghöchsten Mitglieder ihres Hauses. „Wir erwarten deinen Bericht, sobald du das Wesen gefasst hast."

Politische Spielchen.

Trotz des friedvollen Nebeneinanders, das die Häuser vorgaukelten, hatten sich diese über die Jahre hinweg nur verschlimmert.

Das Große Opfer vor fünfundzwanzig Jahren hatte tatsächlich nur den Krieg mit echten Waffen beendet. Die psychologische Kriegsführung war weiter gegangen und jeder Anführer hatte auf dem Spielbrett die Spielfiguren so verschoben, dass sein Herrschaftsgebiet gestärkt wurde und seine Macht zunahm.

Ich verabscheute das alles.

Aber ich war ziemlich geschickt im Schachspiel. Also spielte ich weiterhin mit. Und gewann auch weiter.

Wäre so ein Fehler jedoch an der Grenze zu meinem Hoheitsgebiet passiert, dann wäre er schnellstens ausgemerzt worden. Das Haus von Gold und Granat duldete keine Grenzüberschreitungen.

Dieses infame Wesen hatte indes beschlossen, sich an meinen früheren Gebieten in Dublin zu entspannen.

Ich würde mich mit Kieran und Sabrina, den neuen Monarchen des Hauses von Tod und Diamanten, darüber unterhalten müssen, dass sie die Sicherheit an ihren Außenbezirken zu erhöhen hatten. Nun, streng betrachtet war Sabrina die Monarchin und Kieran war ihr

Prinzgemahl. Aber sie waren beide in die Herrscheraufgaben involviert.

„Betrachte die Sache als erledigt", sagte Kaspian mit dem Telefon in der Hand, während er meine Anweisungen in Hinblick auf Klas und Nolan ausführte. „Ich sage Slater Bescheid, dass er an Ort und Stelle bleiben soll, bis sie eintreffen." Während er seinen Blick noch auf den Bildschirm geheftet hatte, machte er sich bereits zur Tür auf. „Sobald ich mehr weiß, lasse ich es dich wissen."

„Ich werde hier sein", bekräftigte ich. Dabei konnte ich meine Enttäuschung nicht verbergen. Ich würde im Moment viel lieber Slater sein und draußen einem magischen Wesen nachjagen. Und das würde ich wahrscheinlich auch tun, wenn ich mich nicht durch diesen Berg von Anfragen durchkämpfen musste.

Verfluchter Kieran mit seinem neuen Haus, dachte ich, während ich die Blätter wieder aufsammelte, die Kaspian zu Boden befördert hatte.

Es war nicht wirklich Kierans Schuld oder die seines neuen Kumpels. Ich hatte der Errichtung eines neuen Hauses vorwiegend deshalb zugestimmt, um eine alte Schuld zu begleichen. Zumindest war das die Ausrede, die ich vorbrachte.

Was ich niemals vor jemandem anderen als Kaspian und den zwei im Raum anwesenden Elfen zugeben wollte, war, dass ich erkannt hatte, wie schwierig es war, unsere gesamte Insel und die dazugehörigen Ländereien zu kontrollieren.

Das Haus von Gold und Granat besaß das gesamte Land, das ehemals Skandinavien gewesen war, inklusive Island, was unsere Hauptstadt und mein gegenwärtiges Zuhause war. Dazu kamen auch noch das Vereinigte Königreich und Irland. Es war einfach zu viel Land, besonders wenn sich die

Mehrheit meiner Leute in der ganzen Welt als Kopfgeldjäger beweisen wollte. Ich wollte ihre Wünsche nicht ersticken, indem ich die Hälfte von ihnen dazu zwang, zu Hause zu bleiben und die Grenzen zu kontrollieren.

Also wäre es auf lange Sicht nur von Vorteil, die Inselgebiete aufzugeben.

Aber im Moment war es einfach nur Scheiße.

Ich nahm die Kaffeetasse in die Hand und machte mich wieder an die Arbeit, die mich mit dem Wust an unwichtigen Anfragen, die ich vor mir hatte, verrückt machte.

Das waren genau diese Dinge, die ich abtreten wollte. Aber Larus hatte recht: Meine Leute mussten von mir persönlich hören.

Und während es in der Vergangenheit eventuell leicht gewesen war, eine Email zu fälschen, so erforderte es die Art und Weise, wie sich Magie den Weg durch unsere Technologie bahnte, dass ich persönlich Anteil nahm. Es würde ihnen möglich sein, die Energie zu spüren, die in meiner Nachricht mitschwang, denn das war meine persönliche Handschrift – eine, die niemand nachahmen konnte.

Deshalb musste ich selbst antworten.

Auf. Jede. Einzelne. Nachricht.

Statt mich weiterhin zu beklagen, bückte ich mich und konzentrierte mich auf die Unmenge von Fragen. Ein paar leitete ich an Kieran weiter. Er würde sie entweder selbst bearbeiten oder sie an Sabrina weitergeben. Ich hätte dieser weiblichen Baronin – diese Bezeichnung passte besser zu diesem Phantom als *Königin* – den Stapel gleich direkt geschickt, wenn ich sie besser gekannt hätte. Aber ich hatte bei Kieran eine Schuld zu begleichen, weshalb er als Empfänger mehr infrage kam.

Larus und Cara arbeiteten stumm neben mir, wobei

jeder die Verantwortung dafür übernommen hatte, das Geld für die Umsiedlungen zu überweisen, sobald ich die Anträge genehmigt hatte.

Es gab ein paar, über die wir diskutierten, aber der Großteil von ihnen war relativ schnell abzuhandeln.

Wir arbeiteten den Großteil der Nacht durch und der Mond war immer noch am Himmel zu sehen, als wir Schluss machten. Natürlich, denn es war Dezember in Island. Also ließ sich die Sonne zu dieser Jahreszeit kaum blicken.

Ich hob meine Arme, streckte die steifen Muskeln aus und stand auf. Als Kaspian eintrat, war ich bereit, für diese Nacht Schluss zu machen.

Sein grimmiger Ausdruck sagte mir, dass mir sein Bericht nicht gefallen würde.

„Klas ist tot", sagte er ohne Umschweife .

Meine Augenbrauen schnellten nach oben und mein ganzer Körper stand unter Schock. „*Was?*" Klas war ein Vampir. Um ihn zu töten, müsste man ihn enthaupten oder Feuer einsetzen. „Wie?"

Kaspian schüttelte seinen Kopf. „Das weiß ich noch nicht. Nolan und Slater sind beide noch bewusstlos, sollen aber auf dem Weg der Besserung sein. Kieran hat eine Hexe geschickt, die ihnen bei der Heilung helfen soll."

„Scheiße!", stieß ich aus.

Klas ist tot?

Er war ein Meuchelmörder von niedrigem Rang, aber trotzdem passabel.

Und Nolan war einer meiner besten. Von denen, die sich in diesem Raum befanden, war keiner ranghöher als er.

Ganz zu schweigen von Slaters Fähigkeiten, nicht nur einen Aufenthaltsort von jemandem aufzuspüren, sondern diesen auch zu analysieren. Er war in der Lage, eine

Bedrohung aus einer Entfernung von gut eineinhalb Kilometern ausfindig zu machen. Und er wusste, wie er Gefahren ausweichen konnte.

Wenn es dieses Ding schaffte, alle meine Männer in eine Falle zu locken, und noch Schlimmeres mit ihnen anstellen konnte, dann war seine Bedrohung deutlich größer als wir alle angenommen hatten.

Bislang war es zu keinen gewalttätigen Zwischenfällen gekommen, nur zu ein paar magischen Turbulenzen. Allein deshalb wollten wir das Ding bereits loswerden.

Nun hatte ich sogar noch mehr Gründe, das Wesen unschädlich zu machen.

Es hat einen meiner Männer getötet.

Die Götter sollen es verfluchen. Ich würde mich wieder an Bord eines Flugzeugs begeben müssen, wenngleich ich gehofft hatte, das für ein paar Wochen vermeiden zu können. Ich war gerade aus Schottland zurückgekommen, nachdem ich der Verpaarungszeremonie von Sabrina und Kieran beigewohnt hatte.

„Wie sehr sie wohl verärgert sind?", fragte ich und bezog mich damit auf die neuen Bewohner des Territoriums von Irland.

„In Anbetracht der Umstände nicht besonders", antwortete Kaspian. „Es war hilfreich, dass ich Kieran vor seiner Mission vorgewarnt habe."

Ich nickte. „Ich danke dir." Das Letzte, was ich wollte, war, die Baronin und ihren Gemahl aus dem Haus von Tod und Diamanten zu vergrämen. „Im Flugzeug werde ich mit ihm telefonieren und die nächsten Schritte überlegen."

„Machst du dich nach Irland auf?", fragte Cara.

Ich schaute ihr in die blassgrünen Augen. „Dieses Ding hat sich drei Monate lang durch unsere Welt bewegt. Und ich habe es satt, von ihm an der Nase herumgeführt zu werden."

Monatelang hatte es alle meine Jäger täuschen können und nun hatte es auch noch einen meiner Söldner getötet.

Zudem hatte es Slater und Nolan außer Gefecht gesetzt; und die waren ihrerseits zwei meiner fähigsten Mitglieder des Hauses.

Dieses mächtige Wesen stellte eindeutig eine größere Gefahr dar, als es irgendjemand von uns ursprünglich angenommen hatte. Es hatte offensichtlich bloß gewartet, bis der richtige Zeitpunkt gekommen war. Und wer zum Kuckuck wusste schon, was das Wesen als nächstes vorhatte?

Aber eines stand fest: Ich würde keinen einzigen meiner Gefolgsleute mehr für diese Sache opfern.

Der ganze Papierkram musste warten, denn es war an der Zeit, dass diese Kreatur den König des Hauses von Gold und Granat zu Gesicht bekam.

Und sie sollte sterben.

Nyx

Ich zupfte an meinem zerschlissenen Kleid und meine Mundwinkel senkten sich auf beiden Seiten.

Vor einer Minute hatte ich noch die magische Bar nach meinem Medaillon abgesucht, in der nächsten wachte ich von Staub bedeckt und unter einem Haufen Steine auf.

Ich musste ein bisschen mogeln, aber ich hatte es geschafft, ausreichend Energie in mein Inneres zu saugen, um mich als Schatten aus dem Schutt davonzumachen. Dann bemerkte ich, dass da auch noch andere waren, die von der Explosion betroffen waren. Statt sie zurückzulassen, half ich dabei, sie auszugraben.

Zwei hatten sich leider zu nahe an der Detonation befunden. Ich hatte versucht, sie wiederzubeleben, hatte aber versagt.

Die anderen würden allerdings überleben.

Sobald sie aufwachten.

Meine Lippen verzogen sich zur Seite, als ich herausfinden wollte, von wo die magische Explosion ausgegangen war. In der Hoffnung, er würde mich zu meinem verlorenen Medaillon führen, war ich einem Energiefluss gefolgt. Nun allerdings konnte ich weder die Spur des Medaillons noch die der Energiequelle, der ich gefolgt war, spüren.

Sterne, dachte ich und atmete hörbar aus. So sehr ich dieses bunte, besondere Reich auch mochte, so sehr wollte ich davon auch wieder loskommen können. Nur für den Fall, dass ich mich wieder absetzen wollte.

Während ich die magischen Schwingungen, die die Luft erwärmten, genoss, war ich nicht besonders erpicht auf die unterschwelligen Spannungen, die in einigen Regionen zu spüren waren. Besonders in dem Gebiet, das als Feuer und Fluorit bekannt war – diese Bezeichnung hatte ich im Zuge meiner Reisen aufgeschnappt.

Es schien so, als wären die sonst üblichen Ländernamen in diesem Reich von Einteilungen in gewisse „Häuser" ersetzt worden. Das war eine einzigartige Art und Weise, die Welt zu regieren, aber natürlich war alles an dieser Realität einzigartig.

Es gab auch verschiedene Eingänge, die zu diversen Ländern führten. Ich hatte daran gedacht, durch so ein Portal hindurchzugehen, nur um zu sehen, wohin es mich bringen würde, aber die Tore waren schwer bewacht. Und ich war noch nicht ganz dazu bereit, meine Anwesenheit vollständig preiszugeben.

Jedenfalls nicht nach dem hitzigen Empfang, der mir bereitet worden war. Seitdem war ich allein unterwegs gewesen und hatte versucht, die Gesetze und Gegebenheiten des Landes kennenzulernen. Aber einige der hiesigen Bewohner waren ausgesprochen grob.

Ich war mit mehreren ordinären Namen versehen worden, die alle damit zu tun hatten, dass ich „hauslos" war. Wodurch ich von ihren unterschiedlichen Regionen und deren internen Hierarchien erfahren hatte.

Offensichtlich galt es als anstößig, wenn man keinem „Haus" oder „Geschlecht" angehörte. Die Häuser boten den Anhängern, die sich in ihrem Gebiet befanden, Schutz.

Aber ich brauchte keinen Schutz, was ich bei zahllosen Gelegenheiten zu erklären versucht hatte. Dennoch hatten die Individuen, die sich mir genähert hatten, meine Worte mehr als Herausforderung und nicht als Fakt aufgenommen, weshalb ich gezwungen wurde, mich zu verteidigen.

Wenn ich irgendwann ein Haus finden würde, das mir gefiel, dann würde ich es in Erwägung ziehen, mich diesem anzuschließen.

Aber leider war ich bisher von keinem besonders beeindruckt gewesen.

Die Mitglieder des Hauses von Geist und Saphir hatten mich bei meiner Ankunft attackiert, also … Nein, danke. Bei ihnen würde ich nicht bleiben wollen.

Außerdem befand sich ein Hochstapler unter ihnen, der sich selbst Odin nannte. Da ich den *wahren* Odin kannte, empfand ich kein besonderes Bedürfnis, dieser falschen Version des Gottes zu begegnen.

Im Haus von Feuer und Fluorit regierten hinterlistige Anführer, die sich gegenseitig stürzen wollten. Kein Interesse.

Luft und Amethyst hatten gerade irgendwelche politischen Umbrüche hinter sich, mit denen ich nichts zu tun haben wollte, obwohl ihr König ein monddurchflutetes Geisterwesen war.

Die Zugehörigen zu See und Serpentine existierten primär in Gewässern – und ich bevorzugte das Land.

Blut und Beryll hatte mich aufgrund seines Vampirkönigs und seiner Königin, einem Mischwesen aus Wölfin und Vampir, angesprochen, aber die Nähe des

Hauses zu Feuer und Fluorit hatte mir wiederum nicht behagt.

Die Aussicht auf Vampire hatte mich schließlich Erde und Smaragde überspringen lassen. Stattdessen hatte ich mich direkt hierher begeben, um das Haus von Gold und Granat zu erkunden.

Allerdings war dieses Gebiet vor kurzem von einem neuen Haus, dem Haus von Tod und Diamanten, in Anspruch genommen worden. Aber soweit ich es verstand, hatte es hierbei ein friedliches Übereinkommen gegeben.

Ein Vampir als König mit Hang zur Diplomatie?, hatte ich gedacht. *Hmm.*

Gerade da hatte ich eine vertraute Woge der Magie gespürt und war schnellstens hierher geeilt.

Nur um der Explosion des gesamten Gebäudes beizuwohnen.

Dieses Versteckspiel wird langsam ermüdend, sagte ich mir, als ich an die herumstreifende Magie dachte. *Wie wäre es, wenn ich mich stattdessen einfach nur zum nächsten Eingangstor bewege und herausfinde, wie man diese Magie manipuliert, hm?*

Es konnte nicht allzu schwer sein. Ich würde einfach nur die Wächter am Tor überlisten müssen, was ich mit ein paar klug positionierten Schatten bewerkstelligen konnte.

Aber zuerst würde ich mir wirklich ein passenderes Kleid anziehen müssen.

Ich durchstreifte die Gegend und suchte nach einem offenen Geschäft. Zu dieser späten Stunde waren allerdings bereits alle Läden geschlossen. Nicht dass ich besonders viel an Devisen dabei gehabt hätte, um bezahlen zu können. Die Wesen dieses Reiches benutzten seltsame Dinge wie Blut und Speichel als Ersatz für Geld.

Da es schon nach Ladenschluss war, beschloss ich, in ein nahegelegenes Geschäft einzudringen.

Ich würde im Gegenzug etwas Sternenstaub dort

lassen, was helfen würde, die Verkaufszahlen des Ladens in die Höhe zu treiben. Es würde so etwas wie eine Glückssträhne haben, die sich der Besitzer oder die Besitzerin nicht würde erklären können. Das sollte den Diebstahl eines Kleidungsstücks aus den Regalen wiedergutmachen.

In anderen Reichen würde man es als Ehre ansehen, wenn eine Gottheit ein Geschäft betrat.

Aber nicht in dieser Welt. Nicht, wenn übernatürliche Energie so offen verwendet wurde.

Tatsächlich gab es in dieser Welt nur wenige einfache Menschen, weil die Magie die meisten von ihnen durchdrungen hatte. Die verbliebenen Leute waren zu Sklaven degradiert worden, denen die übernatürlichen Wesen in jeder Hinsicht überlegen waren. Einige behandelten ihre Sterblichen gut. Andere taten das nicht.

Ich summte, während ich meine Finger auf der Suche nach dem richtigen Material über diverse Stoffe gleiten ließ. Nicht zu schwer. Nicht zu leicht. Etwas Elastisches.

Dieses, entschied ich, und zog ein hübsches, schwarzes Kleid vom Regal. Keine Ärmel. Dünne Träger. Einen tiefen Ausschnitt am Rücken. Schlitze bis hinauf zu den Oberschenkeln. *Perfekt.*

Von dem Bereich, den ich für die Kasse hielt, nahm ich eine Tasche.

„Vielen Dank für Ihr Zuvorkommen", sagte ich ins Geschäft hinein und ließ hinter mir glitzernden Sternenstaub regnen. Das würde zu einem unerklärlichen Gewinnanstieg führen.

Dann hüllte ich mich wiederum in Schatten, um mich zu einem nahegelegenen Hotel zu transferieren.

Ich musste drei Versuche starten, um ein freies Zimmer zu finden, aber sobald ich eines hatte, ließ ich meine Kleider fallen und ging in die Dusche. So wie im letzten

Hotel, in dem ich mich einquartiert hatte, standen da Gratisfläschchen mit Shampoo.

Zumindest hatte ich angenommen, dass es Hotels gewesen waren.

Es konnten auch irgendwelche privaten Apartments gewesen sein.

Aber dieser Ort fühlte sich mit seiner kargen Dekoration und den sauberen Betttüchern so an wie ein Hotel.

Jedenfalls fühlte ich mich wieder geradezu unsterblich, als ich fertig war. Aber nicht ganz.

Ich brauche nur ein kurzes Schläfchen, entschied ich. Die Magie, die durch die Explosion zuvor freigesetzt worden war, und das Aufräumen danach hatten mich etwas ausgelaugt. *Dann mache ich mich wieder auf den Weg.*

Ich hängte mein neues Kleid in den Schrank, schlüpfte in einen weichen Bademantel – *ich danke dir, Hotel*! – und streckte mich auf dem Bett aus.

Es ist Zeit, mit dem Mond zu schlafen, dachte ich verträumt. Meine Energie, die von der Nacht gespeist wurde, nahm ab, während die Sonne den Himmel eroberte. *Bis in ein paar Stunden.*

———

Ein Energiestoß weckte mich auf. Ich riss meine Augen auf, um die ungewohnte Umgebung zu erfassen.

Fenster. Licht. Schranktür. Kleid. Ich blinzelte. *Hotelzimmer.*

Ich drückte eine Handfläche gegen meine Stirn, als die Geschehnisse der vergangenen Stunden in einer Woge der Energie zurückkamen und sich die Explosion vor meinem inneren Auge pulsierend ausbreitete. Nicht meine Vorstellung einer idealen Nacht.

Und mein Medaillon hatte ich noch immer nicht. Oder

welches Objekt es auch immer war, das die Zauberkraft in diesem Reich als Aufenthaltsort gewählt hatte.

Ich werde dich finden, versprach ich.

Eine schimmernde Energiewelle antwortete, und ich hatte das Gefühl, dass die Magie mich auslachte. Nur dass sie sich nicht zerstreute. Sie blieb ganz. Meine Lippen verzogen sich, während ich der summenden Substanz meine Hand entgegen streckte.

Keine Reaktion, stellte ich fest. *Aber eine Kraft, die mich komplett durcheinander brachte.*

Ich drückte mich im Bett nach oben und konzentrierte mich auf die verführerische Energiesignatur. *Zu wem gehörst du wohl?*, fragte ich und schlüpfte unter der Decke hervor.

Die magische Essenz schien meine Wange zu küssen und mich nach vorn zu locken. *Einen Moment, bitte*, murmelte ich. *Für einen Spaziergang im Freien muss ich mich zuerst herrichten.*

Ich fand ein paar passende Utensilien – inklusive eines Kamms, um mein Haar zu bürsten – im Bad. Es dauerte ein paar Minuten, um meine langen, dunklen Strähnen zu bändigen, aber ich schaffte es, die Haarnester auszubürsten. Dann benutzte ich etwas Sternenstaub, um ein paar goldene Blätter in mein Haar zu flechten, was als mitternächtliche Krone meine Signatur darstellte.

Dann kam das Kleid, das bis zu meinen bloßen Füßen auf den Boden reichte. Ich drehte mich im Spiegel neben mir und fand Gefallen daran, wie der dunkle Stoff sinnlich meine Kurven umspielte.

Definitiv die richtige Entscheidung, lächelte ich.

Das Kleid hatte einen weiten Ausschnitt, sodass meine goldene Halskette gut zur Geltung kam. Ich murmelte einen Zauberspruch, mit dem ich mir goldene Armbänder herbeiwünschte, auf denen zum Zeichen meines Geburtsrechts Halbmonde ins Metall eingraviert waren.

Mit einem Nicken hatte ich meine flachen Sandalen gefunden und band ihre goldenen Riemchen um meine Waden. Dann lächelte ich der Energie, die in der Luft herumwirbelte, zu. Sie war nicht wirklich sichtbar, sondern mehr ein Versprechen, das sich gerade außerhalb meiner Reichweite befand. Eine Ergänzung zu meiner Mondmagie, zumindest interpretierte ich es so.

„Bring mich zu deinem Herrn", sagte ich. Ich war neugierig, wer eine so verführerische Aura besitzen mochte. Er oder sie war eindeutig mächtig. Dunkel. Potentiell gefährlich.

Neugierig war ich in jedem Fall.

Der nicht greifbare Schimmer führte mich den Flur entlang und nach draußen auf eine Straße, die in warmem Licht lag. Meine Sinne erfreuten sich am bedeckten Himmel, denn helles Licht beeinträchtigte meine Sehkraft.

Die Nacht zog ich in jedem Fall vor.

Aber hier konnte ich das Leben aushalten: mit den gepflasterten Straßen und der reizenden Architektur. Irland hatte ich allerdings immer schon gemocht. Unter jeder Herrschaft. Die Menschen dort hatten schon immer ein unheimliches Verständnis von Übernatürlichem besessen. Ich nahm an, dass die Elfenwesen dafür verantwortlich waren.

Der tanzende Wirbel der Magie führte mich eine Straße hinunter und die Energie wurde mit jedem Schritt stärker spürbar. Wer auch immer die Quelle dieser Energie sein mochte – er musste ziemlich mächtig sein. Vor Aufregung schlug mein Magen Purzelbäume und bei der Aussicht darauf, jemanden mit solch immenser Kapazität zu treffen, setzte mein Herz einen Schlag aus.

War das womöglich ein anderer Gott oder eine Göttin?

Wer auch immer es sein mochte, er oder sie besaß antike Magie. Ich konnte sie auf meiner Zunge schmecken und der archaische Geschmack ließ mich nach *mehr* lüstern.

Ich hatte noch nie diese Art von Anziehung gespürt, dieses immanente Bedürfnis, das Wesen hinter dieser Macht kennenzulernen. Ich fühlte mich dadurch jung. Unschuldig. Beinahe unerfahren.

Neue Eindrücke gab es nicht so oft. Ich merkte, dass ich von der Macht dessen, was sich am anderen Ende dieses magischen Stroms befinden mochte, außer mir war.

Wer bist du?

Was bist du?

Warum bin ich von dir so in den Bann gezogen?

Die Magie schien sich vor Aufregung wild zu drehen und das Unsichtbare hauchte einen Kuss, den ich nur fühlen und nicht sehen konnte, auf meine Sinne. *Hier entlang, hier entlang, hier entlang*, schien es zu trällern und führte mich zu der Bar, in der ich vergangene Nacht gewesen war.

Auf meinem Weg legte ich die Stirn in Falten und fragte mich, warum es ausgerechnet diesen Ort gewählt hatte.

Hat dein Herr etwas mit diesem Ort zu tun?

Ist das eine Falle, um Zeugen anzulocken?

Vielleicht hat jemand einen Zauber ausgesprochen, um diejenigen ausfindig zu machen, die letzte Nacht in der Bar gewesen waren.

Es machte mir nichts aus, über das zu sprechen, was ich gesehen hatte.

Aber ich war weitaus mehr daran interessiert, wer diese anziehende Aura besaß.

So süß und verführerisch. Wie ein betörendes Dessert. *Mmm.* Ich sog die Luft ein und bei dem Gedanken daran, in dieses enorme Begehren einzutauchen, begann mein Blut zu kochen.

Es war so, als würde diese Zauberkraft mich tief in der Seele berühren und mein Herz zum Rufen bringen: *Mein, mein, mein.*

So etwas hatte ich noch nie zuvor empfunden.

Die Magie verschwand hinter einer weiteren Ecke, nicht ohne zuvor jedoch einen unsichtbaren Pfeil in die Luft zu zeichnen, der direkt auf einen kräftigen Mann zeigte. Er stand neben den Trümmern der nächtlichen Explosion.

Seine Arme hingen locker an den Seiten herab und er stand so selbstbewusst da, als würde er nichts fürchten. Bei all der magnetischen Energie, die um ihn herumschwirrte, konnte ich verstehen, warum.

Es war einerlei, dass die Straße voller übernatürlicher Wesen war, denn die Aura dieses Mannes hob sich von allen anderen ab.

Ein Anführer.

Eine mächtige Figur.

Ein sexy Vampir, dessen körperliche Züge von den Göttern dieses Reiches eindeutig gesegnet waren, dachte ich, während ich mich hinter Schatten versteckte, um meine Beute eingehend beobachten zu können.

Er war groß, hatte schmale Hüften und einen muskulösen Rücken sowie breite Schultern – in diese würde ich gerne meine Nägel versenken.

Und sein Haar war dicht und lag wirr und in dunklen Wellen um sein Haupt; es juckte mich schon in den Fingern, es zu tätscheln, zu streicheln und in meine *Faust* zu krallen.

Ein Wesen von solcher Kraft würde mit Sicherheit für Spaß im Bett sorgen.

Vielleicht würde ich mit ihm einen kurzen Abstecher nach Hause machen, bevor ich die Suche nach meinem Medaillon fortsetzte.

Oh, ja, dieses männliche Wesen war es tatsächlich wert, verfolgt zu werden.

Eine Überlegung, die sich umso mehr bestätigte, als er sich schließlich umdrehte.

Denn sein Gesicht ähnelte dem eines gefallenen Gottes. Mit seinen markanten Wangenknochen, dem kantigen Kinn und den kühlen, silbernen Augen war es sündig und verrucht zugleich.

Diese Augen fixierten mich, sahen durch meine schattenhafte Erscheinung und zogen mich aus meinem nicht gerade raffinierten Versteck hervor.

Macht sieht Macht, dachte ich und begann mich mit einem Selbstbewusstsein, das seinem gewachsen war, auf ihn zuzubewegen.

Denn ich fürchtete niemanden hier; nicht einmal ihn oder seine starke Aura aus köstlicher Energie.

Ich wollte ihn kosten, nicht gegen ihn ankämpfen.

Ihn ins Bett locken. Mit ihm spielen. Spuren an ihm hinterlassen. Ihn *beißen.*

Er hob eine dunkle Augenbraue, was seinen attraktiven Zügen einen arroganten Ausdruck verlieh und mich bis in die Seele hinein erwärmte.

Wie göttlich, dachte ich und begutachtete ihn wieder von Kopf bis Fuß. *Nun, vielleicht wirst du meine Gegenwart mehr schätzen als die anderen in deinem Reich.*

Er hatte noch nicht versucht, mich zu erschießen, was ich als gutes Zeichen sah, zumal ich nur wenige Meter von ihm entfernt stand.

Vielleicht würde dieses Wesen mir sogar eine Sekunde lang Zeit lassen, damit ich mich vorstellen konnte, bevor es versuchen würde, mich zu unterwerfen.

„Hallo", grüßte ich ihn und wartete ab, um zu sehen, wie er reagieren würde.

Er zog seine Augenbraue sogar noch höher.

So delikat, dachte ich und geiferte lüstern ob all dieser selbstbewussten Energie.

Ich lächelte. Denn es erschien mir, als würde er sich mit dieser stummen Zurschaustellung von Dominanz ein Lächeln verdienen.

Aber bald würde er vor mir in die Knie gehen.

Alle taten das.

„Ich bin Nyx", stellte ich mich vor und wartete auf ein Zeichen der Anerkennung.

Er gab mir keines.

Wenn man bedachte, wie Magie in diesem Reich arbeitete, war ich davon nicht allzu überrascht. Diese Wirklichkeit schien der Mythologie nicht solche Wertschätzung entgegenzubringen wie andere.

„Ich bin die Göttin der Nacht", fuhr ich fort. „Oder die Geliebte des Mondes, wie mich manche genannt haben."

Die erhobene Augenbraue verblieb an ihrem Platz, während er mich mit seinem Blick nun auf dieselbe Weise prüfte, wie ich zuvor ihn gemustert hatte.

Außer dass er immer noch nicht sprach.

Er starrte mich lediglich an.

Aber die Energie, die ihn umgab, pulsierte zur Begrüßung und seine Kraft verführte mein Herz und brachte es dazu, dass es sich in meiner Brust zusammenzog.

Leck ihn, flüsterte meine Seele. *Schmeck ihn.*

Ich machte einen weiteren Schritt auf ihn zu und fühlte mich geradezu magisch von ihm angezogen.

Er schien ebenso auf mich fixiert zu sein. Sein Blick heftete sich auf meinen und hielt mich wie eine Geisel gefangen.

„Deine Zauberkraft ist atemberaubend", vertraute ich ihm an.

Nach seinem Auftreten zu urteilen, wusste ich, wer er

war, denn seine Vampirseele sprach auf einer intimen Ebene zu meiner. Aber etwas an ihm ging noch so viel tiefer als bei einem anderen übernatürlichen Wesen.

Ich wollte wissen, worin sein großartiges Wesen bestand. Ihn berühren. Ihn küssen. Ihn streicheln. In seiner Macht schwelgen. Alles sein, was er begehrte.

Nur für eine kurze Weile.

Dann würde ich meine Suche nach meiner verlorenen Magie wiederaufnehmen.

Oder das Medaillon würde einfach wieder auftauchen.

Verwunschene Zaubermächte waren in dieser Hinsicht unberechenbar. Sie entschieden sich immer für einen eigenen Weg und veränderten diesen nach Lust und Laune.

Aber von diesem männlichen Wesen strömte Macht aus, die es selbst zu kontrollieren schien. Es gab keine fehlgeleiteten Energieflüsse. Nur den einen, der mich dazu gebracht hatte, ihn zu finden; der, der durch mich hindurch geflossen war und mich tief in meiner Seele berührt hatte.

Diese Magie war wunderbar.

Hypnotisch.

Und ließ mich in der Gegenwart dieses Mannes einen Seufzer ausstoßen.

Er hatte immer noch nichts gesagt, aber seit meinem Erscheinen war erst ungefähr eine Minute vergangen.

Während Schweigen auch unhöflich sein konnte, so fühlte sich das Fehlen einer Reaktion seinerseits als kontemplativ an. Als ob er nach den richtigen Worten suchen würde.

Das war gut so. Ich würde warten, bis er etwas sagte, und in der Zwischenzeit seine Erscheinung bewundern.

Er war so kräftig und stark.

Definitiv ein Wesen voller Würde.

Mein, mein, mein, pochte mein Herz weiterhin.

Berühren, berühren, berühren, forderten meine Finger.

Schmecken, schmecken, schmecken, flüsterte mein Mund.

Ich schluckte. Diese fremde Anziehungskraft machte mich schwindlig. *Ist das eine Verzauberung? Ein Zauberspruch der Lust? Oder lediglich meine Reaktion auf seine Intensität?*

Unsere Blicke trafen sich wiederum. Mein Mund wurde trocken. „Wer bist du?"

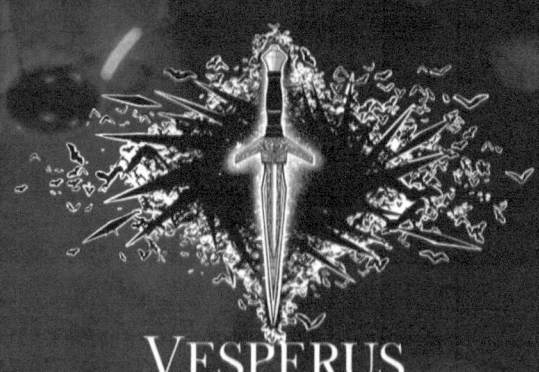

VESPERUS

Das war also das Wesen, das für die Explosion in der Bar verantwortlich war. Das Individuum, das illegal in unser Reich eingedrungen war. Das Phantom, dem meine Männer in all den Monaten nachgehetzt waren.

Diese Unsterbliche, die ich als Konsequenz für Klas' vorzeitiges Ableben jagen und erledigen wollte.

Eine Göttin.

Das war glaubhaft – nach ihren hypnotischen, goldenen Iriden, den dunklen, dichten Wimpern, der weichen Linie ihres Kinns und den vollen, liebestollen Lippen zu schließen. Ihre körperlichen Attribute entsprachen dieser Rolle in jedem Fall.

Aber auch was ihre Macht anging.

Ich wirbelte in bewegten Wogen um sie herum und ließ ihr langes, dunkles Haar bei jeder Bewegung wehen. Sogar ihr Kleid, das besser zu einem Strand in Griechenland als zum Winter in Irland passte, schien sich so fließend zu bewegen, als würde es von der Energie ihrer Seele gespeist werden.

Himmlisch, das war ihre physische Präsenz. *Atemberaubend*, ebenso.

Und sie starrte mich an, als würde sie mich verschlingen wollen.

Nicht auf mordlüsterne Art und Weise, sondern in sinnlicher Hinsicht.

Meine Brust zog sich zusammen und drängte mich dazu, sie all das mit mir anstellen zu lassen, was auch immer sie im Sinne hatte.

Denn dieses weibliche Sein – dieses Wesen, das ich noch bis vor wenigen Stunden nur hatte töten wollen – war *mein*.

Meine schicksalshafte Partnerin.

Meine Zukunft.

Ich konnte ihre Anwesenheit so fühlen, als hätte man mir ein Messer ins Herz gerammt. Ihre Energie hatte die Luft erwärmt und darauf bestanden, dass ich mich umdrehte, um sie anzusehen – und sie für mich zu *beanspruchen*.

Sie war allerdings in Schatten gehüllt und verbarg sich vor jedermann auf der Straße; bloß nicht vor mir.

Ein Blick von mir hatte genügt, dass sie ihren Zaubermantel ablegte und es mir erlaubte zu erkennen, wer sie wirklich war.

Und, verflucht mochte ich sein — aber mir gefiel, was ich sah. Es hatte mir so sehr gefallen, dass ich nicht einmal reagierte, als sie sich mir näherte.

Ich war bloß dagestanden wie ein liebestoller Idiot und hatte es zugelassen, dass diese archaische Magie sich meiner bemächtigte und verlangte, dass ich mein Schicksal akzeptierte.

Ich bin nicht ich selbst, dachte ich immer noch sprachlos wegen der Anwesenheit dieser weiblichen Kreatur.

„Wer bist du?", hatte sie gefragt.

Und ich fragte mich dasselbe.

Denn in dem Moment fühlte ich mich weder wie ein ehrwürdiger Vampir noch wie ein mächtiger König.

Nur wie ein Mann, der von einer Frau in den Bann gezogen wurde. *Meine Frau.*

Ich konnte sogar spüren, wie es mir ums Herz schwer wurde und alle meine Ur-Instinkte sich auf ein primäres Verlangen, sie zu besitzen, ausrichteten. Sie zu berühren. Zu *beißen.*

Nicht um sie zu töten oder zu fangen oder zu bestrafen.

Sondern um zu *ficken.*

Es warf mich aus dem Gleichgewicht. Als ob ich einen Schlag in die Magengrube bekommen hätte. *Außer Atem.*

Nur das zischende Geräusch von Metall, das durch die Luft schnitt, unterbrach den Moment und brachte mich auf den Boden der Realität zurück.

Meine Hand fuhr blitzschnell hoch in die Luft, um das Messer zu ergreifen, das es auf meine Schicksalsgefährtin abgesehen hatte. Ihre Augen weiteten sich. Dabei starrte sie auf meine Handfläche und die tödliche Klinge, die in meiner Haut versank. Ich hatte sie an der Schneide gefangen.

Statt den Gegenstand in die Tasche zu stecken, ließ ich ihn fallen und schaute mich um, wo der Wurf hergekommen war.

Kaspian. Ich knurrte ihn an.

„Sie verzaubert dich", warnte er mit einem weiteren Messer bereits in seiner Hand. „Sie ist eine Art Mischwesen aus Göttin und Hexe."

Nyx machte ein Geräusch des Protests und brachte damit zum Ausdruck, dass sie mit seiner Terminologie nicht einverstanden war.

Ich ignorierte sie und starrte meinen besten Freund gelassen an. *Sie ist meine Schicksalsgefährtin,* erklärte ich ihm.

Nicht alle Vampire besaßen die Fähigkeit, mit den Gedanken zu kommunizieren. Aber ich hatte sie.

Kaspian konnte nicht auf dieselbe Weise antworten. Aber sein Gesichtsausdruck verriet mir, dass er mich klipp und klar gehört hatte.

Denn seine Wangen wurden weiß.

Sie ist auch das Individuum, das wir gejagt haben, fügte ich hinzu, falls ihm das noch nicht klar gewesen war. *Also bin ich nicht verzaubert, sondern lediglich überrascht.*

Jedes Wort, das ich dem Bewusstsein meines Stellvertreters übermittelte, untermauerte meine Position.

Ich konnte immer noch den Drang verspüren, sie zu *nehmen*, aber der überwältigende Schock dieses Moments brachte mich wieder einmal zur Vernunft.

Kaspians dunkle Augen wurden groß. „Verflucht."

Genau, gab ich ihm Recht. Dabei war ich mir nicht sicher, ob es davon kam, dass ich das tatsächlich tun wollte – *sie verflucht noch mal zu ficken* – oder ob es die Situation treffend beschrieb.

Während mich Nyx in jedem Fall an einen Sukkubus, einen weiblichen Dämon, erinnerte, so hatte sie mich nicht verzaubert. Ich war bloß ein Sklave unseres gemeinsamen Schicksals.

Ein Schicksal, das ich mit ein paar sorgfältig gewählten Worten abwenden konnte. Diese würden mich auf der Stelle befreien und mir meine unverrückbare Kontrolle zurückgeben.

Bloß konnte ich mich nicht dazu durchringen, sie auszusprechen.

Denn ich kann das gebrauchen, dachte ich mir. Kurz nach meiner letzten Antwort hatte ich die Verbindung zu Kaspian verloren. *Ich kann es dazu nutzen, dass sie sich selbst erklärt. Dann kann ich sie zurückweisen.*

Es würde wehtun. Aber ich wollte mich nicht mit

dieser Kreatur paaren. Sie besaß keine Hauszugehörigkeit. Sie sollte nicht einmal hier sein. *Und* sie hatte Klas getötet.

Ich würde ihr Informationen entlocken, sie zum entsprechenden Tor eskortieren und sie dann in ihr Reich der Götter zurückschicken.

Oder ich würde sie zurückweisen und sie töten.

Ohne Hauszugehörigkeit hier zu sein, entsprach ohnehin einem Todesurteil.

Je nachdem, wie sie meine Fragen beantworten würde, würde ich möglicherweise rasch handeln.

Oder ihre Todesqualen verlängern, wenn sie keine Reue zeigte.

Meine Erfahrungen mit Göttern hatten meist letzteres Szenario gezeigt – sie legten für ihre Entscheidungen nur sehr selten Reue an den Tag. Sie hielten sich für allwissend und waren deshalb durch und durch arrogant.

Diese archaische Paarungsenergie, die meine Seele mit einer Göttin verkuppelte, schien angemessen, wenn man meine Geschichte mit den Göttern betrachtete.

Und das Schicksal liebte es, mich auf die Probe zu stellen.

Glücklicherweise hatte ich ordentliche Herausforderungen immer genossen.

Diese hier erschien einfach nur in einem sexy Abendkleid, das ihre Vorzüge so zur Geltung brachte, dass es mich reizte, sie zu bewundern und zu *berühren*.

Aber stattdessen lenkte ich meine Aufmerksamkeit auf die faszinierenden, goldenen Iriden der Göttin und konzentrierte mich auf meine Aufgabe.

Sammle Informationen. Dann bring sie zur Strecke.

„Göttin Nyx?", fragte ich. Ich ließ ihren Namen auf der Zunge zergehen und der Geschmack gefiel mir.

Sie trat näher, sodass ihre erotische Figur nur wenige Zentimeter von mir entfernt war. Sie schien mich auch unter die Lupe zu nehmen. Ihr Blick wandte sich von meinen Augen ab und wanderte erst über meinen Mund und dann über meine Schultern, bevor er sich weiter nach unten senkte.

„Du kannst mich Nyx nennen", murmelte sie. „Ich ziehe es vor, Titel zu vermeiden. Ich habe herausgefunden, dass sie nicht viel bedeuten und einem manchmal sogar eine falsche Vorstellung davon geben, wie groß die eigene Macht im Leben wirklich ist."

Eine weise Erkenntnis. Nichtsdestotrotz ... „Titel können auch Respekt für eine wohlverdiente Position demonstrieren."

Sie zuckte mit den Achseln. „Es gibt bessere Wege, jemandem Respekt zu zeigen."

Neugierig neigte ich meinen Kopf. „Die da wären?"

„Zum Beispiel indem man keine Messer wirft", erwiderte sie mit einem scharfen Blick auf meinen Stellvertreter. „Oder sie als Mischwesen aus Göttin und Hexe bezeichnet, obwohl sie bereits einen Titel trägt." Sie blickte mich wieder an. „Aber wie ich schon sagte, Titel vermitteln einen falschen Eindruck. Stattdessen könnte ich meine wahre Macht demonstrieren, wenn ihr das wollt."

„So wie du das mit der Bar gemacht hast?" Ich deutete auf die Schuttreste und hob eine Augenbraue. „Ich denke, dass wir diese Botschaft alle klar und deutlich vernommen haben, *Gottheit.*"

Auf ihrer Stirn zeigten sich kleine Falten, als sie zwischen mir und der Verwüstung, die sie angerichtet hatte, hin und her blickte. „Beziehst du dich darauf, wie ich nach der Explosion alle aus den Trümmern gezogen habe?"

Nun legte ich meine Stirn in Falten. „Du hast alle aus den Trümmern gezogen?"

„Nun, technisch gesehen habe ich sie alle unter dem

Schutt heraus teleportiert." Sie ließ ihren Blick über die Menge schweifen. „Wie etwa diesen da." Sie schaute gezielt auf Slater. „Er war ziemlich böse zugerichtet, weil er unter all den Ziegelsteinen vergraben gewesen war, aber in dem Moment, in dem ich ihn aus dem Schutt gezogen habe, hat sein Heilungsprozess bereits begonnen."

Sie blickte sich weiter in der Runde um und erkannte als nächstes Nolan.

„Ihn auch", murmelte sie. „Aber da waren auch zwei, die ich nicht rechtzeitig retten konnte. Sie waren zu nah an der Explosion dran gewesen."

Sie schüttelte sich, womit sie ausdrückte, dass die Erinnerung an das Geschehen sie sogar ärgerte.

Was überhaupt keinen Sinn ergab.

„Hat mich deine Macht hierher gerufen, damit ich eine Aussage abgebe?", sprach sie weiter und richtete ihren Blick wiederum auf mich. „Das ist sehr beeindruckend. Ich kann mir vorstellen, dass du bei all dieser mitreißenden Energie auch einen Titel trägst."

Sie legte ihre Handfläche an mein Brustbein und ihre Nasenflügel zitterten, während sie meinen Geruch einatmete.

„Du riechst wie ein berauschender Nachtisch." Das war nur für meine Ohren bestimmt, weshalb sie leise flüsterte. „Ich möchte dich am liebsten von Kopf bis Fuß ablecken."

Ich packte ihr Handgelenk, bevor sie ihre Hand auf Wanderschaft schicken konnte, und ließ sie nicht los. Ich hielt sie lediglich nahe an mir und sagte: „Drei Männer."

Sie zog ihre Augenbrauen zusammen. „Was?"

„Drei Männer haben es nicht lebend überstanden. Einer von ihnen war ein Mitglied des Hauses von Gold und Granat." Diese Worte erinnerten mich an mein

Vorhaben – von dem mich diese kleine Füchsin absichtlich abzulenken versuchte.

Denn diese Berührung brannte ein Loch in meinen Anzug und versengte meine Haut unter den Stoffschichten.

Ich sollte sie wegstoßen.

Außer …

Je näher sie ist, desto leichter kann ich sie entlarven, rief ich mir selbst in Erinnerung.

Das war eine Ausrede. Eine gute. Aber immer noch eine Ausrede, um sie weiterhin berühren zu können.

Indem ich diese Schwäche von mir erkannte, konnte ich sie allerdings kontrollieren.

Und es appellierte auch an meine Fähigkeiten, die Wahrheit zu finden. Ich benutzte diese immer – sie waren meine zweite Natur –, aber ich wollte mir über ihre Antworten absolut sicher sein.

Welche bislang der Wahrheit entsprochen hatten.

„Bei der Explosion?", fragte sie und suchte den Kontakt zu meinen Augen. „Drei haben es nicht geschafft?"

„Ja. Drei sind durch deinen Angriff gestorben." Nicht zwei, wie sie vorhin behauptet hatte.

Ihre Augenbrauen schnellten in die Höhe. Gleichzeitig versuchte sie einen Schritt nach hinten zu machen, aber mein Griff an ihrem Handgelenk ließ sie nicht entkommen. „*Mein* Angriff? Ich habe versucht, den Männern zu *helfen*, nicht sie zu *attackieren*."

„Indem du das Pub in die Luft gejagt hast?"

„Warum würde ich das Pub in die Luft jagen wollen?", hakte sie nach. Ihr majestätischer Ton brachte mein Blut zum Brodeln. Starke Frauen hatten mir immer schon gefallen. Und das Wissen, dass diese mein Schicksal war, steigerte mein Interesse noch mehr.

Ein Interesse, das ich auf meiner Suche nach der Wahrheit ignorierte.

„Du hast die Bar in die Luft gesprengt, weil du gewusst hast, dass meine Männer kurz davor standen, dich zu schnappen", sagte ich zu ihr.

Zumindest war das meine Theorie gewesen.

Bis ich sie aufgetaucht war.

Nun war ich mir nicht mehr so sicher.

Vor allem, da ich bislang noch keine Lüge von ihr wahrgenommen hatte. Jedes ihrer Worte war bisher die Wahrheit gewesen.

Inklusive ihres Kommentars, dass sie mich *ablecken* wollte.

Aber darum würde ich mich später kümmern. Wenn wir alleine waren.

„Mich schnappen?" Sie blinzelte ein paar Mal. „Warum sollten sie mich *schnappen* wollen?"

„Weil du dich illegal in diesem Reich befindest."

„Illegal?" Sie starrte mich verständnislos an. „Wie kann man ein Reich ‚illegal' betreten?"

„Als Göttin hättest du durch das Tor im Himalaya kommen müssen. Dort können die Wesen deines Reiches die Eintrittserlaubnis beantragen." Das war etwas, das sie längst wissen musste, nicht nur, weil es das erste Portal auf dieser Erde war, sondern weil es auch schon seit mehreren tausend Jahren existierte.

Dennoch wurde ihr Gesichtsausdruck nur noch verwirrter. „Meine Welt besitzt kein Portal zu deiner."

„Doch, das tut sie, Gottheit. Im Himalaya."

„Nyx", korrigierte sie. „Und es gibt kein Tor zwischen meiner Welt und deiner. Ich bin mithilfe meines Medaillons hierher gekommen, und es ist auch der Grund, warum ich noch bleibe. Denn es ist …" Sie sprach den Satz nicht zu Ende, sondern legte vielmehr die Stirn in

Falten. „Die Magie hat beschlossen, sich irgendwo in deiner Welt auf die faule Haut zu legen."

Ich starrte sie an. „Die Magie hat beschlossen, sich auf die faule Haut zu legen?", wiederholte ich.

Sie atmete hörbar aus. Ihre Frustration war auf seltsame Weise reizend. „Die Zauberkraft ist böse auf mich, weil ich sie in zu kurzem Abstand dazu verwendet habe, in ein anderes Reich zu springen. Deshalb will sie mir jetzt eine Lektion erteilen, indem sie mich quer durch deine Welt schickt. Ich hatte gedacht, ich würde sie hier in Dublin spüren, aber ..." Ihre Lippen verzogen sich seitwärts. „Jetzt ist sie weg."

Alles wahr, konstatierte ich sowohl überrascht als auch verwirrt.

Entweder hatte dieses Wesen einen Weg gefunden, wie es das althergebrachte Talent meiner Familie zur Aufdeckung von Lügen umgehen konnte, oder sie hatte jedes Wort so gemeint, wie sie gesagt hatte.

Interessant war es in jedem Fall.

„Ich habe alles getan, was ich konnte", sagte Trixie. Ihr genervter Ton lenkte meine Aufmerksamkeit von Nyx ab und zog sie auf meinen Stellvertreter und die Hexe, die auf ihn zuschritt.

Trixie war diejenige mit den heilenden Kräften, die Kieran für uns aufgetrieben hatte.

Ich kannte sie nicht so gut, weil ich außerdem versuchte, die Angehörigen des Hauses von Geist und Saphir zu meiden; sie waren genauso anmaßend wie ihre Anführer.

Aber diese Hexe hatte Hilfe geleistet, also schuldete ich ihr Dankbarkeit.

Hmm, vielleicht würde ich sie mit etwas von meinem Vampirgift belohnen.

Hexen verwendeten diverse übernatürliche Essenzen

oftmals für ihre Zaubertränke; oder auch bloß als Tauschmittel. Da ich ein altes Mitglied meiner Sippe und ein Nachfolger einer mächtigen Familie von Vampiren war, würde das Gift aus meinem Mund mehr wert sein als das der meisten anderen. Sie konnte es für die Herstellung eines Wahrheitsserums verwenden oder so etwas Ähnliches.

Das war eine Zahlungsmethode, zu der ich nicht oft griff, da sie Rückschlüsse auf meine vererbten Talente zuließ. Die meisten Vampire zogen es vor, ihre Fähigkeiten geheim zu halten.

Aber ich konnte leicht behaupten, dass ich es mir von jemandem anderen beschafft hatte, und sie wäre genauso klug wie zuvor.

„Diese Art von Dunkelheit kann ich nicht heilen", fuhr sie fort. Ihre lebhaften blauen Augen schimmerten zu Kaspian hoch, während er sich über ihren zarten Körper beugte. „Du würdest so etwas wie einen Hexenzirkel – die Kraft von drei mächtigen Hexen – brauchen, um das zu schaffen."

Ich blickte an der Hexe vorbei und auf Slater, der in der Entfernung von einigen Metern seinen dunklen Kopf schüttelte. Er kniff seine schiefergrauen Augen vor Ärger zusammen.

„Dunkelheit?", wiederholte Kaspian. In seiner Stimme schwang Zweifel mit. „Mir scheint, es geht ihm gut?"

„Weil es mir auch gut geht", insistierte Slater.

„Das tut es nicht", warnte ihn die Hexe. „Du hast all dein Licht verloren."

Slater schaute an seinen Armen hinunter und richtete dann seinen Blick wieder auf sie. „Ich war immer schon so. Das kommt davon, dass ich mich in einen Raben verwandeln kann, Liebes."

„Der Dickkopf der Männer", murmelte sie und

wandte sich mit einem Winken ab. „Dafür habe ich keine Zeit."

Sie schlenderte weg, um einen Vampir auf der anderen Seite der Straße zu heilen, und ließ uns stehen. Wir blickten ihr alle stirnrunzelnd nach.

Seltsamer Vogel.

Slater sah gut geheilt und so frisch wie neugeboren aus.

Nun, abgesehen davon, dass er sich dringend rasieren musste. Er trug sein dunkles Haar sonst immer kinnlang, aber nun waren seine strubbeligen Strähnen ungepflegt. Ich war mir sicher, dass er diesen ungepflegten Look wieder aufgeben würde, sobald er wieder zu Hause ankam.

Und jetzt, wo wir dieses verirrte übernatürliche Wesen aufgespürt hatten, das durch die Welt wandelte, konnte er ja zurückkehren.

Der Rest dieses Problems war offiziell meines; alles, was es mit der schicksalshaften Gefährtin und so auf sich hatte.

Ihre Kommentare, dass ihr Reich nicht mit meinem verbunden war, würden ebenso einen Konflikt bedeuten. Einen politischen. Denn ich hatte gespürt, dass ihre Worte wahr waren.

Was bedeutete, dass es noch ein weiteres Reich von übernatürlichen Individuen gab, die Zugang zu unserer Welt hatten.

Und dieses Wesen war mächtig. *Zu* mächtig. Nicht umsonst war Kopfgeld auf sie ausgesetzt. Jeder hatte ihr Auftauchen gefühlt und es gab einige Könige – inklusive mir –, die wollten, dass sie wieder verschwand.

Nur dass sie offensichtlich meine Gefährtin war, dachte ich und wandte meine Aufmerksamkeit wieder ihr zu.

Nyx graste mit den Augen meinen Hals ab; dabei weiteten sich ihre Pupillen und sie leckte sich über ihre Lippen. Es schien, als hätte sich ihr Ärger über meine

Fragen verflüchtigt, und als ob nichts als eine starke Faszination zurückgeblieben wäre.

Ich hob eine Augenbraue. „Beißen Göttinnen?"

„Diese hier tut es", flüsterte sie zurück und hob ihren hungrigen Blick. „Deine Macht ist eine Droge."

Ich stöhnte beinahe auf. *Dasselbe könnte ich von dir behaupten, Schätzchen.*

„Du musst einen Titel tragen." Ihre Nägel gruben sich in mein Hemd und erinnerten mich daran, dass ich immer noch ihr Handgelenk umklammerte. „Mächtiger Vampir." Sie versuchte, meinen Blick zu erhaschen. „König."

„König des Hauses von Gold und Granat", bestätigte ich. „Vesperus."

„Vesperus." Auf ihren Lippen klang mein Name wie ein Segen und ich wollte hören, wie sie den heißblütigen Unterton in ihrer Stimme in meinem Bett wiederholte.

Ja, da haben wir definitiv ein Problem.

Ich wusste, dass Schicksalsbande sogar die ungestümsten der mächtigsten Wesen bändigen konnten, aber ich war seit über fünfhundert Jahren durch diese Erde gestreift und hatte mich noch nie zu jemandem so hingezogen gefühlt.

Bis sie gekommen war.

Dieses Wesen einer anderen Welt sprach Erklärungen aus, die all dem trotzten, was ich über die Situation zu wissen geglaubt hatte.

Es konnte alles eine gefährliche Täuschung sein, ein Weg, um sich meiner zu bemächtigen. Oder das Schicksal, das mich an die gefährlichste aller Komplikationen ketten wollte.

„Also, wenn du die Explosion nicht verursacht hast, wer steckt dann dahinter?", fragte ich. Ich musste wieder die Kontrolle über die Situation erlangen.

„Ich weiß es nicht", antwortete sie.

Und wiederum schmeckte ich die reine Wahrheit.

„Ich war gerade auf der Suche nach meiner verlorenen Magie, als plötzlich alles mit einem Lichtblitz explodierte. Dann wachte ich unter Schutt wieder auf." Ihre Augenbraue legte sich in Falten. „Ich habe alle ins Freie gebracht. Aber zwei waren bereits tot."

Der Dritte musste gestorben sein, bevor Trixie den Schauplatz erreicht hatte.

Aber dieses Detail war nicht wichtig.

Was zählte, war die Wahrheit in den Worten von Nyx. Falls sie die Explosion verursacht haben sollte, dürfte es nicht absichtlich gewesen sein.

Und wenn man in Erwägung zog, dass sie niemandem wehtun wollte – was ich ohnehin wusste –, dann schien das auch mit ihrem bisherigen Verhalten in Einklang zu sein.

Natürlich war es meinen Männern zum ersten Mal gelungen, ihr so nahe zu kommen, dass sie sie fangen konnten.

„Also, du bist mithilfe der magischen Kräfte eines Medaillons in dieses Reich gekommen, das du seitdem vermisst. Und du hast dann in all diesen Monaten – was gemacht? Bist herumgeirrt auf der Suche danach?"

„Ja." Ihre Lippen verzogen sich erneut. „Nun. Ich habe auch diese Welt einfach nur genossen und mir überlegt, ob ich hier bleiben soll. Das ist der Sinn und Zweck meiner Reise: Ich suche nach einem neuen Zuhause."

Meine Augenbrauen gingen in die Höhe. „Ein neues Zuhause?"

„Neue Welten zu erschaffen, langweilt mich. Ich dachte, dass es spaßig wäre, in einer bereits existierenden Realität zu leben, und diese hier hat mir bislang am meisten zugesagt." Ihre Augen wanderten zu Kaspian. „Nur dass jeder hier darauf aus ist, mich zu töten."

„Weil du illegal hereingekommen bist und deshalb

keinem Haus angehörst", erklärte ich ihr. „Wir tolerieren hier keine Außenstehenden. Sich einem Haus anzuschließen bedeutet, dass wir am Leben bleiben."

„Ich war bisher ganz auf mich gestellt und bin so wunderbar am Leben geblieben", konterte sie. Ihr Gesichtsausdruck verfinsterte sich, als sie mir in die Augen blickte.

„Denn du bist bislang keinem Individuum von derselben oder von größerer Macht über den Weg gelaufen." Ich machte den Griff um ihr Handgelenk fester. „Aber jetzt bist du das."

Ihre Nasenflügel bebten. „Begeh nicht den Fehler, mich zu unterschätzen, mein *König*."

„Ich habe nicht die Gewohnheit, irgendjemanden zu unterschätzen, meine *Göttin*. Aber die Tatsache bleibt bestehen, dass du über einen illegalen Weg hier eingetroffen bist. Und du besitzt keine Hauszugehörigkeit. Deshalb ist auf deinen Kopf eine Belohnung ausgesetzt, die mein Haus persönlich überwacht hat."

Sie runzelte die Stirn. „Also wollt ihr mich alle töten?"

„Ja." Eine unverblümte Antwort, aber Wahrheit war mein Credo. Deshalb fügte ich hinzu: „Aber ich bin gewillt, dir im Haus von Gold und Granat vorübergehend Asyl zu gewähren."

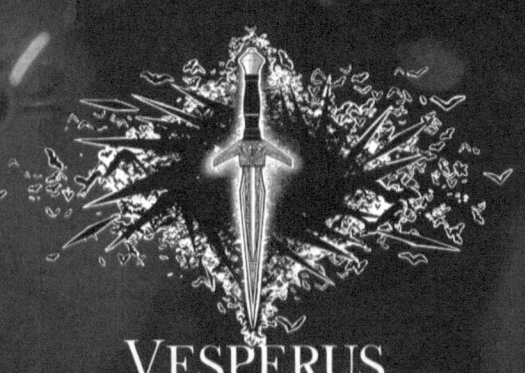

VESPERUS

Ich musste Kaspian nicht ansehen, um zu wissen, dass ihm meine übereilte Entscheidung nicht gefiel.

Aber er würde nicht mit mir darüber diskutieren.

Sie war meine Gefährtin des Schicksals. Und ich war der König des Hauses von Gold und Granat.

Zumindest *vorübergehend*, was ein Schlüsselwort in meinem Vorschlag war. Denn ich konnte ihr nichts Dauerhaftes bieten.

Die Herrscher der anderen Häuser würden sich bei diesem Deal sofort querlegen. Nyx war zu mächtig. Und sie in meinem Haus zu haben, würde mir einen Vorteil bringen, der von den anderen nicht gern gesehen werden würde.

Einem vorübergehenden Arrangement würden einige meiner Verbündeten jedoch zustimmen. In erster Linie, weil sie mir alle irgendeinen Gefallen schuldeten.

Elias, der König von Blut und Beryll, war schon aus der Reihe getanzt, als er eine Wolfswandlerin zur Gemahlin genommen und so die Gegebenheiten seines Kampfes mit Feuer und Fluorit verändert hatte.

Ich hatte ihm verziehen, denn das Resultat hatte für uns alle nur Gutes gebracht.

Und ich war schlau genug gewesen, mich nicht zwischen einen mächtigen Vampir und seine Schicksalsgefährtin zu stellen.

Volker, der König von Luft und Amethyst, schuldete mir streng genommen einen Gefallen dafür, dass ich zweien seiner Oberleutnants in meinem Hoheitsgebiet Asyl gewährt hatte – nach seinem ... *Verschwinden*. Ich hatte vor kurzem auch besagte Leutnants in seine Obhut zurückgegeben.

Daran würde ich ihn erinnern, da ich annahm, dass er der Erste sein würde, der sich melden und gegen meinen Vorschlag protestieren würde. Aufgrund seiner Feinfühligkeit gegenüber der Magie des Mondes wäre er Nyx sicher gerne schnell wieder losgeworden. Sie hatte etwas an sich, was seine Kräfte während seiner Revolution durcheinander brachte.

Wie auch immer. Er hatte nun seine Gefährtin und sie brachte ihn ins Lot. Er würde kein Problem darstellen. Beziehungsweise würde er mir zumindest vertrauen, dass ich die Sache auf meine Art regelte. In unserer politischen Herangehensweise wandten wir ähnliche Strategien an, wodurch er dazu neigte, meinen Überlegungen zu vertrauen.

Und dann war da noch das neu gegründete Haus von Tod und Diamanten.

Baronin Sabrina würde sich nicht sonderlich freuen, aber ich vermutete, dass sie unsere Freundschaft genügend schätze, dass sie gewillt war, mir hierbei eine Chance zu geben.

Bei allen anderen Monarchen würde es schwieriger sein, sie von diesem Vorgehen zu überzeugen.

Insbesondere Odin und Lady Gabriella. Aber sie waren diejenigen gewesen, denen Nyx bei ihrer Ankunft durch die Lappen gegangen war. Demzufolge hatten sie ihre Chance, die Sache mit ihr zu regeln, verpasst.

Nyx gehörte nun mir. Ich würde hier über ihr Schicksal entscheiden.

Und vielleicht finde ich eine Möglichkeit, sie zu behalten, erwog ich.

Eine starke Königin konnte Gold und Granat zu grandiosem Glanz verhelfen.

Oder das Haus zu einem permanenten Ziel von Invasionen und Kriegen machen.

Wie dem auch war, die möglichen Konsequenzen waren hinfällig, wenn sie mein Angebot ausschlug.

Ihre Augen bewegten sich mit einer Mischung aus Wissen und Faszination.

„Welchen Anspruch würde dein zeitlich begrenztes Angebot an mich stellen?", erkundigte sich Nyx, wobei sie das Schlüsselwort geschickt wieder in ihre Frage verpackte.

Kein Wunder, dass uns das Schicksal zusammengebracht hat.

„Du wirst bei mir leben", offenbarte ich ihr die Konditionen, die ich mir gerade überlegt hatte. „Und wir werden zusammenarbeiten, um deinen zukünftigen Weg zu bestimmen."

Denn wenn sie wahrhaftig unschuldig war, dann konnte ich sie nicht töten. Aber es sah so aus, als wäre es auch keine Option, sie nun im Himalaya auszusetzen.

Also musste sie in meiner Nähe sein, bis ich entschieden hatte, was ich mit ihr machen sollte. Als ihr Schicksalsgefährte lag das, zusätzlich zu meiner Rolle auf dieser Welt, in meiner Verantwortung.

Nicht umsonst war ich der König aller Söldner. Wir schätzten Ruhm, Gold und Blut.

Und ich hatte das Risiko auf mich genommen, dieses fremde Wesen aufzuspüren. Das Kopfgeld war nicht wirklich auf ihren Tod ausgerichtet, sondern nur auf ihre

Festnahme. Dieser Regel zufolge hatte ich meinen Job erledigt.

Nun musste ich nur noch herausfinden, was ich mit ihr machen sollte.

Denn auf lange Sicht würde sie definitiv nicht bleiben können.

Was mich zu meiner letzten Bedingung brachte. „Du wirst deine Macht in diesem Reich einschränken müssen. Sie verursacht Störungen, was mich ursprünglich zu dieser Kopfgeldjagd inspiriert hat."

„Bei dir leben, meine Macht einschränken und mit dir an meinem Weg für die Zukunft arbeiten", fasste sie es zusammen. „Hmm. Oder ... ich bleibe hauslos, setze meine Macht ein, wie ich möchte, und lege meinen eigenen Weg fest. So wie ich bislang immer gelebt habe."

Sie tippte sich mit den Fingern der freien Hand gegen ihr Kinn. Das Gelenk ihrer anderen Hand hielt ich immer noch in meiner.

„Du hast gesagt, dass es dich langweilt, immer wieder neue Welten zu erschaffen, und dich immer wieder auf die Suche nach neuen Realitäten zu machen, in denen du leben könntest. Ich biete dir die Möglichkeit, dass du dir unsere Welt bis ins Detail ansiehst, was dir dabei helfen soll, über dein zukünftiges Schicksal zu entscheiden", legte ich ihr dar.

Natürlich würde sie den Beschluss fassen, von hier wegzugehen. Aber zumindest wäre das eine friedliche Lösung für uns beide.

Das Flackern in ihren goldenen Augen wies darauf hin, dass sie zuhörte und über meine Worte nachdachte.

„Wenn du mein Angebot ausschlägst", sagte ich sanft. „Dann wirst du weiterhin gejagt und attackiert werden und du wirst niemals die Möglichkeit bekommen zu erkennen, was unsere Welt - außer den Tod - noch zu bieten hat."

Und das würde nur unter der Annahme geschehen, dass ich sie kampflos aus Dublin verschwinden lassen würde.

Es wäre für uns beide besser, wenn sie zustimmte.

Es mag auch seine Reize haben, dachte ich und ließ meinen Blick zu ihrem Mund wandern.

Wenn ich sie fickte, würde ich unsere Verbindung nicht mehr mit einer Zurückweisung auflösen können.

Schließlich gab es auch andere Dinge, die wir anstellen konnten. Dinge, an die ich absolut nicht denken oder gar Gefallen finden sollte.

Aber sie war nicht die Einzige, die von der starken Spannung zwischen uns angezogen war.

Eine kleine Kostprobe wird niemanden umbringen, sinnierte ich. Risikobereit war ich immer schon gewesen. Warum sollte ich diesen Zug nun ablegen?

„Meine bisherigen Erfahrungen haben gezeigt, dass ich hier nicht sonderlich willkommen bin", antwortete sie schließlich. Dabei zeigten mir ihre geweiteten Pupillen, dass sie das lustvolle Knistern, das zwischen uns in der Luft lag, bemerkt hatte. Aber ich war mir nicht sicher, ob sie sich der Schicksalshaftigkeit unserer Verbindung bewusst war.

Besitzen Göttinnen überhaupt schicksalshafte Gefährten?

Ihre Reaktion auf mich bewies, dass die Anziehung nicht nur einseitig war. Aber das bedeutete immer noch nicht, dass sie sich auf ewig mit mir verbunden fühlte.

„Vielleicht habe ich schon genug gesehen und möchte nicht bleiben", fügte sie hinzu.

Ich lächelte. „Glaub mir, Nyx." Dabei vollführte ich mit meinem Daumen an der Innenseite ihres Handgelenks eine kreisende Bewegung. „Du hast noch nicht wirklich erlebt, was dieses Reich zu bieten hat. Das kann ich ändern."

„Kannst du das?"

„Das kann ich", versprach ich, vollkommen überzeugt von meinen Fähigkeiten, ihr in diesem Reich einen gebührlichen Empfang zu bereiten.

Oder genauer gesagt: in meinem Bett.

„Und wenn ich nein sage?", beharrte sie unnachgiebig.

„Dann setze ich diese Schlacht fort und kämpfe gegen dich?"

Ja, dachte ich. *Genau das wird passieren.*

Ich ließ sie die Antwort in meinen Augen erkennen.

Aber statt sie laut zu untermauern, sagte ich: „Du versuchst, dein verloren gegangenes Medaillon zu finden. Warum machst du dir nicht die Vorteile meines Angebots zunutze und benutzt meine Ressourcen, um besser danach suchen zu können?"

„Du meldest dich freiwillig, mir dabei zu helfen, meine vermisste Magie ausfindig zu machen?" Der listige Unterton in ihrer Stimme sagte mir, dass ich die richtige Strategie angewandt hatte, damit sie ernsthaft über mein Angebot nachdachte.

„Ja."

„Warum?" Sie ließ nicht locker. „Warum würdest du mir überhaupt eine Zuflucht auf Zeit gewähren? Was springt für dich dabei heraus?"

„Das Kopfgeld ist auf deine Festnahme und nicht auf deinen Tod ausgesetzt", erklärte ich ihr. „Wenn ich dir unter Minderung deiner Macht Asyl gewähre, dann befolge ich einfach die Vorschriften."

„Das gibt mir immer noch keinen Aufschluss darüber, was du davon hast, wenn ich eine willige Geisel bin", erwiderte sie.

„Das Kopfgeld bringt eine hübsche Belohnung", murmelte ich.

Das schien sie zu enttäuschen. „Geht es hier um Geld?"

Ich schüttelte meinen Kopf. „Zaubersprüche. Feenhaar. Verschiedene andere wertvolle Dinge der anderen Häuser. Jeder wollte dich fangen, Nyx. Und alle haben sichergestellt, dass der Lohn für jeden einen gewissen Anreiz bietet."

Sie schien immer noch nicht besonders beeindruckt zu sein. „Also wirst du im Gegenzug dafür, dass ich bei dir Asyl erhalte, einen reichen Lohn einstreifen."

„Nein, Schätzchen. Mein Haus wird den Reichtum einstreichen." Ich trat näher an sie heran. „*Ich* bekomme die Möglichkeit, mich mit dir zu vergnügen."

Bis ich es ausgesprochen hatte, hatte ich nicht realisiert, wie viel Wahrheit in meinem Geständnis lag.

Aber es war ein motivierender Faktor.

Denn dieses weibliche Wesen hatte mein Interesse geweckt. Was, wie ich wusste, ein Resultat des vibrierenden Schicksalsbandes war, das meine Brust umspannte.

Aber ihre Energie sprach mich ebenso an. Sowie die wichtige Rolle, die sie in meinem Haus spielen könnte.

Je mehr ich darüber nachdachte, was es bedeuten würde, ein so mächtiges Mitglied zu haben, desto mehr wollte ich sie behalten.

Ich hatte nicht gelogen, als ich ihr die Werte unseres Hauses aufgezählt hatte: Mut, Reichtum, *Prestige*. All das schätzten wir.

Und dieses weibliche Wesen war dazu gemacht, von einem Imperium wie diesem Königin zu sein.

Was wiederum genau der Grund dafür ist, dass sie niemals darauf eingehen wird, dachte ich und erinnerte mich an das Große Opfer. Erst vor vierundzwanzig Jahren hatten sich die Häuser untereinander um die Vormachtstellung bekämpft. Viele Leute hatten ihr Leben verloren. Und es wurde ein Waffenstillstand beschlossen, der immer noch an einem seidenen Faden hing.

Auch die politischen Rivalitäten waren geblieben. Es war nur etwas ruhiger um sie geworden und die Bewegungen auf dem politischen Schachbrett waren nicht mehr so offensichtlich wie zuvor.

Dennoch hatte ich viele Veränderungen in den Häusern beobachtet.

Nyx würde vielleicht meinen mächtigsten Schachzug darstellen.

Sie war meine schicksalshafte Gefährtin. Konnte ich das als Argument anführen, damit sie in meinem Haus bleiben konnte? Oder würden sie dafür stimmen, dass sie beseitigt werden sollte?

Ich würde erst abwarten müssen, wie meine Verbündeten reagierten, um eine Antwort darauf zu haben.

Was es wiederum erforderte, dass dieses schöne Wesen meinen Vorschlag annahm. Es mochte eine rasche Entscheidung von meiner Seite gewesen sein, aber ich hatte mir mit dem Wort *vorübergehend* einen Ausweg offen gelassen.

So wie ich ihr streng genommen auch eine Fluchtmöglichkeit ließ.

„Was hast du zu verlieren?", fragte ich sie. „Unternimm die gratis Reise nach Reykjavik, schau, ob meine Assistenten dir helfen können und dann sehen wir weiter."

„Während ich gleichzeitig verspreche, meine Mächte einzuschränken, und mit dir lebe", erinnerte sie mich.

Ich grinste und ließ meinen Daumen wieder über ihr Handgelenk kreisen. „Ich dachte, du wolltest mich ablecken, Nyx?"

Sie kniff ihre Augen zusammen. „Vielleicht würde ich vorher lieber deine Macht austesten."

Ich hob eine Augenbraue. „Bedeutet das, dass du mein Angebot ablehnst?"

„Hmm." Sie sah mich einen Moment lang prüfend an. „Nein."

Verflucht. Ich umklammerte ihr Handgelenk fester. „Nyx …"

„Nein, ich weise dein Angebot nicht zurück", stellte sie klar. Ihr Lächeln sagte mir, dass sie sehen wollte, wie ich reagierte. „Aber es ist gut zu wissen, dass du mich ebenso sehr kosten willst wie ich dich."

Mit ihrer freien Hand fuhr sie meinen Arm entlang nach oben und griff an meine Schulter.

Ich hielt ihrem Blick stand, während sie sich auf die Zehenspitzen stellte.

Dann legte sie ihre Lippen an mein Ohr. „Was übrigens auch der einzige Grund dafür ist, dass ich dein *vorübergehendes* Asyl in Anspruch nehme."

Meine Lippen zuckten unter ihren Verführungskünsten. Ich legte meine Handfläche um ihren Nacken, ließ sie dort liegen und flüsterte: „Ich denke, wir werden viel mehr tun, als uns gegenseitig nur zu *kosten.*"

Sie zitterte an meinem Körper und ihre Erregtheit drang wie ein süßes Parfum in meine Sinne.

Ich richtete meinen Blick auf Kaspian und Slater auf der gegenüberliegenden Straßenseite. Sie hatten beide denselben Gesichtsausdruck, der mir verriet, dass sie von dieser Entwicklung nicht sonderlich erfreut waren. Mein Stellvertreter würde mir später definitiv massenhaft Vorwürfe machen. Vielleicht der Dritte in der Befehlskette ebenso.

Was mich zum nächsten Schritt zwang.

Auf der Straße gab es zu viele Zeugen. Ich konnte es

nicht riskieren, dass irgendjemand dachte, dass ich für diese Frau schwach geworden war; selbst wenn sie meine Gefährtin war.

Das öffentlich zu machen, würde auch eine gewisse Nachricht an die anderen Häuser richten. Eine, die mir wahrscheinlich ein paar verärgerte Anrufe einbringen würde.

Aber ich würde schon damit fertig werden, wenn es so weit kam.

Das ist vorübergehend, erinnerte ich mich selbst. *Ein vorübergehendes Asylangebot, während ich mir überlege, wie wir mit dieser Entwicklung weitermachen sollen.*

Ich benutzte meinen Griff an ihrem Nacken, um sie nach hinten zu ziehen und ihr dabei in die Augen zu schauen. „Hauszugehörigkeiten werden oftmals durch Schmuck zur Schau gestellt, oder in manchen Fällen ..."

Ich ließ ihre Hand los, zumal ich sie ja noch mit meiner anderen Hand in ihrem Nacken hielt.

Dann hob ich die Hand, die nun frei war, um ihr meine Handfläche und den Beginn des Tattoos meines Stammbaums zu zeigen. Es erstreckte sich über die Innenseite meines Unterarms.

Wegen meines Anzugs konnte sie nicht alles davon sehen. Aber das Beben ihrer Nasenflügel verriet mir, dass sie es später näher untersuchen wollte. Wahrscheinlich mit ihrer Zunge.

„Andere Häuser bevorzugen Schmuck, aber im Haus von Gold und Granat pflegen wir die Tradition von Tattoos", sagte ich zu ihr. „Blutsbande."

Allerdings war ein Tattoo etwas Bleibendes, was es wiederum für Nyx nicht attraktiv machte.

Schmuck jedoch kann man vorübergehend tragen.

„Um unser Abkommen zu bestätigen, wirst du ein Zeichen brauchen", sagte ich sanft. Dabei war ich mir bewusst, dass wir immer mehr Publikum hatten. Manche der Anwesenden konnten unserer Unterhaltung lauschen, weil sie aufgrund ihrer übernatürlichen Fähigkeiten über ein besonders gutes Gehör verfügen. Denjenigen, die uns nicht hören konnten, wurde im Flüsterton weitererzählt, was vor sich ging.

„Der König gewährt ihr Asyl im Haus von Gold und Granat."

„Er wird sie kennzeichnen."

„Das hätte ich nicht erwartet."

„Sie ist mächtig. Eine gute Ergänzung."

„Aber sie hat Klas und die anderen getötet."

„Sie sagt, dass sie sie nicht umgebracht hat, und es sieht so aus, als würde König Vesperus ihr glauben."

„Das Wahrheitsserum", flüsterte einer aus dem Publikum.

„Genau."

Niemand stelle meine Entscheidung in Frage, aber alle tuschelten darüber. Ich betrachtete das als gutes Zeichen dafür, dass die meisten Mitglieder meines Hauses diese Veränderung akzeptieren würden.

Die wenigen, die es nicht taten, würden sich für eine direkte und offene Diskussion an mich wenden.

So wie Kaspian, dachte ich, als ich wiederum seinem strengen Blick begegnete. Es war seine Aufgabe, mir kritisch zu begegnen. Er half mir oft dabei, eine vernünftige Entscheidung zu treffen, und vielleicht gelang ihm das in diesem Fall auch.

Aber heute hatte ich meine Entscheidung bereits getroffen. *Sie ist mein. Ich behalte sie … fürs Erste.*

„Ein Zeichen", sagte Nyx, indem sie einen Teil meines letzten Kommentars wiederholte. „Was für eine Art von Zeichen?"

Ich richtete meine Aufmerksamkeit wieder auf sie und

bewunderte den tiefen Ausschnitt am Rücken ihres Kleides, bevor ich die schmucke Bemalung auf ihrer Haut bemerkte. *Ich beginne zu verstehen, warum mich das Schicksal zu ihr geführt hat.* „Gold trägst du bereits. Du brauchst nur einen kleinen Granat."

Sie rümpfte die Nase. „Granat ist nicht wirklich meine Lieblingsfarbe."

Ich lächelte. „Das wird sie schon noch werden."

Sie runzelte die Stirn. „Was?"

„Blut, Schätzchen." Mein Daumen strich über die Stelle an ihrem schmalen Hals, wo man den Puls spüren konnte. „So halten wir die Tradition von Gold und Granat in Ehren: mit Loyalität zu Blut."

Ich hatte bei meinem Tattoo geblutet.

Und nun würde dieses schöne Wesen für mich bluten.

Sie kniff die Augen zusammen. „Du hast gesagt, es würde keine weitere Bedingung geben."

„Das ist keine weitere Bedingung. Ich habe dir bereits gesagt: Die Möglichkeit, mich mit dir zu vergnügen, ist für mich eine Belohnung. Und in meiner Welt beinhaltet Vergnügen auch Blut." Ich schlang meinen freien Arm um ihren unteren Rücken, während meine andere immer noch in ihrem Nacken lag.

Zur Antwort gruben sich ihre Nägel in meine Schultern und ihre Iriden erinnerten mich an flüssiges Gold.

„Du bist nicht die Einzige, die beißen kann, Göttin", sagte ich zu ihr und meine Lippen schoben sich nach oben, um meine Reißzähne freizulegen. „Also, wie hättest du es gern? Wirst du mein Angebot gleich annehmen und für mich bluten? Oder möchtest du zuerst meine Macht austesten?"

NYX

Dieses männliche Individuum.

Dieses sinnliche, intelligente, berechnende Wesen.

Mmm. Die Energie um ihn herum pulsierte erwartungsvoll und war bereit, jeden Moment zuzuschlagen.

„Weil du noch nie zuvor einem Wesen von ebenmäßiger oder größerer Macht begegnet bist. Aber nun bist du hier."

Manche übernatürlichen Wesen prahlten unnötigerweise mit ihren Fähigkeiten und unterschätzten ihre Herausforderer gänzlich. Dieser *König* übertrieb es mit seiner Einschätzung allerdings keineswegs. Er war sich lediglich seines Könnens und seiner Fähigkeiten bewusst.

Es würde ein ehrbarer Kampf werden.

Einer, den ich zwar gewinnen konnte, allerdings nicht ohne Anstrengung. *Und Schmerz.* Nicht für mich, sondern für diejenigen um uns herum.

Zwei mächtige Wesen, die sich auf der Straße attackierten … Das würde nicht gut enden. Und ich wollte diesen Mann seiner Funktion als Regent keineswegs entheben. Hier stand nicht mein Ruf auf dem Spiel, sondern der von ihm – dem König von Gold und Granat.

Niemand hatte unser Gespräch unterbrochen. Niemand hatte mich angegriffen, nachdem Vesperus das einzige Messer, das in Richtung meines Kopfes unterwegs gewesen war, abgefangen hatte. Niemand hatte ihn zur Rede gestellt, warum er mir vorübergehend Asyl gewähren wollte.

Alle hatten sein Wort akzeptiert, als wäre es ein Gesetz.

Nicht, weil er ein Tyrann war, sondern weil sie ihn respektierten.

Das war die Art von Mann, die ich näher kennenlernen wollte, und das nicht nur als Folge seiner betörenden Magie. Sogar jetzt konnte ich das Pochen in meiner Brust fühlen; diesen Rhythmus, der mich darum anflehte, ihn mir zu nehmen, ihn zu akzeptieren und ihm zu *huldigen*.

Niemand hatte mich jemals zuvor so magisch angezogen.

Von dieser fremdartigen Empfindung wollte ich dringend mehr erleben. Sie war so neuartig und machte so süchtig, dass mir tatsächlich nur ein Ausweg blieb.

Akzeptiere sein Angebot.

Was ich ohnehin schon vorgehabt hatte. Ich konnte erst einmal mitspielen und würde dabei – hoffentlich – nicht allzu viel Schaden in seinem Reich verursachen. Denn in Wahrheit wollte ich weder gegen ihn noch gegen die anderen ankämpfen. Ich wollte nur in Frieden existieren.

Und meine verloren gegangene Magie wiederfinden.

Er hatte mir seine Ressourcen angeboten. Warum sollte ich nicht darauf zurückgreifen und herausfinden, was er damit meinte? Warum sollte ich hier nicht alles auskundschaften? Warum sollte ich diese Anziehung nicht noch ein bisschen länger genießen?

Ich neigte meinen Kopf zur Seite, während ich ihn unverwandt anblickte. „Du solltest wissen, dass mein Blut intensiv ist."

„Das ist meines auch", erwiderte er. Seine akzentgefärbte Stimme war nun eine Nuance tiefer.

Ein Jäger auf dem Sprung, dachte ich und bewunderte seine silbernen Iriden. Sie gingen in dunkle Ränder über und erinnerten mich an einen berstenden Stern. *Verführerisch. Verlockend. Sündig.*

„Nimmst du meinen Vorschlag an?", fragte er. Seine gestochene Aussprache war nun sehr markant und vielsagend.

Ja, er will mich definitiv so sehr kosten wie ich ihn.

„Ja, das tue ich." *Beiß mich, wenn du es wagst, König von Gold und Granat. Denn deine Reaktion auf mein Blut wird mir zeigen, ob du meiner Zeit würdig bist oder nicht.*

Nur die Härtesten konnten eine Essenz vertragen, die so stark war wie meine. Deshalb meine Warnung. Aber er hatte auch hier ebenso zuversichtlich geantwortet wie bei allem anderen.

Ein wahrer Anführer. Ein Adeliger. Ein König der Vampire.

Ein Schatten legte sich über sein Gesicht, als er tief in seinem Inneren die Herausforderung verstand, die ich ihm gerade zu seinen Füßen gelegt hatte.

Jetzt bist du mein, Göttin der Nacht, schien er zu sagen, als er mich mit seiner Hand um meinen unteren Rücken näher heranzog. Seine andere Hand in meinem Nacken drückte er leicht zusammen, als er seine Lippen auf meinen Hals senkte.

Seine Reißzähne streiften über meine Haut und überzogen meine Arme mit Gänsehaut.

Ja …

So viel Macht.

So viel Dominanz.

Ein würdiger Gegenpart, flüsterte meine Seele und veranlasste mein Herz, mehrere Schläge auszusetzen.

Vesperus stieß dicht über meiner Haut ein Knurren aus; wie ein Raubtier, das meine Erregung spürte. Vor ihm würde ich mich nicht verstecken. Wenn, dann würde ich ihn nur dazu ermutigen, schneller zu handeln.

Seine Zunge umkreiste meine Schlagader und versuchte den Moment zu erahnen, in dem ich es nicht mehr länger aushalten würde. Ich klammerte mich an seine Schultern und schloss meine Augen.

Die Auras rund um uns pulsierten erregt und steigerten meine Erwartungen.

Das ... Das ist so anders als alles, was ...

Meine Lippen öffneten sich, als Vesperus zubiss. Seine Reißzähne stießen ein euphorisierendes Gift in meine Blutbahnen, sodass ich ihn wild packte.

Oh, ihr Sterne ... Ich wollte unsere Kleider herunterreißen und ihn vor all diesen übernatürlichen Wesen *ficken.* Es unseren Mächten erlauben, dass sie sich vereinten. Sein volles Potential austesten und sehen, was dieser erhitzte Zauber in mir bedeutete.

Fühlt er es auch? Diesen Energiefluss, der uns verbindet? Ist das echt? Reine Einbildung? Meine eigene Zaubermacht, die mir Streiche spielt?

Ich zitterte und verlor mich in der intensiven Berührung seines Mundes. Ich spürte den starken Zug seiner Essenz an meiner, während er mein Blut schluckte.

Er krümmte sich nicht vor Schmerz und tat keineswegs so, als ob ich ihn vergiftet hätte.

Nein, vielmehr trank er von mir, als hätte ich soeben seinen Sinn des Lebens neu definiert.

Aber er hörte viel zu früh auf zu saugen und fuhr mit

seiner Zunge die Bissspur an meinem Hals entlang, um das Blut von dort aufzulecken. Dann glitt er damit bis zu dem zunehmenden Mond hinab, der zwischen meinen Brüsten hing.

Macht summte an meiner Haut entlang, als er dessen goldene Oberfläche in Blut tauchte.

Die Intimität der Handlung, bei der er seine Augen unverwandt auf die meinen gerichtet hatte, brachte mich dazu, meine Schenkel zusammenpressen.

Eklipse, hauchte ich und bemerkte, dass sich die Farbe seiner Iriden ins Gegenteil verändert hatte. Zuvor waren sie silberfarben und schwarz umrandet gewesen. Aber nun waren sie schwarz und glänzten an den Rändern silbern, was mich an den majestätischen Moment erinnerte, wenn der Mond die Sonne verdeckte.

Bemerkenswert.

Rätselhaft.

Selten.

Seine Lippen kehrten an meinen Hals zurück, um die Wunde mit seinem Gift zu verschließen. Dabei ließ mich seine Essenz vor Faszination und Begierde erzittern.

Ich wollte ihn beißen.

Ihn küssen.

Ihn besteigen.

Was war diese Verrücktheit?

Er wich zurück, um mich erneut anzublicken. Sein erwidertes Interesse war ein heißes Versprechen, das mir mit dem Verlangen, mich zu *nehmen,* beinahe das Kleid vom Leib riss.

Ich hatte Anziehungskraft schon früher erlebt. Aber nichts war so intensiv gewesen.

Ist es die Magie dieser Ebene? Das Gesetz dieser Welt? Etwas, was er tut? Sollte ich …

„Mein Herr", unterbrach eine tiefe Stimme die

Spannung. Ich erkannte, dass sie zu dem Vampir gehörte, der versucht hatte, mir ein Messer an den Kopf zu werfen. „Kieran ist eingetroffen und er bringt ein paar Phantome mit, die an Gold und Granat interessiert sind."

Vesperus sagte einen Moment lang nichts, sondern schaute mir nur weiterhin in die Augen. Dann wandte er endlich seinen Blick zu dem männlichen Wesen neben uns. „Kannst du das allein erledigen? Oder wäre es klüger, wenn ich bei diesem Treffen dabei wäre?"

Ich folgte seinem Blick, um den dunkelhaarigen Mann zu begutachten, der eine Vorliebe dafür hatte, zuerst Dolche zu werfen und dann erst Fragen zu stellen.

Dunkle, schwermütige Augen.

Athletischer Körperbau.

Tödlich.

Das Letztere schrieb ich seiner mächtigen Aura zu. Die Energie, die ihn umgab, war beinahe genauso stark wie diejenige, die mich hielt.

Dennoch fühlte ich mich in keinster Weise zu ihm hingezogen. Kein Ziehen in der Brust und keine unsichtbaren Energieflüsse von verlockender Magie. Nichts.

Nur eine nüchterne, ehrliche Einschätzung seiner Macht.

Was macht diesen hier anders? Ich grübelte weiter, während ich meinen Blick wieder zu Vesperus wandern ließ, während dieser mit dem gefährlichen Vampir über *Kieran* und seine *Phantome* sprach.

Ich ignorierte ihr leeres Geplapper und konzentrierte mich stattdessen auf die pulsierende Energie, die Vesperus' Geist umkreiste. Sie war so warm und berauschend, dass ich ihn wiederum am ganzen Körper ablecken wollte.

Beißen. Saugen. Kosten.

Diese Anziehung war an der Grenze zu toxisch; als

hätte ein geheimer Zauberspruch unsere Seelen in einer unauflöslichen Umarmung miteinander verwoben.

Was hat es mit dieser Magie auf sich? Ich staunte und hatte meinen Blick auf seinen Hals gerichtet.

Immer mehr Worte dröhnten in meiner Brust und ein Sprechchor verlangte, ich sollte ihn mir *nehmen, nehmen, nehmen.*

Aber als ich mich nach vorn beugte, um ihn am Hals zu küssen, zog er mich mit seiner Hand in meinem Nacken zurück. „Noch nicht", sagte er mit Kommandoton, dem ich mich gerne widersetzen wollte.

Mit Befehlen hatte ich es noch nie so gehabt.

Gehorsam musste verdient werden. Und in meinem langen Dasein hatten es nur sehr wenige geschafft, so nahe an mich heranzukommen, dass ich mich unterwerfen wollte.

Du hast mich gebissen. Jetzt werde ich dich beißen.

Ich benutzte meine Fähigkeit, mich in einen Schatten zu verwandeln, um mich aus seinem Griff zu lösen und hinter ihm wieder zu erscheinen. Mein Mund war nur wenige Zentimeter von seinem Nacken entfernt.

Plötzlich fand ich mich gegen eine Ziegelwand gedrückt und Vesperus presste sich erhitzt an mich. „Geduld", sagte er ruhig. „Oder hat dir niemand diese Tugend beigebracht?"

Meine Lippen verzogen sich. „Ich halte mich an eine ganz andere Palette von *Tugenden*, mein König."

Ich entzog mich wieder seinem Griff, indem ich mich verflüchtigte; allerdings war ich sofort wieder in derselben Position, weil er sich gleichzeitig mit mir verwandelte.

Bei dieser Demonstration von Macht riss ich die Augen weit auf, da sonst nie jemand mit mir Schritt halten konnte. *Das ... Das sollte eigentlich nicht möglich sein.*

Und sein Gesichtsausdruck sagte mir, dass er mir zustimmte.

Aber als sein Blick zu meinem Hals wanderte, schien sich so etwas wie Verständnis über sein Gesicht zu legen.

Meine Kräfte.

Er ... Er hat sie aus mir heraus ... gesaugt ...

Also, das war neu.

Er war nicht der Erste, der mich gebissen hatte, aber alle anderen waren von der Intensität meiner Essenz beinahe abgestoßen gewesen. Er hatte sie nicht nur ohne weiteres geschluckt, er hatte zudem auch einiges von meiner Macht absorbiert.

„Oh", hauchte ich. „Das ..."

„Ist beeindruckend", sagte eine neue männliche Stimme, die einen dunklen und unterschwellig bitteren Ton anschlug. „Es sieht so aus, als hätte ich hier irgendetwas verpasst. Möchtest du mich darüber aufklären, was im Territorium von Tod und Diamanten passiert ist?"

Vesperus blickte langsam auf den Neuankömmling; seine Iriden erinnerten immer noch an Eklipsen. „Du meinst das Gebiet, das vor vierzehn Tagen noch zu Gold und Granat gehört hat? *Dieses* Gebiet?"

Ich nahm den Mann neben uns in Augenschein und bemerkte, dass seine Aura aus gemischter Energie bestand. *Ein Mischwesen aus Vampir und Fee. Einer mit tödlicher Magie. Das ist interessant.*

„Ja, das Gebiet, das nun meiner Gefährtin gehört, der Baronin Sabrina", antwortete der Mann. „Dasselbe Gebiet, zu dem ich euch den Zutritt gewährt habe, auf der Suche nach ..." Er zog das letzte Wort in die Länge und blickte mich mit seinen stechend grauen Augen an. „*Ihr.*"

„Hallo", sagte ich, da ich das Gefühl hatte, etwas sagen zu müssen, damit diese männlichen Wesen daran erinnert wurden, dass ich ein lebendes, atmendes Geschöpf mit Verstand war und nicht bloß ein Gesprächsthema. „*Ihr Name ist Nyx, Göttin der Nacht.*"

Das männliche Individuum hob eine schwarze Augenbraue, die von derselben Farbe wie sein langes Haar war. „Hallo, Nyx. Ich bin Kieran. Ohne Titel. Nun, zumindest keinen, den ich verwenden könnte. Also, einfach nur Kieran, das reicht."

„Besitzer der Wehwehchen-Maschine", murmelte Vesperus. „Klingt für mich raffiniert genug."

Kieran schien diese Bezeichnung gar nicht zu gefallen, und er blitzte Vesperus wütend an. „Soll das ein Scherz sein?"

„An Humor fehlt es mir nicht", erwiderte der Vampir mit ausdrucksloser Miene. „Und ich würde immer noch allzu gerne wissen, was zum Teufel das ist."

„Ich kann es dir praktisch demonstrieren, wenn du möchtest", bot Kieran an. Seine Worte klangen beinahe wie eine Drohung. „Gibt es irgendetwas, das du von Nyx wissen möchtest? An einem Gott oder einer Göttin habe ich das Gerät noch nie ausprobiert". Der Klang von Vesperus' tiefer Stimme vibrierte an meiner Brust, als er ablehnte: „*Nein.*"

Kieran zuckte mit den Schultern. „Dann eben ein anderes Mal."

„Nein", wiederholte Vesperus. Der drohende Unterton war immer noch da. „Außer mir berührt niemand Nyx."

„Nyx ist persönlich hier und ist fähig, für sich selbst zu sprechen", warf ich ein.

„Verstanden?", fügte Vesperus hinzu, ohne mich zu beachten.

Ich verdrehte meine Augen. „Männer."

„Verstehe." Kieran blickte mich an, bevor er sich

wieder Vesperus zuwandte. „Das könnte zu Diskussionen unter den Häusern führen."

„Damit rechne ich", erwiderte Vesperus.

„Hmm", summte Kieran und blickte dann auf die zwei Männer, die sich hinter ihm befanden. „Dann wirst du dich wahrscheinlich schneller als gedacht mit diesen beiden unterhalten wollen. Vielleicht können sie dir helfen."

Womit helfen?, wunderte ich mich und ließ meinen Blick über ihre seltsam mystischen Auras schweifen. *Ohhh, sie sind Phantome!* „Eure Art ist etwas ganz Besonderes", murmelte ich, während ich hingerissen ihre himmlische Energie bewunderte. *„So* besonders." Aber sie faszinierten mich nicht auf dieselbe Weise, wie Vesperus mein Interesse angestachelt hatte. Nur seiner Macht gelang es offenbar, meine Seele so magisch in Beschlag zu nehmen.

Deshalb hatte ich auch noch keinerlei Anstalten gemacht, ihn von mir wegzustoßen. So wie er sich anfühlte, wenn er sich so gegen mich presste, gefiel mir ziemlich.

„Ich bin in einem Moment bei dir", sagte Vesperus zu Kieran. „Kaspian wird dir alles erklären."

Das Vampir-Feen-Wesen beugte seinen Kopf. „Ich könnte ein paar Hinweise gebrauchen."

„Gut. Und deine Stammesältesten zu respektieren ist Regel Nummer eins, um in dieser politischen Arena zu überleben", erwiderte Vesperus.

„Und schon wieder gibst du mir Ratschläge", sagte Kieran gedehnt. „Mach dir das nicht zur Gewohnheit, oder ich könnte denken, dass du auf mich stehst."

Vesperus lächelte, aber es sah nicht unbedingt freundlich aus. „Ich möchte nur sichergehen, dass mein ehemaliges Territorium unter deiner Obhut gedeiht."

Kieran verdrehte seine Augen. Dann führte er die Phantome den Quergang zur nächsten Straße hinunter und ließ mich wiederum mit Vesperus allein. „Du und ich, wir müssen uns über gutes Benehmen unterhalten", stellte er fest.

Ich lächelte. „Bringst du mir dann bei, dass ich mich vor dir als meinem König verbeugen muss?"

„Ja."

Meine Lippen verzogen sich noch mehr. „Göttinnen machen keine Verbeugungen."

„Wenn du überleben möchtest, dann wirst du das müssen." Die Strenge in seinem Ton passte zu seinem finsteren Blick. „Das Haus von Gold und Granat funktioniert, weil es die Hierarchie respektiert. Du bist *vorübergehend* ein Mitglied, das heißt, dass du dich auch benehmen musst. Oder ich werde gezwungen sein, dich ins Exil zu schicken."

Seine Hand wanderte zu meinem Hals, bevor ich etwas sagen konnte, und seine Macht formte eine Schlinge um meine Kehle.

Nein, nicht seine Macht.

Meine Macht.

Die Macht, die er durch seinen Biss erhalten hatte.

„Ich bin nicht der Typ, der auf die Knie geht", entgegnete ich und stellte sicher, dass er den Gegendruck meiner Energie spürte. Er mochte einen Teil meiner Kraft aufgesaugt haben, aber ich hatte bereits mein ganzes Leben mit ihr verbracht. Ich wusste, wie leicht sie jeden anderen überwältigen konnte.

Trotzdem hatte er auf bewundernde Weise die Situation unter Kontrolle, und das war etwas, was ich zutiefst respektierte.

Er drohte mir im Moment nicht, sondern wies mich nur in die Schranken.

„Nyx, ich habe dir eine vorübergehende Gnadenfrist eingeräumt. Ich muss wissen, dass du dieses Geschenk respektierst, indem du meine Rolle als Anführer anerkennst. Zumindest solange, wie ich mich um diese Situation kümmere. Denn jeder da draußen, inklusive des wichtigen Monarchen, den du gerade getroffen hast, denkt, dass *du* die Verantwortliche bist."

„Das bin ich nicht", sagte ich sofort.

„Ich glaube dir", antwortete er, was mich ein bisschen schockierte. „Aber sie werden nicht auf dich hören, solange sie sehen, dass du mir gegenüber keinen Respekt zeigst. Also musst du deinen verführerischen Mund von mir fernhalten, bis ich mich durch dieses politische Wirrwarr gearbeitet habe."

„Meinen verführerischen Mund?" Das ließ mich wiederum lächeln. „Sag mir mehr."

„Nyx."

„Vesperus." Er hatte tatsächlich einen sexy Namen.

Er stieß einen verärgerten Seufzer aus. „Ich habe eine Rolle zu erfüllen. Wenn du möchtest, dass ich dir helfe, dann musst du mich meinen Job machen lassen."

„Und dann?", fragte ich nach und hob eine Augenbraue.

Sein Blick wanderte zu meinen Lippen, bevor er langsam wieder nach oben ging. Die Eklipsen schimmerten immer noch hell in ihren betörenden Orbits. „Und dann werden wir eine weitere Unterhaltung über diesen verführerischen Mund und all dem, was du damit anstellen kannst, führen."

Er ließ meine Kehle los und trat einen Schritt zurück. Das Feuer in seinem Blick hinterließ in mir eine Hitze, die mein gesamtes Wesen versengte.

Ja, es hatte sich ganz sicher ausgezahlt, diesen Mann zu treffen, beschloss ich, während ich seine hochaufragende Gestalt und seine sinnlichen Züge betrachtete.

Es bedeutete ein Risiko, sich mit einem so machtvollen Wesen einzulassen. Aber es bot auch etwas *Neues*.

Was der einzige Grund dafür war, dass ich meinen Kopf in einer respektvollen Geste beugte. Ich hatte mich noch nie vor jemandem wirklich verbeugt, und ich würde auch jetzt nicht damit anfangen. Aber für einen würdigen Unsterblichen konnte ich Ehrfurcht auch vortäuschen.

„Ich werde mich benehmen", versprach ich ihm. „Aber nur, um meinen Namen reinzuwaschen." Nicht, dass es mich wirklich kümmerte, was diese übernatürlichen Kreaturen von mir dachten. Sie hatten mich nicht besonders herzlich willkommen geheißen und ich war mir nicht sicher, ob ich bleiben wollte.

Leider schien es so, als würde ich für eine Weile hier sein, wenn meine Magie mir weiterhin Schwierigkeiten bereitete.

Ist es das, was du möchtest?, grübelte ich. *Dass ich einem Reich eine echte Chance geben sollte?*

Vielleicht würde das meine kleine, freche Magie dazu veranlassen, zu mir zurückzukehren?

Ich konnte diese Möglichkeit austesten und mich in der Zwischenzeit mit Vesperus vergnügen.

Bei diesem Gedanken pulsierte die Magie in meiner Brust vor Zustimmung.

Ja. Vergnüg dich mit Vesperus. Und suche weiter nach der Magie.

„Zeig mir den Weg, *mein König*", sagte ich und gab mir die beste Mühe, *gehorsam* zu erscheinen.

Das dunkle Glitzern an den Rändern seiner silbernen Iriden sagte mir, dass er mich auf der Stelle durchschaute.

Aber er bot mir dennoch stumm seine Hand an.

Voller Freude, ihn wieder berühren zu können, nahm ich sie.

Benimmt er sich so mit allen neuen Mitgliedern seines Hauses?, fragte ich mich. Als wir uns in Bewegung setzten, senkten sich meine Mundwinkel. *Ich hoffe es jedenfalls nicht.*

Das war ein seltsamer Gedanke.

Warum sollte es mich etwas angehen, wie er sich mit anderen verhielt?

Eine eigenartige Vibration erschütterte meine Brust; die Empfindung erinnerte mich an ein Brummen. *Seltsam.* Aber der Gedanke daran, dass er auch jemand anderen berühren könnte, machte mich plötzlich zornig.

Ich blinzelte und war über dieses seltsame Gefühl erschrocken.

Diese Magie ist ... gefährlich.

Dennoch schaffte ich es irgendwie nicht, sie loszuwerden. Ich *wollte* sie nicht ignorieren. Oder zurückweisen. Ich wollte sie bereitwillig annehmen. In ihr schwelgen. Ihr *frönen.*

Vesperus drückte meine Hand. „Ich übernehme das Reden."

So wie du es mit Kieran gemacht hast?, dachte ich und schnaubte.

„Nyx."

Ich blickte ihn an und hob eine Augenbraue.

Er formte das Wort „Respekt" mit seinen Lippen in meine Richtung.

Respekt will verdient sein, dachte ich. *Also werden wir sehen.*

Aber das sprach ich nicht laut aus.

Stattdessen lächelte ich ihn an und erwiderte in meinem unterwürfigsten Tonfall: „Natürlich, *mein König.*"

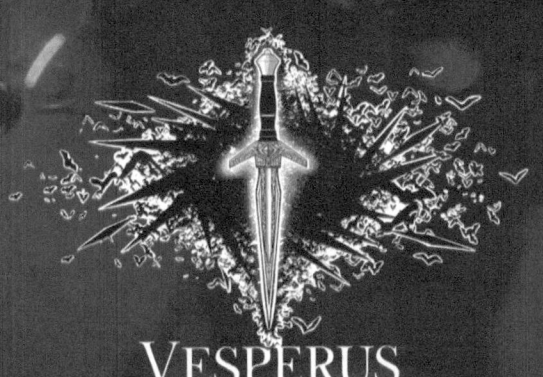

VESPERUS

Wenn sie mich noch einmal mit *Mein König* ansprechen würde, dann würde ich Nyx das Kleid vom Leib reißen, sie auf den erstbesten Untergrund werfen und sie durchficken.

Ja, ich hatte ihr aufgetragen, sie sollte respektvoll sein.

Aber sie tat es auf die verführerischste Art, die man sich nur vorstellen konnte.

Und es lenkte mich verflucht noch mal ab.

Diese Gefühle konnte ich mir nicht leisten, wenn ich mich mit Kaspian, Kieran, Slater, Nolan und den zwei Phantomen, die Kieran mitgebracht hatte, an den Tisch setzen musste.

Nyx war ein Stuhl angeboten worden, aber sie hatte es vorgezogen im Raum herumzuschweben, nachdem sie ein höfliches „Nein, danke, *mein König*" von sich gegeben hatte.

Sie gehörte offenbar zu jenen Wesen, die nicht allzu lange still sitzen konnten; und nun war sie damit beschäftigt, jeden Winkel des alten Restaurants auszukundschaften. Hin und wieder kicherte sie über ein Porträt an der Wand, bevor sie sich zum nächsten begab.

Kaspian hatte seine Lippen nach unten verzogen und blickte sie immer wieder an. „Sie ist leicht zu unterhalten."

„Sie sagt, dass sie schon einmal hier war, aber unter einer anderen Regentschaft", wiederholte ich die Worte, die sie mir beim Betreten des Gebäudes zugeflüstert hatte. *Oh, ich liebe dieses Restaurant. Eine hervorragende Wahl,* mein König. „Sie schwelgt in … Erinnerungen", fügte ich hinzu, wandte meinen Kopf in ihre Richtung und kniff die Augen zusammen.

„Unter anderer Regentschaft?", wiederholte er.

Ich war mir nicht sicher, wie ich antworten sollte, da mehrere von uns am Tisch saßen, aber ich entschied mich für die Wahrheit. „Sie ist mit einem Medaillon, von dem sie sagt, dass es ihr abhanden gekommen ist, durch verschiedene Wirklichkeiten gereist. So ist sie auch hierher gekommen."

„Und das nimmst du ihr ab?", fragte Kieran emotionslos.

Ich hatte mit diesem Mischwesen aus Vampir und Fee nicht viel zu tun, aber vor ein paar Wochen hatte er mich bei dem Treffen mit den Vertretern der anderen Häusern beeindruckt, und meine Meinung über ihn hatte sich im Zuge dieser ganzen Aufteilung des Territoriums immer mehr verbessert.

Und nun verdiente er meinen Respekt aus einem komplett anderen Grund; nämlich aufgrund seiner Fähigkeit, über Geschäftliches zu diskutieren, ohne zu viel preiszugeben.

Dieser Zug würde ihm in seiner neuen Rolle gute Dienste erweisen.

„Das tue ich", antwortete ich ihm schließlich. „Denn ich kann die Wahrheit an ihr schmecken."

Ich führte nicht weiter aus, was ich damit meinte, und die Tatsache, dass er nicht nachfragte, sagte mir, dass er bereits über meine Fähigkeit Bescheid wusste. Vielleicht hatte ihm sein Stiefonkel Elias davon erzählt.

Ich ging nicht öffentlich mit meinem Talent hausieren, aber ein paar enge Freunde und Bekannte wussten davon. Insbesondere jene, die jemals Bedarf an meiner Fähigkeit gehabt hatten.

Und jeder, dem ich sie jemals angeboten hatte – typischerweise in Form des Wahrheitsserums, das mithilfe meines Gifts hergestellt worden war – hatte meinen Wesenszug geheim gehalten. Denn sie waren Verbündete.

Es schien so, als würde Kieran einer von ihnen werden.

„Ich glaube auch, dass sie die Explosion nicht verursacht hat", fuhr ich fort. „Sie hat alle aus dem Schutt gezogen."

Was wiederum erklärte, warum alle Körper zufällig auf der Straße gelandet waren, anstatt unter den Überresten des Gebäudes begraben zu sein.

Sie hatte nicht unbedingt darauf geachtet, sie in einer bequemen Position hinzulegen, was darauf hindeutete, dass sie sich beeilt hatte, alle zu retten.

Dieses Verhalten passte wohl kaum zu demjenigen, der die Zerstörung ursprünglich heraufbeschworen hatte. Genauso wie mir nicht schlüssig erschien, warum sie am Tatort auftauchen würde, wenn sie schuldig war.

Außer sie hatte etwas gesucht und versuchte, ihre Kräfte dazu zu benutzen, mich irgendwie hineinzulegen.

In diesem Fall würde ich sie töten.

Aber ich konnte mir nicht vorstellen, was sie von mir hätte wollen können.

„Wer hat dann die Bar in die Luft gejagt?", fragte Kieran. Seine Stimme klang immer noch sachlich.

„Diese Frage ist immer noch offen." Denn wenn es nicht Nyx gewesen war, dann hatte jemand anderer das Pub aus unbekannten Gründen angegriffen.

Schwarzer Zauber?

War es ein Barkampf gewesen, der in einer Explosion ausgeartet war?

Etwas komplett anderes?

Ich war mir nicht sicher und keiner der Augenzeugen hatte mir etwas darüber sagen können, was tatsächlich passiert war. Sogar Nyx hatte sich in Bezug auf Details sehr vage ausgedrückt und nur gesagt, dass sie auf der Suche nach ihrer Magie gewesen war, als plötzlich alles rund um sie explodierte.

Sie war vor allen anderen wieder zu Bewusstsein gekommen, was dadurch bezeugt wurde, dass sie die Überlebenden danach auf die Straße gelegt hatte, aber sie konnte mir keine zweckdienlichen Hinweise geben.

Noch nicht, dachte ich.

Es diente nur als weiterer Vorwand, ihr vorübergehend Asyl zu gewähren. Ich konnte auf sie aufpassen und sie gleichzeitig zu mehr Details befragen. Vielleicht würde sie sich später an etwas erinnern, was wichtiger war.

Oder vielleicht suche ich nur weitere Vorwände, weil sie meine Schicksalsgefährtin ist.

Ich schielte zu der Ecke, in der sie stand und ihre Hüften zur Musik bewegte. Sie war auf der anderen Seite des Restaurants in ihrer eigenen kleinen Welt und erfreute sich an der leisen Musik, die aus den Lautsprechern kam.

„Das Letzte, woran ich mich erinnern kann, war …", sagte Slater leise, „dass ich in die Bar gegangen bin. Ich sehe noch vor mir, wie ich meine Hand auf die Tür gelegt habe, und dann wurde alles schwarz. Meine nächste Erinnerung ist, dass Trixie mich aufgeweckt hat." Die Art und Weise, wie seine Stimmlage am Ende düster wurde, sagte uns allen, wie er sich zu dem Zeitpunkt gefühlt hatte.

„Ich erinnere mich daran, wie ich hineingegangen bin", fügte Nolan hinzu. Seine vielfarbigen Augen erinnerten mich an seine schillernden, diamant-ähnlichen

Flügel. Im Moment waren sie verborgen, aber es war eine Eigenschaft, die von seiner Erblinie als Krieger der Erzengel stammte.

Oder vielleicht war es etwas, was andere seiner Art auch tun konnten. In dieser Welt wohnten nicht viele seiner Art, auch wenn es für sie ein Portal im Amazonas gab. Vielleicht waren sie zu sehr damit beschäftigt, in ihrem eigenen Reich – Celestia – einen Krieg gegen Dämonen zu führen.

Dass Nolan sich meinem Haus angeschlossen hatte, war ein absolut glücklicher Zufall gewesen.

Einer, der seinen Ausgangspunkt darin gehabt hatte, dass Kaspian ihm vor Jahrzehnten das Leben gerettet hatte.

„Dann wurde alles um mich herum weiß, nicht schwarz", fuhr Nolan fort. „Und dann wachte ich auf und hatte diese Hexe in meinem Gesicht."

Hier stimmten die Berichte überein.

„Sie hat euch beiden geholfen, eure Wunden zu heilen", hob ich hervor.

Als Antwort gaben beide Männer ein Brummen von sich. Beide waren offensichtlich nicht darüber erfreut, dass sie mit Trixies Heilkräften in Berührung gekommen waren.

Typisch. Meine Männer zogen es vor, die Narben aus ihren Kämpfen mit Stolz zu tragen. Und das hatte ihnen die Hexe genommen.

„Ich brauche euch nicht nur lebend, sondern ihr müsst auch gesund und stark sein", fügte ich hinzu. „Ich dachte, wir würden uns auf die Jagd machen." Meine Augen wanderten zu Nyx zurück. „Stattdessen ist meine Beute zu mir gekommen."

„Und du hast ihr Gnade gewährt", sinnierte Kieran.

„Vorübergehend", präzisierte ich. „Bis wir dem Ganzen auf den Grund gegangen sind."

Er hob eine Augenbraue. „Also denkst du, dass es zumindest eine kleine Möglichkeit gibt, dass sie lügt?"

„Das habe ich nicht gesagt."

„Nein, hast du nicht", stimmte er zu und erinnerte mich mit seiner Arroganz an meine eigene.

Mein Kiefer knackte, während ich mir überlegte, wie ich die Unterhaltung in eine andere Richtung lenken konnte. Ich erwartete, dass er Elias über das gesamte Gespräch in Kenntnis setzen würde, was bedeutete, dass ich etwas mehr Inhalt liefern musste. Etwas, das half, den König von Blut und Beryll zu beruhigen, während meine neuen Nachbarn von Tod und Diamanten zufriedengestellt waren.

„Sie stellt eine Bedrohung für unser Reich dar", gab ich langsam zu. „Indem ich ihr *vorübergehend* in meinem Haus Asyl gewähre, kann ich ein Auge auf sie haben, während ich versuche herauszufinden, was in der Bar geschehen ist."

„Ich bin mir sicher, dass das der *einzige* Grund dafür ist", bemerkte Kieran, der offensichtlich ahnte, dass mehr an der Sache dran war, als ich zugab.

Nachdem ich ihm vorhin beinahe den Kopf dafür abgerissen hätte, weil er vorgeschlagen hatte, Nyx zu foltern, war es sehr deutlich, dass ich im Moment nicht klar denken konnte, wenn es um diese Frau ging.

„Es ist der einzige Grund, der zählt", erwiderte ich ihm und war mir komplett darüber bewusst, dass er mich durchschaute.

Aber ich war noch nicht bereit dazu, meine Verbindung mit ihr publik zu machen.

Zumindest nicht offiziell.

Mochten die anderen die Schlüsse aus der Situation ziehen, die sie wollten.

„Sie wird bei mir bleiben, bis ich den Grund für die

Explosion festgestellt habe. Und auch bis ich ihr dabei geholfen habe, ihr Medaillon zu finden; denn es sieht so aus, als ob sie durch unsere Portale nicht in ihre Welt zurückkehren könnte." Ich hielt Kierans Blick stand. „Vielleicht ist sie die erste ihres Geschlechts und eine neue Art in unserem Reich. Ich bin mir sicher, dass ihr – du und Sabrina – dafür Verständnis habt?"

Nicht Kieran persönlich, aber seine Gefährtin.

Und die zwei Phantome, die neben ihm saßen.

In diesem Reich waren sie eine neue Gattung, die für etwas Unruhe gesorgt hatte. Aber wir hatten die Sache mit der Erschaffung eines neuen Hauses, der ich zugestimmt hatte, geregelt.

Das war etwas, was Kieran wusste und berücksichtigen sollte: Ich hatte ihnen allen einen Platz zum Leben gegeben.

Außerdem war er das einzige lebende Vampir-Fee-Mischwesen. Also konnte er sich vielleicht auch auf persönlicher Ebene mit der Situation von Nyx identifizieren.

Er nickte nun und las die offensichtlich die Gedanken, die ich nicht laut ausgesprochen hatte. *Wir spielen mit Schuld. Ich habe mich dir gegenüber zu etwas verpflichtet gefühlt, also habe ich meine Stimme zugunsten deiner Baronin abgegeben. Nun wirst du auf meiner Seite sein, denn dadurch schulde ich dir wiederum etwas und du weißt, wie nützlich das sein kann.*

Sein Gesichtsausdruck blieb weiterhin unbewegt und glich einem erfahrenen Pokerface. Ich nahm an, dass seine Familienbeziehung zu Elias etwas damit zu tun hatte.

„Also wirst du die Untersuchung des Pubs übernehmen?", fragte Kieran.

„Ich halte das für selbstverständlich, ja. Aber ich bin in jedem Fall auch offen dafür, gemeinsam an den Ermittlungen zu arbeiten." Das war ein Angebot, das ich für gewöhnlich nicht machte, aber in diesem Fall schien es klug zu sein. In Hinblick auf die friedlichen Abkommen über die Gebietsgrenzen und so weiter.

Kieran zuckte mit den Achseln, als würde das für ihn keinen Unterschied machen. „Sabrina hätte nur gern, dass wir sie auf dem Laufenden halten."

„Du kannst gern weiterhin unser Mittelsmann sein", schlug Kaspian vor. „Und wenn es nötig sein sollte, in der Sache zusammenzuarbeiten, dann werden wir Bescheid geben."

Vorsicht, Kas. Wiederum stellst du deine diplomatischen Fähigkeiten unter Beweis, stichelte ich und ging sicher, dass er mich durch meine telepathische Verbindung zu seinem Verstand hören konnte.

Er ignorierte mich, zumal er meine wahllosen Kommentare in Besprechungen wie diesen bereits kannte.

Er würde sich jedoch später lang und breit bei mir darüber auslassen.

Kieran nickte. „Oder du nimmst vielleicht Nox und Bane mit an Bord; sie könnten als Rückendeckung zur Verbindung mit dem Haus dienen."

„Mit ihrer Gefolgschaftstreue zu Tod und Diamanten oder zu Gold und Granat?", fragte ich.

„Jetzt erst mal zu Tod und Diamanten", sagte Kieran. „Bis sie bewiesen haben, dass sie deinen Rängen würdig sind." Er wandte sich an sie. „In Ordnung?"

Das Phantom mit den dunkleren Zügen nickte. „Ja. Ich würde mich gern dem Haus von Gold und Granat anschließen, aber ich bin mir auch der erforderlichen Bewährungsaufgaben bewusst."

Was bedeutete, dass sie nicht nur aus Gründen der Sicherheit meinem Haus beitreten wollten, sondern auch weil sie innerhalb des Hauses Positionen bekleiden wollten.

Ich musste gegen ein Lächeln ankämpfen. Denn das

war genau das, worauf ich gehofft hatte. Und der leichte Schimmer in Kierans Blick sagte mir, dass er das ebenso gewusst hatte.

Eine weitere Möglichkeit, mich in deine Schuld zu stürzen, dachte ich, während ich ihm in die Augen blickte. *Clever.*

Es schien, als hätte ich seine Kenntnisse im Schachspiel unterschätzt. Er machte immer einen oberflächlichen und arroganten Eindruck. Aber da war viel mehr an diesem Wesen, als sein erster Eindruck vermittelte.

Oder vielleicht war das Sabrinas Einfluss?

Ich würde mir die beiden später noch einmal genauer ansehen müssen.

„Gold und Granat gibt deinem Ansuchen statt", sagte ich zu dem dunkelhaarigen Mann. „Kaspian wird dich noch weiter über die erforderlichen Bewährungsaufgaben aufklären."

Das Phantom beugte seinen Kopf. „Ich danke dir, König Vesperus."

Ich blickte auf das andere Phantom, dessen Züge von einem etwas helleren Braun waren. „Und du?"

Seine stechend blauen Augen schauten mich ohne Zögern an. „Ich würde mich auch gern deinen Söldnern anschließen." Seine Lippen verzogen sich leicht. „Mit dem Tod vertreibe ich mir am liebsten die Zeit. Wenn ich daraus einen Beruf machen könnte, dann würde ich buchstäblich von dem leben, was ich liebe."

Nun, dieser Mann hier besaß auf jeden Fall mehr Persönlichkeit als der andere. „Ich dachte, Phantome wären friedliebende Wesen?"

„Das sind wir auch", erwiderte er. „Und ich habe viele Jahre lang ein pazifistisches Leben geführt. Aber nun, da wir … entdeckt wurden, würde ich gerne etwas anderes machen. Und im Haus von Tod und Diamanten gibt es keine Alternativen, wenn man die jüngsten Geschehnisse bedenkt."

„Ich verstehe", sagte ich und tauschte mit Kieran einen Blick aus. Er hatte offenbar sein Versprechen mehr als eingehalten, ein oder zwei Phantome zu finden, die am Haus von Gold und Granat interessiert waren.

„Sie haben früher für Max gearbeitet", lieferte Kieran eine Erklärung.

Ich hatte keine Ahnung, wer oder was Max war, aber ich nickte trotzdem und konzentrierte mich wieder auf denjenigen, der behauptete, dass er den Tod lieben würde. „Bane?", riet ich.

„Nox", korrigierte er mich und verzog seine Lippen zu einem hämischen Grinsen. „Das ist eine Abkürzung von Noxious. Ein Name, den ich gewählt habe, nicht einer, der mir bei der Geburt gegeben wurde."

Ich hob eine Augenbraue. „Ist dieser *selbstgewählte Name* mit einer Fähigkeit verbunden, von der ich etwas wissen sollte?"

„Ich habe eine Vorliebe für Gift." Er schaute zu Bane. „Er hingegen versteht sich besser auf das Hantieren mit traditionellen Waffen. Aber ich mache sie normalerweise noch wirkungsvoller mit … Chemikalien."

„Ja, unser ehemaliger Anführer liebte es, damit herumzuexperimentieren", fügte Bane hinzu. „Und Nox hat es gefallen, in den Labors herumzuspielen."

Interessant. Ich wechselte erneut einen Blick mit Kaspian. „Klingt so, als hättest du gerade zwei neue Freunde gefunden."

„Wir werden sehen, ob sie das halten, was sie versprechen", sagte mein Stellvertreter affektiert.

Nyx wirbelte quer durch den Raum und fing erneut meinen Blick auf. Sie schien zu irgendeiner Melodie zu summen, die nur sie hören konnte. Denn die Musik hatte bereits zu spielen aufgehört.

„Noch etwas?", fragte Kieran gelangweilt.

„Nein, außer du möchtest Versperus' Entschluss anfechten."

Ich war auf seine Reaktion gespannt und schaute den Mann an.

Aber der zuckte lediglich wieder mit den Achseln. „Es wird zu einer interessanten Diskussion führen und mein Onkel wird nicht damit einverstanden sein. Wie dem auch sei, ich nehme an, dass du dir schon überlegt hast, wie du damit umgehen möchtest."

Weder bestätigte ich diese Vermutung noch dementierte ich sie.

Was Kieran zu einem Lächeln bewegte, währenddessen er sich vom Tisch erhob. „Nach meiner Zählung habe ich nun zwei Gefallen gut, König Vesperus." Er blickte auf Nyx und dann auf die Phantome. „Streng genommen drei."

„Ich habe es mir notiert", antwortete ich trocken.

Das überhebliche Grinsen des Vampir-Feen-Wesens wurde immer breiter. „Dann bin ich davon überzeugt, dass unser Bündnis einen fantastischen Start hingelegt hat. Er bewegte sich in Richtung Tür, hielt dann inne und fügte hinzu: „Aber mein Angebot für eine Demonstration steht immer noch. Lass mich wissen, wenn du bereit bist oder mich benötigst."

Mit diesen Worten verneigte er sich leicht vor Nyx, was sie mit einem tiefen Knicks honorierte, und ging zur Tür hinaus.

Amüsiert schaute ich ihm nach.

„Demonstration?", wiederholte Kaspian.

„Seiner Wehwehchen-Maschine", erklärte ich ihm.

Kaspian zog seine Augenbrauen zusammen. „Was zur Hölle ist eine Wehwehchen-Maschine?"

„Das frage ich mich auch." Und warum ich so gerne wissen wollte, welches Folter-Werkzeug er so genannt hatte.

„Es klingt wie ein Kinderspielzeug", murmelte Kaspian.

„Das tut es", stimmte ich zu. „Aber ich bezweifle sehr, dass er es bei Kindern zum Einsatz bringt." Es fiel mir auf, dass Kieran moralische Wertvorstellungen zu haben schien, ebenso wie Elias und Volker.

Deshalb hatte ich sie auch zu Verbündeten gemacht.

Die Regentin Asbesta war eine andere, mit der ich oft einer Meinung war. Aber nicht immer.

Jedenfalls würde keiner von uns Kindern etwas zuleide tun.

Was eventuell der Grund dafür ist, dass ich Nyx beschütze, dachte ich, während sie immer noch mit einer kindlichen Freude im Restaurant herumtanzte.

Mehr als neugierig zu hören, welche Melodie sie gerade summte, erhob ich mich vom Tisch und überließ es Kaspian, mit den anderen zu sprechen. Er würde sich um die Details der Ermittlungen kümmern und Aufgaben, die mit der Verhandlung zu tun hatten, an Nox und Bane übertragen. Bei all diesen Aufgaben ging es um Vertrauen und wir würden daran ermessen können, welche Wertschätzung wir ihnen innerhalb unserer Ränge entgegenbringen konnten.

In der Zwischenzeit würde ich mich um die wirbelnde Göttin kümmern.

Ich packte sie an den Hüften, als sie sich genau vor mir drehte und beugte sie dann bis zum Boden hinunter. Dabei blickte ich ihr unentwegt in die Augen, während sie eine alte irische Melodie summte.

Diese Melodie war mindestens tausend Jahre alt, soweit ich wusste.

Ich flüsterte ihr einige Worte des Liedtextes zu, bevor ich sie wieder nach oben in meine Arme zog. „Woher kennst du dieses Lied?", fragte ich sie.

„Ich habe es in einer der Parallelwelten gehört", murmelte sie und ließ sich beim Tanz leicht von mir führen. „So wie ich jedes Wort gehört habe, das gerade vor ein paar Momenten an dem Tisch dort drüben gesprochen wurde. Du behältst mich hier, bis du denjenigen gefunden hast, der an der Explosion schuld war."

Keine Frage, sondern eine Aussage.

„Ich habe auch gesagt, dass ich dir helfen würde, dein Medaillon zu finden."

Sie nickte. „Und dass du meiner Version Glauben schenkst, weil du einen Lügendetektor hast."

„Diesen Teil habe ich nicht ausgesprochen."

„Nein, ich habe es nur daraus geschlossen." Sie presste ihre Lippen aufeinander und versuchte, beim Tanzen die Führung zu übernehmen.

Ich zog sie heftig an mich, legte eine Hand an ihre Hüfte und die andere auf ihre Handfläche. Dann tanzte ich mit ihr durch den Raum, wobei meine Bewegungen bestimmt waren und keinen Widerspruch duldeten.

Wenn wir schon tanzten, dann würde ich sie verdammt noch mal auch führen.

Sie lächelte, als würde sie in meinem Vergnügen schwelgen. Ihr langes schwarzes Haar berührte den Boden, als ich sie wieder nach unten beugte. Der zunehmende Mond zwischen ihren Brüsten glitzerte und die Blutspur gab ihm ein rotbräunliches Schimmern, das an Granat erinnerte.

Mein, dachte ein archaischer Teil von mir. *Diese bezaubernde Frau ist mein.*

Das kam von der schicksalshaften Verbindung, die in meiner Brust pochte; dieses magische Band, das ich mit einer einfachen Zurückweisung zerreißen konnte.

Dennoch wollte ich dieses Risiko noch ein bisschen länger eingehen. Die Grenzen ein bisschen erweitern. Sehen, was das Schicksal auf der anderen Seite bereithielt.

Nur für eine Minute.

Dann würde ich wieder die Kontrolle übernehmen und sie in ihr Reich zurückschicken.

Außer ich finde eine Möglichkeit sie zu behalten.

Denn dass sie die Macht unseres Hauses vergrößern würde, war unbestritten.

Entscheidungen, Entscheidungen. Von denen ich hier an Ort und Stelle keine treffen würde.

Weshalb ich nur noch eine Frage an sie stellen konnte: „Möchtest du sehen, wie Island in dieser Welt aussieht?"

Sie hörte auf zu tanzen und ihre Augen funkelten. „Im Winter? Wenn der Mond beinahe den ganzen Tag und die Nacht über scheint?" Ihre Aufregung war hörbar. „Ja. Das würde ich liebend gern tun."

NYX

Iᴄʜ ᴋᴏɴɴᴛᴇ ᴍɪᴄʜ ɴɪᴄʜᴛ ᴅᴀʀᴀɴ ᴇʀɪɴɴᴇʀɴ, ᴡᴀɴɴ ɪᴄʜ ᴅᴀs letzte Mal irgendwohin geflogen war. Normalerweise reiste ich, indem ich mich an andere Orte versetzte, aber es hatte auch ein paar seltene Gelegenheiten in der Vergangenheit gegeben, an denen ich ein Flugzeug bestiegen hatte.

Hauptsächlich, um mich zu verhalten wie alle anderen.

Und um zu sehen, wie das so war.

Dieses Mal empfand ich das Erlebnis als etwas außergewöhnlicher als sonst. In erster Linie deshalb, weil der Jet mit Magie statt mit Treibstoff angetrieben wurde.

Faszinierend.

Ich bewunderte den Himmel, wie er sich von spärlich erleuchtet bis hin zu tiefstem Schwarz veränderte. Meine Seele jubilierte dabei über die erneuerte Verbindung mit dem Mond. Es machte keinen Unterschied, zu welchem Reich ich mich begab; dieser kreisende Trabant füllte meine Energietanks immer wieder neu auf und appellierte an meine Seele, etwas zu erschaffen.

Sternenstaub kitzelte meine Handfläche und meine Haut summte vor revitalisierter Energie und Kraft.

Ich sog die Luft tief ein, schwelgte in den Sinneseindrücken und lächelte über die glitzernden Edelsteine am Horizont.

Fliegen hatte sicherlich seine Vorteile und die Aussicht war einer davon.

Vesperus und Kaspian schienen mir darin allerdings nicht zuzustimmen. Sie saßen im vorderen Teil der luxuriösen Kabine, steckten ihre Köpfe zusammen und unterhielten sich leise.

„Bist du dir sicher?", fragte Kaspian. Seine Frage drang mühelos an mein Ohr, da ich sie schamlos belauschte. So wie ich es im Restaurant getan hatte. „Die Beziehung könnte dein Urteil beeinträchtigen."

„Dessen bin ich mir bewusst." Vesperus klang müde. „Ihre Kräfte mögen sie undurchschaubar machen, aber ich habe an ihr keine einzige Lüge wahrnehmen können, Kas. Nicht einmal eine Andeutung von Unwahrheit."

Weil ich dir die Wahrheit gesagt habe, dachte ich in seine Richtung. *Was habe ich davon, wenn ich lüge?*

„Also wirst du sie behalten, bis du dich anders entschieden hast", formulierte Kaspian es mit anderen Worten.

„Ich garantiere ihr Aufenthaltsrecht, bis sie mir Grund dazu gibt, mich anders zu verhalten", präzisierte Vesperus. Seine Aussage gefiel mir viel besser als Kaspians Wortwahl von *behalten*.

Niemand konnte mich *behalten*. Ich war eine Göttin. Ich würde mich ganz einfach aus dem Staub machen, wenn jemand versuchte, mich einzusperren.

„Sie könnte sich als starke Verbündete von Gold und Granat erweisen", fuhr Vesperus fort. „Sie könnte auch eine mächtige Königin abgeben."

Ich blinzelte. Eine *Königin?*

„Als meine Schicksalsgefährtin wäre das ihre Rolle", sprach er weiter. „Und gemeinsam wären wir zwei der mächtigsten Monarchen auf der Welt."

„Odin und Lady Gabriella könnten dazu aber auch ein paar Dinge zu sagen haben", sagte Kaspian trocken.

„Ihr Niedergang ist unser Aufstieg", antwortete Vesperus.

Aber ich dachte immer noch über diesen Ausdruck nach: *Schicksalsgefährtin.* Wie kam er dazu, mich für seine *Schicksalsgefährtin* zu halten? Göttinnen hatten keine Schicksalsgefährten. Wir hatten Gemahle. Geliebte. Gelegentliche Gatten zum Zweck der Zeugung von Nachwuchs.

Nicht dass ich mit Letzterem schon Erfahrung gemacht hätte.

Ich hatte noch nicht den richtigen Partner gefunden. Ich hatte auch noch nicht entschieden, in welcher Welt ich mich niederlassen wollte, um Nachkommen aufzuziehen, oder ob ich überhaupt einen wollte.

„Was passiert, wenn sie nicht unsere Königin von Gold und Granat sein möchte?", fragte Kaspian und forderte mich damit erneut heraus.

„Wenn sie nicht unsere Königin sein möchte, dann werden wir die Magie, die uns aneinander bindet, zurückweisen und uns nicht mehr um sie kümmern", antwortete Vesperus, weshalb ich meine Stirn runzelte.

Die Magie zurückweisen?

Welche Mag...

Ich blinzelte wieder und legte meine Handfläche auf meine Brust. *Diese Magie? Das Pulsieren in meinem Herzen? Ist es das? Ein Band von Schicksalsgefährten?*

„Das verlangt, dass du die Finger von ihr lassen musst",

sagte Kaspian nachdenklich. „Sonst lässt dir das Schicksal keine Wahl."

„Das gilt nur, wenn ich sie ficke." Vesperus' gepflegte Aussprache schien den Ausdruck – *ficken* – zu liebkosen, was meinen Puls erwartungsvoll in die Höhe trieb.

Ficken. Ja, das hätte ich gern, bitte!

Bloß hatten seine Worte zögerlich geklungen, weshalb ich jede Aussage der Reihe nach wiederholte. Dabei konzentrierte ich mich mehr auf ihre Bedeutung als auf die mögliche Handlung.

Vesperus hatte gesagt, dass wir unsere Bande trennen könnten.

Aber Kaspian hatte darauf hingewiesen, dass Vesperus seine Hände von mir lassen musste, damit das weiterhin möglich bliebe. „*Sonst lässt dir das Schicksal keine Wahl.*"

Was hieß, dass Vesperus mich nicht vögeln konnte, wenn wir nicht mittels dieser verrückten Magie verbunden sein wollten.

Meine Mundwinkel wanderten nach unten. *Was für eine Art von Zauber ist das, dass er auf so tiefgreifende Weise meine Zukunft vorgeben kann? Ist es dieselbe Magie, die mich von Anfang an in den Bann von Vesperus gezogen hat? Dieser unsichtbare Pfeil, der unverrückbar in seine Richtung gezeigt hat?*

„Denkst du, dass du das schaffst?", fragte Kaspian nachdrücklich. „Ich habe gesehen, wie du mit ihr getanzt hast."

Vesperus schnaubte. „Das ist bloß verführerisches Vorspiel. Das solltest du manchmal auch ausprobieren."

„Das tue ich oft, aber nur, wenn ich meine Partnerin flachlegen will."

„Dann musst du deiner Fantasie möglicherweise einen breiteren Horizont verleihen, alter Freund. Da gibt es so viel mehr, was man mit Händen und Mündern anstellen kann. Vielleicht solltest du dir das aneignen, bevor du deine zukünftige Schicksalsgefährtin triffst."

Kaspian stieß ein bellendes Lachen aus, als er das hörte. „Oh, ich bin mir vollends bewusst, wie ich meinen Mund und meine Hände einsetzen kann, Kumpel. Aber ich bin mir nicht sicher, ob du widerstehen kannst, mehr zu tun."

„Also stellst du meine Selbstkontrolle in Frage?" Der warnende Unterton in Vesperus' Stimme schien seinen Freund in keinster Weise aus dem Konzept zu bringen, denn dieser gluckste vor Lachen einfach nur weiter.

„Nicht unbedingt. Ich denke schlichtweg, dass du die Macht des Schicksals zutiefst unterschätzt."

„Ich unterschätze niemals etwas."

„Für alles gibt es ein erstes Mal, Ves", spottete sein Freund. „Als typisches Beispiel: Deine göttliche Gefährtin starrt gerade verträumt aus dem Fenster deines Jets."

Und hört jedes einzelne Wort, das du von dir gibst, fügte ich hinzu und hatte meine Augen weiterhin auf die Sterne gerichtet, während ich weiterhin über ihre Kommentare nachdachte.

„Sie hat mich vollkommen überrumpelt, so viel ist sicher", gab Vesperus zu.

„Eine Untertreibung. Ich dachte, du würdest es zulassen, dass sie dich bei lebendigem Leib auffrisst."

„Das hätte ich vielleicht gemacht, wenn mein Stellvertreter ihr kein Messer an den Kopf geworfen hätte", erwiderte mein *Schicksalsgefährte*.

„Ich werde mich nicht dafür entschuldigen."

„Ich weiß."

„Du hättest dasselbe für mich getan", fügte Kaspian hinzu.

„Ich weiß", wiederholte Vesperus. „Aber wenn Nyx

beschließt, im Gegenzug aus Rache dir ein Messer an den Kopf zu werfen, dann werde ich sie nicht aufhalten."

Hmm. Ein verlockender Gedanke, aber ich beende Kämpfe lieber, anstatt sie anzuzetteln. Indem Vesperus diese Klinge abgefangen hatte, hatte er diesem Kampf schon Einhalt geboten, noch bevor dieser begonnen hatte.

Aus Instinkt mich zu schützen – seine Schicksalsgefährtin.

Was für eine wunderbare Magie, grübelte ich. Ohne zu wissen, wer ich war, hatte er mich beschützt. Denn er hatte die Verbindung schon in seiner Brust gespürt.

Dieselbe Anziehungskraft hatte mich dazu gedrängt, ihn zu finden.

Und wegen ihr möchte ich ihn am liebsten ablecken.

Würde diese Magie bei mir bleiben, selbst wenn ich dieses Reich verließe? Würde mein Herz brechen, wenn ich nicht bei Vesperus wäre?

Er hatte es immerhin in Erwägung gezogen, diese Magie von sich zu weisen. Also sah es so aus, als hätten wir die Wahl, ob wir den Zauberbann brechen wollten oder nicht.

Mein Herz pochte bei dieser Vorstellung wild und wollte es nicht wahrhaben, dass ich die Fähigkeit haben konnte, eine so schöne Verbindung in die Brüche gehen zu lassen. Ich fühlte mich innerlich so leicht und warm und meine Seele erfreute sich an dieser positiven Energie.

Ich fühlte mich ganz.

Glücklich.

Wiederbelebt.

Als hätte ich plötzlich einen neuen Daseinszweck – mich mit Vesperus zu vereinen.

Gehört das alles zu diesem Zauber? Oder ist das ein Nebeneffekt davon?

Um das herauszufinden, konnte ich die Magie zurückweisen, aber dafür war ich nicht wirklich bereit.

Zuvor wollte ich etwas davon erleben und sehen, zu welchen Verzückungen es unsere Körper verwob.

Bloß dass er angedeutet hatte, dass Ficken unsere Verbindung für immer verfestigen würde.

Ich bin eine Göttin. Nichts ist endlich.

Aber so wie es sein Freund treffend ausgedrückt hatte: Es gab immer ein erstes Mal.

Entscheidungen, Entscheidungen, überlegte ich, während meine Haut vor Mondmagie summte.

Die zwei Männer führten ihre Unterhaltung weiter fort, wobei sie nun über die Explosion in der Bar und meine augenscheinliche Schuldlosigkeit an der Sache diskutierten. Danach ergingen sie sich in strategischen Überlegungen, wie sie den Verantwortlichen finden konnten. Offensichtlich hatte die Magie alle Kameras und Sicherheitssysteme in der Gegend ausgeschaltet, sodass es keine Spuren gab. Und Trixie, ihre Hexe mit Heilkraft, hatte gesagt, dass sie die Magie nicht erkannte.

Jedenfalls hatte der Raben-Wandler von Gold und Granat – *Slater*, wie ich später herausgefunden hatte – irgendwie schon mit ihr zu tun gehabt.

„Sie war es nicht, Ihre Majestät", hatte er zu Vesperus versichert, bevor wir das Restaurant verlassen hatten.

Vesperus hatte mich in Türnähe warten lassen, bevor er noch einmal zurückging, um unter vier Augen mit seinem Raben-Wandler zu sprechen.

Was ich natürlich belauscht hatte. Hätte ich private Unterhaltungen – im Speziellen solche, in denen es um mich ging – immer ignoriert, dann hätte ich nie so lange überleben können.

„Erklär mir das genauer", hatte Vesperus gesagt.

„Ich kann die explosive Energie wahrnehmen", hatte der Raben-Wandler gemurmelt und seine grauen Augen hatten kräftig gefunkelt. „Und sie passt nicht zur Essenz dieser Göttin."

Vesperus hatte genickt und die beiden hatten noch ein paar Minuten länger über die Quelle der Explosion diskutiert. Es schien, als hätte der Raben-Wandler ein ziemliches Talent für Spurensuche. Deshalb war er auch zurückgeblieben, um zu sehen, was er in Dublin finden konnte. Und der Erzengel war bei ihm geblieben.

Der offensichtliche Zusammenhalt war rührend und eindeutig ein typischer Wesenszug der Mitglieder von Gold und Granat. Die Söldner waren anscheinend nicht alle einsame Wölfe, sondern arbeiteten auch als Einheit zusammen.

Ich vermutete, dass zum Teil ihr Anführer dafür verantwortlich war, da er eng mit Kaspian zu kollaborieren schien. Die zwei begannen sich zu überlegen, wie Vesperus am besten reagieren sollte, würden andere Hausoberhäupter Bedenken hinsichtlich meines temporären Asyls äußern.

„Wirst du ihnen etwas von den Banden zu deiner Schicksalsgefährtin verraten?", fragte Kaspian.

„Noch nicht."

Kaspian dachte einen Moment lang über die Antwort nach. „Was ist mit den Mitgliedern unseres Hauses? Mir ist aufgefallen, dass du es Slater und Nolan gegenüber nicht erwähnt hast, aber ich denke, dass sie es vermuten. Genau so wie Kieran und wahrscheinlich auch die Phantome."

„Willst du mir damit sagen, dass ich es nicht geschickt verborgen habe?"

„Du hast sie vor mir und dann wieder vor Kieran beschützt. Und du warst sehr … *sensibel*. Für gewöhnlich bist du nicht *sensibel*."

Vesperus fuhr sich mit der Hand durch sein dichtes, schwarzes Haar, was mich dazu bewog, meinen Blick von den Sternen abzuwenden und stattdessen seine Finger aus den Augenwinkeln heraus zu bewundern. *Stark. Männlich. Perfekte Hände.*

„Sie gehört mir", antwortete er einfach. „Und sie hat genauso wenig ihre Finger von mir gelassen."

„Was du normalerweise nicht erlauben würdest", hob Kaspian hervor. Seine Worte beeindruckten mich. Denn es klang so, als würde Vesperus sich mit seinen Geliebten normalerweise nicht in der Öffentlichkeit zeigen, was mich wiederum einzigartig machte.

Das gefiel mir außerordentlich.

Natürlich war das vielleicht mit diesem Schicksalsgefährten-Blödsinn verbunden, aber ein fremder Teil in mir erfreute sich an dem Wissen, dass das ein erstes Mal für ihn war.

„Ich werde die Information noch nicht an die Öffentlichkeit tragen und ich werde die Situation auch noch nicht erklären", sagte Vesperus zu seinem Freund. „Nicht, solange ich noch nicht die beste Lösung gefunden habe, wie es weitergehen soll."

Kaspian nickte. „Und in der Zwischenzeit werden wir eine gute Vorstellung davon bekommen, wie die anderen Häuser reagieren, wenn sie ein Mitglied von Gold und Granat wird."

„Haargenau." Bei dieser Aussicht klang er amüsiert. „Ich bin überrascht, dass Elias noch nicht angerufen hat."

„Vielleicht gibt dir Kieran den Raum und die Zeit, damit du die Neuigkeit selbst überbringen kannst."

Vesperus stieß einen Laut aus, der zeigte, dass er anderer Meinung war, und ließ seine Hand in den Nacken wandern, um diesen zu massieren. „Ich werde morgen damit beginnen, ein paar Anrufe zu tätigen. Zuerst möchte ich schlafen."

„Nein, du möchtest zuerst deinen Spaß haben",

verbesserte Kaspian ihn. „Jetzt magst du mein König sein, Ves. Aber lange bevor du diesen Titel bekommen hast, warst du mein bester Freund. Ich kenne dich besser als jeder andere."

Wie lange davor?, fragte ich mich. Die Magie, die von ihnen ausstrahlte, schmeckte alt, schätzungsweise eintausend oder womöglich zweitausend Jahre alt. Waren sie gemeinsam aufgewachsen, hatten sie sich schon als Kinder gekannt?

Beinahe hätte ich das gefragt, denn mein Verlangen, mehr über Vesperus zu erfahren, nahm meine Gedanken in Beschlag. *Das ist das Band von Schicksalsgefährten*, erkannte ich. *Soll ich es zurückweisen oder zulassen, dass es mich noch etwas mehr verzehrt?*

Ersteres fühlte sie so fade und langweilig an, da es mich einfach nur in meine frühere Existenz zurückwerfen würde; vorausgesetzt, ich hatte Vesperus richtig verstanden.

Während die zweite Möglichkeit – in diese Verbindung ein bisschen mehr einzutauchen – mein Herz vor Aufregung zum Rasen brachte. Mir gefiel die Vorstellung, Letzteres ein bisschen länger zu erleben, eindeutig besser.

Ein Schicksalsgefährte.

Warum nicht?

Das klingt spaßig.

Vielleicht – wenn ich mich ein bisschen hingeben würde – würde meine Magie zurückkommen?

Oder vielleicht ging es nur darum, sicherzustellen, dass ich meinem Schicksal gerecht wurde.

Vielleicht … hat es alles von vornherein sein wollen, dass ich mit Vesperus hier war und *das* war der Grund, warum mein Medaillon sich aus dem Staub gemacht hatte.

Ich zog diesen Gedankengang in Erwägung, während der Jet zum Landeanflug ansetzte. Das vertraute Summen der nächtlichen Energie schwebte in einem Kuss von verlockender Macht über mir.

Der Winter in Island war besonders verlockend: Der Mond stand beinahe immer am Himmel.

Ich seufzte und war zufrieden mit meiner Entscheidung.

Fürs Erste würde ich mich Vesperus und seiner *schicksalshaften* Magie hingeben, während ich in den dunklen Nächten und dem Zauber der Nacht schwelgen würde.

Du gewinnst, eröffnete ich dem Medaillon. *Wir werden ein bisschen länger bleiben.*

Die Energie summte um mich herum und ihr Necken erinnerte mich an ein fröhliches Kichern. Oder vielleicht ein angenehmes Vibrieren. Das war schwer zu sagen, da die Magie ihren eigenen Willen und ihre eigene Vorstellung hatte.

Aber sobald ich mit diesem Reich fertig bin, erwarte ich von dir, dass du zu mir zurückkommst, dachte ich.

Ein angenehmes Schweigen legte sich über mich. Die Magie stimmte meiner Erklärung weder zu noch stimmte sie ihr nicht zu.

Vielleicht spürte sie, dass ich niemals mit diesem Reich fertig werden würde; denn sie wollte, dass ich hier blieb.

Diesem Gedanken hing ich so lange nach, bis wir auf dem Boden waren.

Dann erhob sich Vesperus und ich fing seinen erwartungsvollen Blick auf.

Und begleitete ihn aus dem Flugzeug hinaus.

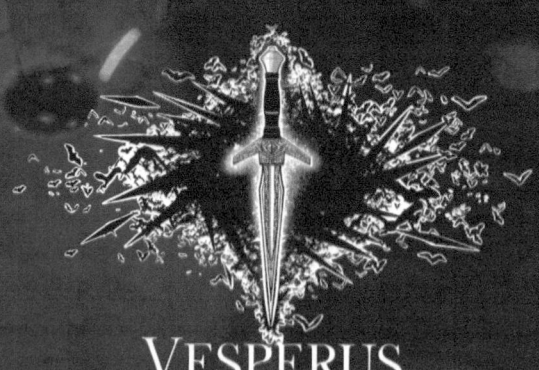

VESPERUS

Nyx folgte uns, sagte dabei aber nichts. Stattdessen hatte sie ihren Kopf in den Nacken gelegt, um in den Himmel zu schauen. Ihre weiße Haut strahlte förmlich im Mondlicht.

Ein feiner Schimmer von goldener Magie schien ihre Arme zu bedecken, wodurch sie noch majestätischer aussah, als sie es heute schon getan hatte.

Göttin der Nacht. Geliebte des Mondes.

Klingt angemessen.

Im Moment sah sie so hoheitsvoll und unberührbar aus; zumindest bis sich unsere Blicke trafen.

Das Feuer, das in diesen goldenen Orbits loderte, sprach so eindringlich zu mir und zwang mich dazu, auf meinem Weg innezuhalten und mich stattdessen an ihre Seite zu begeben.

Ich schluckte, kämpfte gegen ihre Anziehung an und zwang mich dazu, zum Parkplatz weiterzugehen.

Als wir die Autoreihe erreichten, warf mir Kaspian einen Schlüsselbund zu und ließ einen zweiten lässig um einen Finger kreisen. „Ich werde auf Manuela und Pam warten", sagte er. Damit meinte er unsere Chauffeurinnen.

Dessen bin ich mir sicher, antwortete ich ihm in Gedanken.

Er lächelte einfach nur. Seine lustvollen Absichten spiegelten sich eindeutig in seinen Augen wider.

Ich schlage vor, du übst dich in deinem Spiel mit Hand und Mund, fügte ich hinzu, als ich die Seite des Beifahrersitzes meines SUV erreichte. *Du weißt schon, um dich auf deine zukünftige Schicksalsgefährtin vorzubereiten.*

Als Reaktion schnaubte er, weshalb Nyx ihn anblickte.

„Funktioniert eure Telepathie in eine oder in zwei Richtungen?", fragte sie laut, während ihre Augen weiterhin zwischen uns hin und her flimmerten. „Hm, in eine Richtung; sonst hättest du im Flugzeug nicht laut sprechen müssen." Sie richtete ihre beeindruckenden Iriden auf meine. „Deine Kommentare brauchst du vor mir nicht zu verstecken, *mein König*. Ich lasse mich nicht so schnell beleidigen."

Mit dieser Bemerkung teleportierte sie sich auf den Beifahrersitz und lächelte mich von drinnen durch das Glasfenster an.

Ich kniff meine Augen zusammen. *Mein König.* Es waren nicht diese zwei Worte, die mein Blut zum Kochen brachten, sondern die Art und Weise, wie sie diese weiterhin aussprach. Als würde sie mich provozieren wollen, indem sie sich über meinen Titel – auf eine möglichst höfliche Weise – lustig machte.

Es war ein freches Verhalten, das ich als Ungehorsam empfand.

Und ich wollte etwas unternehmen, um ihr Benehmen zu korrigieren.

„Ich schlage vor, du bringst sie zuerst zu dir nach Hause, bevor du sie verschlingst, *mein König*", schlug Kaspian vor und verbarg nicht im Geringsten seine Belustigung über die letzten Worte.

„Ich werde viel mehr tun, als sie zu verschlingen", murmelte ich und benutzte meine Schnelligkeit als

Vampir, um sofort auf der anderen Seite des Fahrzeuges zu sein.

Nyx blickte bereits in meine Richtung, als hätte ich mich nicht in Sekundenbruchteilen bewegt.

Vielleicht nahm sie dies anders wahr.

Ich hatte bereits eine kleine Kostprobe ihrer Macht bekommen, nachdem ich ihr Blut geschmeckt hatte. Es war berauschend und mitreißend gewesen und hatte mich nach mehr dürsten lassen. Ich wollte sie aussaugen und jeden Tropfen ihrer Energie absorbieren. Aber ich hatte mich gezwungen, mir selbst Einhalt zu gebieten, um die Kontrolle zu behalten.

„Geh nicht zu weit", sagte Kaspian, diesmal ohne provozierenden Unterton.

„Ich brauche keine Ermahnung, Kas."

„Es ist besser, eine ausgesprochen zu haben, als es später bereuen zu müssen, es nicht getan zu haben", gab er zurück.

Ich ignorierte ihn und machte es mir auf dem Fahrersitz bequem. Kaspians Lachen drang durch die Tür an mein Ohr. Das rasselnde Geräusch erinnerte mich an einen Motor, als ich das Auto startete.

Nyx blieb stumm, während ich aus dem Parkplatz kurvte und Kaspians Blick uns nach wie vor folgte. Ich würde auf der Hut sein und mir seine Warnung immer wieder in Erinnerung rufen, da mir derselbe Gedanke auch bereits durch den Kopf gegangen war.

„In meinem Reich gibt es keine Schicksalsgefährten", sagte Nyx und rüttelte mich damit aus meinen Gedanken auf. „Aber ich habe die Magie in meiner Brust gespürt. Die ist ... Das ist nicht unangenehm."

Nein, dachte ich bei mir. *Unangenehm ist es sicherlich nicht.*

„Eure Unterhaltung im Jet hat mich glauben lassen, dass ich deine erste bin", fuhr sie fort und bestätigte damit, was ich bereits vermutet hatte: Dass sie jedes Wort unseres Gesprächs belauscht hatte. Genauso wie im Pub. „Kann man mehrere Gefährten haben?"

Ich dachte kurz darüber nach und versuchte ihr dieses Konzept so gut wie möglich zu erklären. In meiner Welt wuchs jeder mit einem Verständnis dafür auf, was Schicksalsgefährten waren, aber sie war nicht hier geboren worden.

„Wenn man eine Verbindung des Schicksals zurückweist, bekommt man manchmal eine zweite Chance. Aber das ist nicht üblich und auch nicht garantiert." Dass man mehrere Schicksalsgefährten haben konnte, hatte ich noch nie gehört, aber so, wie sich die Magie in diesem Reich veränderte, war alles möglich.

„Also, wenn wir uns gegenseitig zurückweisen, dann findest du vielleicht eine zweite Gefährtin?"

Ich zuckte mit den Achseln. „Möglicherweise. Aber ich habe mehr als fünfzehnhundert Jahre gebraucht, um dich zu finden, also bezweifle ich, dass das in naher Zukunft geschehen würde."

„Würdest du gerne eine zweite Gefährtin finden wollen?" Ihr Ton drückte eher echte Neugierde als potentielle Eifersucht aus.

Und ein Blick in ihre Richtung bestätigte, dass ihr Tonfall mit ihrem Gesichtsausdruck übereinstimmte. „Wenn du ‚zweite Gefährtin' sagst, meinst du, während du immer noch meine erste bist? Oder ist das eine hypothetische Frage auf die Annahme hin, dass wir uns gegenseitig zurückweisen?"

Sie wandte sich vom Fenster ab und richtete ihre Aufmerksamkeit auf mich. „Würden wir uns gegenseitig zurückweisen müssen?"

„Ja." Ansonsten konnte der zurückgewiesene Gefährte leiden.

„Oh." Aus meinen Augenwinkeln heraus sah ich, dass sie ihre Nase rümpfte.

„In manchen Häusern gibt es archaische Regeln, dass die Partner, die sich ablehnen, kämpfen müssen, bis sie tot umfallen. Das Haus von Gold und Granat praktiziert solche Gesetze nicht, aber eine einseitige Zurückweisung kann Unruhe erzeugen. Und meine Söldner können am Schlachtfeld keine Ablenkung gebrauchen."

„Ich verstehe. Also muss jeder, der zurückgewiesen wurde und das nicht akzeptiert ... gehen?"

„Der muss die Truppe verlassen", stellte ich klar. „Getötet wird er nicht." Wir waren pragmatisch, nicht herzlos. Und ich konnte es mir nicht erlauben, aus meiner Position *entfernt zu werden.*

Sie dachte einen Moment lang darüber nach. „Also würden wir uns gegenseitig zurückweisen müssen."

„Ja." Ich packte das Lenkrad fester, weil mir der Gedanke an eine Zurückweisung von dieser starken Verbindung nicht behagte. Also konzentrierte ich mich auf ihre ursprüngliche Frage. „Und nein – ich würde mich nicht auf die Suche nach einer zweiten Gefährtin machen. Besonders ... wenn wir immer noch zusammen wären."

Ich war mir nicht einmal sicher, ob so ein Szenario möglich war, aber das war einerlei.

„Ich bevorzuge monogame Übereinkommen", sagte ich zu ihr.

„Monogam", wiederholte sie das Wort, als wollte sie es kosten.

„Ja", bekräftigte ich. „Ich teile nichts." Und ich würde es von meiner Gefährtin erwarten, dass sie mir gegenüber dasselbe empfand.

Sie blieb noch ein paar Sekunden lang stumm. Ihre Hände ruhten in ihrem Schoß und sie betrachtete eingehend mein Profil. „In meinem Reich teilen sich Götter und Göttinnen die Partner oft ungezwungen."

Ich knirschte mit den Zähnen. „Das hier ist nicht deine Welt."

„Nein, das ist sie nicht", sagte sie ruhig. „Was meiner Meinung nach erklärt, warum mir der Gedanke, dass du eine zweite Gefährtin haben könntest, missfällt. Er macht mich … böse." Dieser besitzergreifende Instinkt schien sie selbst zu verwirren.

Bis zu einem gewissen Grad verstand ich ihre Gefühle. Während ich die Monogamie immer über lockere Beziehungen oder schnelle Kontakte gestellt hatte, hatte ich noch nie das Bedürfnis verspürt, eine von diesen flüchtigen Geliebten als die Meine zu kennzeichnen. Noch hatte ich bei keiner von ihnen besitzergreifend oder anderen gegenüber beschützerisch reagiert.

So wie ich es heute bei Nyx getan hatte.

„Der Gedanke, dass du dir einen anderen Gefährten nehmen könntest, verärgert mich ebenso", gab ich zu. Diese Unterhaltung gefiel mir. Es gab keine Spielchen. Keine Lügen. Keine plakativen Aussagen. Nur pure Offenheit.

Es war … erfrischend.

„Diese Magie ist intensiv", sagte sie nachdenklich und legte dabei ihre Hand aufs Herz. „Ich mag sie."

„Bedeutet das, dass du sie nicht zurückweisen möchtest?"

„Hmm", summte sie und wandte ihren Blick wieder zum Fenster. „Nein, noch nicht. Das Gefühl ist neu und anders. Etwas Seltenes für meine Existenz."

„Also ist das mehr als nur ein Experiment für dich?", formulierte ich es um. Dabei war ich mir nicht sicher, was ich selbst darüber denken sollte. War ich teils erfreut, aber auch irritiert?

„Es ist kein Experiment", murmelte sie. „Es ist eine *Erfahrung*. Eine magische Erfahrung, die mit einer fremdartigen Verzauberung einhergeht." Erneut blickte sie mich an. „Ich habe verschiedene Reiche durchquert, um ein neues Zuhause zu finden, beziehungsweise einen neuen Sinn zu entdecken. Das ist das erste Reich, in dem ich auf etwas stoße, das mich irgendwie fasziniert."

Meine Lippen drohten sich zu verziehen. „Also fasziniere ich dich?"

„Ja", antwortete sie unmittelbar. „Deine Magie ist sehr verlockend, *mein König*."

Ich knurrte. Diese zwei Worte tilgten zwar meine gute Laune, erregten mich aber sehr. „Hör auf, das zu sagen."

„Warum?", fragte sie. Ich schwöre, dass dieses einzelne Wort so klang, als würde ein Schnurren darin mitschwingen. „Hast du mir vorhin nicht gesagt, ich solle mich benehmen? Dir Respekt entgegenbringen?"

„Bei einem Treffen mit den anderen, ja. Aber nun sind wir allein. Wir brauchen keine Titel." Ihrer Meinung nach hatten diese ohnehin keine große Bedeutung.

„Also gibt es unterschiedliche Regeln, wenn wir zwei allein sind?"

„Ja." An einem Stoppschild verlangsamte ich die Geschwindigkeit des Wagens, dann fuhr ich in Richtung Reykjavik, beziehungsweise zu der Stadt, die früher Islands Hauptstadt gewesen war, weiter. Nun befand sich dort der Hauptsitz von Gold und Granat und die Stadt als solche war neu strukturiert worden.

„Dann teile mir die neuen Regeln mit." Ihre Stimme verriet mir, dass sie mich reizen wollte, denn die Göttin hegte ohnehin nicht die geringste Absicht, sich vor mir zu verbeugen. Diese Geste des Respekts würde ich mir bei ihr verdienen müssen.

Das war eine Herausforderung, die ich ohne

Einschränkung annahm.

Denn ich wollte sie sehr gern auf ihren Knien sehen. Insbesondere in meinem Schlafzimmer.

„Wenn wir allein sind, dann gibt es keine Regeln", entschied ich, weil ich wollte, dass sie sich mit mir frei fühlte. Diese Verkündigung war riskant, aber warum nicht einige Grenzen austesten? Offen zu sein erlaubte es mir, sie kennenzulernen, und so würde ich schnell erkennen, ob sie in mein Königreich passte oder nicht.

Außerdem herrschte bei uns das unausgesprochene Gesetz der Wahrheit. Ich wollte dieses dünne Fundament nicht zerstören, indem ich Regeln festlegte.

„Das scheint sehr vertrauensvoll zu sein", murmelte sie.

„Das ist es, nicht wahr?" Ich hielt ein weiteres Mal an und bog dann auf die Straße, die uns schließlich in die Stadt führen würde.

Der Flughafen war rund fünfundsechzig Kilometer von meinem Haus entfernt.

Aber die Magie erlaubte es mir, über die schneebedeckten Straßen zu sausen. Auch die Reifen waren mit Magie ausgestattet: Diese war so in ihr Material verwoben, dass im Grunde alles auf dem Weg unter ihnen dahin schmolz. So garantierten sie auch in diesem rauen Klima eine sichere Fahrt.

„Du kannst Wahrheit spüren und telepathisch kommunizieren", sagte sie, und führte mir so vor Augen, wie gut sie meine Eigenschaften erkannt hatte. „Kannst du auch Gedanken lesen?"

Nein, antwortete ich über eine mentale Verbindung zu ihren Gedanken. *Ich kann nur mit dem Bewusstsein von anderen kommunizieren, nicht aber ihre Gedanken lesen.*

Sie sagte eine Sekunde lang nichts. „Dann geht es definitiv nur in eine Richtung."

„Das tut es", antwortete ich. „Aber nun würde ich gern

wissen, was du gesagt hast." Denn sie hatte offensichtlich versucht, mir in Gedanken eine Antwort zu schicken.

„Ich habe mich gefragt, ob es uns möglich sein wird, uns richtig miteinander zu unterhalten, wenn ich einmal dein Blut gekostet habe." Das heiße Versprechen in ihren Worten ließ mein Blut erwartungsvoll aufwallen.

„Es gibt nur eine Möglichkeit, das herauszufinden", sagte ich und packte sie am Handgelenk, als sie ihre Hand auf meinen Oberschenkel legte. Ich legte ihre Hand wieder in ihren Schoß zurück. „Aber erst, wenn wir in meinem Haus sind."

„Hmm, das klingt nach einer Regel." Mit ihrem Kommentar wollte sie mehr reizen als schmollen.

„Es ist eher eine Vorsichtsmaßnahme. Ich weiß nicht, welche Reaktion dein Biss bei mir auslöst und wie du auf mein Blut reagieren wirst." Und ich würde lieber nicht Auto fahren wollen, wenn sie ihren Mund auf mich legte.

„Wie lässt sich ‚Nicht-Ficken' klassifizieren?", fragte sie abrupt. Ihre Frage traf mich so unvorbereitet, dass ich fast von der Fahrbahn abgekommen wäre. „Als Regel oder als *Vorsichtsmaßnahme?*"

Ich schluckte, während mein Schwanz plötzlich steinhart war.

Zuerst hatte mich ihr Gerede über das Blut erregt, dann wollte sie ihre Hand wandern lassen … Was ich gerade noch hatte abwehren können.

Und nun hatte sie das Wort *Ficken* ausgesprochen.

Diese Frau stellt meine Selbstkontrolle mehr auf die Probe als jede andere Person oder alles andere in meinem Leben.

„Denn Ficken machte es unmöglich, die Verbindung zurückzuweisen, richtig?", fuhr sie fort und setzte mit dem verdammten Wort in meinem Inneren ein Inferno in Brand. „Zumindest habe ich das deiner Unterhaltung mit Kaspian entnommen."

Ich räusperte mich, während mein Kopf vor einem dunklen Verlangen dröhnte, das ich ignorieren musste. Sonst würde ich noch den SUV an die Seite fahren und sie mit der Rückbank bekannt machen.

„Gefährten können die Verbindung ablehnen", sagte ich und meine Stimme klang sogar für mich selbst heiser. „Aber Sex ist mächtiger als die Zurückweisung. Also, sobald man einmal ... *fickt*, gibt es kein Zurück mehr."

„Gilt das auch für uns?", fragte sie. „Ich gehöre nicht zu dieser Wirklichkeit. Vielleicht gelten für uns andere Regeln?"

So sehr ich diese Theorie überprüfen wollte ...

„Ich denke, dass wir diese Vermutung nicht anstellen sollten. Denn wenn das Schicksal zwei Seelen miteinander verbunden hat, ist es unmöglich, diese Beziehung zu zerreißen."

„Nicht einmal, wenn einer stirbt?"

„Möchtest du mir sagen, dass du mich erst ficken und dann töten willst?", konterte ich.

Sie lachte und der Klang ihrer Heiterkeit war so unerwartet, dass sich meine Miene verfinsterte.

„Nein, ich bin nur neugierig, was mit einer Verbindung passiert, wenn ein Partner stirbt. Ich habe kein Bedürfnis, dich zu töten. Nur ein Verlangen dich zu kosten." Ihre Hand wanderte wiederum an meinen Oberschenkel und dieses Mal hielt ich sie nicht auf. „Und dich zu ficken."

Ja. Das war definitiv eine Bedrohung für meine Selbstkontrolle. Denn ich konnte das Verlangen, von dem sie sprach, spüren; dieses betörende Spinnen eines Netzes um meine Sinne, die mich anflehten, sie zu nehmen. Diesen SUV an die Seite zu fahren, sie auszuziehen und jedes Fleckchen ihres göttlichen Körpers zu lecken.

Manche Frauen übertrieben es mit ihren Verführungskünsten, indem sie sich auf mich warfen und mir eindeutig zu verstehen gaben, dass sie *alles* tun würden, was ich verlangte.

Nyx ging anders an die Sache heran. Sie war selbstsicher und zielstrebig, aber nicht unbedingt leicht zu haben. Sie bekundete ihr Interesse, machte mir gleichzeitig aber auch klar, dass ich mich um ihre Lust bemühen musste.

Und wenn ich ihren Erwartungen nicht gerecht wurde, dann würde sie sich sicherlich nicht um mein Vergnügen kümmern. Denn sie forderte, angebetet zu werden, bevor sie sich dazu herab ließ, Freuden zurückzugeben.

Das war eine sehr ungewohnte Erfahrung für mich, die mich dazu veranlasste, meine Hand auf ihre zu legen und ihr Handgelenk an meinen Mund zu führen. Ich knabberte an ihrer Schlagader, wodurch mein Instinkt eines Jägers durchkam. Ich wollte meine Reißzähne in das pulsierende Element schlagen.

„Wenn ein Schicksalsgefährte stirbt, dann kann das die andere Person in den Wahnsinn treiben", sagte ich knapp über ihrer Haut und beantwortete so ihre Frage, welche Rolle der Tod für Schicksalsbande hatte. „Die Seelen verbinden sich und gedeihen geradezu als Einheit. Und wenn eine Hälfte verletzt wird, dann erleidet das Ganze Schaden."

Ich drückte einen Kuss auf ihr Handgelenk und legte ihr die Hand wieder in den Schoß.

„Also nehme ich an, dass ‚Nicht-Ficken' unsere einzige Regel ist, da es mehr als nur eine Vorsichtsmaßnahme ist. Es ist potentiell lebensverändernd. Denn obwohl du von einem anderen Reich kommst, so sind doch unsere Seelen für immer verbunden. Wenn wir uns komplett vereinen und du dann weggehst, dann würde es sich wahrscheinlich so anfühlen, als wärst du gestorben. Ich würde allerdings gern bei Sinnen bleiben."

NYX

Vesperus' Bemerkungen hinsichtlich der Beziehungen von Schicksalsgefährten schwirrten mehrere Minuten in meinem Kopf herum, während er schweigend weiterfuhr.

Mir behagte der Gedanke nicht, dass ich sein Untergang sein sollte. Nach der kurzen Zeit, die wir zusammen verbracht hatten, konnte ich sagen, dass er ein anständiger Herrscher war. Was mit dem übereinstimmte, was ich während meiner Reise durch Irland vor unserem Kennenlernen gehört hatte.

Sollten wir diese Schicksalsverbindung zulassen und ich danach beschließen, in eine andere Realität zu wechseln, würde ihn das möglicherweise zerstören.

Außer ich würde ihn mitnehmen.

Aber dann würde er sein Königreich für eine Frau zurücklassen, die er kaum kannte, und alles nur, weil irgendeine Magie des Schicksals beschlossen hatte, dass wir zusammen sein sollten.

Ich runzelte die Stirn. „Vielleicht müssen wir sie

zurückweisen", sprach ich meine Gedanken laut aus. „Bevor es … Bevor die Magie unser Urteilsvermögen beeinträchtigt und die Situation irreversibel macht." Der letzte Teil dieser Aussage kam mir viel weniger selbstsicher über die Lippen als der erste. Es tat mir körperlich fast weh, es auszusprechen.

Seltsam. Ich presste meine Handfläche gegen mein Brustbein und versuchte den komischen Schmerz, der sich bei meiner Aussage soeben in mir gebildet hatte, wegzumassieren.

Vesperus blieb lange Zeit stumm. Das Surren des Motors, der von der Magie dieser fremden Welt angetrieben wurde, war das einzige Geräusch, das zwischen uns zu hören war.

„Das wäre die praktischste Lösung", fuhr ich fort. „Das … Die Verbindung zurückzuweisen, meine ich." Ich massierte mein Brustbein etwas kräftiger und versuchte den Schmerz zu beseitigen, während ich die Worte hervorstieß. „Dieser Zauber ist anders als alles andere, was ich jemals erlebt habe. Und auch wenn ich die Empfindungen, die damit einhergehen, genieße, bin ich … bin ich mir nicht sicher, ob die Vorteile das Risiko aufwiegen."

Besonders weil es offenbar klar war, dass diese Verbindung für ihn den Verlust des Throns bedeuten konnte.

Er war ein König. Er brauchte eine Gefährtin, die an seiner Seite regieren konnte, und dafür war ich eher nicht die geeignete Kandidatin. „Ich bin hier, um das Reich zu erforschen und es möglicherweise zu meinem Zuhause zu machen. Und wenngleich du das Beste bist, was ich bisher hier erlebt habe, so möchte ich nicht, dass meine Entscheidung hierzubleiben von einem Zauber beeinträchtigt wird."

„Verzauberungen beeinträchtigen tatsächlich oft unsere Entscheidungen", murmelte er. „Oder einfach Magie. Sie hat schon zahlreiche Male auf dieser Welt Chaos verursacht; das letzte Mal vor etwas mehr als fünfundzwanzig Jahren, beim ‚Großen Opfer'."

„Was ist da passiert?"

Er schüttelte den Kopf, wobei sein Gesichtsausdruck Trauer ausdrückte. „Es war ein wahrhaftes Genozid. Eine Massenvernichtung, die durch einen Konflikt unter den Häusern verursacht wurde. Sie endete in einer Art Waffenstillstand, aber dieser steht auf Messers Schneide. Wenn du meine Gefährtin würdest, dann könnte das … die wackelige Balance zum Kippen bringen."

„Warum?"

„Macht", erwiderte er bloß. „Unsere Vereinigung würde Gold und Granat zu einer übergeordneten Stellung verhelfen, die viele nicht akzeptieren oder schätzen würden. Auf der einen Seite könnte sie einen Schutz für mein Territorium bedeuten und potentielle Eindringlinge abwehren. Auf der anderen Seite …"

„Könnte sie einen Krieg auslösen", beendete ich den Satz für ihn.

Er nickte.

„Das hast du gemeint, als du gesagt hast, dass du ihre Reaktionen auf mein vorübergehendes Asyl ergründen wolltest", antwortete ich.

Er warf mir einen Blick von der Seite zu. Dabei zuckten seine Lippen leicht. „Du solltest wirklich nicht die Gespräche von anderen Leuten belauschen."

Ich hätte ihm einen Vortrag darüber halten können, wie wichtig es war, einen sicheren Ort für private Unterhaltungen zu finden, aber ich konnte auch die Belustigung in seinem Ausdruck erkennen. Er hatte ziemlich sicher gewusst, dass ich ihnen zuhören würde, weil ich ihm das im Pub auch nicht verheimlicht hatte. „Informationen sind in jeder Situation wertvoll."

„Das sind sie", stimmte er mir zu und fuhr auf die andere Seite der Straße.

Er stoppte den Motor nicht und ließ so die warme Luft weiterhin durch die Lüftungsschlitze hereinströmen. Bei der frischen Temperatur draußen schätzte ich das sehr. Obwohl ich meine Körpertemperatur mit meiner Magie regulieren konnte, fiel es mir leichter, Hitze von einer anderen Wärmequelle aufzunehmen.

Seine silbernen Augen blickten in meine und ich erkannte, dass seine Eklipsen wieder ihre ursprüngliche Farbe angenommen hatten. Das sagte mir, dass sein Zugang zu meiner Macht nur vorübergehend gewesen war. Wahrscheinlich, weil er nicht besonders viel von meiner Essenz aufgenommen hatte.

„Was wäre, wenn wir die Verbindung zurückweisen und es niemandem sagen?", schlug er vor. „Du würdest im Haus von Gold und Granat immer noch Asyl bekommen und bei mir bleiben. Aber im Geheimen würden wir die Magie zurückweisen, damit wir einen klaren Kopf behalten, während wir die Aufnahme deiner Gegenwart in meinem Territorium abschätzen."

„Dann würden wir so tun, als wären wir schicksalsgebunden ..."

„Streng genommen wäre das kein Vortäuschen", stellte er klar. „Die Verbindung wäre unterbrochen, aber sollten wir irgendwann Sex haben, dann würde die Paarung das Schicksal wieder aktivieren. Was bedeuten würde, unsere Seelen sind immer noch verbunden, aber wir sind nicht verzaubert, so wie du es nennst."

Ich nahm die Hand von meiner Brust. „Das bedeutet, dass dieses Ziehen in mir verschwinden wird, aber wenn wir *entscheiden*, dass wir zusammen sein wollen, dann wird es zurückkommen?"

Er nickte. „Außer unser zweiter Schicksalsgefährte mischt sich irgendwie ein, aber wie ich gesagt habe, die gibt es selten. Und dieser Gefährte kann auch zurückgewiesen werden."

„Würdest du deine zurückweisen?"

Er starrte mich an. „Das hängt davon ab, wo wir dann in dem Prozess stehen würden. Vielleicht weisen wir die Magie zurück und empfinden nichts füreinander. Oder wir fühlen genau gleich, nur ohne ..." Er sprach den Satz nicht zu Ende, sondern ließ seinen Blick zu der Stelle wandern, an der ich meine Brust massiert hatte.

„Es gibt wirklich nur eine Möglichkeit, das herauszufinden", sagte ich langsam. „Wenn ich dann ... Wenn ich mich dann dazu entschließen würde zu bleiben, dann ... würde ich wissen, dass es aus dem richtigen Grund war."

„Und wir hätten Zeit, die Reaktion von allen darauf zu beurteilen."

„Nur dass du nicht geplant hattest, irgendjemandem davon zu erzählen, richtig?", erinnerte ich ihn, während ich an die Unterhaltung mit Kaspian dachte.

„Ich hatte weder geplant, etwas zu bestätigen noch etwas abzustreiten, denn das ist der sicherste Weg, dass Gerüchte in Umlauf kommen. Ich werde hören, was jeder zu sagen hat und von diesen Reaktionen und Geschichten werde ich meinen nächsten Schritt abhängig machen."

Meine Lippen verzogen sich. „Du bist ein sehr strategischer König." Was noch mehr dafür sprach, warum ich ihn ablehnen musste. Denn ich konnte seine geistige Gesundheit für Entscheidungen, die nicht von Logik, sondern von einem Zauber abhingen, nicht aufs Spiel setzen.

Während ich das Gefühl, mit ihm verbunden zu sein, genoss, so war ich mir nicht sicher, ob ich das für immer sein wollte. Bis in die Ewigkeit mit einer Person verbunden zu sein, war eine sehr lange Zeit.

So wie die ewige Bindung zu einer Welt mir sehr einschüchternd erschien.

„Ich denke, wir sollten das machen", sagte ich und fühlte mich in dieser Angelegenheit nun etwas erleichtert. Es tat mir immer noch im Herzen weh, aber das Wissen, dass auch außerhalb dieses Zaubers etwas auf uns warten konnte, half mir bei meiner Entscheidung.

Vielleicht war seine Magie nicht wie Schokolade.

Vielleicht zog mich seine Aura nicht wahrhaftig an.

Vielleicht war er ein Troll und kein sündig-sexy Vampir.

Ich hatte keine Ahnung. Die Verzauberung konnte alles in meinem Verstand durcheinander bringen und mich einen Mann sehen lassen, der gar nicht wirklich mein Typ war. Nur eine Seele, der ich über den Weg laufen und die sich eventuell mit meiner verbinden sollte.

„Das ist eine zutiefst pragmatische Entscheidung", antwortete er und ließ seinen Blick über mich gleiten. „Nichtsdestotrotz musst du deine Macht unter Kontrolle halten. Und du darfst in meinem Territorium keine Probleme verursachen, oder ich wäre gezwungen, dich ins Exil zu schicken … Was in diesem Fall bedeuten würde, dass die Häuser voraussichtlich deinen Tod fordern würden."

Meine Lippen verzogen sich. „Dann werden sie sehr enttäuscht sein zu hören, dass ich nicht sterben kann. Ich bin eine Schöpfungsgöttin. Wenn du es irgendwie schaffen solltest, meine körperliche Gestalt zu zerstören, dann wird meine Seele einfach nur zu Khaos zurückkehren, um wiedergeboren zu werden. Und ich wäre darüber nicht erfreut."

Seine silbernen Iriden flackerten amüsiert. „Nein, das kann ich mir vorstellen. Aber ich nehme an, dass du dann wieder in deinem Heimatreich wärst."

Ich kniff die Augen zusammen. „Wo ich ein anderes Medaillon finden und direkt wieder hierherkommen könnte, um es dir mit gleicher Münze heimzuzahlen, *König Vesperus*."

Er schien nur noch mehr amüsiert. „Wenn irgendwann der Zeitpunkt kommen sollte, dass ich dich töten muss, Göttin der Nacht, dann werde ich nichts anderes erwarten, als dass du zurückkommst, um mich auszulöschen." Er sagte es aber nicht im Scherz, sondern meinte es todernst. Was mich nur ein bisschen beruhigte.

„Unterschätze mich nicht, König", warnte ich ihn nicht zum ersten Mal heute.

„Das fiele mir nicht im Traum ein, Göttin", antwortete er mir noch ernster. „Aber du musst verstehen, dass es nicht mehr in meinen Händen liegt, wenn der Frieden zwischen uns getrübt wird. Die Häuser werden verlangen, dass ich dich jage, und du solltest meine Fähigkeiten darin nicht unterschätzen."

Bei dem warnenden Ton in seiner Stimme rieselte es mir kalt den Rücken hinunter. Nicht vor Angst, sondern vor Erregung.

Und plötzlich verstand ich, warum er sich bei meinen Drohungen so amüsiert hatte.

Sie erregen ihn ebenso.

Denn seine Drohung erweckte in mir den Wunsch, von ihm gejagt zu werden, um zu sehen, wie gut er sich bewegte und wie geschickt er sich dabei anstellte. Als Belohnung würde ich ihn dann ficken – *falls* er mich erwischen würde.

Ich schluckte. „Wir müssen diesen Zauber zurückweisen", hüstelte ich hervor, während mein Herz in meiner Brust mehrere Schläge aussetzte. „Es gefällt mir nicht, wie sehr er mich … verführt."

Er neigte seinen Kopf, was komplett arrogant, männlich und erotisch zugleich war. „Ist es der Zauber oder sind wir es?", fragte er sanft. „Ich nehme an, dass wir das herausfinden werden. Denn Nyx, Göttin der Nacht, Geliebte des Mondes – ich weise dich zurück."

Ich schnappte nach Luft. Mein Brustkorb brach unter seinen Worten auf und ließ mich atemlos zurück. Ich griff an mein Kleid und riss mir bei dem Versuch, mein berstendes Herz zu packen, selbst fast den Stoff vom Leib. Aber seine Hände packten meine Handgelenke und hielten sie fest.

„Sag es mir, sag es zurück", sagte er und seine Stimme erinnerte mich an einen Eissturm. Jedes seiner Worte umwickelte meine Sinne mit Stacheldraht.

Er hat mich zurückgewiesen.

Er hat unsere Verbindung zurückgewiesen.

Er … Er …

Ich zitterte, mein Verstand zersplitterte und mein Körper bebte vor solcher Qual, wie ich es noch nie erlebt hatte.

War es ein Fehler gewesen? Hätte ich das nie vorschlagen sollen? *Warum habe ich es vorgeschlagen? Warum sollte ich das zulassen? Er sollte mein sein … Mein Gefährte … Meine Seele …*

„*Nyx*", schnitt seine Stimme durch den Wust meiner Gedanken und entlockte meinem Hals ein Wimmern.

Ich fühlte mich so schwach. So kalt. So allein. *Dahinwelkend. Am Sterben. Eine Göttin ohne Heimat oder Reich oder Seele.*

Ich hatte mich schon an so viele Orte gewagt und hatte

mich noch nirgends auch nur mit einem einzigen winzigen Detail im Einklang gefühlt.

Bis Vesperus gekommen war. Bis jene Ranke der Magie mich zu ihm gebracht hatte … und mir von seiner Macht eingeflüstert hatte … von seiner Größe …

Aber er hat unsere Verbindung zurückgewiesen. Er …

Ich machte einen Sprung, als sich seine Reißzähne in meinen Hals bohrten. Ich riss die Augen auf und stieß einen Schrei aus. *Wie kannst du es wagen? Wie kannst du es wagen, mich zurückzuweisen und mich dann zu beißen?* „Ich gehöre dir nicht. Du … Du …"

Er nahm mein Gesicht zwischen seine Handflächen; seine Iriden gingen wieder vor Eklipsen über. „Sag: ‚Vesperus Veritas, ich weise dich zurück'."

Ihn zurückweisen?

Er hat mich zurückgewiesen …

„Du hast versprochen, mir den Gefallen zu erwidern", fuhr er fort. Dabei brannte sich sein Blick in meinen. „Werde mir jetzt nicht schwach."

Ich fauchte. *Ich bin eine Göttin. Ich bin nicht schwach. Er hat … Er hat …* Ich schluckte und war unfähig, den Satz zu beenden. Ich fühlte mich so schwindlig. So gebrochen. So … So… *zurückgewiesen*.

Und ich wollte, dass er sich ebenso fühlte.

Dass er denselben Verlust erleben und spüren würde, wie weh das tat. Das Ganze mochte meine Idee gewesen sein, aber so viel Schmerz hatte ich nicht erwartet!

Ich knurrte ihn an.

Was diesen Mistkerl dazu brachte, mich *anzulächeln*.

„Sei meine brave Göttin", sagte er. „Komm schon. Weise mich zurück."

„Deine Göttin?", wiederholte ich. „*Ich deine* Göttin?" Dieser Arsch dachte, dass er mich als die Seine bezeichnen konnte, nachdem er mir die Pfeilspitze von unsichtbarer

Energie in die Brust getrieben hatte? *Nein.* Nein. Das war nicht in Ordnung. Und ich würde es schon gar nicht akzeptieren. Weil ... Weil ... „Vesperus Veritas ... Ich weise dich zurück."

Die Luft zwischen uns knisterte vor Energie und ließ jedes Härchen an meinen Armen zu Berge stehen.

Ich schloss meine Augen. Meine Lungen rangen nach Luft und mein Herz blieb stehen.

Bis ...

Bis sich alles auflöste.

Im Bruchteil einer Sekunde veränderte sich alles und mir wurde eine Last von der Seele genommen. Ich wurde von der Qual der Zurückweisung erlöst.

Mein Mund öffnete sich. Mein Inneres war ein heilloses Durcheinander, nachdem es von einem fremden Zauber zerpflückt worden war. Der Mond küsste meine Sinne, verjüngte meinen Geist und verstreute Sternenstaub über meine ganze Haut.

Ich seufzte, sank in das Leder unter mir und öffnete die Augen.

Vesperus hatte mich losgelassen. Sein Gesichtsausdruck verriet nichts, während er stumm neben mir saß.

„Du bist definitiv kein Troll", murmelte ich und war erfreut zu sehen, dass diese Delikatesse von Vesperus immer noch existierte.

Und, mmmh, er roch immer noch nach Schokolade.

Nach einem herrlichen Eisbecher mit heißer Schokocreme und warmen Nüssen. Ja, bitte.

„Ich denke nicht, dass das funktioniert hat", sagte ich und beugte mich zu ihm. „Denn ich möchte dich immer noch sehr gern ablecken."

Er hob eine Augenbraue. „Das möchtest du?"

„Ja." Ich ließ meinen Blick über seine appetitlichen

Körper gleiten. „Dann denke ich, dass die ‚Nicht-Ficken-Regel' weiterhin gelten muss."

„Das tut sie", sagte er. Sein Tonfall und sein Gesichtsausdruck waren immer noch nicht zu entschlüsseln.

Ich wich etwas zurück, um ihn genau zu betrachten. Dabei war ich leicht verärgert darüber, dass er sich so ganz in sich zurückziehen konnte. „Willst du mich auch immer noch ablecken?"

Er ließ seine schönen Iriden – die immer noch wie Eklipsen glitzerten – langsam und sinnlich über mich gleiten. „Das werden wir sehen", erwiderte er und legte seine Hand an den Knüppel zwischen uns, als er wieder hinaus auf die Straße bog.

Ich runzelte die Stirn. *Wir werden sehen? Was war das für eine Antwort? Fühlt er sich nicht mehr so zu mir hingezogen wie ich mich zu ihm?*

Mein Magen reagierte mit Rebellion.

Hatte ihn die Zurückweisung des Zaubers mir gegenüber immun gemacht? Oder gaukelte er seine Zurückhaltung nur vor? War er ein König, der sein Herz und seinen Thron beschützte?

Hmm.

Ich würde bloß ein paar … Grenzen austesten müssen. Sehen, wie er reagierte. Und mich von dort weiter vortasten.

Vielleicht hat er noch nicht entschieden, wie er sich jetzt fühlt, dachte ich.

Nun, wenn das der Fall war, dann würde ich ihm nur etwas auf die Sprünge helfen müssen.

Mein Blick wanderte wieder nach draußen in die Nacht. Der Mond beruhigte meinen Geist und erinnerte mich an den wahren Sinn meines Daseins.

Ich war hergekommen, um festzustellen, ob dieses

Reich meine Heimat werden konnte. Nun musste ich auch noch feststellen, ob Vesperus ein zukünftiger Gefährte für mich werden würde.

Oder nur ein flüchtiger Liebhaber.

Was auch immer unser Schicksal bestimmt hatte, ich plante ihn abzulecken.

Denn Schokolade war mein Lieblingsessen.

Und ich hatte absolut vor, diesen Leckerbissen neben mir zu verschlingen.

VESPERUS

Die Verbindung zurückzuweisen, war eine vernünftige Idee gewesen. Eine praktische Entscheidung. Der richtige Weg.

Und dennoch konnte ich dieses Gefühl nicht ganz loswerden, dass etwas daran falsch war.

Genauso wenig konnte ich mit der Anziehung, die Nyx auf mich ausübte, umgehen.

Sie summte vor sich hin, während ich sie in meinem Haus herumführte, und ihre hinreißenden Augen zu den Fenstern wanderten, sooft sie konnten, um den Himmel draußen zu bewundern.

Weshalb ich entschied, ihr das Dach als Vorletztes zu zeigen.

Im Wohnbereich und in den Küchen – wo ich ihr einige Mitglieder meines Personals vorstellte – waren wir schon gewesen, ebenso wie in den verschiedenen Speisesälen.

Ich hatte ihr auch die diversen Unterkünfte gezeigt, wo jeder auf verschiedenen Etagen schlief, und hatte sie durch die Bibliothek in den angrenzenden Konferenzsaal und zu den Sitzreihen im zweiten Stock geführt.

Dann hatte ich den dritten Stock übersprungen und

lediglich in Aussicht gestellt: „Wir kommen hier in einer Minute wieder her."

Und nun stand ich auf der letzten Stufe der Treppe, die zu meinem liebsten Ort überhaupt führte.

„Das ist ein Bereich meines Hauses, zu dem niemand sonst Zutritt hat. Aber du als mein … *Gast* … darfst ihn jederzeit aufsuchen." Es würde das Entstehen von Gerüchten hinsichtlich unserer Verpaarung beschleunigen. Nur einer zukünftigen Königin würde es erlaubt sein, mein privates Heiligtum zu betreten. Nicht einmal Kaspian wurde jemals hierher eingeladen.

In einem Notfall würde er diese Regel natürlich brechen.

Aber das war noch niemals passiert.

Mein Anwesen war gut geschützt: Das Herrenhaus, das tatsächlich mehr einem Palast glich, war am zentral gelegenen Hafen im alten Teil von Reykjavik gebaut worden.

Auf der einen Seite wurde die Anlage von Wasser umgeben und die anderen drei Seiten waren von einem Park eingefasst.

Auf den Rundgang durch den Park hatte ich verzichtet. Ich hatte mir gedacht, dass Nyx die Grünanlage nach einer erholsamen Nacht des Schlafs erkunden konnte. In einem Moment würde sie alles sehen können.

Meine Finger strichen über das Tastenfeld, um die Tür aufzuschließen. „Ich werde deine biometrischen Daten später ins System eingeben." Es würde im Grunde ein digitaler Abdruck ihrer magischen Essenz vonnöten sein, damit ihr der Zutritt zum gesamten Palastgelände garantiert wurde.

Man brauchte dafür viel Vertrauen in jemanden, den man gerade erst kennengelernt hatte, aber – was sie betraf – folgte ich meinen Instinkten.

Was sich seit unserer gegenseitigen Zurückweisung im SUV nicht geändert hatte.

Ich wollte sie immer noch so sehr, dass ich mich fragen musste, ob wir unser Band tatsächlich durchtrennt hatten. Allerdings spürte ich das Pochen in meiner Brust nicht mehr, folglich mussten wir erfolgreich gewesen sein. Und dies war bloß ein Rest der Anziehungskraft, der zurückgeblieben war.

Eine intensive, irre, überwältigende Attraktivität.

Scheiße.

Ich hatte gedacht, dass mein Interesse gedämpft werden würde, wenn ich sie zurückwies. Aber es war fast so, als zeigte es die gegenteilige Wirkung, denn ich wollte sie sogar noch viel mehr für mich beanspruchen.

Ich schluckte und zwang mich dazu, mich auf mein Vorhaben zu konzentrieren und ihr meinen Lieblingsort zu zeigen.

Ihr Summen stockte, als sie von der Terrasse aus auf die Landschaft hinab blickte. Die malerische Szene wurde durch den nächtlichen Sternenhimmel zur Geltung gebracht.

„Oh", hauchte sie. Sie drehte sich auf dem Fußweg aus Marmor, breitete dabei ihre Arme seitlich aus und ließ sie locker schwingen. „Oh, das ist perfekt."

Sie ging weiter und nahm die Bänke, die auf einer Seite der Mauer eingelassen waren, in Augenschein. Dann blickte sie auf den Park, bevor sie sich zu meinem Lieblingsplätzchen begab: dem Pool.

Er war nicht enorm, aber groß genug, dass man darin seine Runden schwimmen konnte. Allerdings war das nicht der Sinn und Zweck von ihm.

Sie kniete sich hin, um ihre Finger über die Oberfläche des Wassers gleiten zu lassen. „Es ist so warm."

Ich lächelte. „Es wird durch Magie erwärmt." Ich hatte

mir meine eigene Version einer isländischen heißen Quelle eingebildet, also hatte ich einen Zauber eingesetzt, um das Wasser hier zu erhitzen. „Es kühlt nie aus."

Weshalb es mehr ein Lounge-Pool als ein Trainingsbecken für Athleten war.

Immer wenn ich über ein Problem nachdenken musste, kam ich hier herauf und gestattete es dem Wasser, mir meinen Stress zu nehmen. Das war der Grund, warum ich ihn als meine Oase der Zuflucht betrachtete.

Ich war mir nicht sicher, was mich dazu gedrängt hatte, ihr diesen Platz zu zeigen. Vielleicht weil ich ihr einen Anreiz bieten wollte, eine Weile hier zu bleiben und mehr zu tun, als nur Gerüchte ins Leben zu setzen.

Auch ohne die Magie, die uns miteinander verknüpfte, fühlte ich mich durch ihre Gegenwart wie hypnotisiert. Sie war umwerfend. Mächtig. Unverdrossen. Ehrlich. Sie spielte keine Spielchen, sondern feierte das Leben und nahm kein Blatt vor den Mund.

Die Bindung zu einer Gefährtin mochte die Kraft sein, die mich zwang, sie zu sehen, aber mein Interesse für sie fühlte sich echt an.

Oder es war ein Resteffekt der Magie, ein unterschwelliger Zauber, der versuchte, mich zu ihr zurückzubringen.

Was ich brauchte, war etwas Zeit, um nachzudenken, und dafür hatte ich ihr Zugang zu meinem Lieblingsplatz gewährt.

Ich seufzte und ließ mich auf einer der Bänke nieder, während ich sie dabei beobachtete, wie sie in meiner privaten Sphäre dahintrieb. Ihre Haut schien im Mondlicht zu glänzen und ihr goldener Schimmer zog meinen Blick über jeden Zentimeter ihrer entblößten Haut.

Du bist definitiv auch kein Troll, Liebes, dachte ich, während ich ihren Anblick genoss. *Viel eher eine verführerische Nymphe, die in der Nacht tanzt.*

Mein Blut begann zu kochen, als sie sich anmutig um den Pool bewegte und ihr Kleid sie in majestätische Wellen der Versuchung hüllte. Ich wollte den Stoff um mein Handgelenk wickeln und ihr das Kleid herunterreißen, um ihre cremefarbene Haut vor meinen Augen zu entblößen und zu sehen, ob sich der magische Schimmer auch über andere Teile ihres Körpers ausbreitete.

Teile, die ich mit meiner Zunge erkunden wollte.

Denn ja, ich wollte sie auch sehr gern ablecken.

Aber das wollte ich ihr nicht sagen. Noch nicht. Nicht, solange ich mir nicht sicher war, dass ich dieses Verlangen des Schicksals kontrollieren konnte. Ansonsten hätten wir uns gegenseitig umsonst zurückgewiesen.

Und Nyx hatte recht: Es war besser, wenn wir den Zauber unserer Verbindung nicht mit unseren Entscheidungen in Konflikt geraten ließen. Ich brauchte einen klaren Kopf, um angemessene Beschlüsse zu fassen.

Dennoch wird mein Verstand von diesem zauberhaften Wesen eingenommen, staunte ich, während sie herumwirbelte. Ihre Schritte erinnerten mehr an die einer Tänzerin als an alles andere.

Sie breitete ihre Arme aus und lachte, als sie sich wieder um sich herum drehte und mehr von ihrem goldenen Schimmer auf der Haut offenbarte.

„Was ist das?", fragte ich. Meine Stimme konnte meine Faszination nicht verbergen. „Das Glitzern auf deinen Armen."

Mit leichten Schritten, die sie zu irgendeinem Lied, das sie in ihrem Kopf summen hörte, glitt sie neben mich. „Sternenstaub." Ihre zarten Finger bewegten sich anmutig über mir, als sie die glitzernde Substanz über mir verstreute. „Er bringt Glück."

Ich hob eine Augenbraue. „Tatsächlich?" Ich legte meinen Kopf schief. „Und woher weiß ich, dass du mich nicht soeben verzaubert hast, Göttin?"

„Du kannst doch Lügen erschmecken, König." Ihre goldenen Iriden passten zu dem Schimmer auf ihren Armen. „Lüge ich?"

„Das tust du nicht", bestätigte ich und beugte mich nach vorn. *In keinerlei Hinsicht*, fügte ich für mich hinzu. Inklusive ihres Kommentars, dass sie mich immer noch ablecken wollte.

Es wäre so leicht, sie hier zu entkleiden und sie im Mondschein zu ficken. Ich konnte ihre Erregung riechen und den Spott in ihrem Blick erkennen.

Aber ich durfte nicht nachgeben.

Noch nicht.

Nicht bevor ich nicht genau wusste, welche Auswirkungen das für mein Haus haben würde.

„Wir sollten uns für den Abend zurückziehen", sagte ich und stand abrupt auf. Sie hier herauf zu bringen, war eine schlechte Idee gewesen. Sie war wahrscheinlich drauf und dran, sich auszuziehen und nackt zu schwimmen – was ich einerseits liebend gern sehen und andererseits doch hassen würde.

Denn ich sollte – *durfte* – sie nicht berühren.

Verflucht.

Ich drehte mich nicht um, um zu sehen, ob sie mir folgte. Ich ging lediglich auf den Ausgang zu, öffnete die Tür und begann die Treppe hinunter zu steigen.

Sie seufzte bei meinem Abgang und es klang so sehnsüchtig, als würde sie sich von einem alten Freund verabschieden.

Beinahe hätte ich mich umgedreht, aber ich traute meiner Reaktion nicht. Diese Frau ging mir unter die

Haut. Ihre Seele hatte weit über das Maß dieser verdammten Verbindung die meine durchdrungen.

Sie ist gefährlich, sagte ich zu mir. *Gefährlicher, als irgendjemand von uns das gedacht hätte.*

Nur Kaspian hatte nicht so auf sie reagiert, was bedeutete, dass meine Reaktion definitiv mit dem Zauber, der Schicksalsgefährten aneinander bindet, zusammenhing.

Aber wir haben ihn gebrochen, dachte ich, während ich wieder das dritte Stockwerk betrat. Ich machte mich geradewegs zu meinem Flügel auf. *Ich fühlte den elektrischen Schlag.*

Meine Zähne schlugen aufeinander, mein Inneres war ein brodelnder Kessel der Lust, der von dem Wesen, das hinter mir vor sich hin summte, befriedigt werden wollte.

Ist sie sich dessen überhaupt bewusst, dass sie singt?, fragte ich mich. *Oder macht sie das einfach automatisch?*

Und warum zum Teufel ist das so verlockend?

Für kindische Kunststücke oder liebliche Lieder hatte ich nichts übrig. Dennoch betörte mich dieses Wesen mit seiner Musik. Die Art und Weise, wie sie tanzte und summte und in so einem glücklichen Zustand der Existenz aufging, war fesselnd.

Ich brauche nur etwas Schlaf, beschloss ich. *Es ist schon eine Weile her, dass ich mich ausgeruht habe, und der Tag war verdammt lang.*

Ich schob mich durch die Doppeltür am Ende des Korridors und führte Nyx in meinen privaten Flügel. „Sitzbereich", sagte ich und deutete auf die Sofas. „Bar." Ich deutete auf die Glaswand und die Theke, die daran festgemacht war. „Im Kühlschrank gibt es Blut …" Ich ließ die Worte verklingen und schaute sie an. „Brauchst du Blut?" In meiner Vorstellung tat sie das nicht, aber sie hatte erwähnt, dass sie eine Vorliebe dafür hatte.

„Nur deines", schnurrte sie und ihr Gesichtsausdruck war dabei so sinnlich, dass er mich heute Nacht bis in meine Träume verfolgen würde.

Pure Verführung.

Ich zwang mich dazu, den Blick von ihr abzuwenden und meine Tour fortzusetzen. Welche, natürlich, in meinem Schlafzimmer endete. Es gab keinen Gästebereich, der an meine Suite anschließen würde, sodass wir uns das Himmelbett, das in der Mitte des Raumes stand, heute Nacht teilen würden.

Warum hatte ich nochmal beschlossen, sie bei mir zu behalten?

Oh, richtig. Weil ich sie im Auge behalten sollte.

Als meine Gefährtin.

Und das kann ich wirklich nicht tun, wenn sie sich im Gästeflügel befindet.

Wunderbar.

„Die Fenster dort schauen auf einen Balkon hinaus, wenn du von deinem Zimmer aus noch etwas mehr in das Licht deines Mondes tauchen möchtest", sagte ich zu ihr und deutete auf Vorhänge, die eine Glaswand, die vom Boden bis zur Zimmerdecke reichte, bedeckten. „Hier drüben ist das Badezimmer."

Darin befand sich eine Badewanne für sechs Personen, denn ich hatte gern Platz. Daneben stand eine Duschkabine.

Mein Schrank, in dem vorwiegend Anzüge hingen, stand am Ende des weitläufigen Raums.

„Wir werden es arrangieren, dass du auch eine neue Ausstattung bekommst, da du nichts hierher mitgebracht hast." Wahrscheinlich musste ich Cara bitten, dass sie mit ihr eine Runde durch die Stadt drehte. Oder einen meiner anderen Generäle. Wer auch immer Zeit hatte, um …

Das Wasser in der Dusche begann zu rauschen, was Nyx vor Freude in die Hände klatschen ließ.

Ich blickte zu ihr. „Was tust …?"

Ihr Kleid glitt zu Boden, und ich war sprachlos. Ich wusste nicht mehr, was ich sagen wollte.

Dann beugte sie sich hinunter, um ihre Sandalen aufzumachen.

Langsam.

So. Verflucht. Langsam.

Was mir ausreichend Zeit gab, jedes Stückchen von ihr genau zu betrachten.

Dieses Bezirzen geschah absolut absichtlich und sollte mich dazu verlocken, in Aktion zu treten. Aber ich weigerte mich, den Köder zu schlucken. *Ich verfüge über mehr Kontrolle als das, Göttin.*

Als Nyx wieder aufstand, war ihr Gesichtsausdruck so unglaublich unschuldig, dass ich nicht sagen konnte, ob sie nur eine unglaublich gute Schauspielerin war, oder ob sie wirklich nicht wusste, was sie mit mir anstellte.

„Die ist so viel schöner als die Dusche im Hotel", sagte sie, während sie in den Glaszylinder stieg und mich anblickte. „Dürfte ich wohl dein Shampoo sowie andere Utensilien verwenden?"

Mein Hals schnürte sich zu, als ich versuchte zu antworten. Statt zu sprechen, nickte ich ihr nur kurz zu.

Weil … verflucht …

Scheiße.

Sie war nackt. In meinem Zimmer. In der Dusche.

Und, ja … Ja, der goldene Schimmer bedeckte alle Teile ihres Körpers. Inklusive ihrer rosigen Nippel, die durch das Gold eher erdig-braun erschienen.

Unter dem Wasserstrahl, der den Schimmer weg wusch, wurden sie jedoch wieder rosig. Und in ihre Senken wollte ich meine Zunge tauchen.

Ich räusperte mich und wandte mich wieder von ihr ab, da ich meine Selbstkontrolle wiedergewinnen musste.

Das war nicht leicht. Das Bild von ihr, wie sie hinter mir duschte, hatte sich tief in meine Gedanken eingebrannt.

Das würde mich definitiv in meinen Träumen verfolgen.

Ich nahm ein paar Handtücher für die badende Göttin und legte sie auf die Bank neben der Dusche. Dann wählte ich ein Unterhemd und Boxershorts aus, die sie anziehen konnte, wenn sie … *mit dem Tanz in meiner Dusche* fertig war. Denn genau damit hatte sie begonnen, während ihr Summen sie zauberhaft umgab und der kreisende Wasserdampf sie einhüllte.

„Ich …", wieder brachte ich nichts hervor, denn mein Hals war wie zugeschnürt.

„Hmm?" Sie schaute mich an, während sie ihre Hände in ihrem glorreichen Haar vergrub und sich etwas von meinem Shampoo einmassierte.

Jetzt wird sie auch noch nach mir riechen.

Verdammt.

„Ich gehe zu Bett." Meine Stimme war spröder, als ich es gewollt hatte; aber verflucht, in meiner Dusche befand sich eine verdammte Göttin, die nackt war und sang. „Über deine Kleider sprechen wir morgen früh."

Ich wartete ihre Zustimmung nicht ab. Stattdessen schloss ich die Tür zu meinem Badezimmer hinter mir und lehnte mich mit einem leisen Grollen dagegen.

Das war ein sehr schlechter Plan. Einer, den ich eindeutig nicht durchdacht hatte.

Ich sollte einfach nur auf der Couch schlafen gehen.

Stattdessen entschied ich mich für das Bett.

Wenn sie fertig ist, dann tue ich einfach so, als würde ich schlafen. Bestenfalls würde ich eine private Möglichkeit bekommen, sie genauer zu betrachten – in einem Moment, in dem sie sich unbeobachtet fühlte. Schlimmstenfalls würde sie versuchen, mich zu verführen, während ich schlief.

Und dann würde ich ihren ungehorsamen Mund mit meinem Schwanz bekanntmachen.

Wenn sie mich so unbedingt schmecken wollte, dann würde sie schlucken.

Ich schlüpfte aus meinem Anzug und legte ihn über einen Stuhl neben meine ausgezogenen Schuhe. Normalerweise würde ich nackt schlafen. Aber nun behielt ich meine Boxershorts an und schlüpfte unter die Decke.

Mein täglicher Schlaftrunk aus Blut würde bis morgen warten müssen.

Außerdem durchfloss noch etwas Essenz der Göttin meinen Körper, von der ich annahm, dass sie mich bis zum Frühstück bei Kräften halten würde.

Genau als das Wasser nebenan ausgemacht wurde, schloss ich meine Augen.

Dann warten wir mal ab, was du jetzt vorhast, nicht wahr?

NYX

Vesperus' Domizil bot alles, was ich mir wünschen konnte – und mehr. Es erhob sich palastartig und war voller Charakter und Charme.

Und dieser Dachbereich …

Oh, der war *göttlich*.

Ich hätte mich beinahe dort hinaufgebeamt, um auf einer der Bänke zu schlafen. Aber sein Geruch zog mich zurück in sein Schlafzimmer, wo er bereits in seinem Bett lag.

Ich ging zu ihm.

„Danke für deine Gastfreundschaft, König", flüsterte ich und war mir dessen bewusst, dass er nicht wirklich schlief.

Aber seine Antwort blieb aus. Was mir sagte, dass er es vorzog, sich auszuruhen, als sich mit mir zu vergnügen.

Schön, schön, dachte ich in seine Richtung. *Wir können unseren Tanz auch auf später verschieben.*

Die Antwort seines Körpers auf meine Nacktheit sagte

mir alles, was ich über meine Anziehungskraft auf ihn wissen musste.

Das werden wir schon noch sehen, überlegte ich. *Deine Reaktion habe ich auf jeden Fall gesehen, Vesperus Veritas, König von Gold und Granat. Du begehrst mich. Und ich begehre dich.*

Ich für meinen Teil würde es dieser Anziehung jedenfalls erlauben, dass sie weiter wuchs. Dann würde ich *sehen*, wo sie hinführte und demzufolge weiter entscheiden.

Ich schlenderte auf die andere Seite des Bettes und nahm das Handtuch ab, um es stattdessen um mein Haar zu wickeln. Das war leichter, als für das Trocknen der langen, feuchten Strähnen Magie zu verwenden.

Zugegebenermaßen war ich auch schon ziemlich müde.

Schließlich war es ein ereignisreicher Tag gewesen und ich konnte ebenso ein bisschen Ruhe gebrauchen.

Ich konnte dann auch morgen mein eventuelles Zuhause in Augenschein nehmen.

Und seinen König verführen.

———

Ich wachte allein auf. Vesperus' Seite des Bettes war kalt und sah unberührt aus.

Hast du überhaupt geschlafen?, fragte ich mich, als ich die sauber glatt gestrichene Bettdecke betrachtete. *Oder habe ich zu lange geschlafen?*

Ich schlüpfte unter den Decken hervor und wandelte zu den Vorhängen, auf die er bei unserer kurzen Tour durch seinen Palast hingewiesen hatte. Ich spähte durch sie hindurch und bemerkte, wie tief die Sonne bereits am Himmel stand.

Nach der Ortszeit war es demnach vielleicht … zwei Uhr?

Ich war mir nicht sicher, aber wenn die Sonne am Himmel stand, dann bedeutete das im Winter in Island, dass es Nachmittag war.

Egal wie spät es nach meiner inneren Uhr war, nun war es an der Zeit mich umzusehen.

Mit einem Lächeln auf den Lippen holte ich mein Kleid aus dem Badezimmer und band mir meine Sandalen zusammen. Ein bisschen Sternenstaub half mir dabei, mein Haar zu richten, und schon war ich für meinen Spaziergang bereit.

Wo soll ich zuerst hin? Ich tippte mir aufs Kinn und zuckte mit den Achseln. *Irgendwohin.*

Vesperus hatte erwähnt, dass ich eine neue Ausstattung brauchen würde, also könnte ich mich jetzt dahingehend umsehen.

Ich wickelte mich in Schatten und teleportierte mich zu jenem Park, den ich von seiner Terrasse aus gesehen hatte. Ich stellte mich hinter seinem Anwesen auf eine verschneite Landschaft, die von kleineren Bäumen übersät war.

Der Gehweg war ausgeschaufelt und eine verbliebene Energie sagte mir, dass das von Magie und nicht von einer Person gemacht worden war; ähnlich wie der Zauber, der letzte Nacht über die Straßen gefegt war.

Außergewöhnlich faszinierend, staunte ich und genoss den Hauch von Lebendigkeit in der Luft. *Dies könnte tatsächlich ein ideales Zuhause sein.*

Ich hopste den Weg entlang und war von dem Gedanken begeistert, eventuell hier zu bleiben. Würde Vesperus mein Gefährte sein? Würden wir für immer zusammenbleiben? Würde ich diesem Reich als Königin dienen?

Wie würde das auf lange Sicht aussehen?

So viele Fragen. Statt über die Antworten zu

spekulieren, entschloss ich mich, den Moment und meinen Weg durch den Park zu genießen.

Irgendwann kam ich an einen Zaun, durch den ich mich hindurch schleuste, um die andere Seite der Straße zu erreichen.

Links oder rechts? Links oder rechts?

Ich drehte mich um meine eigene Achse und ging dann in die Richtung, in die ich nach meinem Herumwirbeln schaute – was zufällig nach rechts war.

Eine gute Entscheidung, wie sich herausstellte. Denn der Weg führte mich direkt in das Herz der Stadt.

Es schien, dass meine Aufgabe, mir Kleider zu beschaffen, endlich von Erfolg gekrönt sein würde.

Hmm. Ich suchte die Schaufenster ab, bis ich etwas gefunden hatte, was mir zusagte. Dann trat ich in das Geschäft.

Glücklicherweise war ich während der Öffnungszeiten unterwegs, sodass ich diesmal ordnungsgemäß für meine Kleider zahlen konnte.

Nun, so einigermaßen. Über diesen Teil mussten wir noch verhandeln.

„Hallo?", rief ich nach dem Besitzer des Ladens, während ich an den Kleiderständern entlang wanderte.

„Ja?" Eine weibliche Stimme ertönte hinter mir, sodass ich herum fuhr und einer großen Frau mit grell-orangem Haar gegenüberstand.

Eine Art von Wandler-Wesen, spürte ich. *Aber kein Wolf. Eine große Katze, vielleicht?* Ich hätte fast gefragt, wollte aber nicht unhöflich erscheinen, also hielt ich mich im Gespräch ans Geschäftliche.

„Hallo, ich bin Nyx. Ich bin ein neues Mitglied von Gold und Granat." Ich deutete auf meine halbmondförmige Halskette. „Und König Vesperus sagt, dass ich etwas Neues zum Anziehen brauche. Kann ich hier etwas kaufen?"

Sie blinzelte mich an. Die gelben Schlitze in ihren Iriden bestätigten meinen Verdacht, dass sie eine Katzen-Wandlerin war. „Zahlt König Vesperus für Ihre neuen Kleider?"

„Ähm, nein. Das kann ich selbst erledigen. Sie akzeptieren doch übernatürliche Elemente als Währung in diesem Reich, oder?"

Erneut zwinkerte sie. Ihre Augenlider waren doppellagig, wodurch ihre Augen weiß erschienen, bevor sie wieder zu ihrer gelben Farbe zurück wechselten. „In Gold und Granat ist Blut die gängigste Währung, aber ja, wir akzeptieren auch andere Formen der Bezahlung." Sie musterte mich. „Was sind Sie?"

Oh. Offensichtlich schreckte sie vor persönlichen Fragen nicht zurück. „Eine Göttin. Und Sie?"

„Eine Tiger-Wandlerin." Sie verschränkte die Arme und schien von meiner Anwesenheit unbeeindruckt. „Was können Sie mir anbieten? Ich sehe weder Geldbörse noch Tasche und in diesem Kleid kann auch nichts Wertvolles verborgen sein."

Ich lächelte. „Ich benötige keine Tasche." Statt das näher auszuführen, hielt ich ihr meine Handfläche mit einem Häufchen Sternenstaub hin. „Ich habe das."

Sie blickte auf meine Hand. Dabei spiegelte sich offensichtliches Misstrauen in ihrem Gesichtsausdruck. „Und was ist das?"

„Sternenstaub."

Sie runzelte ihre Stirn. „Davon habe ich noch nie gehört."

„Nein, das kann ich mir vorstellen. Er ist ziemlich selten." Ich schloss meine Augen, um meine Magie zu verbergen. „Wie wäre es mit einer kleinen Demonstration?

Das wird Ihnen helfen, den Wert einzuschätzen, und dann können Sie mir sagen, was ich damit kaufen kann. Hört sich das fair an?"

Dieses misstrauische Glitzern wollte nicht aus ihrem Gesicht weichen. „Ich ... weiß nicht."

„Ich verspreche Ihnen, dass Sie erfreut sein werden. Fangen wir mit einem kleinen Wunsch an, mit etwas Handfestem."

„Mit einem Wunsch?"

„Ja. So funktioniert das mit meinem Sternenstaub. Man wünscht sich etwas, während man das Pulver verstreut, und der Wunsch wird erfüllt." So wie die Menschen in anderen Reichen sich früher etwas gewünscht hatten, wenn sie Sternschnuppen gesehen hatten. Aber ich war mir nicht sicher, ob sie das hier begriff.

„Ein Wunsch", wiederholte sie. „Also, ich kann mir irgendetwas wünschen und Sie erfüllen es mir, als wären Sie so eine Art von Flaschengeist?"

„Nicht ich, aber die Sterne. Und es gibt Grenzen, bei dem, was man sich wünschen kann." Vorwiegend, indem ich kontrollierte, wie viel Sternenstaub ich verstreute. „Hier." Ich streckte ihr meine Hand entgegen. „Wünschen Sie sich etwas Konkretes. Etwas, das Sie in Ihrem Laden haben möchten. Das wird Ihnen helfen, zu verstehen, wie das funktioniert."

Sie schien mir immer noch nicht so recht zu glauben, weshalb sie nach wie vor mit überkreuzten Armen dastand und meine Hand anstarrte. „Und was werden Sie machen? Das über mir ausstreuen?"

„Nein, ich gebe es Ihnen in die Hand, damit Sie es auf den Boden vor Ihnen verstreuen, während Sie Ihren Wunsch aussprechen."

„Laut?", fragte sie.

„In Gedanken reicht", murmelte ich. „Vergessen Sie

nur nicht, mit den Worten ‚*Ich wünsche mir* …' zu beginnen. Den Rest wird der Sternenstaub dann erledigen."

Sie schaute mich lange forschend an, dann zuckte sie mit den Schultern. „Na gut. Etwas Konkretes? So etwas wie einen Gegenstand, der auf der Stelle vor mir auftauchen soll?"

Ich nickte ermutigend. „Ja."

Sie schaute auf meine Hand und rümpfte die Nase, als könnte sie die Magie wittern. Als sie nichts wahrnehmen konnte – Sternenstaub ist schließlich geruchlos – hielt sie ihre Handfläche vor mir auf.

Ich ließ so viel Pulver auf ihre Hand rieseln, dass sie sich damit etwas Besonderes herbeiwünschen konnte, und trat einen Schritt zurück, damit sie ans Werk gehen konnte.

Ihr Gesichtsausdruck verriet mir, dass sie das für eine Zeitverschwendung hielt, aber letztendlich schloss sie die Augen und öffnete ihre Hand, um den Staub zu verteilen.

Die Besitzerin des Ladens in Dublin hatte von all dem keine Ahnung gehabt, weshalb ich den Sternenstaub auf ihrem Ladentisch mit dem Wunsch nach Wohlstand zurückgelassen hatte. Als Resultat würde sie voraussichtlich einen Verkaufsanstieg erleben. Vielleicht ein bisschen mehr Glück. Und nicht viel mehr.

Aber diese Ladenbesitzerin hatte es noch besser, denn sie hatte soeben meinen Sternenstaub dazu benutzt, um etwas entstehen zu lassen; was der wahren Natur meiner Macht als Schöpfungsgöttin entsprach.

Als Beweis schwirrte zwischen uns tanzende Magie in der Luft.

Die Tiger-Wandlerin sprang nach hinten. Denn das, was sie sich herbeigewünscht hatte, war über einen Meter achtzig groß. Ich fragte mich, was es wohl war.

Dann blieb mir der Mund offen, als eine nackter, männlicher Rücken vor mir erschien.

Oh. Ohhhh. Sie hatte … Sie hatte … *einen Mann* erschaffen.

Und nicht einfach nur irgendeinen. Er sah aus wie ein Feenwesen, mit spitzen Ohren und langem, blondem Haar.

„O mein Gott", flüsterte die Ladeninhaberin. „Ist er …? Ist er echt?"

„Ähm, ja", sagte ich. Meine Lippen verzogen sich seitlich, als ich mich um das eindrucksvolle Exemplar eines männlichen Wesens herum bewegte und mich daneben stellte. „*Sehr* echt." Und zudem gut bestückt. „Sie haben sich einen nackten Faun gewünscht?"

„Streng genommen einen Elfen", flüsterte sie und hatte dabei ihre Augen weit aufgerissen, als sie den attraktiven Mann anstarrte. „Aus … Aus einem alten Film …"

Die Kreatur zwinkerte ein paar Mal. „Hallo", grüßte er. „Wo bin ich?"

„In Island", erwiderte ich. „Ah. Ha." Ich war mir nicht sicher, was ich sagen sollte. Mein Sternenstaub konnte alles erschaffen, sogar das. „Ich hatte gedacht, Sie würden sich eine Jacke oder eine Halskette oder so etwas in der Art wünschen."

Keinen nackten … Elfen … mit Waschbrettbauch. Und sehr muskulösen Schenkeln …

„Wird er wieder verschwinden?", fragte sie. Ihre Augen waren auf seine Lenden gerichtet. „Oder darf ich ihn … behalten?"

„Ich … Ich glaube nicht, dass es weise ist, sich ein lebendes Geschöpf zu halten. Aber nein, er wird nicht verschwinden. Er lebt und …"

Die Detonation einer Druckwelle erschütterte den Laden und warf mich ein paar Schritte nach hinten, als ein Schuss durch die Luft knallte.

Ich riss meine Augen auf und der Elf krachte zu Boden.

Mit einer Kugel zwischen den Augen.

Tot.

Ich glotzte ihn erstarrt an. Mein Sternenstaub errichtete unverzüglich einen Schutzschild um mich und die Ladenbesitzerin, während sich uns dunkle Energie näherte.

„Was zur Hölle, Raymond??", schrie die Ladenbesitzerin. Sie sprang nach vorne, um die Tür ihres Ladens aufzureißen. „Du schuldest mir ein neues Fenster! Und einen neuen Elfen!"

Ich blinzelte ein paar Mal. *Was?*

„Einen neuen Elfen?", wiederholte eine tiefe Stimme. „Du kannst nicht einfach mit Zaubersprüchen Kreaturen heraufbeschwören, Lissa. Du kennst die Regeln."

„Streng genommen, habe ich gar nichts heraufbeschworen. Ich habe ihn mir herbeigewünscht."

Ich schlich mich nach vorn und sah, wie sie einen Mann, der doppelt so groß war wie sie, mit ihren Augen fixierte.

„Du hast ihn dir herbeigewünscht?", sagte er trocken. „Sicher. Und womit?"

„Sternenstaub", antwortete sie und deutete auf mich. „Von *ihr*."

Die Augenbrauen des großen Mannes schossen in die Höhe und er hob sein Gewehr sofort in meine Richtung. „Wer zum Kuckuck bist du denn?", wollte er wissen. „Und wo ist dein Erkennungsmal? Zu welchem Haus gehörst du?"

„Warum habt ihr es denn alle so mit den Häusern hier, Leute?", murmelte ich. Dabei wischte ich ein Klümpchen Sternenstaub von meinem Kleid. „Und warum habt ihr alle das Bedürfnis, Waffen auf mich zu richten?"

Das begann mir wahrhaftig auf die Nerven zu gehen. Ich hatte angenommen, dass dieses Reich anders war. Aber leider Fehlanzeige. Sie wollten immer noch zuerst schießen und erst danach Fragen stellen.

„Sie ist eine Göttin und ihr zunehmender Mond ist von Blut gezeichnet", sagte ihm Lissa, die Ladeninhaberin. „Sie sagt, König Vesperus schickt sie her, damit sie sich neue Klamotten aussuchen kann; und als Zahlungsmittel hat sie mir Sternenstaub angeboten."

Das entsprach nicht genau der Reihenfolge meiner Aussagen, aber ihre Erklärung kam der Wahrheit nahe genug.

„Und das hast du geglaubt?", schnaubte Raymond. „Ich habe ihre Macht einen Häuserblock entfernt gerochen. Sie ist keine von uns. Und du lässt sie einen verfluchten Elfen erschaffen?"

Lissa verdrehte ihre Augen. „Werd jetzt nicht eifersüchtig, Ray. Ich wollte nur ein bisschen Spaß haben."

„*Ein bisschen Spaß haben*?", wiederholte er. „Mit einem sexy, nackten Elfen?"

Sie atmete heftig aus, wodurch ihr das orangefarbene Haar in die Stirn fiel. „Ich wollte ihn nicht berühren."

Nein, sie wollte ihn sich nur „behalten".

„Ich kümmere mich in einer Minute um dich", knurrte Raymond und richtete seine Aufmerksamkeit wieder auf mich. „Lass mich dein Erkennungsmal sehen."

Ich kniff meine Augen zusammen: „Warum?"

„Um zu sehen, ob du echt bist."

„Warum fragst du nicht deinen König?", konterte ich und hob eine Augenbraue.

Er stieß ein verächtliches Lachen aus. „Weil ich ihn mit diesem Quatsch nicht belästigen werde. Und dein Zögern ist Beweis genug, Herzchen."

Eine weitere Kugel krachte durch die Luft. Diese traf

gegen meinen Schutzschild aus Sternenstaub. Sie prallte daran ab und flog in Richtung der Dumpfbacke, die versucht hatte, auf mich zu schießen.

Lissa schrie auf und fiel neben dem Mann nieder, als dieser auf den eisigen Boden plumpste. Der Querschläger hatte sich in seine Schulter gegraben und ihn zu Boden gezwungen. Er würde es überleben.

Aber Lissas Rage brach mit einem lauten Gebrüll aus ihr heraus, was mir sagte, dass unsere kurze Freundschaft wahrscheinlich soeben ein Ende gefunden hatte.

Ich zog meine Magie von ihr ab und wich einige Schritte zurück. „Ich habe nichts Böses im Sinn", versprach ich ihr. „Ich wollte nur ein paar Sachen zum Anziehen."

Sie fletschte die Zähne, was mir unmissverständlich alles mitteilte, was ich wissen musste.

Ebenso wie das hektische Geschrei auf der Straße, das sich bald zu einem dröhnenden Alarm erhob. Ich musste mir die Ohren zuhalten.

Ich nehme alles zurück: Dieses Reich ist kein ideales Zuhause. Es ist voll chaotischer Gewalt und abweisend und ...

Ich verzog mich, als eine glühende Substanz durch die Luft rauschte und auf meinen Kopf abzielte.

Und das war schlichtweg rüpelhaft! Ich sagte nichts mehr. Ich war irritiert von diesen feindseligen Wesen, die mich immer noch ohne Vorwarnung töten wollten.

Mir reicht es.

Ich rief eine Wand aus Sternenstaub zu Hilfe und verwendete sie dafür, alle von mir fernzuhalten.

Nur eine Ritze in der Wand genügte, dass sich Magie hindurch zwängen und schnurstracks gegen meine Brust werfen konnte.

Ich stolperte nach hinten und war verwundert, zumal

ich diese Berührung kannte. *Warum?*, dachte ich in ihre Richtung. *Warum tust du das?*

Denn es war der Zauber meines Medaillons, der mich umgeworfen hatte.

Ich schüttelte meinen Kopf und versuchte, einen klaren Gedanken zu fassen.

Und bemerkte, dass nun mindestens ein Dutzend aufgebrachte, übernatürliche Wesen ihre Aufmerksamkeit auf mich gerichtet hatten.

Urgh. Da wären wir wieder.

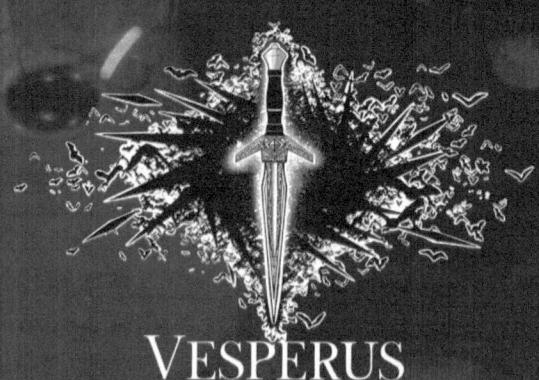

VESPERUS

Ein paar Minuten zuvor

Mein Handgelenk summte. Das kam von einem eingehenden Anruf, den ich schon den ganzen Tag erwartet hatte.

König Volker, aus dem Haus von Luft und Amethyst.

Seit er den Thron bestiegen hatte, hatten wir uns ein paar Mal unterhalten; vorwiegend über seine treuen Gehilfen: Feyre und Lady Oleander Price.

Ich hatte ihnen nach Volkers vermeintlichem Untergang Gnade gewährt, hauptsächlich weil ich gewusst hatte, wie wertvoll sie für ihn während seiner Regentschaft gewesen waren. Und ich hatte gewusst, was der Betrüger auf seinem Thron mit den zwei weiblichen Mördern in seiner Abwesenheit angestellt hätte. Sie waren Volker gegenüber loyal, aber nicht gegenüber dem neuen Monarchen.

Also hatte ich ihnen einen sicheren Hafen angeboten. Im Gegenzug sollten sie eine Handvoll Aufträge erledigen.

Und dann war Volker auf wundersame Weise aus dem Grab wiederauferstanden – bloß dass er nie wirklich begraben gewesen war – und ich hatte seinen zwei loyalen

Untertanen erlaubt, dass sie wieder zu ihm zurückkehrten. Sie waren ohnehin durch Blutsbrüderschaft mit ihm verbunden. Es hatte auf der Hand gelegen, ihnen die Erneuerung ihres Bundes zu gewähren.

Aber das hieß nicht, dass Volker und ich Freunde waren.

Was nun auch sein Bild auf dem Monitor, den ich öffnete, bewies: Seine Gesichtszüge waren stoisch. „Vesperus", sagte er.

„Volker", erwiderte ich.

Eine kurze Stille folgte. So versuchte der kürzlich wieder eingesetzte König auf bewundernswerte Weise, eine Spannung aufzubauen, um die Oberhand zu gewinnen.

Aber mittlerweile sollte er wissen, dass Stille mich nie nervös machte.

Wir stammten beide aus einer Ära der Ehrerbietung, von der heutzutage sehr wenige etwas verstanden. Deshalb neigten wir dazu, den anderen zu akzeptieren und unterstützten uns bei Abstimmungen oft gegenseitig.

Als er im Haus von Luft und Amethyst die Krone wiedererlangt und den Thron erneut bestiegen hatte, hatte ich nicht mit der Wimper gezuckt.

Aber hätte er um meine Hilfe gebeten, dann hätte ich ihm gesagt, dass ein ehrenwerter König sich um seine Angelegenheiten selbst kümmern soll.

Allerdings hatte er mich noch nie um irgendeinen verdammten Gefallen gebeten. Denn er kannte alle ungeschriebenen Gesetze der Regentschaft und er ehrte sie ebenso wie ich es tat.

„Dann hast du also vom ausgesetzten Kopfgeld gehört?", fragte ich schließlich, indem ich mich dazu entschloss, den ersten Schritt zu machen. „Ich habe sie gefunden."

Er hob eine Augenbraue. „Und du hast beschlossen, sie zu behalten." Keine Frage, eine Aussage.

„Vorerst", räumte ich ein. „Sie hat kein Tor, durch das sie wieder verschwinden könnte. Also evaluiere ich jetzt die Situation."

„Warum tötest du sie nicht einfach?", fragte er. Sogar durch die Bildübertragung konnte man erkennen, dass seine grauen Iriden heftig flackerten.

„Weil sie nichts Falsches gemacht hat, außer unser Gebiet illegal zu betreten." Was nicht die ganze Wahrheit war, aber es war auch keine Lüge. „Sie versucht ein Medaillon zu finden, mit dem sie in ihre Welt zurückkehren kann."

„In ihre Welt zurückkehren?", wiederholte er. „Was ist sie?"

„Eine Göttin. Im Speziellen – die Göttin der ..."

Macht summte über meinem Kopf und brachte mich zum Schweigen. Ich blickte aus dem Fenster meines Arbeitszimmers und erwartete beinahe, dass Nyx im Innenhof stand.

Aber sie war nicht dort.

Dennoch spürte ich sie so, als wäre sie direkt neben mir. Ihre Essenz war wie ein Blinklicht in der Luft, das mich zur Antwort heftig atmen ließ.

Was tust du, fragte ich mich selbst und mein Instinkt, mich mit ihr mental in Verbindung zu setzen, trug diese Worte beinahe schon in ihren Verstand. Aber ich hielt sie zurück, da ich eine neue Welle der Macht spürte.

„Was ist das?", wollte Volker wissen, der es offensichtlich ebenso gespürt hatte. Was nichts Gutes bedeuten konnte, zumal er sich in einem anderen Teil der Welt befand. „Wovon ist sie die Göttin, Vesperus?"

„Von ... der Nacht", sagte ich langsam, während der

Raum sich langsam um mich zu drehen begann. „Ich muss gehen."

„Du musst sie töten", verbesserte er mich. „*Jetzt.*"

„Ich bin dir keine Antwort schuldig, Volker", antwortete ich standhaft. „Ich werde dich später zurückrufen."

Ich legte auf, bevor er etwas auf meine vorherige Aussage erwidern konnte.

Nicht dass es wirklich etwas für ihn zu sagen gegeben hätte. Volker und ich lebten nach ähnlichen Prinzipien. Er würde verstehen, dass ich lediglich auf zwei Instanzen in meinem Leben hörte: auf mich selbst und auf meine Leute.

Und im Moment schrillten draußen die Alarmglocken. Was bedeutete, dass meine Leute mich brauchten.

Bloß, dass ich vermutete, dass Nyx dahintersteckte.

Scheiße. Ich hätte sie nicht alleine lassen sollen, aber ich hatte so wenige Zentimeter neben ihrem delikaten, nackten Körper nicht schlafen können. Und ich hatte etwas Zeit zum Nachdenken gebraucht.

Was dem Zweck, sie in meinem Zimmer zu behalten, wo ich sie *im Auge behalten* konnte, widersprach. Jedenfalls hatte sie geschlafen und ich hatte erwartet, dass sie zu mir kommen würde, nachdem sie aufgewacht war. Ich hatte ihr in der vergangenen Nacht mein Arbeitszimmer gezeigt, also wusste sie, wo sie mich suchen sollte.

Aber offensichtlich hatte sie etwas anderes vorgehabt.

Etwas, das ich hätte vorhersehen sollen, statt sie mit ihren eigenen Fähigkeiten handeln zu lassen.

Idiot, schimpfte ich mich selbst. Dass ich meine Einfälle nicht genug durchdachte, kam offenbar davon, dass ich nicht genug schlief. Denn eine Version von mir, die auf der Hut gewesen wäre, hätte *niemals* eine Göttin ohne Bewachung in meinem Palast zurückgelassen.

Ich machte mich zum Innenhof auf und rief Kaspian über mein Handgelenk an. Es war einem Handy ähnlich, bloß dass auch das mit Magie funktionierte wie alles in dieser Welt.

„Ich dachte, du müsstest bei deiner Gefährtin *babysitten*", sagte Kaspian grußlos, als er den Anruf entgegennahm. „Aber ich sehe, dass sie drüben in Lissas Laden Probleme macht."

„In Lissas Laden?", wiederholte ich ungläubig. „Warum zur Hölle würde sie …?" Ich sprach nicht weiter, da ich mich an unsere Unterhaltung erinnerte, bevor sie ihr Kleid verloren hatte. „Richtig. Sie ist einkaufen gegangen."

Ich schlug mir mit der Hand auf die Stirn und schnaubte.

„Du hast sie einkaufen gehen lassen? *Allein*?"

„Ich habe sie gar nichts *aktiv tun lassen*. Ich habe sie in meinem Bett schlafen lassen, während ich gearbeitet habe. Offensichtlich ist sie nun wach." Und seine *Babysitten-*Terminologie konnte mir den Buckel runter rutschen. Sie war eine Göttin. Ich konnte sie gar nicht wirklich *babysitten*.

„Offensichtlich", machte er mich nach.

„Wir treffen uns dort", sagte ich und trat auf meine Veranda hinaus.

Der Laden war nur ungefähr eineinhalb Kilometer von meinem Anwesen entfernt. Hinzufahren würde länger dauern als hinzulaufen, also setzte ich stattdessen meine Schnelligkeit eines Vampirs ein.

Als ich ankam, erstarrte ich vor Schreck, da sich Nyx hinter einer Wand aus schwirrender Energie befand.

Sie hatte ihre goldenen Augen auf die Menge von übernatürlichen Wesen dahinter gerichtet. Ihr Zorn war wie eine peitschende Welle, die an meinen Sinnen prickelte und jedes Härchen von mir zu Berge stehen ließ.

Ich brauchte nur ein Mal zu blinzeln, um den Grund ihrer Rage zu erkennen: Sie bombardierten sie alle mit verschiedenen Intensitäten von Magie und Waffen und das Schild war das Einzige, was zwischen ihnen stand.

Was zur Hölle ist hier los?

„Aufhören!", brüllte ich. Mein Befehl galt denen hinter dem Schutzwall.

„Sie greifen mich an!", spuckte sie zurück. „Ich werde nicht aufhören, mich zu verteidigen!"

„Ich spreche nicht mit dir", sagte ich zu ihr. „Ich spreche mit *ihnen*."

Mehrere meiner Männer fielen sofort auf ihre Knie; der Ausdruck von Ehrfurcht war ihnen deutlich ins Gesicht geschrieben.

Die anderen brauchten ein paar Sekunden, um zu erkennen, wer gesprochen hatte. Dann rissen sie vor Angst ihre Augen weit auf und fielen mit einer Geste von Gehorsam zu Boden.

Und der Letzte von ihnen – ein Bären-Wandler namens Raymond – hörte schließlich auf, Nyx' Magie zu attackieren und setzte sich mit einem Laut der Enttäuschung auf seinen Rumpf.

„Was zur Hölle läuft hier ab? Was ist passiert?", fragte ich mit Nachdruck.

Nyx hielt ihre Barriere instand. Dabei flackerten ihre goldenen Iriden vor Kraft. Ich musste gespürt haben, wie sie den Mond um eine Art Rückendeckung gebeten hatte. Denn ihr Schutzschild war aus demselben Material wie das, das ihre Arme in der vergangenen Nacht eingehüllt hatte.

Sternenstaub.

„Ähm." Ein weibliches Wesen räusperte sich: *Lissa.* „Die Göttin hat mir Sternenstaub gegeben, damit ich mir etwas wünschen kann. Ich habe mir eine Figur aus einem alten Film herbeigewünscht: Einen Elfen. Und … Es hat funktioniert."

Raymonds Kommentar dazu war ein Knurren, was mich dazu veranlasste, eine Augenbraue zu heben.

„Du hast einen Elfen erschaffen?", fragte ich und richtete meinen Blick auf Nyx.

„Nein, die Sterne; sie sind ihrem Wunsch nachgekommen." In Nyx' Tonfall hörte ich Verärgerung. „Ich habe ihr Sternenstaub als Zahlungsmittel für Kleider angeboten, aber dieser Wandler …" – sie deutete auf Raymond –„hat meinem Geschenk in den Kopf geschossen. Und dann hat er versucht, mich zu erschießen, nachdem ich ihm gesagt habe, dass er dich nach meinem Gnadengesuch fragen soll."

Meine andere Augenbraue ging in die Höhe. „Du hast versucht, meine Schicksalsgefährtin zu erschießen?" Das hätte ich nicht verraten sollen und ich hatte auch nicht die Absicht gehabt, es zu sagen, aber der Schock ließ mich diese Worte laut, mit sonorer Stimme und tödlichem Unterton ausstoßen.

Dieser Mann hat gewagt, das zu verletzen, was mein ist?

Wir mochten unsere Verbindung zurückgewiesen haben.

Aber wir waren uns dennoch auf eine Art und Weise verbunden, die ich nicht genau beschreiben konnte.

Und das löste in mir einen Beschützerinstinkt aus. Ich wollte sie umwerben. Potentiell waren wir lebenslang ein Paar.

Und trotzdem hat dieses männliche Wesen versucht, sie mir wegzunehmen? Diese einmalige Chance zu ruinieren, noch bevor ich sie gehabt hatte?

Ich ignorierte, dass die Menge nach Luft schnappte, und trat einen Schritt nach vorn. „*Stell dich mir gegenüber*", forderte ich.

Er nahm wieder menschliche Gestalt an und erschien nackt auf der anderen Seite von Nyx' Schutzwall. Er kniete auf dem Boden und hatte zum Zeichen seiner Unterwürfigkeit den Kopf gebeugt. „I-ich … Ich habe nicht gewusst, dass …", flehte er.

„Du hast nicht gewusst, dass sie meine Schicksalsgefährtin ist?", fragte ich ihn. „Vielleicht weil du dich nicht dazu herabgelassen hast, mich nach ihrer Anwesenheit zu befragen?"

„N-nein, Eure Majestät. I-ich … Ich habe gedacht, dass sie lügt. Sie trägt kein Erkennungszeichen. „I-ich wollte Euch nicht belästigen", stammelte er herum und klang dabei viel weniger wie ein Bär als gewöhnlich.

Ich kniff meine Augen zusammen. „Vielleicht hättest du fragen sollen." Ich zog ein Messer aus meiner Tasche, drehte es zwischen meinen Fingern und überdachte meinen nächsten Schritt.

Das Raubtier in mir verlangte nach Blut. Aber es sah so aus, als würde der Mann bereits bluten.

„Hast du ihm einen Stich versetzt?", fragte ich Nyx.

„Nein, die Kugel ist abgeprallt und hat sich in seine Schulter gebohrt." Ihr Blick wanderte zu Lissa. „Weshalb sie zu schreien begonnen hat, und dann ist der Alarm losgegangen."

„Verstehe." Ich drehte die Klinge weiterhin zwischen meinen Fingern, während ich meine Augen nicht von Raymond abwandte.

Wenn ich ihn bestrafte, würde ich sie alle bestrafen müssen. Denn jedes einzelne dieser Subjekte, die auf dem Boden knieten, hatte versucht, meine Gefährtin zu attackieren.

Nicht meine wirkliche Gefährtin, erinnerte ich mich selbst. *Nur meine … potentielle Gefährtin.*

Und sie hatten nicht erkannt, wer sie war, sondern

hatten sie nur als jemanden gesehen, der einen ... *Elfen erschaffen hatte?* Was für ein bizarrer Grund für einen Kampf. „War es ihre Magie, die deine Reaktion ausgelöst hat?", fragte ich Raymond.

„J-ja!", flüsterte er. „U-und ... Und der nackte Blonde."

„Der nackte Blonde?", wiederholte ich, als Kaspian an meiner Seite erschien.

„Was?", fragte er. Er blickte über die Menge hinweg.

„Der Elf", präzisierte Nyx. „Er war blond."

„Und nackt", brummte der Bären-Wandler. „*Im Geschäft meiner Gefährtin.*"

„Oh, es war nur ein harmloser Scherz", erwiderte Lissa. „Ich hegte keinerlei Absichten."

„Ahh! Ich wollte nur ein paar Klamotten", murmelte Nyx und war merklich der Verzweiflung nahe.

„Was zum Teufel habe ich verpasst?", fragte Kaspian. Sein irritierter Ton drückte aus, was ich fühlte.

Nyx wiederholte die ganze Geschichte für ihn, inklusive dem Sternenstaub. Sie erklärte, wie er Wünsche erfüllen konnte und dass sich Lissa einen nackten, blonden Elfen aus irgendeinem alten Film herbeigewünscht hatte.

„Was für eine Sensation", keuchte Kaspian. „Darf ich ein bisschen Sternenstaub haben?"

Ich knurrte ihn an und er grinste schmierig.

„Komm schon, Mann. Es könnte Spaß machen", setzte er nach, und ich fragte mich, warum ich ihn zu meinem Stellvertreter gemacht hatte, wenn er in so einer schwachsinnigen Situation nicht ernst bleiben konnte.

Die Klinge in meiner Hand beruhigte sich und ich zog es in Erwägung, statt Raymond ihn zu erstechen.

„Das ist alles sicher nur ein Missverständnis", fuhr Kaspian fort, weshalb ich meine Augen nur noch mehr zusammenkniff. „Wie wäre es damit, wenn sich jeder von euch nach Hause begibt, während ich mich mit unserem König und unserer Gast-Göttin unterhalte, hm?"

Ich hob eine Augenbraue und fragte mich, was ihm die Dreistigkeit gegeben hatte, *meinen* Leuten Anordnungen zu geben.

Dennoch hörten alle auf rätselhafte Weise auf ihn und ergriffen die erstbeste Möglichkeit zu entfliehen.

Meine Kiefermuskeln zuckten. *Ja, ich werde Kaspian definitiv erstechen.*

„Hör auf mich anzuschauen, als wolltest du mich ermorden. Wir treffen uns bei dir zu Hause." Bevor ich antworten konnte, machte er sich in Vampirgeschwindigkeit auf den Weg. Ich konnte ihm nur mehr nachknurren.

Dieses leise Geräusch konnte niemand mehr hören außer Nyx.

Denn alle anderen waren schon nach Hause geflüchtet und hatten mich mit meiner Gefährtin allein auf der Straße stehen lassen.

Ich schaute sie an.

Und sie starrte zu mir zurück. „Ich dachte, wir wollten es niemandem erzählen?", bemerkte sie nach einem langen Atemzug.

„Ich habe meine Meinung geändert", sagte ich zu ihr. „Gehen wir."

Ich musste noch meinen besten Freund ermorden.

NYX

„Hör zu, ich wollte nur ein paar Klamotten", erklärte ich erneut. „In deinem Reich wird Magie als Währung gehandelt, also habe ich etwas von meiner für neue Kleider angeboten; du hast mir selbst gesagt, ich sollte neue Sachen kaufen gehen, wenn ich das anmerken darf."

„Ich glaube, ich habe gesagt, *wir* würden uns nach einer neuen Garderobe für dich umsehen", sagte er, wobei er jedes Wort durch seine zusammengebissenen Zähne hindurchzwängen musste. „Allein hättest du dich nicht aufmachen sollen."

Ich hob meine Augenbrauen. „Erstens kann ich meinen Kleiderkauf selbst erledigen ..."

„Wirklich, kannst du das?", unterbrach er mich und deutete auf die Straße hinter uns. Denn aus irgendeinem Grund hatten wir uns dazu entschlossen, zurück zu gehen, statt zu rennen oder uns irgendwie sonst in Luft aufzulösen oder was auch immer schneller war. „Aus deiner Mondmagie hast du gerade einen Schutzschild aus

Sternenstaub errichtet, was höchstwahrscheinlich auf der ganzen Welt zu spüren war."

Er hob sein Handgelenk, als wollte er damit seine Vermutung beweisen.

„Ich habe bereits drei verpasste Anrufe von König Laskaris und zwei von König Volker. Ich bin mir sicher, dass als Nächstes die Kaiserin Asbesta anrufen wird, denn deine Magie wirkt sich auch auf die Ozeane aus." Während er sprach, leuchtete seine Uhr auf und er knurrte. Gleichzeitig drückte er auf *ABLEHNEN*. „Das wären dann vier verpasste Anrufe von König Laskaris."

„Also ist es meine Schuld, dass der Gefährte der Ladenbesitzerin beschlossen hat, mein Geschenk aus dem Weg zu räumen? Und dann versucht hat, mich zu töten?", fragte ich. Es irritierte mich, dass er mir eine Standpauke hielt. „Ich bin eine Göttin, *König Veritas*. Ich sollte in der Lage sein, dann einkaufen zu gehen, wenn es mir in den Sinn kommt."

„Nicht ohne dich davor angemessen vorzustellen, *Göttin Nyx*", warf er zurück. „Meine Leute haben noch keine Ahnung, wer du bist, und du hast mir nicht eine Sekunde Zeit gelassen, sie darüber in Kenntnis zu setzen."

„Weil wir beschlossen hatten, es niemandem zu verraten, bis du *deine Meinung geändert* hast." Was der zweite Punkt war, über den ich mit ihm reden wollte.

Nun, eigentlich war dies mein *drittes* Thema.

Zuerst wollte ich seine neue Regel ansprechen, da ich gedacht hatte, dass unsere *Nicht-Ficken*-Devise die einzige Einschränkung war.

Dennoch hatte er nun auch eine *Nicht-Herumgehen*-Verordnung auf die Liste gesetzt, wogegen ich auf der Stelle mein Veto einlegen wollte.

In der Nähe des Tores zu seiner Parkanlage, das ich

noch nicht gesehen hatte, da ich mich zuvor durch den Zaun geschmuggelt hatte, blieb er stehen.

„Ich habe dir erklärt, wie das mit den Häusern und der Zugehörigkeit zu ihnen funktioniert. Dein Erkennungsmal ist nicht so offensichtlich wie bei den meisten Bewohnern von Gold und Granat. Das ist etwas, was ich bei der Versammlung meiner Berater, bei der ich dich als unseren *Gast* vorstellen wollte, ansprechen wollte. Aber die Ereignisse dieses Nachmittags haben unsere Vorgehensweise verändert."

Sein Ton war nun weniger scharf und eher müde und seine Augen sagten mir, dass er letzte Nacht nicht viel geschlafen hatte; oder vielleicht schon mehrere Nächte lang nicht.

Ich sah ihn an und runzelte die Stirn. „Du brauchst mehr Schlaf."

Er lachte bitter und öffnete das Tor, um mich hindurchzuwinken. „Sag mir etwas, das ich noch nicht weiß."

Ich dachte über seine Aussage nach, während ich seiner unausgesprochenen Einladung, sein Land zu betreten, nachkam. „Der blonde Elf war sehr gut ausgestattet." Das war doch etwas, was er nicht wusste, oder?

„*Wie bitte?*"

Ich blickte ihn über meine Schulter hinweg an. „Er war ein sehr gut bestückter Elf", erläuterte ich. „Hübsch auch."

„Versuchst du mich zu verärgern?"

„Nein, ich versuche dir nur etwas zu sagen, was du noch nicht gewusst hast. Jetzt weißt du es."

Er zog das Tor hinter sich zu und schnappte nach Luft. „In welcher Welt oder Wirklichkeit würde ich irgendetwas über den Penis eines anderen Mannes wissen wollen?"

Ich überlegte. „Nun, ich denke, du wärst dann daran

interessiert, wenn du Männer in deinem Bett bevorzugen würdest." Ich kannte einige Götter, die das taten, also wäre das keine allzu große Überraschung gewesen. Aber Vesperus' erzürnter Gesichtsausdruck sagte mir nun, dass das überhaupt nicht seinen Vorlieben entsprach.

„Es war nur eine Ausdrucksweise, Nyx. Keine wahre Aufforderung." Er kam immer näher, was mich rasch zurückweichen ließ, bis mein Rücken mit einem Baumstamm Bekanntschaft machte. Er schlug seine Handflächen gegen die Rinde und blockierte meinen Weg, indem er sich vor mir aufbaute.

Ich hätte mich verflüchtigen können, aber etwas an seinem fiebernden Ausdruck hielt mich gefangen.

„Ich verstehe langsam, warum Raymond den Elfen umgelegt hat", sagte er. Seine Stimme wurde immer leiser, während er sich zu mir herunterbeugte. „Wenn ich dich in einer bestimmten Lage mit einem *gut bestückten*, blonden Mann antreffen würde, würde ich ihn auch erschießen."

Ich glotzte ihn an. „*Was?*"

„Ich habe es dir gesagt, Nyx. Ich teile verflucht nochmal nicht. Und du bist *mein.*"

Ich legte meine Handflächen auf seine Brust und meine Nägel bohrten sich in sein Hemd. „Wir haben die Verbindung zurückgewiesen."

„Das haben wir", gab er zu und seine Muskeln spannten sich unter meinen Händen an.

„Demnach bin ich nicht dein und du bist nicht mein."

„Das haben wir nicht ausgemacht, Göttin. Wir waren uns einig, dass wir die Magie zurückweisen, um einen klaren Kopf zu behalten. Und schau dir an, wie wir uns gefühlt haben, *nachdem* der Zauber gebrochen war."

„Richtig. Und als ich dich gefragt habe, was du für mich empfindest, hast du nur gesagt: ‚Wir werden sehen'", erinnerte ich ihn.

„Ja, weil die Antwort nicht einfach ist. Ich muss mein Haus, meinen Thron und auch die Zukunft meiner Leute in Betracht ziehen." Sein Handgelenk begann wieder zu brummen, weshalb er zu fauchen begann. „Deine Macht stellt für den wackeligen Frieden in diesem Reich eine Bedrohung dar, Nyx. Und du ..."

Ich hob eine Braue. „Ich ...?", fuhr ich ihn an.

„Und du ...", wiederholte er und nahm seine Hand vom Baum hinter mir, um sie auf mein Gesicht zu legen. Dabei wanderte sein Blick zu meinem Mund. „Du bist eine noch größere Bedrohung für mich." Seine Worte waren zärtlich und wurden dennoch von einem dunklen Gefühl unterstrichen; eines, das mein Herz mehrere Schläge aussetzen ließ.

Ich schluckte. „Ich beabsichtige nicht, für irgendjemanden eine Bedrohung darzustellen. Ich möchte nur ein neues Zuhause." Und während mir diese Realität in vielerlei Hinsicht zusagte, so schien es auf der Hand zu liegen, dass die Bewohner dieser Welt mir nicht gerade gut gesinnt waren.

Aber eigentlich war nichts im Leben, was einen gewissen Wert darstellte, leicht zu erlangen. Glück erforderte oft harte Arbeit. Ebenso wie Erfolg und das Erreichen von Zielen sowie andere Freuden im Leben.

Wie Liebe, dachte ich. *Und Beziehungen.*

Zwei Erfahrungen, nach denen ich mich nie gesehnt hatte, und die mich dennoch grübeln ließen, ob ich nach mehr streben sollte. Ob ich es überhaupt *versuchen* sollte.

Hast du mich deshalb vorhin geschubst?, dachte ich in Richtung meiner umherstreifenden Magie. *Hast du mich davon abgehalten, die Menschen zu verletzen, die ich eines Tages anführen sollte? Hast du mich gezwungen, diese Chance als solche wahrzunehmen?*

Die Zauberkraft reagierte nicht, aber ich hätte schwören können, dass ich die Antworten in Vesperus' Blick sah, als sich unsere Augen trafen. Es waren Antworten, die ich nicht entschlüsseln konnte, denn sie waren zu komplex, als dass ich sie verstand. Antworten, die wir beide suchten und ersehnten, und die wir dennoch nur gemeinsam finden konnten.

Vielleicht war es aber auch nur eine Täuschung des Lichts.

Oder ein Wink des Schicksals, dass wir uns wieder auf unseren ursprünglichen Weg begeben sollten.

Ich war mir wirklich nicht sicher.

Aber in diesem Moment wollte ich nur, dass er mich küsste. Dass ich ihn zum ersten Mal schmecken konnte. Dass ich einen Vorgeschmack auf seine Macht bekommen konnte, die tief in ihm ruhte.

Die summende Macht um ihn herum, die ich vor wenigen Augenblicken auf der Straße wahrgenommen hatte.

Die Macht, die mich in Dublin so fasziniert hatte.

Diese Macht, die ich nun wieder um mich herum spüren konnte, tauchte mich in diesen köstlichen Duft.

Ich möchte dich verschlingen, dachte ich und meine Nägel gruben sich noch tiefer in sein Shirt. *Küss mich.*

Aber sein Handgelenk brummte wieder und zerstörte den Moment. Er trat ein paar Schritte zurück. Dann schaute er auf den Monitor und fluchte leise.

„Ich muss bis zum Abend das Schlimmste abwenden, was ein Treffen von mehreren meiner Berater aus diversen Regionen beinhaltet. Es wird schnell die Runde machen, was du für mich bedeutest, obwohl ich dies hatte verhindern wollen. Aber meine … *Besitzgier* … ist stärker gewesen als meine strategischen Überlegungen."

Besitzgier, wiederholte ich lautlos und wog die

Bedeutung des Wortes ab. „Hast du deshalb deine Meinung geändert?", fragte ich aus echter Neugier.

„Ja. Einer meiner Männer hat versucht, dich zu attackieren. Ich habe darauf … reagiert."

„Und das?", fragte ich und deutete auf den Baum hinter mir. „Kommt das auch von einer besitzergreifenden Reaktion?"

„Als ich gehört habe, wie du dich über die Männlichkeit eines anderen …" Er beendete den Satz nicht. „Ich teile nicht."

„Wie du schon gesagt hast." Aber ich machte keine Anstalten zu sagen, dass wir noch nicht zusammengehörten, denn es machte für ihn offensichtlich keinen Unterschied. Obwohl wir das Band zwischen uns durchtrennt hatten, fühlte er sich mir gegenüber immer noch *besitzergreifend* und betrachtete mich als Gefährtin.

Und wenn ich mir die Situation umgekehrt vorstellte, verstand ich auch warum.

Denn wenn der Elf nackt in seinem Zimmer gewesen wäre, dann wäre ich ebenso wenig erfreut gewesen. „Interessant", murmelte ich. „Ich glaube nicht, dass ich mich jemals zuvor so gefühlt habe."

Allein der Gedanke daran brachte mich dazu, dass ich den Elfen persönlich erschießen wollte.

Arme Kreatur, dachte ich bei mir. „Ich frage mich, ob er überleben wird."

Vesperus hob eine Augenbraue. „Ich nehme an, das hängt davon ab, welche Art von Elf er gewesen ist." Ich zuckte mit den Achseln. „Das wirst du Lissa fragen müssen. Sie hat ihn sich gewünscht."

„Hmm." Er dachte einen Moment lang darüber nach. „Ich glaube, diese Aufgabe werde ich Kaspian übertragen, zumal er so darauf erpicht ist, meine Rolle in diesem Reich zu übernehmen."

„Ich wollte nicht deine Rolle übernehmen; ich habe dich lediglich davor bewahrt, eine emotionale Entscheidung zu treffen", äußerte der besagte Mann gedehnt, während er ein paar Schritte entfernt in Erscheinung trat. „Aber es scheint, als wäre ich zu spät dran gewesen, denn das Gerücht, dass die Göttin deine Schicksalsgefährtin ist, hat sich schon herumgesprochen."

Vesperus spannte seine Kiefermuskeln an. „Raymond hat versucht, Nyx zu erschießen. Das ist inakzeptabel."

„Darin stimme ich dir zu", sagte Kaspian im nächsten Atemzug. „Aber er hatte keine Ahnung, wer sie war. Alles, was er sah, war ein mächtiges Wesen im Laden seiner Gefährtin, das versucht hat, diese mit einem nackten Elfen zu verführen. Er hat reagiert. Ich bin mir sicher, dass du in so einem Moment ähnlich reagieren würdest."

Vesperus ballte die Hände zu Fäusten. „Halt ihn mir nur ein paar Tage vom Leib."

„Betrachte es als erledigt."

„Ich muss auch diverse Anführer in unserem Territorium versammeln, um ihnen von Nyx zu berichten."

„Cara arbeitet bereits daran", erwiderte Kaspian. „Bis morgen wird sie alle zusammengetrommelt haben."

Vesperus nickte und rieb sich nun mit der Hand am Kinn. „Ich möchte mit ihnen sprechen, bevor ich es den anderen Monarchen mitteile."

„In unserem Gebiet herrscht Loyalität. Von eurer Liaison wird kein Wort nach draußen dringen. Aber ihre Macht …"

„War am ganzen Erdball zu spüren", vervollständigte Vesperus den Satz für ihn. „Ja, ich weiß." Er lehnte einen weiteren eingehenden Anruf ab. „Ich werde mich die ganze Nacht mit Beschwerden herumschlagen müssen."

„Dann könntest du vielleicht eine Stellungnahme

aufsetzen und sie ihnen allen auf einmal schicken", schlug Kaspian vor. „Und sprich mit jedem Verbündeten einzeln."

Ich schaute zwischen ihnen hin und her und wunderte mich über die Dynamik zwischen den beiden.

Es schien klar, dass Vesperus Kaspian als seinen Berater betrachtete und die Art und Weise, wie er ihn jetzt anblickte, sagte mir, dass er auch oft auf sein Gegenüber hörte. Da die Ratschläge, die er eben vorgebracht hatte, wirklich vernünftig waren, verstand ich auch warum. Aber es war erfrischend zu sehen, dass ein Monarch tatsächlich auf diejenigen hörte, die ihn umgaben, und dass er nicht nur alleine Entscheidungen traf, sondern dass sie das gemeinsam taten.

Er ist definitiv ein guter Herrscher, entschied ich, als er mich anblickte.

„Hast du heute schon etwas gegessen?"

Ich blinzelte ihn an. „Nein."

„Wann hast du das letzte Mal etwas gegessen?"

„Ähhhm." Ich brauchte nur selten Essen, also hatte ich nicht wirklich daran gedacht.

Er sah mir geradewegs ins Gesicht. „Nyx. Wann war das letzte Mal, dass du tatsächlich Nahrung aufgenommen hast?"

„Das ist schon eine Weile her", gab ich stirnrunzelnd zu. „Meine Energie erhalte ich durch den Mond, nicht von festen Mahlzeiten. Und es war auch nicht leicht in diesem Reich, Verpflegung zu finden, wenn man bedenkt, wie alle auf mich reagiert haben." Ich verzog meine Lippen zur Seite und zuckte mit den Schultern. „Aber es geht mir gut."

Sein Gesichtsausdruck sagte etwas anderes.

. . .

„Ich hätte sicherstellen sollen, dass ein Frühstück bereitstand, als du aufgewacht bist."

„Unter anderem", warf Kaspian ein, was Vesperus veranlasste, ihn erneut anzublicken. Was auch immer er sagte, es war nicht laut. Und der andere Mann grinste daraufhin nur.

„Um dich werde ich mich später kümmern", sagte Vesperus zu ihm. Dann hielt er seine Hand für mich hin. „Komm. Wir gehen erst etwas essen. Dann erledige ich meine Anrufe."

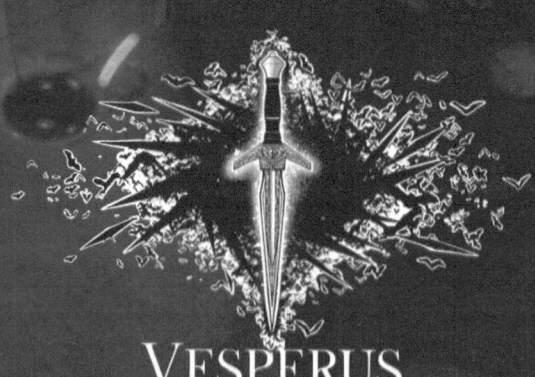

VESPERUS

Iᴄʜ sᴛᴀʀʀᴛᴇ ᴇɪɴᴇɴ Mᴏᴍᴇɴᴛ ʟᴀɴɢ ᴀᴜꜰ ᴅᴇɴ ʟᴇᴇʀᴇɴ Bildschirm auf meinem Schreibtisch. Dabei machte mir meine Erschöpfung bereits schwer zu schaffen.

Eine Runde des Bittens und Bettelns mit Cara.

Gefolgt von drei Nachrichten mit strengen Worten.

Und dann fünf angespannten Telefonanrufen.

All das, nachdem ich Nyx noch einmal dem Küchenpersonal vorgestellt und sie dort gelassen hatte, damit sie etwas zu essen bekam. Das war vor über drei Stunden gewesen.

Glücklicherweise hatte die Göttin den Palast nicht wieder verlassen. Das wusste ich, weil ich ihr Cara zur Seite gestellt hatte, damit sie in Begleitung war. Daher die *flehentliche* Diskussion, die wir vorher gehabt hatten.

Cara musste meine Anweisung überwunden haben, denn sie hatte mir vor fünf Minuten eine Textnachricht mit einem Foto geschickt, das die beiden am Pool zeigte.

Auf meiner Dachterrasse.

> Nyx hat mich eingeladen, mit ihr zu schwimmen. Ich denke, dass ich sie jetzt lieber mag als dich.

Ich las Caras Nachricht noch einmal und schnaubte.

Jedenfalls war es eine viel bessere Nachricht, als die von Kaiserin Asbesta, die ich zuvor erhalten hatte.

> Das Haus von Meer und Serpentinen wird seinen Teil der Kopfgeldzahlung nicht leisten, solange sich das Individuum noch frei bewegt. Es verursacht eine Störung in unserem Wasserreich. Entweder du entfernst es, oder du findest eine andere Lösung.

Vor dieser Nachricht war eine von Lady Gabriella eingetroffen, in der sie mich daran erinnerte, dass ich Sky mit *allen* Updates auf dem Laufenden halten sollte.

Und knapp davor hatte ich eine kurze SMS von Volker erhalten. Seine knappe Aufforderung war:

> Ruf mich an. Jetzt.

Auch wenn ich es nicht gewohnt war, Anweisungen von anderen zu befolgen, hatte ich ihn zuerst angerufen. Hauptsächlich deshalb, weil er ein Faunwesen war, dessen Fähigkeiten mit dem Mond in Verbindung standen. Was bedeutete, dass er Nyx mehr fühlen konnte als die meisten anderen, und was – wie er zugegeben hatte – für einige seiner Probleme vor ein paar Monaten verantwortlich gewesen war.

Aber nun war die Situation stabil, woran ich ihn im Zuge unseres Gesprächs vor einer Stunde erinnert hatte.

Ich hatte auch meinen Standpunkt hinsichtlich der Tötung eines Individuums, das keinen ernsthaften Schaden angerichtet hatte, wiederholt.

Und als das nicht genug war, hatte ich gesagt: „Sie ist meine Schicksalsgefährtin, Volker."

Das hätte er ohnehin früh genug herausgefunden, also

hatte ich mir gedacht, dass es nicht schaden konnte, ihm rundheraus die Wahrheit zu sagen.

„Ich verstehe", hatte er geantwortet. „Das verkompliziert die Sache allerdings."

Eine Untertreibung.

Aber ich hatte ihn damit ein bisschen beruhigt. Statt ein weiteres Mal zu fordern, ich sollte Nyx töten, hatte er nur gesagt, ich sollte ihn auf dem Laufenden halten.

„Wenn du ihre Macht nicht bändigen kannst …" Er hatte den Rest des Satzes nicht mehr ausgesprochen, aber ich wusste, was er meinte.

Du wirst sie entweder töten oder nach Hause schicken müssen.

Denn das würde ich ihm raten, wären unsere Rollen vertauscht.

„Ich verstehe …", hatte ich ihm geantwortet. Mehr nicht.

Unser Telefonat hatte ein paar Sekunden später geendet. Wir waren der gleichen Meinung. Wir waren keine Freunde und würden es auch niemals sein, aber wir empfanden ein gewisses Ausmaß an Respekt füreinander, was dadurch bestätigt wurde, dass er nichts gegen mich unternehmen würde, wenn es nicht absolut notwendig wäre. Es war nicht so, dass er bloß darauf vertraute, dass ich das Problem lösen würde; er wusste, dass ich es tun würde.

Denn ich würde dasselbe von ihm verlangen.

Elias Laskaris war der zweite Telefonanruf gewesen.

Er hatte seine Verärgerung zum Ausdruck gebracht, dass er stundenlang ignoriert worden war. Dennoch hatte er beinahe umgehend hinzugefügt: „Aber ich verstehe, dass du im Moment vielleicht etwas abgelenkt bist."

„Also tratscht Kieran mit dir über unsere Gespräche", hatte ich salopp gesagt.

„Nur über die relevanten", hatte er vage geantwortet.

Nachdem das Geheimnis offenbar ausgeplaudert worden war, hatte ich mir in unserer Unterhaltung auch kein Blatt mehr vor den Mund genommen. Natürlich hatte ich die Teile ausgelassen, in denen es darum ging, dass wir die Verbindung zurückgewiesen hatten. Daher sprach ich über Nyx lediglich als meine Schicksalsgefährtin.

„Du wirst einen Weg finden müssen, wie du ihr Temperament zügelst", hatte er mir geraten. „Die verschiedenen Häuser werden sie in ihrer ungeschliffenen Form nicht akzeptieren."

„Ich brauche Zeit."

„Zu lange darfst du dir nicht Zeit lassen. Die anderen sitzen schon auf Kohlen, und wenn sie herausbekommen, dass sie deine Gefährtin ist ..."

Er hatte diese Bemerkung nicht ausführen müssen, da ich bereits Bescheid wusste.

„Krieg", sagte ich nur.

„Krieg", hatte er wiederholt. Ich konnte mir den Anflug von Schmerz in seiner Stimme auch nur eingebildet haben, aber ich bezweifelte es.

Im Zuge des „Großen Opfers" hatte er viele Freunde verloren. Das hatten wir alle.

Unser Gespräch hatte auf ähnliche Weise geendet wie das zwischen Volker und mir.

Danach hatte ich dieselbe Diskussion mit Kieran wiederholt und mich auch danach erkundigt, ob es irgendwelche weiteren Zwischenfälle in seinem neuen Territorium gegeben hatte.

„Nö", hatte er gesagt, wobei sich sein ungewöhnlicher Akzent in einem einzigen Wort manifestiert hatte.

Unsere Unterhaltung am Telefon war kurz. Anders als bei den anderen hatte sie damit geendet, dass ich ihm versprochen hatte, einige der Anfragen von übernatürlichen Wesen, die zu Tod und Diamanten übertreten wollten, zu begutachten.

Meine zwei letzten Telefonate hatte ich mit Nolan und Slater geführt. Sie waren immer noch dabei, Spuren zu verfolgten. Slater hatte behauptet, dass die magische Fährte nicht mehr existierte. Und Nolan hatte mich über die verbliebenen Zeugeninterviews in Kenntnis gesetzt.

Niemand wusste etwas.

Wie schockierend.

Ich stieß einen Seufzer aus und fuhr den Bildschirm hinunter. Was ich im Moment brauchte, war Schlaf.

Aber zuerst musste ich eine Göttin abholen und eine Fee von meinem Dach werfen.

Ich überlegte mir, ob ich in mein Anzugsjackett schlüpfen sollte, ließ es dann aber an meiner Tür hängen. Ich hatte schon vor ein paar Stunden meine Ärmel hochgekrempelt, und ich hatte jetzt etwas Besseres zu tun, als ein elegantes Erscheinungsbild abzugeben. Das war mein Zuhause. Ich beschloss, es mir darin bequem zu machen.

Die meisten Mitglieder des Personals eilten geschäftig hin und her. Aufgrund der langen Nächte und der Gegenwart von Vampiren hatten wir in unserem Territorium einzigartige Arbeitszeiten. Aber die meisten wählten ihre Schicht von Mittag-bis-Mitternacht, sodass die Geschäfte um drei oder vier Uhr nachmittags öffneten und nachts um neun oder zehn schlossen.

Was bedeutete, dass es hier typischerweise gegen Mittag das Frühstück gab, das Mittagessen um sechs oder sieben stattfand und das Abendessen um Mitternacht eingenommen wurde.

Dieser Rhythmus funktionierte für uns, selbst an den langen Tagen des Sommers.

Ich hatte diese Feinheiten mit Nyx bereits besprochen.

Sie hatten ihr nichts ausgemacht, sondern sie nur neugieriger gemacht. Und sie hatte Gefallen daran gefunden, in der Küche ihre Essenswünsche zu deponieren.

Als sie mir letzthin nicht hatte sagen können, wann sie zuletzt etwas gegessen hatte, hatte ich mich schuldig gefühlt. Trotz ihres Kommentars zu meiner *Gastfreundschaft*, hatte ich mich nicht gebührend um sie gekümmert.

Klar, sie gehörte erst seit letzter Woche zu mir, aber es fühlte sich so an, als hätte ich sie vernachlässigt, da ich nicht einmal gefragt hatte, ob sie im Restaurant in Dublin etwas essen wollte. Niemand von uns hatte Essen bestellt. Aber das war nicht der springende Punkt.

Sie war meine Gefährtin – wenngleich irgendwie eine zurückgewiesene Gefährtin – und ich hatte für sie zu sorgen.

Ich fuhr mit einer Hand über mein Gesicht, während ich die Treppe hinaufstieg, und murrte, als meine Uhr vibrierte.

Von politischen Diskussionen habe ich jetzt genug, dachte ich. Als ich aber sah, dass Kaspian dran war, nahm ich den Anruf dennoch entgegen.

„Ich bin erschöpft", erklärte ich ihm. „Was auch immer es ist, ich baue darauf, dass du es in den Griff bekommst."

„Das habe ich vorhin schon versucht und es ist dir auf den Sack gegangen", schimpfte er. Diesen Konter hatte ich verdient.

Ich hingegen war zu ausgelaugt, um daraufhin etwas Geistreiches zu erwidern.

„Was brauchst du, Kas?", fragte ich, während ich weiter die Treppe hinaufstieg. Ein Hologramm von seinem Gesicht folgte mir.

„Es geht um das Begräbnis von Klas", sagte er ohne Umschweife. „Sein Körper wurde eingezogen, noch bevor

Nolan einen Flug dorthin arrangieren konnte. Offenbar hatte Klas' Gefährtin beschlossen, ihn in Irland zu behalten. Sie hat ihn heute in eine andere Leichenhalle bringen lassen; in eine, die näher an ihrem Haus ist."

Ich verlangsamte meinen Schritt. „Seine Gefährtin?"

Kaspian summte zustimmend.

Ich runzelte die Stirn, als mir das Verlegungsgesuch in den Sinn kam, das ich erst gestern unterzeichnet hatte. „Es war mir nicht bewusst, dass er eine Gefährtin hatte." War sie in der Akte erwähnt worden? Ich hatte so viele durchgesehen, dass ich mich nicht mehr richtig erinnern konnte.

„Mir auch nicht", gab Kaspian zu. „Aber ich habe ihn nicht gut gekannt."

„Ich auch nicht." Das war eine Tatsache, die mir nicht behagte.

Allerdings gab es viele Mitglieder meines Hauses, die ich nicht wirklich kannte. Es war unmöglich, sie alle persönlich zu treffen. Deshalb verfügte ich über Berater im ganzen Land, verdiente Mitglieder meines Kabinetts, auf die ich mich verlassen konnte. Sie kannten die Bewohner innerhalb ihres jeweiligen gerichtlichen Zuständigkeitsbereiches.

„Wenn ihn diese Gefährtin in Irland begraben lassen möchte, dann müssen wir das genehmigen", sagte ich schließlich. „Die Entscheidung liegt bei der Familie."

„Da stimme ich dir zu. Ich wollte es dich nur wissen lassen, da du ein Kriegerbegräbnis angefordert hast."

Ich nickte. „Das habe ich, aber ich hatte nicht gewusst, dass er eine Partnerin hatte." Sonst hätte ich mir die Zeit genommen, sie in Dublin zu treffen. „Kannst du etwas hinschicken? Keine traditionellen Blumen, sondern vielleicht einen Glücksstein oder etwas, das die Dienste von Klas honoriert?"

Kaspian dachte einen Moment darüber nach, bevor er sein Kinn senkte. „Ich werde mit Niamh darüber sprechen."

Niamh war meine Landesfürstin in dieser Region und derzeit dachte ich über ihre Versetzung nach, da Irland nun unter der Kontrolle von Tod und Diamanten war. „Kommt sie für das morgige Treffen her?"

„Ja, das wird sie", bestätigte er.

„Gut." Ich musste mit ihr einige strategische Entscheidungen treffen. „Sonst noch etwas?"

„Ja. Cara schickt mir ständig Fotos von ihr auf deiner Dachterrasse. Wenn ich gewusst hätte, dass es zu den Pflichten eines Babysitters gehört, in deinem Pool zu schwimmen, dann hätte ich den Auftrag angenommen."

Ich grummelte und beendete den Anruf, ohne darauf etwas zu sagen. Er hätte ohnehin keine Antwort erwartet.

Die Gedanken an das morgige Treffen lasteten schwer auf meinen Schultern, als ich den restlichen Weg zum Dach hinauf ging. Selbst wenn ich schlafen wollte, würde ich es nicht können. Nicht, solange ich mir nicht darüber im Klaren war, was ich meinem Beraterstab sagen sollte.

Ich seufzte und benutzte meinen Fingerabdruck, um die Tür zu meinem Heiligtum zu öffnen. Dann trat ich über die Schwelle. Ich hatte Cara zuvor schon gebeten, sich um die Sicherheitseinstellungen von Nyx zu kümmern, damit sie dieselben Zutrittsbefugnisse bekam wie ich. Und das hatte sie offenbar gemacht, da sie und Nyx es sich seitdem auf meiner Dachterrasse gemütlich gemacht hatten.

Sie befanden sich beide im Pool und trieben in der Nähe des herabströmenden Wasserfalls in der Ecke.

Beide waren nackt, was eintausend verschiedene Fantasien in meinem Kopf hätte zum Leben erwecken können. Aber es war Nyx, die meine Aufmerksamkeit fesselte: Ihr langes, schwarzes Haar erinnerte an Seide, die sie in weichen Wellen umfloss.

Sie neigte ihren Kopf nach hinten, um auf den Mond zu starren. Die glitzernde Substanz tanzte über ihre Haut und verschwand im Wasser.

Alle Gedanken an morgen verflüchtigten sich, als ich mich zu fragen begann, wie zur Hölle ich heute Nacht mit dieser Verführerin in meinem Bett überleben sollte.

„Ah, da ist ja unser König", murmelte Cara. In ihren hellgrünen Augen blitzten goldene Funken auf, als sie mich angrinste. „Du hast uns warten lassen, *Eure Majestät*."

„Ich bezahle dir und deinem Gefährten genug Magie, damit ihr euch eure eigene Oase bauen könnt, Cara", sagte ich und lehnte mich gegen die Wand neben dem Pool.

„Hmm." Ihr Grinsen wurde breiter. „Und wenn wir schon von Larus sprechen, dann würde ich mich jetzt gern zu ihm begeben."

Sie erhob sich, ohne sich an ihrer eigenen Nacktheit zu stoßen. Sie benutzte sie oft als Waffe, indem sie ihre Beute damit anlockte und ihr dann eine Klinge ins Herz stieß.

Ich ignorierte sie zugunsten der Göttin, die vom Wasser aus ein leises „Auf Wiedersehen" summte, während sie immer noch auf die Sterne über sich blickte.

„Ich hoffe, du behältst sie", ließ mich Cara wissen, als sie an mir vorüber ging. „Es macht Spaß mit ihr."

„Dann wird es dir nichts ausmachen, ihr morgen beim Kleiderkauf zu helfen, oder?", fragte ich. Ich lehnte immer noch gegen die Wand und hatte meine Aufmerksamkeit auf die Schönheit im Wasser gerichtet.

„Ich würde es als sexistisch bezeichnen, dass du eine Frau mit dieser Aufgabe betraust, insbesondere weil Larus' Geschmack in Sachen Mode besser ist als meiner; aber ich werde das Angebot annehmen, weil es dabei um Nyx geht." Sie drehte sich um, um der Göttin leicht zuzuwinken. „Bis morgen, Glitzersternchen."

„Glitzersternchen?", wiederholte ich.

„Sie glitzert wie ein Stern", erklärte Cara.

„Tschüss, Blumenfee", rief Nyx ihr nach. Cara lachte laut auf.

Meine Brauen zogen sich zusammen. Cara war ganz und gar keine *Blumenfee*, sondern eine *Todesfee*. Auch wenn sie jetzt, als sie kichernd in Richtung Tür unterwegs war, nicht so gefährlich wirkte.

Auf ihrem Weg packte sie ein Handtuch und verschwand aus meiner Sicht.

„Blumenfee?", wiederholte ich und fühlte mich wie ein Papagei, der Worte einfach nachplapperte.

„Sie denkt, dass sie angsteinflößend ist, aber das ist sie nicht", murmelte Nyx. Endlich blickte sie mich an. „Aber ihre Waffenmagie ist faszinierend."

„Hat sie versucht, dich zu attackieren?", fragte ich laut und drückte mich von der Wand ab.

„Nicht wirklich. Sie hat mich nur getestet."

Ich balancierte auf dem Rand meines Pools entlang und begab mich näher zu ihr. „Beim Kämpfen?"

„Indem sie mir ihre Treffsicherheit gezeigt hat."

Meine Lippen verzogen sich nach unten. „Das klingt so, als hätte sie dich sehr wohl attackiert." So wie ich Cara kannte, war es kein tödlicher Schuss gewesen, nicht einmal einer, der verletzen sollte, sondern lediglich ein Warnschuss.

Nyx zuckte mit den Schultern. „Sie hat ihre Kompetenz unter Beweis gestellt."

Diese Worte bestärkten meinen Verdacht über Caras Absicht, aber ich würde mich später mit ihr über eine angemessenere Herangehensweise unterhalten müssen, wenn es meine Schicksalsgefährtin betraf.

„Aber es ist schon in Ordnung", fuhr Nyx fort. „Ich habe ihr den Gefallen erwidert, indem ich ihr Projektil in Sternenstaub verwandelt habe."

Ich hob eine Augenbraue. „Bevor oder nachdem sie geschossen hat?"

Nyx' Mundwinkel zuckten. „Davor." Die Fröhlichkeit in ihren goldenen Iriden wies darauf hin, dass die Begegnung der beiden unterhaltsamer Natur gewesen sein musste. „Der Staub hat sie in eine richtige Wolke gehüllt."

Belustigung ergriff meine Brust. „Ich wette, das hat sie sauer gemacht."

Sie schüttelte den Kopf. „Nein, sie hat sich vor Lachen gekrümmt. Dann habe ich vorgeschlagen, dass wir hier heraufkommen, um ihn abzuwaschen."

„In meinem Pool", sagte ich und blieb neben der Stelle stehen, in der sie im Wasser saß. „Du weißt schon, dass das der Untergang für meinen Wasserfilter ist, oder?"

Sie schüttelte wieder ihren Kopf. „Nein, die Magie löst sich auf und kehrt in die Luft zurück." Sie hob ihren Arm, um mir ihre glitzernde Haut zu zeigen, dann ließ sie wieder Wasser darüber rinnen, bevor sich der Sternenstaub im nächsten Moment wieder über ihren Körper legte. „Siehst du?"

Ich kniete mich auf die Seite des Pools hin und ließ meinen Blick über jedes Fleckchen ihrer quälend verlockenden Haut wandern. Das Wasser war keineswegs getrübt. „Ja, Nyx. Ich *sehe* alles."

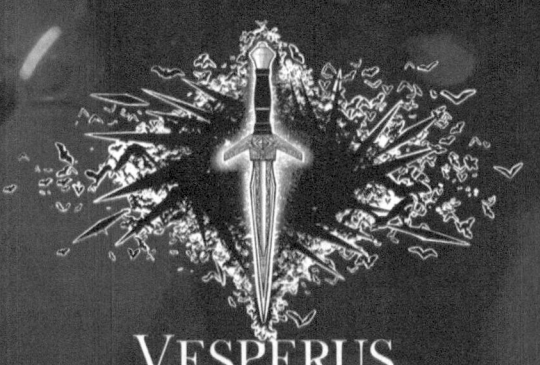

VESPERUS

VIELLEICHT KAM ES VON MEINER ERSCHÖPFUNG.

Vielleicht war es die anhaltende Wirkung unseres Bundes als Schicksalsgefährten.

Vielleicht war es bloß *Nyx*.

Aber ich wollte weder gegen diese Verbindung ankämpfen noch den Zauber ignorieren, der zwischen uns aufblühte.

Was es sehr gefährlich machte, mit ihr allein zu sein.

Ich hatte gerade mehrere Stunden damit verbracht, Nachrichten zu durchforsten und Anrufe zu tätigen, in denen es um ihre mächtige Existenz ging. Beinahe jeder Monarch hatte mir mitgeteilt, dass Nyx ein Problem darstellte und demzufolge beseitigt werden musste.

Sie zu meiner Königin zu machen, würde einen Konflikt hervorrufen. Es könnte meinem Haus schaden. Es könnte zu Krieg führen. Das wusste ich alles und dennoch wollte ich einmal in meinem Leben egoistisch sein. Ich wollte etwas für *mich* tun – ohne einen Gedanken an andere zu verschwenden.

Und aus diesem Grund zog ich mich zurück.

Denn ich konnte es nicht zulassen, dass diese berauschende Begierde alles ins Wanken brachte, was ich aufgebaut hatte. Es unterstanden zu viele Leben meiner Kontrolle – meinem *Schutz* –, als dass ich einer selbstsüchtigen Idee nachgeben durfte.

Aber das bedeutete nicht, dass ich bereit war, eine Zukunft mit Nyx aufzugeben.

Es musste eine Lösung für dieses Problem geben.

Ich stand auf und knöpfte langsam mein Hemd auf, während Nyx mich beobachtete. Ihre gierigen Augen verfolgten jede meiner Bewegungen wie ein Raubtier.

Als ich den letzten Knopf geöffnet hatte, faltete ich den Stoff zusammen und legte ihn auf eine nahegelegene Bank. Dann zog ich mein Unterhemd über meinen Kopf.

„Ich sehe dich auch", murmelte Nyx, weshalb sich meine Lippen verzogen. Ich beugte mich hinunter, um meine Anzugschuhe und meine Socken abzustreifen. „Mm-hmm."

Ihre Annäherungsversuche waren so anders als die von so vielen anderen Frauen, mit denen ich in meiner Vergangenheit zusammen gewesen war. Ihre Komplimente waren echt, entsprachen ihrer Überzeugung und enthielten nicht den Hauch von Boshaftigkeit. Zumindest konnte ich keine spüren.

Natürlich war ich mir über das gesamte Ausmaß ihrer Macht noch nicht im Klaren. Sie konnte Cara ähnlich sein – eine schwarze Witwe, die sich im hellen Tageslicht versteckte.

Aber irgendwie bezweifelte ich das.

Jede von Nyx' Handlungen hatte wahres Interesse erkennen lassen, jede Entscheidung zeugte beinahe von Unschuld. Heute hätte sie meine Leute ernsthaft verletzen können, aber statt gegen sie zu kämpfen, hatte sie eine magische Wand errichtet.

Möglicherweise war alles nur ein Trick gewesen, um

mich ins Bett zu kriegen und meine penibel kontrollierte Welt auf den Kopf zu stellen.

Ich könnte die ganze Nacht lang „Was-wäre-wenn"-Szenarien durchgehen.

Aber was ich wirklich wollte, war mit Nyx zu reden, um sie verstehen zu können und zu sehen, ob wir nicht *gemeinsam* eine Lösung finden konnten.

Dieses weibliche Wesen konnte meine zukünftige Königin sein. Warum sollte ich sie nicht als solche behandeln?

„Du enttäuscht meine Erwartungen keineswegs", sagte sie, als ich die Hosen fallen ließ. „Heißt das, dass ich dich jetzt ablecken darf?"

Ich schaute sie an – mit nichts außer meiner Boxershorts bekleidet. „Nein. Zuerst müssen wir reden." Weshalb ich das letzte Stück meiner Kleidung anbehielt – wir brauchten hier dringend eine Barriere – bevor ich ins Wasser eintauchte.

Es war nicht tief, also schwamm ich knapp unter der Oberfläche des Pools, den ich in und auswendig kannte.

Ich tauchte einige Meter von Nyx entfernt auf, auch wenn es sich so anfühlte, als wäre ich gleich neben ihr. Ihr offenes Interesse erwärmte die Luft um mich und erfüllte meine Lunge mit ihrem verführerischen Duft, der mich in ihre Ecke des Beckens lockte.

Wie eine der Sirenen, dachte ich, als ich auf sie zuschwamm. *Nur dass sie nicht zu singen braucht, um meine Aufmerksamkeit zu erregen.*

Ihre Iriden schwirrten vor hypnotischem Begehren, als ich meine Hände neben ihrem Kopf auf den Rand aus Marmor legte. Mein Körper befand sich nun nur wenige Zentimeter von ihrem entfernt. „Du stellst meine Kontrolle auf die Probe, Göttin."

„Tue ich das?", antwortete sie, wobei ihre Augen nach meinen suchten. „Das ist nicht meine Absicht."

„Hmm." Ich war mir nicht sicher, ob ich das glauben konnte. „Ist Verführung eines deiner göttlichen Talente?"

Sie dachte einen Moment lang nach und hob dabei ihre Hände aus dem Wasser, sodass goldene Magie neben uns in der Luft schwirrte.

„Ich denke, dass Macht an sich von verführerischer Natur sein kann", flüsterte sie. Der Strahl schimmernder Energie tanzte meinen Arm entlang und hinterließ ein Summen. „Ich bin mir nicht sicher, ob es ein Talent oder nur eine Tatsache des Lebens ist."

„Vielleicht beides", sagte ich zu ihr.

„Vielleicht beides", wiederholte sie mit einem leichten Nicken. „Ich empfinde deine Macht als verführerisch, was interessant ist, denn du und Kaspian, ihr seid euch ähnlich. Dennoch möchte ich ihn nicht kosten. Ich möchte nur dich kosten."

„Das kommt vom Band der Schicksalsgefährten."

„Das wir allerdings zurückgewiesen haben", grübelte sie. „Also liegt es einfach nur an *dir*, König der Vampire."

Mein Blick wanderte zu ihrem verführerischen Mund. Die Rundungen ihrer vollen Lippen brachten die letzten Reste meiner Kontrolle zum Einstürzen.

„Vielleicht liegt es an uns", sagte ich sanft. „Wie dem auch sei, ich will dich. Aber die Monarchen meiner Welt werden nicht zulassen, dass ich dich bei mir behalten kann." Jedenfalls nicht so.

Sie fuhr mit ihren Fingerspitzen meinen Arm entlang und zeichnete eine Spur bis zu meiner Schulter hinauf. „Sie wollen, dass du mich tötest." Das war keine Frage, sondern eine Aussage.

„Ja und nein. Sie fürchten das, was sie nicht verstehen. Aber es gibt auch andere Götter und Göttinnen, die frei in dieser Welt leben. Was mir die Hoffnung gibt, dass wir das schaffen können."

„Möchtest du es auch schaffen?", fragte sie und fuhr mit ihren Fingern durch mein Haar.

„Ich möchte einen Weg finden, damit du bleiben kannst, wenn du das möchtest", gab ich zu. „Und mein Grund dafür ist ziemlich egoistisch."

„Ist er das?" Ihre Nägel fuhren durch mein feuchtes Haar, bis zu meinem Nacken hinunter. „Sag mir deinen Grund."

„Ich denke, der sollte offensichtlich sein, Göttin." Meine Worte waren ein Flüstern in der Luft, meine Lippen konnten ihre schon fast schmecken.

„Sag ihn mir trotzdem." Es lag ein leichtes Zittern in ihrer Stimme, ein unterschwelliger Ton, der ihren erregten Zustand offenbarte.

Nicht dass ich eine verbale Bestätigung brauchte.

Ich konnte ihre Begierde *riechen*. Der Jäger in mir knurrte zufrieden, da er seine ersehnte Beute geködert und ins Eck getrieben hatte.

Aber ich konnte sie mir noch nicht nehmen. Nicht so. Nicht, solange alles an so einem seidenen Faden hing.

Ich fuhr mit meiner Nase über ihren Wangenknochen, inhalierte ihr betörendes Parfum und presste meine Lippen an ihr Ohr. „Ich will dich, Nyx. Aber ich werde dieses Verlangen nicht befriedigen, solange wir uns keinen Weg für die Zukunft geebnet haben."

Ich beugte meinen Mund zu ihrem pochenden Puls. Das sinnliche Schlagen war eine Einladung, die meine Reißzähne nur allzu gerne annehmen wollten.

Statt nachzugeben, drückte ich mich weg und trat unter den Wasserfall, da ich meinen Kopf wieder klar kriegen musste.

Nyx gesellte sich zu mir. Eine ihrer Handflächen

wanderte über meinen Rumpf, während sie mich an die Wand hinter dem fließenden Wasser drückte. Ich öffnete meine Augen und starrte auf sie hinunter. Dann legte ich meine Hände auf ihre Hüften, um ihre Bewegungen zu kontrollieren.

Ich hatte sie wegstoßen wollen.

Aber jetzt zog ich sie näher heran, bis ihre Brust gegen meine stieß.

Sie schlang ihre Arme um meinen Nacken und ihre Pupillen flackerten vor Macht.

„Du hast erwähnt, dass andere Götter und Göttinnen in diesem Reich leben. Meinst du damit Götter wie diesen Odin?" Ihre Worte waren gerade einmal laut genug, dass ich sie über das Geräusch des Wassers hinweg, das hinter ihr herabfiel, hören konnte.

„Ja, Götter wie Odin. Mit Lady Gabriella regiert er über das Haus von Seele und Saphir. Und trotz seiner umfangreichen Macht stellt niemand seine Fähigkeiten zu regieren in Frage."

Was potentiell in Aussicht stellte, dass Nyx sich bei Gold und Granat in eine ähnliche Position manövrieren konnte. Wir mussten nur das *Wie* festlegen.

Ich fuhr mit meinem Daumen über ihren Hüftknochen, dann fügte ich hinzu: „Die Monarchen müssen deine Fähigkeiten lediglich besser verstehen lernen. Und sie müssen daran glauben, dass du unserer Welt keinen Schaden zufügen möchtest."

Sie würden auch eine Bestätigung verlangen, dass sie nicht die Absicht hatte, einen von ihnen zu stürzen. Das würde die härteste Schlacht sein, die wir zu kämpfen hatten.

Das Große Opfer hatte mit einem Friedensabkommen geendet, aber es hatte den andauernden Machtkampf zwischen den Häusern nicht aus der Welt geschafft. Nun trugen wir unsere Konflikte lediglich ruhiger aus.

„Das wird kein einfaches Unterfangen", folgerte ich. „Ich bin mir nicht einmal sicher, ob du bleiben möchtest. Aber wir können versuchen, es zu ermöglichen."

Sie summte und sah mich forschend an. „Ich bin mir auch nicht sicher, ob ich bleiben möchte", murmelte sie. „Aber meine Magie möchte anscheinend, dass ich bleibe."

Ich runzelte die Stirn. Mein Daumen drückte immer noch gegen ihre Hüfte. „Was meinst du?"

„Meine Magie hat mich heute in gewisser Weise attackiert." Sie rümpfte leicht ihre Nase. „Zumindest fühlte es sich so an. Als ob sie mir sagen wollte, dass ich an deinen Leuten keine Vergeltung üben sollte, weil sie … eines Tages vielleicht meine Leute sein werden?"

„Ist es üblich, dass dich deine Magie … attackiert?", fragte ich. Diese Vorstellung ließ mich aufhorchen. Denn sie legte den Verdacht nahe, dass sie ihre Macht nicht kontrollieren konnte.

Was es unmöglich machen würde, die Monarchen davon zu überzeugen, sie an meiner Seite zu akzeptieren.

„Nein." Ihre Lippen verzogen sich ein wenig. „Es war mein Medaillon, das mich attackiert hat. Streng genommen gehört es mir nicht, sondern birgt nur einen Zauber, der an mich gebunden ist. Und so wie jede Energiequelle besitzt es einen eigenen Charakter."

„Einen eigenen Charakter", wiederholte ich langsam, ohne die Bedeutung ihrer Aussage wirklich zu verstehen. „Wie …?"

„Hmm." Sie wickelte eine Strähne meines Nackenhaars um ihren Finger und blickte gedankenverloren zur Seite.

Ich wartete und hoffte, dass diese Stille irgendwohin führen würde.

Denn soweit ich wusste, wurde Energie oftmals von dem Wesen kontrolliert, das es erschaffen hatte. Dennoch stellte Nyx es so dar, als hätte ihr Medaillon eine eigene Persönlichkeit.

„Mein Medaillon ist selbständig. Ich nehme an, man könnte sogar sagen, dass es Gefühle hat. Es kann verschiedene Formen annehmen und es hat ganz sicher einen eigenen, freien Willen. Aber es ist stark an mich und mein Schicksal gebunden."

„Dann ist es also ein Zauber ... mit einem Bewusstsein?"

„Ja."

„Und du hast es erschaffen?"

Sie blickte mir in die Augen. „Ich habe es mir herbeigewünscht. Und obwohl ich mir eine andere Magie herbeiwünschen könnte, mag ich die erste eigentlich ziemlich gern. Also bin ich dem Medaillon hinterher, denn es ist das, was es von mir möchte."

Sie nahm eine Hand aus meinem Nacken, um Sternenstaub in ihrer Handfläche zu sammeln.

„Weißt du, ich stamme aus dem Zeitalter der Schöpfung, was bedeutet, dass ..." Sie warf die sandartige Magie in die Luft und lächelte, als daraus Schneeflocken wurden. „Ich erschaffe."

Einer der Kristalle berührte meine Haut und die eisige Struktur schmolz sofort zu lauwarmem Wasser.

„So konnte sich Lissa einen lebensechten Elfen wünschen", erkannte ich. „Deine Magie erschafft Leben."

Sie nickte. „Und Lebendiges besitzt für gewöhnlich ein Bewusstsein." Sie zuckte mit den Schultern. „Also ist es mit meinem Medaillon dasselbe und es benimmt sich ungezogen, weil – wie ich denke – es hier bleiben möchte."

„Verstehe." Ich legte meine Hand an ihren unteren Rücken und zog sie ein bisschen näher. „Dann wird es auch in deinem Interesse sein, dass wir einen Weg finden, das zu ermöglichen."

„Ich bin damit einverstanden, dass wir versuchen, einen Weg in diese Richtung zu finden", erwiderte sie und legte ihre freie Hand wieder in meinen Nacken. „Aber ich bin mir nicht sicher, wie wir deine Monarchen überzeugen könnten. Du hast erwähnt, dass Götter und Göttinnen unter euch weilen, aber ich habe noch keine zu Gesicht bekommen."

„Sie sind selten, aber Odin ist einer von ihnen", erklärte ich ihr. „Und er ist das Oberhaupt eines Hauses."

„Dieser Möchtegern?", schnaubte sie. „Das ist nicht Odin."

„In dieser Realität ist er das", versicherte ich ihr.

Sie schien das anfechten zu wollen, hielt dann aber stirnrunzelnd inne. „Heißt das, dass es in deiner Realität eine andere Version von mir gibt? Gibt es hier noch mehrere Schöpfungsgötter?"

„Wenn es welche gibt, dann habe ich sie noch nie getroffen. Und ich bin schon seit mehr als eintausendfünfhundert Jahren auf dieser Erde."

„Oh." Sie sah mich nachdenklich an. „Wo warst du davor? In einem anderen Reich?"

„Nicht am Leben", erklärte ich ihr. „Vampire werden alle in dieser Welt geboren, in keiner anderen. Zumindest … nicht in meiner Realität."

Was seltsam klang, denn ich konnte keine andere Realität als die bestehende ermessen.

Dieses Wesen vor mir hingegen konnte das offenbar.

„Verstehe", murmelte sie und ihr Blick wanderte zu meinem Mund. „Und dennoch scheinst du der Einzige zu sein, den ich kosten möchte, also scheint es etwas Besonderes mit dir auf sich zu haben."

„Die Magie des Schicksals", erinnerte ich sie.

„Vielleicht." Ihre goldenen Iriden schwirrten vor Begierde, als sie wieder zu mir aufblickte. „Ich denke, es könnte einfach auch deine Macht sein, König."

Sie presste ihre Lippen an meinen Hals und deutete mit ihren stumpfen Zähnen an meiner Schlagader einen Biss an.

Meine Hände wanderten wieder an ihre Hüften und hielten sie fest. „Nyx ..."

Sie summte wieder, stellte sich auf die Zehenspitzen und presste ihre Lippen an mein Ohr. „Ich werde dich ablecken, Vesperus. Vielleicht nicht heute Nacht. Aber ... bald."

Sie knabberte an meinem Ohr und wollte zurückweichen, aber ich zog sie näher an mich heran und hob sie vom Boden des Pools hoch.

Nyx kicherte, als ich unsere Position veränderte und sie dabei gegen die Wand presste und einen Oberschenkel zwischen die ihren gleiten ließ.

„Ich habe die volle Absicht, dich ebenso zu lecken", versprach ich ihr an ihrem Mund. „Gründlich."

Ich fuhr mit meinen Händen an ihrer Seite entlang hinauf und erlaubte es ihr, an meinem Körper nach unten zu gleiten, bis ihre Füße wieder den Boden berührten.

„Vollständig."

Ich spannte meinen Oberschenkelmuskel zwischen ihren Beinen an und schob ihn nach oben.

„Genau hier", sagte ich und berührte mit meinem Bein ihre nackte Pussy. „Bis du mich darum anflehst aufzuhören."

„Das wird nie passieren", flüsterte sie gegen meinen Mund und vergrub wieder ihre Finger in meinen Haaren. „Ich werde dich anflehen weiterzumachen." Sie knabberte an meiner Unterlippe und presste sich selbst gegen meinen

Schenkel. „Ich werde dein Durchhaltevermögen testen, König."

Ich lächelte gegen ihren Mund und ließ meine Finger an der Unterseite ihrer Brüste entlangfahren. „Das ist nur fair", stimmte ich zu. Meine Handfläche wanderte nach oben, um sich an ihren Hals zu legen. „Denn ich habe die volle Absicht, auch dein Durchhaltevermögen zu testen, Göttin. Nur auf eine andere Art und Weise."

Ich drückte zu, um meine Aussage zu verdeutlichen.

Wie lange kannst du deinen Atem anhalten?, flüsterte ich ihr in Gedanken zu. *Wie viel kannst du schlucken?*

Aber ich gab ihr nicht die Möglichkeit zu antworten.

Stattdessen küsste ich sie. Das war eine Versuchung, der ich hätte widerstehen sollen, eine Verlockung, die ich hätte meiden sollen.

Aber ich konnte es nicht.

Nicht, wenn sich ihr scharfer, sexy Körper an meinen presste und sie als Ganze so heiß und erregt und *nass* war.

Ich konnte spüren, wie sie an meinem Schenkel pulsierte, wie ihr Puls an meinem Daumen raste und wie sich ihre harten Nippel gegen meine Brust drückten.

Es war zu viel, als dass ich der Versuchung, sie zu küssen, hätte widerstehen können. Der Versuchung ihrer Macht. Ihrer *Raffiniertheit.*

Zu wissen, dass dieses schöne Wesen mich begehrte, schmeichelte meinem Ego wie nichts anderes.

Denn Nyx strahlte Macht aus. Ich konnte sie mit jedem Atemzug schmecken, spüren, wie sie über meine Fingerspitzen glitt und wie sie mich in meinem Innersten berührte.

Trotzdem wollte sie mich. Vielleicht wegen einer magischen Anziehung. Vielleicht aus schändlichen Absichten heraus.

Aber an diesem Punkt war es mir egal, warum.

Ich akzeptierte es als Schicksal.

Und begrüßte sie mit meiner Zunge.

Ich verschlang sie. Lernte sie kennen und *beherrschte* sie mit dominanten Bewegungen, während ich sie am Hals festhielt.

Oh, aber sie hielt nicht bloß still und ließ alles über sich ergehen.

Sie schlug zurück. Ihre Zunge duellierte sich mit meiner in einem intimen Tanz des lustvollen Vorspiels.

Sie besaß mich und beherrschte mich genau so wie ich sie.

Und kein einziges Mal wehrte sie sich gegen meinen Griff. Sie bohrte lediglich ihre Nägel in meine Kopfhaut und rieb sich an meinem Schenkel, wodurch sie in einer wunderbar wilden Art ihren Besitzanspruch auf mich stellte.

Mit meiner freien Hand fuhr ich an ihre Brust und fühlte, wie perfekt sie hinein passte.

Es ist so, als wärst du dafür gemacht, dass ich dir huldige, bekannte ich ihr in meiner zärtlichen, mentalen Stimme. *Verdammt, Nyx.*

Ich küsste sie leidenschaftlicher, wollte sie mehr spüren und presste ihr meinen Schenkel sogar noch härter entgegen. Sie bog ihren Rücken zur Antwort, ritt auf meinem Schenkel und krallte sich in mein Haar, während ich ihre Brust massierte und in ihren festen Nippel zwickte.

Bei meinem Griff um ihren Hals konnte sie fast nicht atmen, aber das schien ihr nichts auszumachen. Vielmehr machte sie das offenbar nur noch mehr an. Vielleicht gefiel ihr die Drohung von Gewalt. Oder lediglich die Demonstration einer würdigen Macht, die sie in neue Höhen trug.

Sie kratzte mit ihren Zähnen an meiner Lippe entlang und biss zu, bis ich zu bluten begann.

Ich knurrte und erwiderte den Gefallen, wodurch unser Kuss auf der Stelle ungezähmter wurde und ihr Ritt auf meinem Schenkel noch heftiger.

Sie war kurz davor, zu zerspringen. Ich konnte an meiner Zunge spüren, dass sie am Abgrund stand, als wäre mein Mund direkt zwischen ihren Schenkeln.

Gleich wirst du für mich kommen, meine süße Göttin, nicht wahr?, murmelte ich. *Gib mir eine bleibende Erinnerung, die ich heute Nacht in meine Dusche mitnehmen kann. Einen verführerischen Laut, den ich mir in Erinnerung rufen kann, während ich mir meinen Schwanz zu Bildern von dir und deinem verflucht schönen Mund wichse.*

Ihre Nägel gruben sich in meine Kopfhaut und ließen mich in ihren Mund zischen.

Dann saugte sie meine Unterlippe zwischen ihre Zähne und biss mich erneut.

So verflucht wild, knurrte ich und schnitt ihr für einen Moment die Sauerstoffzufuhr ab. Dann tränkte ich sie mit dem Blut von meiner Lippe.

Sie stöhnte. Ihre Bewegungen an meinem Schenkel waren beinahe manisch; ohne Unterlass rieb sie sich ihre gierige kleine Klitoris daran.

Ich kniff sie noch einmal in ihre Brustwarze und schickte sie damit über die Klippe. Sie kam so heftig, dass sie ihren Höhepunkt in meinen Mund hinein schrie.

Aber ich schluckte den Laut und bewahrte ihn für mich auf; für meine Erinnerungen und meine *Träume*.

Ich hätte meine Boxershorts nach unten streifen können, ihre bleiche Hand um meinen harten Schaft legen und sie darum bitten können, dass sie mich zum Höhepunkt brachte.

Aber darum ging es bei diesem ersten Zusammentreffen nicht.

Ich wollte nur einen Vorgeschmack; und den hatte mir meine schöne Göttin mehr als vermittelt.

Ich öffnete meine Augen und sah in ihre goldenen Iriden, die vor heißer Macht schwirrten. Ihr Gesichtsausdruck zeugte von Schrecken und Verwunderung zugleich, als hätte ich ihr gerade den Verstand geraubt.

Du bist die schönste Frau, die ich jemals gesehen habe, vertraute ich ihr zärtlich an und strich mit meinen Lippen über ihre. *Nyx, Göttin der Nacht. Es ist eine Ehre, dein abgewiesener Gefährte zu sein.*

NYX

Iᴄʜ ᴡᴀᴄʜᴛᴇ ᴀʟʟᴇɪɴ ᴀᴜғ.

Wieder allein.

Zum achten Mal hintereinander.

Ich kniff die Augen zusammen und ließ meinen Blick über Vesperus' Seite des Bettes schweifen. Die Laken waren perfekt geglättet, so wie jedes Mal, wenn ich meine Augen öffnete.

Es war fast so, als wäre unser abendliches Ritual nichts als Illusion: Er kam zu mir auf die Dachterrasse, wir ergingen uns unter dem Mond in intimen Gesprächen, er ließ mich Sterne sehen, ohne mich *wirklich* zu berühren und führte mich zu seinem Zimmer zurück. Dort begab er sich – allein – unter die Dusche und rollte sich danach neben mir im Bett ein.

In den vergangenen sieben Nächten hatten wir diesen Ablauf wiederholt, ohne davon abzuweichen oder darin weiter zu gehen als uns zu berühren oder zu küssen; und jedes Mal war ich neben den sorgsam geglätteten Laken und der Überdecke auf seiner Seite aufgewacht.

Ich setzte mich auf. „Heute nicht", beschloss ich lautstark.

Während ich nichts gegen unsere abendliche Routine hatte, so störte mich die morgendliche dennoch sehr.

Zumindest meistens.

Die Nachrichten, die er mir jeden Tag auf seinem Kissen hinterließ, waren irgendwie spaßig.

Ich hob den Zettel mit der männlichen Handschrift auf. Heute stand da:

Vergiss nicht zu frühstücken, Nyx.

– V

P.S. Ich habe deinen Orangensaft aufgepeppt. ;-)

Meine Augenbrauen schossen in die Höhe und mir entschlüpfte ein Lachen. In dieser Woche hatte ich es jeden Morgen vermieden, zu frühstücken. Stattdessen hatte ich mich mit Cara getroffen, um mit ihr auf Erkundungstour zu gehen.

Ich war nicht naiv. Ich hatte gewusst, dass sie den Auftrag hatte, mich im Auge zu behalten, aber das machte mir nichts aus. Hauptsächlich, weil ich das weibliche Feenwesen mochte. Sie redete nicht um den heißen Brei herum, sprach aus, was sie dachte, und das wusste ich zu schätzen.

Was ich nicht schätzte, war, dass Vesperus jeden Morgen vor mir davonlief. Ich war mir nicht einmal sicher, ob dieser verdammte Mann überhaupt schlief.

Vielleicht braucht er einfach nur einen Orgasmus, dachte ich. Wenn er es zulassen würde, dass ich ihn verwöhnen und ablecken konnte, wie er es bei mir getan hatte, dann hätte ich ihm einen bereiten können. Aber nein. Er schien sich damit zufrieden zu geben, dass er mich küssen und berühren konnte.

Was ich zugegebenermaßen genoss, besonders da wir uns jede Nacht besser kennenlernten.

So wie letzte Nacht, als ich entdeckt hatte, dass er mehr als ein Dutzend Sprachen sprach.

Und die Nacht davor, als er mir gestanden hatte, dass er ein ärztliches Diplom besaß.

„Warum?", hatte ich ihn gefragt. „Warum hast du Medizin studiert?"

Er zuckte mit den Schultern. „Uneingeschränkter Zugang zu Blut."

Ich hatte gedacht, er machte einen Scherz.

Mitnichten.

„Aber es ist auch hilfreich zu wissen, wie der menschliche Körper funktioniert. Vampire haben eine ähnliche Anatomie. Ein paar Mal war mir das schon von Nutzen", fügte er hinzu.

„Um jemanden zu retten?"

Er hatte seinen Kopf geschüttelt. „Nein, um jemanden zu töten."

„Dann bist du definitiv kein Held."

„Nicht für Menschen", stimmte er zu. „Meine Verpflichtung gilt meinem Haus. Für seine Anhänger würde ich alles tun."

Inklusive die Verpaarung mit mir nicht zu vollziehen, falls ich nicht in diese Welt passen sollte, dachte ich und wiederholte damit seine Worte in meinem Kopf.

Das war eine pragmatische Haltung und eine, die sein Zögern erklärte. Deshalb wollte er in der Nacht nicht mehr tun, als mich zu küssen. Er behielt die Kontrolle.

So sehr ich auch die Grenzen austestete und mehr von dem erleben wollte, was er zu bieten hatte, so würde ich es nicht tun. Denn ich respektierte seine Entscheidung.

So wie er meine Entscheidung respektierte, inklusive der Suche nach meiner Magie.

Ich konnte spüren, dass sie sich zwar außer Reichweite, aber dennoch in der Nähe befand.

Seit Monaten hatte ich die vertraute Energie, die in Dublin zum ersten Mal losgebrochen war, nicht mehr gespürt.

Nun war sie zwar verborgen, aber hier, was bekräftigte, dass sie die ganze Zeit über gewollt hatte, dass ich in Island war.

Ich verstand nicht ganz, warum.

Um Vesperus zu treffen?

Um diesen Ort zu meinem Zuhause zu machen?

Um irgendeine andere Aufgabe zu erfüllen, bevor sie mir erlaubte, dieses Reich zu verlassen?

Was …?

Was willst du von mir, Medaillon?

All das waren Fragen, die ich dem eigenwilligen Gebilde stellen würde, wenn es sich wieder blicken ließe.

Aber leider zeigte es sich noch nicht, sondern pulsierte lediglich irgendwo in meiner Nähe.

Ich werde dich finden, prophezeite ich ihm und rollte aus dem Bett. *Aber zuerst werde ich Vesperus den Gefallen tun und mich zum Frühstück begeben.*

Schließlich hatte er meinen Saft *aufgepeppt*. Und ich wusste, dass er damit nicht auf Alkohol anspielte.

Ich duschte und zog mir etwas von meinen neuen Sachen an: ein weiteres schwarzes Kleid mit Schlitzen an den Seiten und einem gesitteten Halsausschnitt. Aber mit einem offenen Rückenteil. Also legte ich mithilfe meines Sternenstaubs eine Goldkette meine Wirbelsäule entlang. Sie reichte bis zu meiner Hüftlinie, wo der Stoff erneut begann. Dann legte ich meine Mond-Halskette, deren Gold immer noch blutige Flecken trug, wieder an.

Und nun auf zu Vesperus' Saft, dachte ich und betrachtete mich im Spiegel. Er hatte einen Tropfen seiner eigenen Essenz hineingeträufelt, weil er davon überzeugt war, dass das helfen würde, mich nicht bloß als vorübergehendes Mitglied von Gold und Granat zu definieren, sondern mich als *die Seine* zu markieren.

Seit dem Vorfall mit der Geschäftsinhaberin hatte ich keine großen Probleme mehr gehabt, aber die Leute hier waren auch nicht sonderlich dazu bereit gewesen, mit mir zu sprechen.

Vielleicht würde ich Cara fragen, ob wir später auf einen Drink in eine Bar gehen könnten. Vielleicht würde so eine Art von Ausflug als normal genug betrachtet werden, dass jemand sich mir nähern wollte.

Entschlossen band ich meine Sandalen zu, auf die Cara jedes Mal ein Auge warf, wenn sie mich sah. Ich musste zugeben, dass sie mehr für den Strand als für die Stadt taugten. Dann huschte ich in die Küche.

„Oh!", rief die Küchenchefin Betty. Dabei ließ sie eine Pfanne fallen, was mich wiederum erschrocken zusammenfahren ließ. „Nyx!"

Ich zuckte erneut zusammen. „Entschuldigung."

„Sie müssen aufhören, das zu tun", sagte sie mit finsterer Miene. Sie war eine der wenigen Hexen, die mich nicht zu fürchten schien. Vielleicht weil das hier ihr Reich war.

„Um fair zu sein, muss man sagen, dass das erst das zweite Mal war", sagte ich zu ihr. Schließlich hatte ich in dieser Woche das Frühstück größtenteils ausgelassen.

Daher hatte mich Vesperus auch in seiner Notiz an diesem Morgen daran erinnert.

„Nun, wenn das Frühstück mit deinem Blut gewürzt wäre, dann hätte ich vielleicht einen Anreiz, es zu mir zu nehmen", hatte ich ihm letzte Nacht zugeflüstert. Das war eine dreiste Reaktion auf seine Bemerkung über meine Gewohnheit, Mahlzeiten auszulassen.

„Vesperus hat etwas von Orangensaft erwähnt", sagte ich nun und lächelte Betty an.

Sie verdrehte ihre mandelförmigen Augen, blickte mich an und stakste zu einem großen Ofen. Dieser war wie in einer Großküche mit einem oberen Hitzegitter ausgestattet. „Crêpes auch", teilte sie mir mit und nahm einen Teller mit einem Ofen-Handschuh heraus, bevor sie zu einem der vielen Kühlschränke im Raum ging. „Und ja, er hat Ihnen Orangensaft gemacht. Frisch gepressten noch dazu."

In dieser letzten Aussage schien sich ein Wortspiel zu verbergen, was mich schmunzeln ließ.

Sie wies mir einen Platz in dem Speisezimmer zu, das der Küche am nächsten war. Eigentlich brauchte ich das nicht, aber ich hatte schon erkannt, dass es mir überhaupt nichts bringen würde, Betty zu widersprechen. Ich würde in jedem Fall an diesem Tisch Platz nehmen und das essen müssen, was sie mir bringen würde.

Da sie eine ziemlich fähige Küchenchefin war, machte mir das nichts aus.

Also setzte ich mich auf meinen Stuhl und genoss die Crêpes, bevor ich mir Vesperus' *frisch gepressten Orangensaft* zu Gemüte führte.

So gut. Und definitiv ohne Alkohol.

Sein Blut war genau so erlesen wie ein köstliches Dessert, schmeckte jedoch nicht so sehr nach Schokolade, wie es duftete. Eher nach süßer Ambrosia, die ich tagelang trinken konnte.

Leider schien ich mir dadurch keine seiner Fähigkeiten anzueignen. Sonst hätte ich ihm via Telepathie für das köstliche Getränk gedankt.

„Hier bist du also", sagte Cara und betrat verärgert

den Speisesaal. „Du solltest mich anrufen, wenn du dein Zimmer verlässt. Schon vergessen?"

Dafür hatte sie mir vor Kurzem ein Handy gegeben. Aber … „Ich habe es auf dem Nachttisch gelassen."

„Das weiß ich", sagte sie trocken und ließ das Gerät über den Holztisch in meine Richtung schlittern.

Ich starrte es an. „Mein Kleid hat keine Taschen."

„Dann wünsch dir welche her", fuhr sie fort.

Meine Lippen verzogen sich. *Taschen würden mein Kleid ruinieren.*

Ich betrachtete das Telefon auf der Suche nach einer Lösung. Dann streute ich etwas Sternenstaub darüber und wünschte mir, dass es sich in eine Armkette verwandelte.

Meine Lippen verzogen sich, als sich das Metall zu einer goldenen Spange verformte, in deren Mitte ein Mond eingraviert war. „Das ist so viel modischer", sagte ich zu Cara.

Sie sah mich an. Ihr Gesichtsausdruck legte nahe, dass sie mir einen unnötigen Vortrag darüber halten wollte.

Also ignorierte ich sie, legte die Armspange an und drückte auf den Mond. Auf magische Art und Weise entfaltete sich ein Bildschirm vor mir, der es mir erlaubte, ihr eine Textnachricht zu schicken.

> Ich bin im Speisesaal und trinke einen mit Blut versetzten Orangensaft. Und ich teile ihn mit niemandem.

Auf Caras Gesicht zeigten sich nun Lachfalten und sie schüttelte ihren Kopf. „Du bist eine Göre."

„Ich bin eine Göttin", korrigierte ich sie und schloss den Bildschirm. „Und ich brauche weder einen Babysitter noch ein Frühstück. Aber der Orangensaft hat mich in eine so gute Stimmung versetzt, dass ich gewillt bin, über die

Beleidigung hinwegzusehen, dass ich wie eine Fünfjährige behandelt werde."

Ich legte meine Serviette zur Seite und stand auf.

„Wo kann ich in diesem Territorium hingehen, als wäre ich ein normaler Bewohner?", fragte ich Cara. „Ich würde gerne Freunde finden." Das würde mir bei meiner Entscheidung helfen, ob ich hierbleiben wollte oder nicht.

Cara legte ihre Hand aufs Herz und tat so, als wäre sie verletzt worden. „Autsch."

Ich runzelte die Stirn. „Wie bitte?"

„Ich hatte gedacht, wir beide wären Freunde", erklärte sie übertrieben dramatisch und mit falscher Trauer in der Stimme.

„Wir sind Freunde?", fragte ich neugierig.

Sie richtete sich auf und warf mir einen verwunderten Blick zu. „Ich bin in dieser Woche jeden Tag mit dir rumgehangen, Nyx. Das macht uns ziemlich sicher zu Freundinnen."

„Wir wissen beide, dass du den Auftrag dazu hast, nicht von meiner Seite zu weichen", stellte ich klar.

„Ja, aber es macht mir Spaß, dich zu überwachen." Sie zuckte mit den Schultern. „Damit kann Papierkram nicht mithalten."

„Ich weiß nicht, ob das schmeichelhaft oder traurig ist", erwiderte ich trocken.

„Definitiv Letzteres. Diese ganzen Veränderungen des Territoriums lassen Vesperus in Anfragen bezüglich Umsiedlungen versinken. Er hat fast die ganze Woche mit Niamh daran gearbeitet."

„Ist sie eine seiner territorialen Beraterinnen?" Er hatte mir ein paar von ihnen namentlich genannt und mir auch jeweils ein bisschen von ihnen erzählt. „Die aus Irland?"

Cara nickte. „Ja, aber wir nennen sie Landesfürsten.

Und seit ihrem Treffen letzte Woche ist sie hier. Er arbeitet an ihrer Wiedereinsetzung."

„Er braucht nämlich dort keine Berater mehr, da Irland nicht mehr Teil seines Hoheitsgebietes ist." Ja, auch darüber hatte er gesprochen. „Ich bin froh, dass sie ihm beim Papierkram helfen kann."

„Hast du sie schon mal getroffen?"

„Nein. Sie hat hier nicht übernachtet und Vesperus tendiert dazu, mich von seiner Arbeit fernzuhalten." Ich musterte Cara. „Zum Zeitvertreib hat er mir einen Babysitter gegeben."

Sie lachte. „Ich bin kein Zeitvertreib. Wenn du ihn sehen möchtest, dann können wir das machen, bevor du dich umziehst"

Ich runzelte meine Stirne. „Ich ziehe mich um?"

„Ja", bekräftigte sie. „Du hast gesagt, dass du irgendwo hingehen und dabei normal auftreten möchtest. Um das zu tun, musst du dich dem Klima entsprechend anziehen." Dabei deutete sie auf ihr eigenes Sweatshirt und ihre Jeans.

„Hmm." Die Pläne für den heutigen Tag gefielen mir gar nicht mehr. Wenn ich mich extra verkleiden musste, um Eindruck zu machen, dann war ich mir nicht sicher, ob ich noch neue Freunde finden wollte.

„Komm schon", ermutigte sie mich. „Wir sehen nach, wie es Vesperus mit seinem Berg von Arbeit geht. Wenn Niamh dort ist, dann hast du gleich eine neue Freundin. Und dann helfe ich dir, in der Stadt noch andere zu finden."

Ich konnte den stichelnden Unterton in ihrer Stimme hören, zuckte aber mit den Schultern und stimmte ihrem Plan zu.

Es bedeutete schließlich, noch weitere Erkundungen anstellen zu können. Das würde mir dabei helfen, meine verschwundene Magie aufzuspüren, während ich mich im Land weiter umsehen konnte.

„Na gut." Ich machte mich schon in die Richtung von Vesperus' Büro auf, als plötzlich etwas in meinem Arm zu kitzeln begann.

Ich runzelte die Stirn, machte mitten im Schritt halt und starrte auf die Gänsehaut, die sich über meine Haut ausbreitete.

Hast du dich entschlossen, zu mir zurückzukommen? Ich adressierte den Gedanken an meine flüchtige Magie und blickte mich suchend um. Wo kam sie her?

Aber mein Medaillon war nicht hier im Palast, sondern nur in der Nähe.

Nahe. Sehr nahe.

Ich änderte meine Richtung und machte mich zur Rückseite des Hauses auf. Ich ging durch die Küche und durch die Türen hinaus in den Bereich des Parks.

„Nyx?" Caras Stimme erinnerte mich daran, dass ich nicht alleine war. Die andere Frau stand nur ein paar Schritte hinter mir auf der Veranda, die sich um die Hinterseite des Gebäudes wand.

„Oh." Ich zwinkerte ihr zu. „Meine Magie ruft mich. Hier entlang."

Darüber hinaus gab ich keine weitere Erklärung ab. Ich war zu erpicht darauf, der vertrauten Aufforderung zu folgen.

„Sie ruft dich?", wiederholte Cara, während sie an meiner Seite mit mir in Gleichschritt fiel.

Ich zeigte ihr die Gänsehaut auf meinen Armen. „Ja." Ich beschleunigte meinen Schritt, da die Magie an meiner Seele zog, was verdeutlichte, dass es immer dringlicher wurde.

Was ist los?, fragte ich. *Warum ziehst du an mir wie an einer Leine?*

Sie antwortete, indem sie einen weiteren Stromstoß durch meinen Körper schickte. Die Panik in diesem Schlag trieb mich zur Eile. Meine Füße bewegten sich im Laufschritt über den steinigen Weg, den Cara neben mir mit Leichtigkeit zurücklegte.

Als wir das hintere Tor erreichten, huschte ich hindurch. Dann wartete ich auf weitere Hinweise von meiner Magie, während die Metalltür hinter mir ins Schloss fiel.

Cara schloß auf dem Weg wieder zu mir auf und blickte mich neugierig an. „Also?"

„Ich spitze meine Ohren", murmelte ich und deutete ihr, still zu sein.

Ich schloss meine Augen und zitterte, als die magische Essenz erneut meine Sinne berührte.

Sie zog mich nach rechts, was mich an meinen ersten Tag hier erinnerte.

Bloß, dass ich dieses Mal nicht zu Lissas Laden, sondern zwei Häuserblocks weiter ging.

Wo meine Magie wieder verschwand.

Ich kniff die Augen zusammen. „Dieses Versteckspiel wird langsam langwei…"

Der Zauber versetzte mir einen Stich ins Herz und ließ mich in die Knie gehen. Ich keuchte.

Als hinter mir Glas explodierte, griff ich mir an die Brust. Meine Empfindungen gerieten durcheinander und die Welt um mich herum drehte sich wie wild.

Cara schrie meinen Namen, aber ich konnte sie nicht ansehen. Ich war zu sehr überrascht. Zu … Zu *überwältigt*.

Was … Was geht da vor sich? Warum hast du …? Ich blinzelte mehrmals. *Warum hast du mir einen Stromschlag versetzt?*

Zur Antwort summte die Magie eindringlich und

lenkte meine Aufmerksamkeit auf eine Frau in der Nähe, deren lebhafte, grüne Augen vor Macht funkelten.

Eine Hexe?, fragte ich mich, da mich ihre Aura verwirrte. *So dunkel. Gebrochen. Eine … gespaltene Seele.*

Ich konnte ihren Schmerz spüren und ihn beinahe auf meiner Zunge schmecken. Meine Magie umschwirrte sie verzweifelt und versuchte vergeblich, ihre gespaltene Seele zu erreichen. Um sie … zu heilen.

Ich starrte auf das Schauspiel und konnte die Szene nicht ganz begreifen.

Wind umwehte sie in der Dunkelheit, und das nahegelegene Gebäude schien einen Schatten auf sie zu werfen.

Oder hüllt sie sich in Schatten? Ich wunderte mich. *Wer bist du? Was bist du?*

Cara rief erneut meinen Namen und wieder zersprang Glas und Flammen schlugen in die Luft.

Ich versuchte mich zu bewegen und aufzustehen, zu *sehen*.

Meine Beine zitterten, als ich mich in die Höhe zwang. Der Schock meiner Macht hatte mich vorübergehend reglos gemacht.

Aber die Straße erschien langsam wieder klar vor mir und zeigte das Chaos, das sich um mich herum ausgebreitet hatte.

Eine weitere Explosion.

Ich starrte auf das Ausmaß der Zerstörung, das sich mir plötzlich bot.

Ich machte einen Schritt nach vorne und schärfte meine Sinne, um Auras zu entdecken, die eventuell meine Hilfe benötigten.

Aber meine Aufmerksamkeit richtete sich sofort wieder auf die rabenschwarze Präsenz in der Nähe, auf jene Frau mit der gebrochenen Seele.

Wir starrten einander an, als sich plötzlich geballtes Feuer in mein Brustbein bohrte.

Nein. Das war kein Feuer.

Sondern ein Projektil.

Etwas verspätet hörte ich das Krachen in der Luft. Alles um mich herum hatte sich so in Trümmern aufgelöst, dass ich … dass ich es nicht genau gespürt hatte.

Und nun …

Ich senkte meinen Blick und bemerkte das Blut an meinen Fingerspitzen.

Ich …

Meine Knie gaben wieder nach und ich sank zu Boden. Ich stützte mich mit einer Hand ab, dann fiel ich zur Seite und rollte mich zu einer Kugel zusammen.

Das … Das ist kein gewöhnliches … Projektil.

Ich konnte spüren … wie es mich *zerfetzte.*

Nein.

Mich *verbrannte.*

Wie Gift. Wie … Wie … *Säure.*

Ein Schrei kam mir über die Lippen, ein Laut der Qual und der Angst und der *Wut.*

Ich versuchte, den Schmerz zu fassen und die Ursache aus mir herauszureißen. Aber die Welt … die Welt um mich … wurde schwarz.

Meine Magie berührte meine Haut. Die mitfühlende Energie zeigte Sorge.

Ich versuchte, sie zu fassen … sie zu mir … sie in mich zu ziehen.

Aber ich schaffte es nicht.

Ich konnte … Ich konnte gar nichts mehr tun.

Ich konnte nicht einmal mehr … *atmen.*

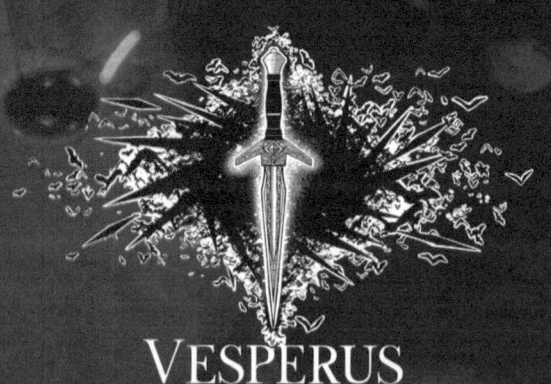

VESPERUS

Ein paar Minuten zuvor

„Hmm, es klingt so, als hätte Sabrina deiner Rolle als Verbündete zugestimmt", sagte ich, während ich meine Augen noch auf die Email von Kieran richtete, die ich gerade gelesen hatte. „Also, wenn du in Irland bleiben möchtest, dann kannst du das. Aber sie werden dich vielleicht um eine Übersiedlung nach Schottland bitten."

Niamh nickte, während sie sich auf die Umsiedlungsberichte vor sich konzentrierte. „Ich werde darüber nachdenken, aber das klingt nach der besten Lösung, da Zabra nicht besonders an einem Umzug interessiert ist. Ihr gefällt das Meer vor Dublin besser, ebenso wie mir."

„Es ist nicht so frisch dort", stimmte ich zu. Ich war kein Meeresdrachen-Wandler wie Niamh oder ihre Gefährtin Zabra, aber ich konnte mir vorstellen, dass die Gewässer vor der irischen Küste angenehmer waren als die eisige See rund um Island.

In Irland konnte es natürlich auch kalt sein – das konnte es definitiv. Nur fielen die Temperaturen dort nicht so oft in den Keller wie hier.

„Vielleicht kannst du die Ausbildung von Bane und Nox übernehmen", schlug ich vor, als ich mir andere Aufgaben für Niamh in ihrer neuen Rolle überlegte. „Die Phantome fühlen sich in ihrer Probezeit vielleicht in der Nähe ihrer heimatlichen Gefilde wohler."

„Ich bin mir nicht sicher, ob Kaspian sie auch wirklich aufgeben will." Ihre türkisen Augen flackerten amüsiert auf, als sie mich anblickte. Die Farbe bildete einen starken Kontrast zu ihrer dunklen Haut und ihrem schwarzen Haar. „Er scheint sich zu ihnen hingezogen zu fühlen."

Ich schnaubte. „Er hat sie die ganze Woche lang vermöbelt."

„Ist das nicht seine Art von Flirten?", fragte sie und verzog dabei ihre Lippen zur Seite. „Gerade gestern hat er sie im Trainingshof unter sich auf den Boden gedrückt. Ich hätte schwören können, dass ich ihn knurren gehört habe."

„Sprichst du schon wieder von mir, Liebling?", sagte Kaspian gedehnt von der Tür aus. „Hast du etwas gesehen, das du später auch mit mir erleben möchtest?"

Niamh grinste zu ihm hinauf. „Zabra lädt keine Schwänze zu uns nach Hause ein."

„Schade", murmelte er und nahm ihr gegenüber Platz. „Aber sie hat recht. Nox und Bane behalte ich."

Ich hob eine Augenbraue. „Hier in Island?"

Er senkte sein Kinn. „Sie brauchen eine starke Hand."

Niamh lachte, aber er ignorierte sie.

„Sie sind von Pazifisten erzogen worden", fügte er hinzu. „Da gibt es viele schlechte Angewohnheiten, die ich ihnen wieder austreiben muss."

„Wie zum Beispiel Gnade und Mitgefühl?", mutmaßte ich.

„Ganz genau."

„Hmm", summte ich. „Mach sie bloß nicht zu

Monstern, Kas. Nicht alle lechzen so sehr nach Blut wie du."

„Irgendjemand muss ja streng sein, wenn unser Oberhaupt schon gesuchten Verbrechern temporäre Aufenthaltsgenehmigungen erteilt", schoss er zurück.

Ich verdrehte meine Augen. „Sie ist meine Schicksalsgefährtin, Kas."

„Was für eine Entschuldigung", spottete er.

„Hör nicht auf ihn, Ves", murmelte Niamh. „Er ist nur neidisch, weil er noch niemanden gefunden hat, der ihn irgendwie ausstehen kann. Ganz zu schweigen von jemandem, der ihn für alle Ewigkeit erträgt." Man konnte förmlich sehen, wie diese Vorstellung sie erschaudern ließ.

Kaspian kicherte und schüttelte seinen Kopf. „Ist schon in Ordnung."

„Wirklich?", fragte sie und hob dabei ihre perfekt gezeichnete, schwarze Braue.

„Ich habe gar nicht gewusst, dass du dir solche Sorgen um mich machst, Niamh", erwiderte er und warf ihr ein lässiges Lächeln zu. „Bist du dir sicher, dass ihr mich nicht auf einen Kurzbesuch einladen möchtet?"

Ich schüttelte meinen Kopf, ignorierte das harmlose Geplänkel und begann eine Antwortnachricht an Kieran zu schreiben.

> Niamh braucht ein paar Tage, um …

Gerade als ich mit meinem Finger auf die Eingabe-Taste drücken wollte, fuhr mir ein Stromstoß durch das Brustbein. Es nahm mir den Atem.

„Ves?", fragte Kaspian augenblicklich an meiner Seite.

Ich griff mir mit der Hand an die Brust. Ich spürte ein schmerzhaftes Stechen in meinem Herzen und richtete meine Augen auf die Tastatur vor mir.

Scheiße.

Verdammte Scheiße!

Ich stöhnte. Mein Inneres *brannte*. Der Schmerz war intensiv, die Verletzung schwerwiegend und ernst und … *tödlich.*

Kaspian und Niamh sprachen plötzlich in einer anderen Sprache und nichts davon ergab Sinn.

Alles, was ich spürte, war *Schmerz.*

Marternde, quälende Folter.

Ich fiel von meinem Stuhl und schlug auf dem Boden auf, während ich versuchte, mit dem fertig zu werden, was auch immer – verflucht noch mal – meine Eingeweide zerriss.

Dann wurde alles um mich herum dunkel.

Und wieder hell.

Ein Alarm schrillte durch mein Büro.

Was zur Hölle geht da vor sich? Ich griff mir mit einer Hand an den Kopf und legte meine andere auf mein Herz. *Was ist das? Ein Zauberspruch? Ein Fluch?*

„Ich weiß es nicht!" Die vertraute Stimme von Cara drang in meine Gedanken. Die Panik, die mit diesen vier Worten mitschwang, zwang mich, meine Augen zu öffnen. „Sie wurde niedergeschossen. Und nun bewegt sie sich nicht."

Niedergeschossen?, wiederholte ich. *Wer? Wo?*

Diese letzte Frage wurde von Kaspian laut wiederholt; entweder weil ich sie in seine Gedanken transportiert hatte, oder weil er einfach wusste, was er zu fragen hatte. Es war mir verdammt noch mal egal, warum. Mich interessierten nur Antworten.

Cara erwähnte einen Straßennamen und begann von Explosionen zu sprechen.

„Wie viele andere Verletzte gibt es?", fragte Kaspian.

„Ich weiß es noch ni…" Die Verbindung wurde unterbrochen, was Kaspian zum Fluchen brachte.

„Hol Larus", sagte er und übernahm sofort das Kommando. „Manx und Langly will ich auch."

„Bin schon dran", ertönte zu meiner Verwunderung Paxtons raue Stimme.

Wann war der Hexenmeister hier eingetroffen? Als Kaspians persönlicher Assistent hielt er sich meist in dessen Nähe auf.

„Gehen wir, Veritas", forderte mich Kaspian auf. Er verwendete meinen Nachnamen, weshalb ich zu ihm aufblickte. „Deine Gefährtin ist angeschossen worden, aber du nicht. Also steh verflucht noch mal auf."

Was? Ich starrte ihn an, dann legte ich wieder meine Hand auf die Brust. Mir wurde bewusst, dass es das gewesen war, was ich gespürt hatte. *Nyx!*

Ich versuchte mich aufzurichten, aber vor lauter Anstrengung begann sich alles um mich zu drehen, und vor meinen Augen wurde es wieder schwarz. *Scheiße.* Es fühlte sich so an, als wäre ich angeschossen worden, nicht sie. *Wie ist das überhaupt möglich?* Wir hatten die Verbindung zurückgewiesen. Ich sollte … Ich sollte eigentlich nichts spüren.

Und dennoch …

Kaspian packte meinen Arm: „Reiß dich zusammen!"

Bei dieser Aufforderung knirschte ich mit den Zähnen.

Nicht weil ich mich über meinen Stellvertreter ärgerte, sondern über mich selbst.

Er hatte recht.

Wir mussten *gehen*.

Ich rief die Straße, die Cara genannt hatte, auf meinem Telefon auf und wies meine Beine an, mich in Bewegung zu setzen.

Nur dass stattdessen die Welt rund um mich

verschwamm. Dunkle Schatten stahlen mir die Sicht und zogen mich in ein Meer der Dunkelheit.

Die Straße, an die ich gerade gedacht hatte, war nur einen Moment lang aufgeblitzt.

Meine Augen wurden immer größer und füllten sich dann sofort mit Tränen, als Rauch in meine Lunge drang. Hustend rannte ich hinaus und fand Cara, die mitten auf der Straße Kommandos brüllte.

Söldner folgten ihren Anweisungen. Sie sprangen in die rauchenden Gebäude und zogen bewusstlose Körper heraus.

Aber meine Aufmerksamkeit galt nur einer Person.

Nyx.

Plötzlich erinnerten sich meine Beine daran, wie sie sich richtig bewegen konnten, und ich rannte zu ihr.

„Der Hölle sei Dank", rief Cara, als sie mich sah. Aber ich stürmte an ihr vorbei, um zu meiner bewusstlosen Göttin zu gelangen.

„Nyx ..."

Sie atmete nicht.

Ihre Haut ließ auch ihren gewöhnlichen, goldenen Glanz vermissen. Sie war bleich, beinahe gespenstisch.

Ich sank neben ihr auf die Knie, während mich das Gefühl des Verlusts direkt in die Brust traf. Genau dort, wo unsere Verbindung eigentlich ruhen sollte. Genau dort, wo ich sie gespürt hatte, als wir uns das erste Mal getroffen hatten.

Genau dort, wo sie jetzt immer noch sein sollte.

Was ...?

„Vesperus." Caras Stimme drang kaum zu mir durch und wurde fast umgehend von Kaspian übertönt. Er übernahm das Kommando.

„Wo zum Teufel ist Astrella?", wollte er wissen. „Wir brauchen Wasser!"

„Sie löscht dort drüben das Feuer", teilte ihm Cara mit. Ihre Anwesenheit verblasste immer mehr, als sie gemeinsam zu arbeiten begannen.

Das war ein Ereignis, auf das wir jahrelang hintrainiert hatten, und eines, von dem ich mir nie gedacht hätte, dass es tatsächlich eintreten würde. Denn mein Territorium stand immer an erster Stelle. Meine Leute bedeuten mein Leben.

Aber ich konnte nicht … Ich konnte mich nicht konzentrieren. Es fühlte sich so an, als wäre meine Seele aus meinem Körper entfernt und vor mir auf den Boden niedergestreckt worden; als ob sie direkt neben Nyx sterben würde. *Meine Schicksalsgefährtin. Meine Zukunft.*

Ich kannte sie kaum. Dennoch war ihr mein Geist … Mein Geist war ihr bereits total ergeben.

Wie ist das möglich?, fragte ich mich und ließ meine Hände über sie gleiten. „Was kann ich tun?" Sie war eine Göttin. Sie konnte nicht wirklich sterben. Das hatte sie mir schon gesagt.

„Wenn du es irgendwie schaffst, meine körperliche Hülle zu zerstören, dann wird meine Seele einfach zu Khaos zurückkehren und wiedergeboren werden."

Aber wie lange würde das dauern?

Und würde es sich so anfühlen, als hätte ich sie für immer verloren? Würde es die magische Verbindung unseres Schicksals aufheben?

Kam diese Empfindung des Verlusts daher, dass es mir erschien, als hätte ich die andere Hälfte meiner Seele verloren?

Ich hatte schon vermutet, dass es sich so anfühlen würde, als wäre sie tot, wenn sie mein Reich verlassen würde. Und wir hatten deshalb die Verbindung zurückgewiesen, damit wir diese Erfahrung nicht machen mussten.

Dennoch kam ich … Ich kam mir verflucht unnütz vor. Allein.

Gebrochen.

Als hätte ich die Kugel abbekommen und nicht sie.

Mein Blick wanderte zu ihrer Wunde und dem Blut, das sich auf dem Boden ansammelte. „Ich verstehe nicht", sagte ich und schüttelte meinen Kopf. Es war ein einfacher Schuss auf das Brustbein. So einer tat schweinemäßig weh, war aber nicht lebensbedrohlich.

Ich konnte mehrere dieser Art überleben und bei Bewusstsein bleiben.

Nyx konnte nicht durch eine einzige Kugel ausgeschaltet worden sein.

Ich untersuchte ihren Kopf und ihren Nacken – die zwei einzigen Stellen, an denen Unsterbliche wirklich verletzbar waren – und fand nichts.

Das ergab überhaupt keinen Sinn.

Kaspian stellte sich neben mich und legte seine Hand auf meine Schulter. „Ich kann keine Kopfverletzung entdecken. Auch die Wirbelsäule scheint heil zu sein", sagte er und sprach damit meine Einschätzung aus. „Warum blutet sie immer noch?"

Ich schüttelte meinen Kopf. „Ich weiß es nicht." Die Wunde an ihrem Brustkorb hätte bald heilen sollen. Aber das tat sie nicht. „Hilf mir, sie umzudrehen. Vielleicht steckt die Kugel immer noch in ihrem Körper?" Auch das sollte eigentlich nicht möglich sein. Mein Körper lehnte Fremdkörper immer ab und stieß sie aus, um heilen zu können. Und das auch noch schnell, weil ich ein Meister-Vampir war. Genau so wie Kaspian.

Er half mir, sie umzudrehen, damit wir ihren Rücken untersuchen konnten.

Dort war noch mehr Blut.

„Die Kugel ist sauber durchgegangen", sagte ich und

schüttelte wieder meinen Kopf. „Die Wunde sollte bereits heilen."

„War die Kugel vielleicht mit irgendeiner Substanz getränkt?", spekulierte Kaspian. „Vielleicht mit irgendeiner Verwünschung versehen?" Er assistierte mir wieder dabei, sie auf dem Boden wieder in ihre ursprüngliche Position zu drehen, dann schrie er nach Paxton.

Wir hatten nur eine Handvoll Hexen und Hexenmeister in diesem Gebiet, in erster Linie, weil das Haus von Gold und Granat nicht besonders gut mit dem von Seele und Saphir auskam; ein Haus, das für seine magischen Bewohner berüchtigt war.

Ich ließ meine Finger durch das Haar von Nyx gleiten und bemerkte, dass ihre Strähnen ganz trocken waren. „Sie fühlt sich wie der Tod persönlich an", flüsterte ich, während es mir den Hals zuschnürte. „Es ist, als wäre sie ein Mensch." Plötzlich fiel mir auf, wie klein Nyx in Wahrheit war.

Ihre Macht hatte sie so viel größer erscheinen lassen und ihren anmutigen Körper so stark, athletisch und *unbesiegbar* gemacht.

Aber nun … So wie sie jetzt aussah … schien sie sterblich. Klein. *So verdammt zerbrechlich.*

„Wie sieht es aus, Cara?", fragte Kaspian, als sie sich zu uns auf den Boden kniete.

„Alle werden es überleben", sagte sie. „Aber wir werden für mehr als ein Dutzend Familien vorübergehend Unterkünfte brauchen", fluchte Kaspian. „Das war ein gezielter Anschlag in einer Wohngegend. Aber wer steckt dahinter?"

„Ich habe niemanden gesehen", sagte Cara und klang dabei frustriert. „Ich wurde zu sehr von den Gewehrschüssen abgelenkt."

Ich runzelte die Stirn. „Gewehrschüsse?"

„Ja. Jemand hat drei Mal versucht, Nyx zu treffen. Den ersten zwei Schüssen konnte sie ausweichen. Der dritte allerdings …" Sie brach den Satz ab und ihre Lippen wurden schmal. „Ich rief ihr eine Warnung zu, aber sie war irgendwie … wie von etwas hypnotisiert. Sie hat sich verflucht noch mal aufgerichtet und den Schuss einfach eingesteckt."

Das klang so gar nicht nach Nyx. Vor kurzem hatte sie noch einen Schutzschild hochgezogen, um sich selbst zu verteidigen. *Was hast du getan?*, richtete ich meine Frage an sie.

„Was habt ihr beiden hier draußen gemacht?", fragte Kaspian. Seine Frage klang ähnlich wie meine, ging aber in eine ganz andere Richtung.

„Sie hat ihre Magie wieder gespürt und ist ihr gefolgt. Dann …" Sie deutete auf das Chaos, das um uns herum herrschte. „Dann kamen zuerst die Gewehrschüsse und danach die Explosionen. Ich weiß nicht, ob es irgendeinen Zusammenhang gegeben hat, aber das zeitliche Zusammentreffen war … sehr passend."

Ich runzelte die Stirn. „Willst du damit andeuten, dass sie das getan hat?" Die Worte klangen in meinen Ohren verteidigend, aber ich musste sie mit einem ungläubigen Unterton ausgesprochen haben. *Warum würde sie uns und sich selbst attackieren? Das ergibt absolut keinen Sinn.*

„Ich will damit nur andeuten, dass es vielleicht mit ihrer Macht zu tun hat", sagte Cara. „Aber ich glaube nicht, dass sie irgendetwas davon mit Absicht getan hat."

Ich schüttelte meinen Kopf und drückte damit aus, dass ich diesen Gedanken zurückwies. „Ihre Macht hat das nicht verursacht."

Bei Nyx ging es voll und ganz um Sternenstaub und um Wünsche. Sie zerstörte keine Leben, sondern erschuf sie. Wir hatten nur etwas mehr als eine Woche miteinander verbracht, aber so viel kannte ich von ihrem Wesen bereits.

Ich konnte den Charakter meiner Leute gut deuten.

Ich folgte meinen Instinkten.

Und in diesem Moment sagten mir diese, dass Nyx unschuldig war.

„Tut mir leid, ich bin so schnell gekommen, wie ich konnte", sagte Paxton und rang nach Luft, als er zu uns stieß. Er kniete sich neben Kaspian nieder. Als er seinen mitternächtlichen Blick über Nyx schweifen ließ, bekamen seine Gesichtszüge tiefe Furchen. „Warum heilt sie nicht?"

„Das würden wir gern wissen", sagte ihm Kaspian. „Kannst du irgendeine Magie an ihr spüren? Eine Verwünschung? Etwas, das ihre unsterblichen Fähigkeiten behindert?"

„Etwas, das sie dem Tod ähnlich macht?", fügte ich leise hinzu, während ich ihr wieder über das Haar strich.

Dieses flaue Gefühl in meinem Magen wollte nicht nachlassen. Es sagte mir, dass etwas ganz falsch lief und dass ich etwas tun musste, um es wieder ins Lot zu bringen. Ich hatte bloß keine Idee, was es war.

Paxton räusperte sich. Seine Augenbrauen zogen sich zusammen, als er Nyx näher betrachtete. „Darf ich sie berühren?"

Die Frage war an mich gerichtet und ich fand es alarmierend schwierig, darauf zu antworten. Also nickte ich nur mit einer unnatürlichen Bewegung anstatt zu sprechen.

Denn ich wollte überhaupt nicht, dass er sie berührte.

Ich wollte sie in meine Arme nehmen und von hier verschwinden. Sie in Sicherheit bringen. Sichergehen, dass ihr niemand mehr weh tat.

Was zur Hölle ist los mit mir?

Ich zwang mich dazu, ihr Haar loszulassen, und dabei

zersprang mir förmlich das Herz in der Brust. Diese mir bis jetzt fremden Anwandlungen machten mich langsam verrückt.

Vielleicht stirbt sie wirklich, dachte ich. *Und ich werde schon allein beim Gedanken an den Verlust meiner Schicksalsgefährtin verrückt.*

Aber das sollte nicht möglich sein.

Wir haben das Band zurückgewiesen.

Ich holte tief durch die Nase Luft und gebot mir selbst, mich verflucht noch mal zu beruhigen. Diese Furcht, dieses Bedürfnis, Paxton dafür zu *zermalmen*, dass er Nyx berührte und dieses Verlangen, meine Göttin zu schnappen und mit ihr zu verschwinden … Das waren alles Begierden, die nichts brachten und jetzt nicht halfen.

Aber ich wollte wirklich wissen, wer auf meine Schicksalsgefährtin geschossen hatte.

Denn ich würde das Wesen, das dafür verantwortlich war, in Stücke reißen und mich an seinem Blut ergötzen.

Ich ballte meine Hände zu Fäusten und mit jeder Sekunde wurde meine Rage größer.

Erst jetzt nahm ich das Gemetzel rund um mich wahr: die Brandspuren, die zerstörten Gebäude, das Wirrwarr der übernatürlichen Wesen, die einander bei der Heilung halfen.

Cara hatte gesagt, dass es keine Todesopfer gegeben hatte, und so wie die anderen zugerichtet worden waren, wurde klar, dass Nyx von allen hier am schwersten verletzt worden war. *Durch eine Kugel. Wie zur Hölle ist das passiert?*

„Ich kann keine Magie wahrnehmen", sagte Paxton langsam. „Zumindest keine aktive Verwünschung. Weißt du, in welche Richtung die Kugel geflogen ist?"

Meine Augenbrauen senkten sich. „Meinst du, dass die Kugel vielleicht verwünscht war?"

„Vielleicht." Es klang nicht so, als ob er sich sicher wäre. „Das möchte ich überprüfen."

Cara stieß hörbar den Atem aus. „Das kann schwierig werden. Sie ist irgendwo dort." Sie deutete auf die Häuser in der Nähe, die von der Explosion zerstört worden waren.

Paxton stand auf und nahm das Durcheinander in Augenschein. „Wir werden graben müssen." Unsere Blicke trafen sich. „In der Zwischenzeit schlage ich vor, dass du sie so behandelst, als wäre sie eine Sterbliche."

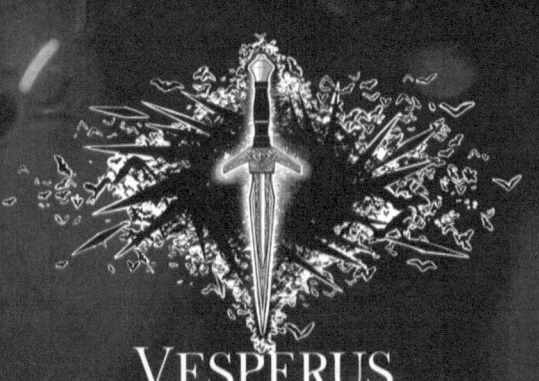

VESPERUS

Ich fluchte.

Denn ich hatte mir schon so etwas Ähnliches in Bezug auf Nyx' Zustand gedacht, aber sie *als Sterbliche zu behandeln*, hatte ich noch nicht in Erwägung gezogen.

„Sie hat viel Blut verloren", dachte ich laut. „Sie ... Sie braucht ..." Meine Augenbrauen zogen sich zusammen, als mir ein weiterer Gedanke kam. „Sie braucht Blut."

Mein Blut.

Ich biss mir – *fest* – ins Handgelenk und fügte mir selbst eine derartige Wunde zu, die bei einem Menschen tödlich gewesen wäre. Aber dies war notwendig, damit sie lange genug offen blieb, um zu *bluten*.

Statt mein Handgelenk an ihren Mund zu halten, presste ich es an ihr Brustbein, damit sich mein Blut mit ihrem vermengen konnte.

Kaum dass ich spürte, dass sich die Wunde an meinem Handgelenk ein wenig schloss, biss ich mir in das andere und wiederholte den Vorgang.

Währenddessen beobachtete Kaspian mich eingehend.

„Möchtest du, dass ich meines auch dazu gebe?", fragte er, als sich offenbar keine Veränderung ergab.

Ich knirschte mit den Zähnen. Die Vorstellung, dass sich die Essenz eines anderen Lebewesens in meiner Gefährtin befand, ließ Mordgedanken in mir hochsteigen. Aber wenn es sie retten konnte, dann sollte es so sein.

Etwas flimmerte in der Luft und zog meine Aufmerksamkeit auf sich: Es war ein Glimmen, das so hell war, dass ich es im Rauch rundum fast übersehen hätte. Ich blinzelte und war mir nicht sicher, ob es tatsächlich existierte. Aber es schimmerte und tanzte näher an mich heran.

Ist das …?

Nein.

Das musste eine Einbildung sein.

Das konnte doch nicht Nyx' Seele sein, oder?

Das … Das konnte nicht …

Nein. Ihr Herz schlug immer noch langsam.

Also … Was ist das?

„Ves?", drängte Kaspian. „Möchtest du …"

„Warte", flüsterte ich und hob meine Hand dem goldenen Schimmer, der auf mich zu tanzte, entgegen.

Ich konnte spüren, wie Kaspian mich anstarrte, weil ich mich in seinen Augen ziemlich verrückt benahm, aber etwas an diesem Energiebündel fühlte sich richtig an.

Es glitt weiterhin durch die Luft und näherte sich mir zaghaft, als ob es sich meiner bewusst wäre. Ich erinnerte mich an die Unterhaltung mit Nyx über das verschwundene Medaillon und ich fragte mich, ob diese Spur von Magie mit ihrem Wesen zu tun hatte.

Oder mit der Explosion, dachte ich und zog meine Hand wieder etwas zurück.

Cara hatte erwähnt, dass Nyx wie in Trance versetzt gewesen war.

Wegen etwas wie dem hier?, fragte ich mich.

Die Magie schien still zu stehen. Das goldene

Flimmern vibrierte allerdings, als würde es sich über mich ärgern.

Wie seltsam.

„Wo schaust du hin?", flüsterte Kaspian.

Ich schluckte. „Ich weiß es nicht." Es war möglich, dass sich alles nur in meinem Kopf abspielte. Oder … Oder es konnte etwas sein, das Nyx half.

Oder eine Falle.

Ich kniff die Augen zusammen, konzentrierte mich auf das Energiebündel und hob wieder meine Hand. „Beobachte mich", trug ich Kaspian auf und behielt den fremdartigen Zauber im Auge. „Und schlag mich bewusstlos, sobald ich irgendetwas Verrücktes tue."

„Wie zum Beispiel, deinen Arm in der Luft auszustrecken und dabei auf etwas zu starren, das du dir nur einbildest?", murmelte Kaspian.

Ich ignorierte seinen Kommentar und lockte stattdessen die Energie näher heran. „Willst du mich? Dann komm her", forderte ich sie heraus.

Die Substanz schien aufzuleuchten, als wollte sie ihre Brust herausstrecken.

Dann sprang sie direkt in meine Handfläche und krümelte sich eng zusammen, zu einem …

Häufchen Sternenstaub.

„Heilige Scheiße!", hauchte Kaspian.

„Nein!", widersprach ich. „Heilige Göttin."

„Also kannst du dich jetzt nicht nur an einen anderen Ort wünschen, sondern auf einmal auch Feenstaub produzieren?", sagte Kaspian und klang beeindruckt.

„Sternenstaub", korrigierte ich ihn, während ich mit meinen Daumen über die weiche Substanz strich und mein Blick zu Nyx zurück wanderte.

Sie hatte mir ausreichend erklärt, was ich tun musste, damit es funktionierte: Ich musste mir etwas wünschen.

O ihr Götter, ich fühle mich so, als wäre ich fünf Jahre alt und hätte eine Sternschnuppe gesehen, dachte ich und schüttelte verwundert meinen Kopf.

Diese süße Kreatur von einer Göttin nahm jede Facette meines Lebens auseinander. Und obwohl ich mitten im Chaos saß, konnte ich ihr keine Schuld an irgendetwas geben.

Na schön, Göttin, richtete ich meine Gedanken an sie und hielt dabei meine Hand über ihre Wunde. Sie blutete immer noch. *Ich wünsche mir, dass du heilst.* Ich streute den Sternenstaub über ihrem Brustbein aus und sah zu, wie er auf sie rieselte. Jedes Körnchen löste sich auf, wenn es sie berührte.

Kaspian pfiff und gab mir so zu verstehen, dass ich seinem Blick folgen sollte – und der war auf Nyx' Arm gerichtet.

Ihre Fingerspitzen hatten sich sofort golden verfärbt. Mir blieb der Mund offen, als sich die Farbe Zentimeter für Zentimeter ausbreitete, über ihre Hand und ihr Handgelenk wanderte und sich langsam auf ihrem Arm fortsetzte. Sie vertrieb den aschigen Ton ihrer Haut und verlieh ihr wieder ein gesundes Strahlen.

„Wahrhaftig, eine heilige Göttin", flüsterte Kaspian.

Es hatte sich herausgestellt, dass Paxton unrecht gehabt hatte: Ich musste Nyx nicht wie eine Sterbliche behandeln. Ich musste mich daran erinnern, dass sie, verdammt nochmal, eine Göttin war.

Ein Blutopfer, dachte ich, während ich auf meine glatten Handgelenke schaute, bevor ich zu ihrem Brustbein sah. Ihre Wunde hatte sich zwar noch nicht geschlossen, aber sie blutete nicht mehr.

Sie heilt endlich.

Ich presste meine Stirn auf ihre und stieß einen Seufzer der Erleichterung aus. Das hätte ich gar nicht tun wollen, aber es fühlte sich so an, als wäre mir eine Last von den Schultern genommen worden.

Und von meiner Seele, dachte ich. Ich sog ihren Duft ein und bemerkte einen Hauch von Orange, der auf ihren Lippen lag.

Zu jedem anderen Zeitpunkt hätte ich gelächelt. Aber jetzt konnte ich das nicht. Ich war zu erschöpft, um mich normal zu verhalten, und zu erschlagen, als dass ich irgendetwas anderes tun konnte, als sie zu halten.

„Ich muss sie zurück in mein Quartier bringen", sagte ich mit geschlossenen Augen zu Kaspian. „Kannst du dich um alles hier kümmern?"

Er antwortete nicht, weshalb ich meine Stirn runzelte.

„Kaspian?", fragte ich. Ich zwang mich, mich aufzusetzen.

Ich wollte ihn anschauen, aber … er war nicht mehr da.

Denn Nyx und ich befanden uns nicht mehr auf der Straße, sondern auf dem Boden meines Badezimmers.

„Habe ich …?" Ich sprach nicht weiter, sondern blickte hinunter auf die schlafende Göttin. „Oder hast du?" Die Worte kamen mir langsam über die Lippen und klangen selbst für mich müde.

Seit einer Woche hatte ich kaum geschlafen.

Und nun das … Ich war am Ende.

Aber ich konnte Nyx in diesem Zustand nicht allein lassen. Ihre Haut begann sich langsam zu erholen, aber es war noch überall Blut zu sehen – von uns beiden: auf ihrer Brust und auf ihrem Kleid.

Ihre Haut gewann langsam aber sicher ihre Farbe zurück.

Sie musste gebadet werden. Gepflegt. Wieder zum Leben erweckt werden.

Ich schluckte und berührte erneut mit meiner Stirn die

ihre. „Ich weiß nicht, was das war, aber es wäre besser, wenn das nicht noch einmal passieren würde."

Zumindest wusste ich, wie ich mich ohne sie fühlen würde.

Sogar nach der aufrechten Zurückweisung war ich immer noch an sie gebunden.

Kommt es davon, dass wir voneinander trinken?, fragte ich mich und konnte keine andere Erklärung dafür finden. *So funktionieren Schicksalsverbindungen nicht.*

Aber vielleicht … Vielleicht funktionierten sie für sie so?

Allerdings gab es in ihrem Reich, wie sie gesagt hatte, so etwas wie Schicksalsgefährten gar nicht.

Also, was ist das dann?, wollte ich sie fragen. *Warum bin ich mit dir so verbunden?*

Es ging weit über fleischliche Lust hinaus. Ich hatte ihr Sterben in meinem verfluchten Herzen gespürt, als wäre ich derjenige gewesen, der die Kugel in die Brust bekommen hätte. Irgendeine Art von Schicksal hatte uns zusammengebracht. Etwas jenseits von allem, was ich nicht einmal ansatzweise verstehen konnte. Etwas, das jede Logik meiner Welt überstieg – und vielleicht auch die von ihrer.

Was auch immer die Gründe dafür waren, jetzt waren wir zusammen.

Was bedeutete, dass wir einen Weg in die Zukunft finden mussten; einen, den wir gemeinsam und nicht als getrennte Individuen zurücklegen mussten.

Denn es schien ziemlich eindeutig zu sein, dass wir das nicht einfach zurückweisen konnten.

Der einzige Ausweg ist der Tod.

Und wenn man nach der heutigen Demonstration urteilen wollte, dann wussten wir nun, dass nur der *Tod* für uns beide in Frage kam.

Ich strich mir mit meiner Hand mehrfach über das Gesicht und atmete hörbar aus. „In Ordnung." Ich konnte mir den ganzen Nachmittag und den Abend lang Gedanken machen, aber das würde nichts lösen.

Ich konnte ihr genau jetzt und hier helfen, indem ich sicher stellte, dass sie es warm und bequem hatte, wenn sie aufwachte.

Ich stand auf und drehte das Badewasser an. Ich stellte die richtige Temperatur ein und ließ die Wanne mit Wasser volllaufen. Dann zog ich meine schmutzigen, nassen Kleider aus und warf sie in die Ecke, damit sie später verbrannt werden konnten. Sie waren nicht allzu voller Blut, da ich meine Ärmel bis zu meinen Ellbogen hochgerollt hatte, aber sie rochen nach Tod.

Nach dem Tod von Nyx.

Und Rauch.

Und Gemetzel.

Und Zerstörung.

Genau wie ihr Kleid, das ich ihr – ebenso wie ihre Sandalen – vorsichtig auszog.

Ich gab alles auf denselben Haufen, der später entsorgt werden würde.

Dann untersuchte ich Nyx' Brustbein und ihren Rücken und entdeckte die neuen Hautschichten, die bereits ihre vorherige Verletzung bedeckten. Ihre Bewusstlosigkeit sagte mir, dass sie in ihrem Inneren immer noch heilen musste, aber von außen betrachtet schien sie bereits wieder gesund zu sein.

Wenn man das Blut, das auf ihrer Haut stockte, nicht mitrechnete.

Ich überlegte, ob ich sie gleich in die Wanne legen sollte, aber es war erst wenig Wasser eingelassen, daher beschloss ich, sie zuerst in die Dusche zu verfrachten. Sonst würden wir bloß in unserem Schmutz sitzen.

Ich legte sie auf die Bank und drehte diverse Duschköpfe auf. Dann zog ich einen beweglichen Duschkopf zu mir und begann sie abzuwaschen. Davon wachte sie nicht auf, aber ihre Haut nahm unter dem warmen Strahl eine rosige Tönung an.

Das Blut und der Schmutz sammelten sich im Ausguss und wurden vom Seifenschaum überdeckt, als ich uns beide sauber machte.

Als ich fertig war, war auch das Bad schon voll eingelassen. Der Wasserhahn hatte sich automatisch geschlossen, als der Wasserspiegel die passende Höhe erreicht hatte.

Ich gab etwas Zitronenduft ins Wasser und ging dann zurück, um Nyx aus der Dusche zu holen.

Ich traf sie auf der Bank sitzend an. Sie beobachtete mich mit einem neugierigen Gesichtsausdruck.

Ich erstarrte. Ihre goldenen Iriden nahmen mir den Atem.

Denn sie starrte mich so an, als wäre ich eine *Beute*.

„Du bist nackt", sagte sie und richtete ihre verführerischen Augen auf meine unteren Regionen. „Und *nass*." Sie neigte ihren Kopf und ließ ihren Blick auf meinen Lenden verweilen.

Die begannen, auf ihren prüfenden Blick zu reagieren.

Denn sie war ebenso nackt.

Und sah sehr hungrig aus.

Sie leckte sich über die Lippen. „Hmm, *das* war das Warten wert."

Ich hob meine Augenbrauen. „Du hättest nicht fast sterben müssen, damit du mich nackt zu Gesicht bekommst, Nyx." Ich hätte gerne vor ihr aufreizend meine Kleider ausgezogen und auch alles andere getan, was sie begehrte, wenn es nur bedeutete, sie nie mehr verletzt oder sterbend auf der Straße liegen zu sehen.

„Sterben?", wiederholte sie. Sie richtete ihren Blick wieder weiter nach oben und sah mir in die Augen. „Was meinst du damit?" Sie blickte sich um. „Ist es …? Kann ich mich deshalb nicht daran erinnern, wie oder wann wir hierher gekommen sind?" Etwas von ihrem Hunger schien sich zu verflüchtigen, als sie sich noch etwas aufrechter hinsetzte.

Bei dieser Bewegung wimmerte sie auf und griff sich mit der Hand auf das Brustbein.

„Oh", hauchte sie und massierte sich an dieser Stelle. „Ich kann mich nicht …" Sie runzelte die Stirn. „Ich kann mich an gar nichts erinnern."

„Was ist das Letzte, woran du dich erinnern kannst?", fragte ich sie und ging langsam zu ihr in die Dusche.

Sie schüttelte ihren Kopf. „Alles … Alles fühlt sich wie im Nebels an. Aber ich denke …" Sie berührte ihre Lippen. „War da etwas mit Orangensaft?"

Ich kniete mich vor sie hin, legte meine Hände auf ihre Beine und nickte. „Ich habe heute Morgen deinen Orangensaft *aufgepeppt*. Ich wollte sichergehen, dass du etwas zu dir nimmst." Denn sie ließ immer wieder mal eine Mahlzeit ausfallen. Und auch wenn ich verstand, dass sie kein Essen *brauchte*, so wollte mein Instinkt, dass sie trotzdem etwas aß.

Sie hob ihre Hände, um sie auf meine zu legen. Dabei spürte ich, dass ihre Fingerspitzen kälter waren als sonst. Aber die Farbe ihrer Haut sah normal aus. Ihre goldene Nuance war gesund und strahlte.

„Wie fühlst du dich?", fragte ich sie zärtlich.

Sie schüttelte wieder ihren Kopf. „Durcheinander." Sie erforschte mit ihren Augen mein Gesicht. „Was ist passiert?"

„Cara hat gesagt, dass du gerade hinter deiner Magie

her warst, als dich irgendjemand angeschossen hat." Ich schaute auf ihr Brustbein. „Da."

„Womit angeschossen?", fragte sie. „Etwas Großem?"

„Nein. Mit einem Projektil."

Sie schwieg. „Ein Projektil? Also … Nur eines?"

„Ja."

„Aber das … Das hätte nicht …"

„Das hätte dich nicht beinahe töten sollen?", riet ich, indem ich den Satz für sie beendete. „Ja, das dachte ich auch. Aber ich musste Sternenstaub verwenden, um dich zurückzubringen."

„Sternenstaub?", wiederholte sie und verzog fragend die Nase. „Aber wie hast du …?" Sie sprach wieder nicht zu Ende, sondern begann zu zittern. Ihre Haut kühlte sich an meiner sogar noch mehr ab.

Ihr Körper befand sich eindeutig im Heilungsprozess und brauchte dafür Energie.

„Ich denke, dass deine Magie mir geholfen hat", gab ich zu und runzelte die Stirn. „Sie ist … Sie ist irgendwie erschienen und hat mir ein Häufchen Sternenstaub in die Hand gegeben." Ich drückte ihre Schenkel zusammen. „Also habe ich mir gewünscht, dass du heilst."

Sie blinzelte mich erstaunt an. „Du musstest dir wünschen, dass ich heile?"

„Ja. Du warst dabei, zu verbluten."

„Das ist unmöglich."

„Dem würde ich normalerweise zustimmen, aber das ist tatsächlich passiert", erzählte ich ihr und stand wieder auf. „Führen wir unsere Unterhaltung in der Badewanne weiter. Das Wasser wird dir helfen, warm zu bleiben." Inzwischen fühlten sich ihre Fingerspitzen schon wie Eiszapfen an.

Statt ihr beim Aufstehen zu helfen, beugte ich mich zu ihr hinunter und hob sie von der Bank auf. Sie beschwerte sich nicht, sondern starrte mich nur an, als ich sie über die Stufen hinauftrug, die zur Wanne mit warmem Wasser führten. Die Düsen hatten sich eingeschaltet, als das Wasser stoppte.

Nyx fühlte sich in meinen Armen immer noch unendlich leicht an und mir fiel auf, wie verflucht zerbrechlich sie nun wirkte.

Ich hatte zuvor weder auf ihre Größe noch auf ihre Statur geachtet. Ja, sie war immer schon kleiner gewesen als ich; aber wie viel kleiner, das bemerkte ich erst jetzt.

Dennoch hegte ich keinen Zweifel daran, dass sie meiner Macht ebenbürtig war.

Zumindest solange sie nicht angeschossen und schwer verletzt war.

„Paxton glaubt, dass es vielleicht eine verzauberte Kugel war", sagte ich zu ihr, als ich mich auf einer der Bänke niederließ, sodass sie auf meinem Schoß zu sitzen kam. „Sie suchen nach den Spuren, damit sie das bestätigen können."

„Eine verzauberte Kugel", wiederholte sie und blickte mich immer noch forschend an. „Eine, die mich davon abgehalten hat zu heilen?"

Ich nickte. „Das ist im Moment unser dringlichster Verdacht."

„Und wer ... Wer ist Paxton?"

„Kaspians Assistent", erklärte ich. „Er ist ein Hexenmeister."

„Verstehe." Sie zog ihre Augenbrauen etwas zusammen und wandte ihren Blick von meinem Gesicht ab, um eine Minute lang auf die Wasseroberfläche zu starren. Dann schüttelte sie den Kopf. „Ich kann mich an gar nichts erinnern."

„Du bist immer noch im Heilungsprozess, Nyx", murmelte ich und fuhr mit meiner Hand ihren

Oberschenkel entlang. „Lass dir Zeit. Deine Erinnerung wird später wiederkommen."

Sie schluckte und ihr Kopf bewegte sich dabei leicht hin und her. „Aber meine Heilung geht nur sehr langsam vor sich."

„Weil dich irgendetwas umbringen wollte", erinnerte ich sie.

„Ja, das verstehe ich. Aber sogar mit dem Sternenstaub ..." Sie sah mir wieder in die Augen. „Du hast den Wunsch ausgesprochen, dass ich heile, richtig?"

„Ja, das habe ich."

„Dann sollte ich bereits geheilt sein", antwortete sie. „Das ... So funktioniert das eigentlich. Ein Wunsch sollte nicht stückweise eingelöst werden. Normalerweise geschieht das unverzüglich."

Ich runzelte die Stirn. „Habe ich etwas falsch gemacht?" *Oder vielleicht* ... „Vielleicht kommt es davon, dass ich statt dir den Sternenstaub verwendet habe?"

„Nein, das glaube ich nicht." Sie dachte einen Moment lang über diese Möglichkeit nach. Dann hob sie eine Hand und zeigte mir, dass die aschgraue Farbe an ihren Fingerspitzen zurückkam. „I-Ich ... Ich denke, dass ich mehr Energie benötige. Vielleicht vom Mond?"

Ich schluckte und schüttelte meinen Kopf. „E-Er ... Er ist noch nicht aufgegangen." Es war erst Mittag in Island und die Sonne stand immer noch am Himmel.

„Dann brauche ich etwas ... anderes."

„Blut?", bot ich ihr an.

„Vielleicht", flüsterte sie und ließ ihre Hand wieder ins Wasser gleiten. „Ich fühle mich noch nicht ... *wiederhergestellt.*"

Dieses Gefühl verstand ich, denn ich spürte es auch. Als ob sich diese Hohlheit in meiner Brust immer noch nicht gefüllt hätte.

Aufgrund unserer fehlenden Verbindung.

Nur dass sie uns nicht fehlte. Soviel hatten die vergangenen paar Stunden bewiesen.

„Vielleicht muss ich schlafen", fügte sie gähnend hinzu, während sich ihr Körper schon in meinem Schoß zusammenrollte, sodass sie ihren Kopf auf meine Schulter legen konnte.

Was sie auf einen anderen Gedanken brachte.

„Oder vielleicht …" Sie drehte ihren Kopf so, dass ihre Lippen nahe an meinem Hals waren. „Vielleicht brauche ich dich."

NYX

ALLES FÜHLTE SICH SO SCHWER AN. *ICH FÜHLTE MICH schwach.* Geradezu lethargisch.

Bis auf … bis auf dieses verbotene Begehren in mir. Da war dieses Verlangen, Vesperus zu berühren. Ihn wahrhaftig zu schmecken. Ihn zu *umarmen.*

Ich war aufgewacht und hatte auf diesen schönen, festen Hintern und diese langen, muskulösen Beine geblickt. Dann war er aufgestanden und hatte mir seinen wohlgeformten Rücken und seinen Hinterkopf mit diesem dicken, dunklen Haar präsentiert.

Es hatte sich wie ein Traum angefühlt; wie ein Traum, in dem ich mich verlieren und niemals daraus aufwachen wollte.

Ich fuhr mit meiner Zunge über seinen Nacken und jagte einem flüchtigen Tropfen hinterher. Bei dem Geschmack seiner Haut stöhnte ich auf.

Eine pure Delikatesse.

Ich gierte nach Vesperus. So hungrig, wie ich es noch nie zuvor gewesen war. Ich *sehnte mich* nach einem

Stückchen von ihm. Nach etwas, das mich erdete, das mich komplett werden ließ.

Mich in einen Schatten zu hüllen, war keine Option und meine Seele war zu schwach, um mich an einen dunkleren Ort dieser Welt zu versetzen.

Jetzt brauchte ich Energie, aber in einer anderen Form.

Und mein Geist sagte mir, dass ich sie von Vesperus beziehen sollte. Dass ich sie aufsaugen sollte. Mich mit ihm *vereinigen* sollte.

Er hatte es geschafft, etwas von meinem Sternenstaub herbeizurufen. Das hatte etwas zu bedeuten.

Dann hatte er ihn dazu benutzt, mich wieder zurückzuholen. Und er hatte sich gewünscht, dass ich *heilen* sollte.

Es hatte funktioniert, allerdings nur an der Oberfläche. Denn ein bestimmter Teil von mir verzehrte sich immer noch nach ihm.

„Ich brauche dich", wiederholte ich nun mit mehr Gewissheit. „Ich … Ich kann diesen Drang in mir spüren, mit dir zu verschmelzen. Da ist diese intensive Sehnsucht, die ich nicht erklären kann. Ich …"

„… fühle sie", beendete er den Satz für mich. „Ich weiß. Ich fühle sie auch."

„Das tust du?", flüsterte ich. Mein Mund war an seinem Nacken.

„Ich habe gespürt, wie du gestorben bist, Nyx." Seine Finger fuhren durch mein Haar, als er meinen Hinterkopf in seinen Händen wiegte. „Es fühlte sich so an, als würde ich mit dir gemeinsam sterben."

Ich zog meinen Kopf weg, um ihm in die Augen zu blicken. „Aber wir haben die Verbindung zurückgewiesen."

„Das haben wir", stimmte er zu. Dabei flackerten seine dunklen Iriden heftig. Das kam von *meiner* Macht. Denn die

Farbe seiner Iriden hatte sich wieder so verändert, dass seine Augen ellipsenartig erschienen.

So schön.

So hinreißend.

So … *einladend.*

„Wir sollten überhaupt nichts füreinander empfinden", fügte er hinzu, „und spüren dennoch eine sehr starke Verbindung."

„Das tun wir", bekräftigte ich und spürte den rauschenden Puls dieser Verbindung in meinem Brustkorb. „Liegt es an dem Blut?"

„Ich weiß es nicht. Du hast gesagt, dass es in deinem Reich keine Schicksalsgefährten gibt."

„Nein, die gibt es nicht." Aber das bedeutete nicht, dass meine Magie sich nicht dahingehend verändern konnte, dass sie eine Akzeptanz für einen möglichen Gefährten entwickeln konnte.

Ich war zum Erschaffen da. Alles um mich und um meine Macht veränderte sich permanent, um mehr Leben hervorzubringen. Mehr Erfahrungen. Mehr Zauber.

Vielleicht war ich mehr als nur einem Zuhause nachgejagt. Vielleicht war ich auf der Suche nach einem neuen Lebenszweck.

Nach einem Gefährten.

Das konnte der Grund dafür sein, warum mein Medaillon diese Realität gewählt hatte: um mich mit dem idealen Partner zusammenzubringen.

Was bedeutete, dass unsere Zurückweisung nicht ausgereicht hatte, um unsere Verbindung abzubrechen. Denn ich war ein Wesen, das weit über die Magie *hinaus* existierte.

Ich war die Quelle davon.

„Meine Macht wurde auf dich übertragen", flüsterte ich und blickte Vesperus forschend ins Gesicht. „Mein Blut bringt dich dazu, dass du dich weiter entwickelst." Das war zuvor noch nie passiert, denn diejenigen, die mich in der Vergangenheit gebissen hatten, hatten nicht einen einzigen Tropfen meiner Essenz vertragen können.

Vesperus hingegen hatte sich an mir gelabt, als wäre ich ein erlesener Wein.

Und ich hatte dasselbe mit ihm getan.

„Wir sind Gefährten", hauchte ich. „Wir sind durch etwas verbunden, das jenseits der Magie deiner Welt liegt."

Er schluckte. „Ich denke, dass du recht haben könntest."

„Deshalb lechze ich nach mehr", sagte ich zu ihm und legte meine Hand um seinen Nacken. „Du bist meine andere Hälfte. Und *ich brauche dich.*"

Die fahlen Farbtöne an meinen Fingerspitzen hatten sich bis zu meinen Handgelenken ausgebreitet, wodurch mein goldener Schimmer komplett verschwunden war. Das bedeutete, dass meine Energie vollkommen ausgeronnen war.

So etwas hatte ich noch nie erlebt – weder dieses Verlangen nach Heilung noch diese graue Verfärbung.

Normalerweise wurde meine Haut den Tag über etwas blasser und nahm am Abend wieder eine kräftigere Farbe an, da ich meine Seele mit dem Sternenstaub des nächtlichen Himmels auftankte.

Aber diese aschfarbene Verfärbung …

Vesperus drückte seine Lippen auf meine und brachte so meine Gedanken zum Schweigen. Dann rückte er sich mit einem kräftigen Streich seiner Zunge wieder in den Mittelpunkt meiner Aufmerksamkeit.

Ich stöhnte und meine Nägel gruben sich in sein Genick, da ich nach mehr verlangte.

Er antwortete, indem er seine Reißzähne in meine Unterlippe schlug. Dann leckte er den Schmerz mit seiner

Zunge weg und drängte mich dazu, ihm den Gefallen zu erwidern.

Das war eine gewalttätige Herangehensweise. Und beinahe barbarischen Ursprungs.

Dennoch war es genau das, was ich brauchte: Eine Erinnerung daran, dass ich weder gebrochen noch verloren war, sondern in jeder Hinsicht auf einer Stufe mit ihm.

Ich bekam nur ein paar Schrammen ab.

Und er bot mir das, was ich brauchte, um aufzublühen. Um zu überleben. Um *wieder zum Leben* erweckt zu werden.

Aber ich wollte kein Blut von seinem Mund. Ich wollte es von seinem Puls. *Von seinem Hals.* Einen wahren Geschmack von etwas, dem ich noch nicht gefrönt hatte.

Ich warnte ihn nicht.

Ich *biss* ihn einfach.

Als Antwort auf meine scharfe Bewegung und meine ungezähmte Entscheidung schloss er seinen Griff in meinem Haar fester und zischte. Aber er versuchte nicht, mich wegzuziehen.

Nein.

Er zog mich *näher* an sich heran. Und zwang mich zu trinken. Er forderte mich auf, so viel zu schlucken, wie ich nur konnte, genauso wie er versprochen hatte, es bei mir zu tun.

Nur dass er auf einen anderen Körperteil angespielt hatte, als er diese Aussage über mein Durchhaltevermögen gemacht hatte.

Dieser Teil von ihm befand sich unter mir. Er war hart. Bereit. Pulsierte vor Verlangen.

Es passte zum wilden Rasen meines Herzens und zur intensiven Sehnsucht in meinem Inneren, die befriedigt werden wollte.

Mein Verlangen war wahrlich animalisch.

Ein Begehren, das aus einer unersättlichen Bereitschaft

geboren wurde. Welche Magie auch immer zwischen uns beiden existieren mochte, so nahm sie eine neue Form an. Sie *erschuf* eine neue Art der Begierde und machte die Vereinigung unserer Seelen unabdingbar.

Sein Blut war nicht genug.

Sein Kuss war nicht genug.

Seine *Berührung* war nicht genug.

Ich packte seine Schultern und schlug ein Bein über seine Lenden. Dabei bemerkte ich, wie fahl meine Haut geworden war und wie sich die aschgraue Farbe langsam über meinen Ellbogen nach oben ausbreitete. *Meine Energie sickerte aus mir heraus. Und ließ mich dem bleichsten Mond ähnlich sehen. Einer sternlosen Nacht. Einem Leichnam ohne Lebensgeist.*

Ich zitterte. Mein totenähnliches Aussehen erschütterte meinen Verstand und riss mich einen Moment lang aus der Stimmung.

Aber dann erinnerte mich Vesperus, indem er sich zu mir nach oben bog, daran, was unter mir lag; auf *wen* ich mich gerade gesetzt hatte und *was* er mir anzubieten hatte.

Energie. Huldigung. Eine Verbindung, die durch falsche Zurückweisungen brachlag.

Für ein Vorspiel oder eine Einstimmung unserer Körper auf unsere Verschmelzung gab es keine Zeit.

Ich brauchte ihn. Und ich brauchte ihn *sofort*.

„Mach mich ganz", flehte ich ihn an – meine Lippen lagen wieder an den seinen. „Bitte, Vesperus."

Er packte meinen Hals und sah mich mit seinen stechenden Augen an. „Schling deine Beine um mich, Göttin."

Ich gehorchte. Meine Gliedmaßen zitterten vor Schwäche. Meine Seele schrie nach dem Mond, der Nacht oder *irgendetwas*, das mich erden konnte.

Und dann spürte ich *ihn* an meiner schmerzenden

Hitze. Seine intime Berührung schickte einen Stromstoß durch meinen Geist und belebte mein geschundenes Herz.

Die Eklipsen in seinen Iriden pulsierten und hypnotisierten mich. Sie verführten mich und verankerten mich in dieser Realität, als er nach oben stieß und uns auf die Weise verband, auf der wir schon immer hätten vereint sein sollen.

Das war es, was wir schon von unserem ersten Zusammentreffen an hätten tun sollen.

Das war die Zukunft, die wir immer schon hätten willkommen heißen sollen.

Unsere Existenz überstieg die Regeln und die Erwartungen einer typischen Umwerbung. Wir waren zwei sterbende Sterne, die dazu bestimmt waren, aufeinanderzuprallen. Unsere Kollision war vom Schicksal bestimmt. Wir waren zwillingshafte Mächte, die bei der Erforschung ihrer Reiche unweigerlich aufeinander stoßen mussten.

Nun spürte ich es: Die Wahrhaftigkeit unseres Schicksals pochte durch mein gesamtes Wesen, als ich ihn in mir aufnahm.

„Verdammt", hauchte er, während seine Lippen an meinem Nacken und seine Handfläche immer noch an meinem Hals ruhten. „Ich fühle mich …"

„… lebendig", vervollständigte ich den Satz für ihn, während sich mein Körper erst auf seine Größe einstellen musste. „Elektrisiert. *Vollkommen.*" Ich begann meinen Leib gegen ihn zu stoßen und wollte mich so an jedem Zentimeter von ihm weiden, wollte jeden Moment dieser Vereinigung ausleben und *ihn* genießen.

Mein Gefährte, sinnierte ich. *Er ist mein Gefährte.*

Seine Handfläche wanderte zu meinem Nacken und seine andere Hand packte meine gegenüberliegende Hüfte, während er mich so bewegte, wie er mich haben wollte.

Das Wasser um uns herum spürte ich beinahe nicht. Ich kümmerte mich nicht darum, dass es sich mit uns bewegte, dass es unsere Vereinigung umfloss und uns warm hielt. Denn ich war zu sehr darin verloren, Vesperus zu spüren, seine Macht und jede Aufwärtsbewegung seiner Hüften.

Seine Augen.

Sie loderten jetzt. Die Eklipsen waren so hell und lebhaft, dass ich spürte, wie sie mein Sein versengten, wie sie mich als Ganzes in Besitz nahmen und meine Seele als sein Eigentum brandmarkten.

„Küss mich", flehte ich. „Küss mich, Vesperus."

Seine Lippen fanden sofort die meinen und seine Hand wanderte von meiner Hüfte an meine Lendenwirbel, um mich noch fester an sich zu ziehen. Denn er wollte sichergehen, dass sich unsere Körper überall nah waren.

Bevor er mit seiner Zunge die Kontrolle über meinen Mund übernahm.

Ich gab mich ihm voll und ganz hin und vertraute mich ihm bis in alle Ewigkeit an. Ich ließ die letzten Hemmungen, die mich noch zurückhielten, fallen und gab mich seiner männlichen Anmut hin.

Er war die Stärke in Person und sein Körper war ein Geschenk des Himmels. Er füllte mich so komplett und so *herrlich* aus, dass ich kaum atmen konnte.

Aber das machte nichts, weil sein Mund da war, um mich zu führen. Seine Berührung verlieh mir Erdung. Und seine Seele gab mir Energie.

Ich konnte spüren, wie unsere Vereinigung mein Innerstes mit jeder Bewegung unserer Hüften wiederbelebte.

Hier ging es nicht nur um Lust. Es ging darum, ineinander zu fließen. Zu verschmelzen. Eins mit dem anderen zu werden.

Ich klammerte mich an ihn und Tränen traten aus meinen Augen, als der Mond meine Seele küsste und die Verbindung mit diesem Mann, mit diesem Gefährten und dieser *Zukunft* guthieß. Ich wusste nicht, wie ich morgen oder sogar schon später am heutigen Tag darüber denken würde.

Aber in diesem Moment war es richtig.

„Nyx." Er knabberte an meiner Unterlippe und fuhr mit seiner Hand meine Wirbelsäule entlang. „Ich möchte spüren, wie du kommst, während ich tief in dir bin. Ich möchte erleben, wie es sich anfühlt, wenn sich deine süße Pussy um mich herum zusammenzieht, während du meinen Namen rufst."

Ich erzitterte und seine Worte brachten mein Blut zum Kochen. Ich war unserer gemeinsamen Energie hinterhergejagt, hatte in unserer Verbindung geschwelgt und er erinnerte mich daran, dass es hierbei um so viel mehr ging als das.

Es ging um *uns*.

Um unseren animalischen Trieb.

Unsere wilde Umarmung.

Meine Begierde, ihn zu *kosten*. Zu wissen, wie er aussah, wenn er den Höhepunkt erreichte. Es ging darum, sein Keuchen und Stöhnen zu erleben, und herauszufinden, wie ich ihn dazu animieren konnte, mehr von diesen Lauten zu produzieren.

Ja, ja.

Ich verlangsamte meinen Rhythmus und ging zu langen, gleichförmigen Bewegungen über, mit denen ich meine Klitoris an ihm reiben konnte. Energiegeladene Wellen prickelten in der Folge meine Wirbelsäule hinauf und mein Bauch zog sich mit jeder … sinnlichen … Rotation … unserer Hüften … zusammen.

Gott, er stieß so tief in mich hinein.

So *vollständig*.

Zuvor hatte ich weder seine Länge noch seine Dicke bemerkt, da ich zu sehr in meinem Drang nach *Vereinigung* gefangen gewesen war. Ich hätte zulassen sollen, dass er mich darauf vorbereitete.

Oh, aber es fühlte sich so, so *gut* an. Denn ich konnte wahrhaftig jeden Zentimeter von ihm spüren, der standfest und gediegen und *perfekt* war.

Ich keuchte in seinen Mund und hatte seinen Namen auf meiner Zunge.

„Genau so, meine Schönste", flüsterte er und sein Kosewort ließ mein Herz schmelzen. „Zeig es mir, wie es sich in dir anfühlt, wenn du kommst."

Himmel, was würden wir noch miteinander anstellen? Wir hatten uns im seichten Teil des Pools langsam aneinander angenähert, nur um jetzt direkt heftig zur Sache zu kommen.

Und ich konnte mir kein besseres Vorgehen vorstellen.

Denn ich war nun voll und ganz dabei: Ich zelebrierte diesen Neuanfang und ergab mich unserem Schicksal.

Mit diesem Bewusstsein erhob sich mein Herz. Meine Schenkel klammerten sich um ihn und meine inneren Wände zogen sich zusammen. *So eng zusammen. So, so, so fest.*

„Verdammt, Nyx", keuchte er und spießte mich mit einem heftigen Ruck auf, der mich direkt zum Höhepunkt trieb. Meiner Kehle entfuhr ein erschrockener Laut.

Ich hatte keine Ahnung, wie er gewusst hatte, dass ich … drauf und dran war … zu *fliegen*.

Aber es … machte mir nichts aus.

Denn dieser Stoß hatte einen Punkt in mir getroffen, den kaum ein anderer je gefunden hatte, und der mich in einer Welle der Ekstase versinken ließ.

In einer, die nicht aufhörte zu rollen.

Die rollte.

Und rollte.

Sie betäubte mein Wesen, schickte mir ein Nachbeben, ließ mich aufschreien und vor euphorischen Empfindungen zusammenkrümmen.

Die Welt erschien gedämpft und mir wurde schwarz vor Augen, als mich das Beben von Kopf bis Fuß überwältigte.

Und dann brachte mich Vesperus' Zunge wieder zurück zu ihm. Sein Mund versorgte mich mit dem Sauerstoff, den ich in diesem Meer der dunklen Freuden brauchte.

Sein Arm agierte wie ein Tragegurt um meinen Rücken und er hatte seine andere Hand an meinem Nacken, als er mich aus dem Wasser hob. Ich klammerte mich mit meinen Beinen an ihm fest, während wir uns bewegten und immer noch ineinander verstrickt waren.

Er war nicht in mir explodiert, aber sein Bedürfnis dazu lag bereits brennend auf seiner Zunge und ließ mich nach Luft schnappen, als er mich auf die Matratze warf.

Es gab keine Handtücher. Keine Zeit, um sich abzutrocknen. Nur Vesperus, der sich über mir aufbaute und verlangte, dass ich ihn nicht losließ.

Als sich die Nägel meiner Hand wieder in seinen Nacken gruben, meine andere Hand an seinen Lendenwirbeln lag und ich seine Macht genoss, gab er schließlich seinem Verlangen nach, mich zu ficken.

Es war, als wäre das Biest in ihm von der Kette gelassen worden. Seine Vampir-Natur übernahm die Kontrolle und wir vögelten wie besessen.

Ich schrie auf, als ich erneut kam. Sein Können und seine Stellung ließen mich mit einigen schnellen Pumpbewegungen seiner Hüften alles um mich herum vergessen.

Nur dass er diesmal mit mir kam. Sein Stöhnen und

seine entrückten Laute, die meine Brust zum Vibrieren brachten, machten mich süchtig. Diese Geräusche wollte ich bis in alle Ewigkeit jeden Tag von ihm hören.

Mehrere Male pro Tag, dachte ich. *Jede Stunde. Ja, ja.*

Wieder küsste er mich. Unser vermischtes Blut hatte einen speziellen Geschmack auf unseren Zungen hinterlassen und machte es zu einem Dessert, das ich bis zum Ende meines Lebens genießen wollte.

Nicht schokoladig. Nicht wirklich definierbar. Es schmeckte ... nach *Ambrosia*.

Unsere Atemzüge wurden gleichzeitig ruhiger, als wir schließlich langsam von unseren Höhen herunterkamen. Unsere Herzen schlugen im selben Rhythmus in unserer Brust, als er mit diesen umwerfenden Iriden auf mich hinunter starrte. „Halte dich am Kopfteil des Bettes fest."

Ich blinzelte bei dieser Bitte überrascht.

Aber ich hob meine Arme – sie hatten wieder ihren goldenen Schimmer angenommen – und packte das Holz über mir.

„Halt dich so lange fest, bis du möchtest, dass ich aufhöre", sagte er. Seine Worte transportierten ein sündiges Versprechen, das meine Wangen vor Vorfreude zum Glühen brachte. „Durchhaltevermögen, weißt du noch?" Er zwinkerte und begann sich seinen Weg auf meinem Körper nach unten zu küssen. Er hielt kurz inne, um meinen Brüsten zu huldigen, und begab sich dann nach unten zur Erhebung zwischen meinen Schenkeln.

Um mich sauber zu lecken.

Sterne, zischte ich und bog meinen Rücken durch. Ich war gleichzeitig von seiner dekadenten Entscheidung gefesselt und neidisch auf ihn.

Das musste er gespürt haben, denn er kroch wieder meinen Körper entlang zu mir hoch, um mir mit seiner Zunge ein bisschen von unserer gemeinsamen Essenz zu füttern. So erlaubte er es mir, ihn letztendlich so zu kosten, wie ich es wahrhaftig tun wollte, und er neckte mich damit, dass ich ihm den Gefallen zurückgeben sollte.

Aber er war noch nicht fertig.

Er machte sich wieder nach unten an seine Aufgabe und leckte von meinem Eingang bis hinauf zu meiner Klitoris, wo er mich mit seiner geschickten Zunge wieder über die Klippe stieß.

Wieder und immer wieder.

Ich schrie seinen Namen und mein Griff am Kopfende brachte beinahe das Holz zum Bersten. Ich konnte es nicht sagen, ob er mir frönte oder ich ihm.

Schließlich bat ich ihn aufzuhören, genauso wie er es vorhergesehen hatte.

Dann fickte er mich erneut. Diesmal tat er es langsamer, während er meinen Mund so auskostete, dass mir wieder Tränen in die Augen stiegen.

Ich wollte ihn unbedingt kosten, ihm den Gefallen erwidern und meine eigene Ausdauer unter Beweis stellen … Aber er hatte mich absolut erschöpft.

Er strich mit seinen Lippen leicht über mich, als ich mich an ihm räkelte. Ein paar Stunden später war der Mond endlich am wunderschönen Himmel zu sehen.

Aber er beglückte in dieser Nacht nicht nur mich mit Sternenstaub.

Sondern auch Vesperus.

Als meinen Gefährten.

VESPERUS

Iᴄʜ ʟɪᴇꞵ ᴍᴇɪɴᴇ Fɪɴɢᴇʀ ᴅᴜʀᴄʜ Nʏx' ꜱᴇɪᴅɪɢᴇꜱ Hᴀᴀʀ gleiten und war erfreut über die frische Gesundheit ihrer dicken, schwarzen Strähnen.

Sie leuchtete wieder und auf ihrer Haut lag dieser helle, goldene Schimmer.

So wie auf meiner, dachte ich und betrachtete das glitzernde Gewebe aufmerksam. *Ich nehme an, dass es jetzt kein Zurück mehr gibt.*

Dieser Gedanke ging mit keinerlei negativen Gefühlen einher. Mit keinem Schuldgefühl oder Zweifel oder Unbehagen – nur mit Akzeptanz.

Denn es war mir ohnehin klar gewesen, dass unsere Seelen für immer aneinander gebunden waren, nachdem ich gefühlt hatte, wie sie starb.

Nach welchen Gesetzen oder magischen Regeln ich zuvor gelebt haben mochte – mit der Ankunft von Nyx hatte sich alles verändert. Vielleicht genau deswegen.

Ich hatte gespürt, wie sie unser Reich betreten hatte: Es war dieses unterschwellige Beben gewesen, das mich dazu veranlasst hatte, ein Kopfgeld auf sie auszusetzen, damit sie gefunden wurde. Ich hatte mich nicht persönlich auf die Suche nach ihr gemacht, aber mein Haus hatte das getan.

Und auch wenn Slater ihren Aufenthaltsort ausfindig gemacht hatte, so war ich es gewesen, der sie verführt hatte.

Oder genauer gesagt: Sie hatte mich verführt.

Nun ... Gut, wir hatten uns gegenseitig verführt.

Ich drückte ihr einen Kuss auf die Stirn und meine Lippen verzogen sich aufgrund ihres zitrusartigen Geschmacks. Ihr Blut besaß einen ähnlichen Geschmack und die Süße hatte eine Schärfe an sich, die so ganz typisch für Nyx war.

Stark. Schön. Unabhängig.

Eine geborene Anführerin. Die Frage stellte sich: Konnten wir gemeinsam über Gold und Granat herrschen? Oder würden wir gezwungen sein zu fliehen?

Ich wog diese Frage ab, während ich Nyx in den Armen hielt. Mein Blick wanderte zwischen ihr und dem Mond, der durch die offenen Fenster vom Balkon herein schien, hin und her.

Draußen herrschten eisige Temperaturen, aber ich spürte die Kälte gar nicht, da mein Körper von Nyx' Berührung gewärmt wurde. Ich hatte die volle Absicht, sie erneut zu ficken, sobald sie aufgewacht war.

Oder vielleicht würde ich sie zuvor noch zum Frühstück lecken.

Während ihr Blut einem berauschenden Gemisch aus pikantem Pulver und erfrischenden Zitronen ähnelte, war ihre Erregung reine Köstlichkeit. Wie der beste Wein, der zur Perfektion gereift war.

Ich könnte sie den ganzen Tag genießen; jeden Tag, bis zum Ende meines Lebens, und würde nie des Geschmacks müde werden.

Was, wie ich annahm, eine gute Sache war, denn es sah

so aus, als ob wir bis in alle Ewigkeiten miteinander verbunden waren.

Vorausgesetzt, dass nicht noch einmal jemand versuchte, sie zu erschießen, dachte ich und runzelte bei dem Gedanken die Stirn.

Ich drehte an meiner Uhr, um zu sehen, ob es in den letzten paar Stunden irgendwelche Neuigkeiten gegeben hatte, die hereingekommen waren.

Nichts. Ich kniff meine Augen zusammen. *Das kann nicht sein.*

Nyx schmiegte sich an meine Brust und stieß einen Laut der Zufriedenheit aus, bevor sie ihr Bein über meinen Oberschenkel legte. Sie war immer noch tief im Schlaf versunken und benutzte einen meiner Arme als Kissen. Zum Glück war es der Arm, den ich gerade nicht brauchte.

Mit einer leichten Drehung meines Handgelenks öffnete ich einen dunklen Bildschirm, den die Magie automatisch auf den Nachtmodus einstellte, und schickte Kaspian eine Nachricht.

> Haben sie die Kugel schon gefunden?

Ich küsste Nyx wieder auf ihren süßen Kopf, während ich auf eine Antwort wartete.

Die Uhr war so eingestellt, dass sie zu der späten Stunde nicht mehr an meinem Handgelenk summte. Nicht, dass es mir etwas ausgemacht hätte, denn ich blieb oft bis spät in der Nacht auf, um zu arbeiten. Ich war ein Vampir. Die Nacht bekam mir sogar besser.

Obwohl mir die Sonne in letzter Zeit nicht so viel ausgemacht hatte. Letzthin hatte ich nicht einmal mehr eine Sonnenbrille aufsetzen müssen.

Eine Konsequenz von Nyx' Macht, die sich mit meiner vermischt hatte?, fragte ich mich.

Das würde auch erklären, warum es mich in dieser Woche nur selten nach Blut gelüstet hatte. Ich war mir nicht einmal sicher, ob ich so viel brauchte, wie ich aufnahm. Aber ich hatte es den Abenden, an denen ich mich mit Nyx vergnügt hatte, zugeschrieben.

Jetzt verstand ich, dass es zwar auf eine andere Weise, als ich mir das gedacht hatte, aber dennoch mit ihr zu tun hatte. Denn ihr Blut hatte viel mehr mit mir angestellt, als meinen Hunger zu stillen.

Ich blickte auf meinen Bildschirm, um zu sehen, ob Kaspian etwas geantwortet hatte, und schaute finster auf seine einsilbige Mitteilung: *Ja.*

Und?, fragte ich mit einer Textzeile und einer mentalen Notiz, die ich an seinen Verstand nachschickte.

Wir müssen reden, war seine Antwort auf dem Bildschirm. *Ich bin in deinem Büro, aber ich kann auch zu dir hochkommen, wenn dir das lieber ist.*

Du bist in meinem Büro?, sagte ich in Gedanken zu ihm und war überrascht.

Das konnte nur bedeuten, dass er etwas Wichtiges gefunden hatte und momentan als der oberste Befehlshaber des Hauses agierte, während er meine Privatsphäre mit Nyx respektierte.

Kaspian war wirklich ein sehr guter Freund und ein noch besserer Anführer.

Wenn es dir nichts ausmacht, dann wäre es mir lieber, wenn du heraufkommen könntest, erwiderte ich schließlich. Ohne Textnachricht, nur mit einem Gedanken, den ich an seinen Verstand schickte.

Bin schon auf dem Weg nach oben, schrieb er mir. *Ich bringe Cara mit.*

Ich musste mich gehörig dazu zwingen, mich von Nyx

loszureißen, aber ich wollte wissen, was Kaspian und die anderen herausgefunden hatten und ebenso, was sie in meinem Büro zu suchen hatten.

Ich machte es Nyx im Bett bequem und küsste sie auf den Kopf. Sie stieß einen wirschen Laut aus und vergrub dann ihren Kopf in meinem Kissen.

Meine Lippen verzogen sich, als sie seufzte, aber ihre Verwirrung wich, als sie meinen Duft einatmete.

Schokolade, hatte sie zu mir gesagt. *Du erinnerst mich an einen köstlichen Eisbecher mit Schokoladensauce.*

Ihr persönliches Lieblingsdessert.

Ich zog die Laken hoch, damit ihr warm blieb, und dachte an meinen eigenen Lieblingsnachtisch, der sich zwischen ihren Beinen befand. *Wenn ich zurückkomme, wecke ich dich zum Frühstück auf,* dachte ich und nahm darauf Bedacht, sie damit nicht gedanklich in eine Unterhaltung zu verwickeln.

Das war, als würde ich einen einfachen Schalter betätigen. Ich musste nur an die Person, mit der ich sprechen wollte, denken und meinen Gedanken so in ihre Richtung lenken, dass ich ihn ihr schicken konnte.

Diese Fähigkeit besaß ich von Geburt an und hatte sie schon in jungen Jahren perfektioniert. Ebenso verhielt es sich mit meinem Talent, Lügen zu entlarven.

Aber nun hatte ich auch noch eine weitere Fähigkeit als Ass in meinem Ärmel; eine, die über meinen Rücken hinunter summte und mich reizte, sie wieder zum Einsatz kommen zu lassen.

Ich dachte an meinen Kleiderschrank und gebot meinem Körper, sich dorthin zu bewegen.

Der Raum um mich verschwamm und plötzlich fand ich mich vor einer Reihe von Anzügen wieder. Ich grinste und öffnete eine meiner Schrankschubladen. Ich würde mir etwas Bequemeres aussuchen, da ich nicht vorhatte, lange bekleidet zu bleiben.

Ich zog graue Lounge Pants und ein weißes T-Shirt heraus und transferierte mich mittels meiner Vorstellungskraft in den Gang vor meinem Zimmer.

Dort traf ich auf Cara und Kaspian, die in der Nähe der Türen zu meinen Zimmern warteten.

Als Cara mich sah, schnellten ihre Augenbrauen in die Höhe und ihr Mund öffnete sich leicht. „Scheiße. Du strahlst."

Ihr klischeehafter Ausdruck ließ mich süffisant grinsen, wenngleich ich mir dessen bewusst war, dass sie es wörtlich gemeint hatte. Ich fand den Ausspruch auch spaßig. „Danke."

Kaspian schien überhaupt nicht amüsiert zu sein. Er betrachtete mich aufmerksam und mit einer gewissen Beunruhigung. „Ich denke, dass man nun davon ausgehen kann, dass ihr eure Verpaarung jetzt komplett vollzogen habt."

„Das haben wir", bestätigte ich.

Er nickte. „Dann wird es dich interessieren, was wir über die Projektile herausgefunden haben."

Mir verging der Spaß. „Schießt los."

Cara fuhr mit ihrer Hand in die Tasche ihrer Lederjacke und zog ein Säckchen mit mehreren Metallstücken heraus. „Soweit wir das erkennen können, war keine Verwünschung im Spiel, sondern ein Gift."

Meine Augenbrauen zogen sich zusammen. „Ein Gift?"

„Eine Art tödlicher Wirkstoff, der Abnützung und Verfall verursacht." Kaspian schaute ernst auf die Metallsplitter. „Paxton sagt, dass er so eine Verwünschung noch nie gesehen hat, sollte es überhaupt eine solche sein. Es sieht für ihn mehr nach Chemikalie aus."

„Verstehe." Ich starrte eine Weile auf das Säckchen und dachte daran, wie es Nyx' Energiehaushalt zerstört und wahrscheinlich ihren Heilungsprozess behindert hatte. Sogar nachdem sie sich wieder selbst zum Leben erweckt hatte, hatte das Gift begonnen, sie erneut zu schwächen.

Indem es ihre Haut ausgetrocknet und sie hatte grau werden lassen.

Ähnlich wie bei Alterung, mutmaßte ich.

„Das ist etwas Neues", fügte ich hinzu und runzelte die Stirn. „So etwas habe ich noch nie gehört."

„Ich auch nicht", bestätigte Kaspian. „Aber wir haben vor Kurzem zwei Phantome angeheuert, die eventuell etwas davon wissen."

„Noxious", sagte ich und unsere Blicke trafen sich, als mir ein Adrenalinstoß durch mein Blut schoss. „Denkst du, dass er etwas damit zu tun hat?" Er hatte seine Vorliebe für Chemikalien und Waffen zugegeben, was der Grund dafür war, warum er selbst seinen Namen gewählt hatte.

Und Bane hatte sich selbst zu seinem Talent, die Erfindungen von Noxious zu benutzen, bekannt.

Es ergab Sinn. Beide waren neu in unserem Territorium. „Aber was ist sein Motiv?", dachte ich laut, bevor Kaspian auf meine erste Frage antworten konnte. „Warum würde er – oder eventuell *sie beide* – das tun?"

„Es gibt nur einen Weg, um das herauszufinden", antwortete Kaspian mit einem grimmigen Unterton.

Wenn Bane und Noxious uns hintergangen hatten, dann würde Kaspian ihre Bestrafung übernehmen. Denn er hatte persönlich die Aufgabe übernommen, sie zu trainieren, und er würde sich persönlich angegriffen fühlen, wenn sich unser Verdacht als wahr herausstellen würde.

„Wir müssen Kieran mit ins Boot holen", sagte ich zu ihm. „Diese Art von Übertretung betrifft sein Haus; und potentiell unsere Beziehungen zu seinem Haus." Denn das konnte ein Komplott vonseiten Tod und Diamanten gewesen sein. Möglicherweise waren Bane und Noxious hierher geschickt worden, um Chaos zu verursachen.

Aber ich wusste nicht, welchen Nutzen Sabrina oder Kieran daraus ziehen würden.

Sie hatten mit den Gebietszuweisungen alle Hände voll zu tun und sie waren mehr als gewillt, mit dem Haus von Gold und Granat zusammenzuarbeiten, um einen reibungslosen Übergang sicherzustellen. Also warum würden sie riskieren, dass Bane und Noxious in der Nähe meines Hauptquartiers Unruhe stifteten?

Außer es ging dabei überhaupt nicht um meine Leute, sondern um Nyx – das wahre Opfer der Attacke.

Hmm, nein, das fühlte sich auch nicht richtig an. Kieran war in der ganzen Sache besonders entgegenkommend gewesen.

Dennoch hatte er Elias darüber informiert. Was ich von ihm erwartet hatte. Aber vielleicht unterstützten mich meine Verbündeten nicht so, wie ich es mir erhofft hatte. Vielleicht waren Noxious und Bane hierhergeschickt worden, um Nyx aus dem Weg zu räumen.

Bloß, dass das auch keinen Sinn ergab. Sie waren gemeinsam *mit* Kieran in Dublin eingetroffen. Und das war gewesen, bevor noch irgendjemand gewusst hatte, dass ich genau mit dem Wesen, dem wir monatelang hinterhergejagt waren, eine schicksalshafte Verbindung hatte.

„Von all dem ergibt überhaupt nichts Sinn", sagte ich schließlich. „In jedem Fall brauchen wir Kieran. Ich muss versuchen, mir ein besseres Bild über ihn zu machen." Seine Wahrheit schmecken, seine Lügen herausfiltern.

Kaspian nickte. „Ich rufe ihn an."

„Nein, ich werde mit ihm reden", bestimmte ich. „Du musst Bane und Noxious für mich finden."

„Sie schlafen in meinem Haus", erwiderte Kaspian. „Paxton hat einen Barriere-Zauber darum gelegt, sodass ich es wüsste, falls sie weggehen wollten."

„In deinem Haus?", fragte ich und hob eine Augenbraue. Davon hatte ich nichts gewusst.

„Sie haben noch keine Bleibe gefunden", erklärte er mir.

„Für Söldner haben wir eigene Unterkünfte." Die – wie ich wusste – nicht ausgelastet waren, zumal ich in den vergangenen Wochen alle Gebäude innerhalb unseres Territoriums evaluiert hatte. Und sogar wenn die heutigen Explosionen Umsiedlungen nötig machen würden, hatten wir immer noch genügend Platz zur Verfügung.

Er sagte nichts, sondern starrte mich nur an.

Also ging ich auch nicht näher darauf ein.

Wenn mein Stellvertreter für ein paar Phantome den Gastgeber spielen wollte, dann würde ich ihn nicht um diese Erfahrung bringen wollen. Jedenfalls hatte ich gehofft, dass die gute Beziehung, die er mit ihnen aufgebaut hatte, darauf hindeutete, dass wir sie unter falschem Verdacht hatten und sie nichts mit dieser Attacke zu tun hatten.

Jemanden zu sehen, der verletzt war, machte mir keinen Spaß, schon gar nicht, wenn es sich um meinen besten Freund handelte.

„Du kannst Kieran anrufen", sagte ich zu ihm, da ich gemerkt hatte, dass er etwas Ablenkung brauchte, damit er nicht nach Hause ging und womöglich die zwei Phantome tötete, bevor wir die Möglichkeit hatten, mit ihnen zu sprechen. Er tarnte seinen Ärger gut, indem er seine Gefühle hinter einer stoischen Maske verbarg; aber er musste vor Wut kochen.

„Vergiss nicht ihm zu sagen, dass wir noch nichts sicher wissen", fügte ich hinzu, wobei meine Worte mehr an Kaspian als an Kieran gerichtet waren. Jedenfalls hatte ich sie in eine Bitte verpackt. „Wir müssen sie zuerst befragen."

Kaspians Kiefermuskeln zuckten, aber er nickte.

„Vielleicht kann Kieran noch eine andere Hexe herbringen. Obwohl Paxton keine Spur einer Verwünschung erkennen kann, ist vielleicht jemand anderer dazu sehr wohl in der Lage", schlug Cara vor, während sie das Säckchen wieder in ihrer Tasche verschwinden ließ.

Als Zeichen meiner Zustimmung nickte ich. „Das ist eine gute Idee. Vielleicht kann er Trixie herholen, falls sie sich immer noch in seinem Territorium befindet. Und vielleicht den Vorgesetzten, den Noxious und Bane erwähnt hatten. Hieß er nicht Max?"

Bane hatte etwas davon gesagt, dass sein ehemaliger Chef gern Experimente gemacht hatte. Vielleicht würde er erkennen, mit welchem Mittel die Kugeln behandelt worden waren.

„Ich werde mit Kieran darüber sprechen", bekräftigte Kaspian. „Wenn ich ihn davon überzeugen kann, dass er sofort hierher fliegt, dann könnten wir in ein paar Stunden mit der Befragung beginnen."

Ich schaute auf meine Türen und wandte mich dann wieder ihnen zu. „Ich bin mir nicht sicher, ob Nyx dann schon munter sein wird." Obwohl ich die volle Absicht hatte, ihr stunden-, nein, *tagelang* zu huldigen, so respektierte ich auch ihr Bedürfnis nach Erholung nach der Attacke, die sie beinahe getötet hatte.

„Ich kann bei ihr bleiben", bot Cara an. „Falls sie noch nicht wach ist, wenn Kieran ankommt, meine ich."

„Das würde ich sehr schätzen", räumte ich ein. „Sie

kann sich an nichts erinnern, was passiert ist, aber ich vermute, dass sich das ändern wird, wenn sie wieder aufwacht."

Zumindest hoffte ich das. Sie würde sich vielleicht an wichtige Details des Zwischenfalls erinnern können.

„Ich werde dir eine Nachricht schicken, nachdem ich mit Kieran gesprochen habe", sagte Kaspian zu mir. „Dann sehen wir weiter."

„Ja, gut", sagte ich und stimmte dem Plan zu, während ich den Schlafmodus an meiner Uhr wieder ausmachte. Ich wollte sicherstellen, dass ich Kaspians Nachricht umgehend erhielt.

Ich packte ihn am Arm, als er versuchte, an mir vorüberzugehen. Daraufhin richtete er überrascht seine Augen auf mich. „Ich danke dir, Kaspian", sagte ich zu ihm. „Für alles."

Er war mir in jeder Situation immer beigestanden. Und ich spürte, dass es diesmal ebenso sein würde. Trotz der offensichtlichen Veränderungen meines Auftretens und meiner Mächte, würde er an meiner Seite sterben, wenn es darauf hinauslaufen sollte.

Ich hoffte, dass es das nicht tat. Ich hoffte, dass wir hier einen friedlichen Ausweg finden würden.

Aber zumindest wusste ich, dass – falls etwas passieren sollte und mich jemand meiner Position als Oberhaupt des Hauses entledigen sollte – das Haus von Gold und Granat sich in den richtigen Händen befinden würde. *In Kaspians Händen.*

Wir blickten uns lang in die Augen, und sein Gesichtsausdruck bestätigte mir, dass er alles verstanden hatte, was ich soeben gedacht hatte. Und er übernahm die Last, die ich ihm stumm übertrug.

Sollte mir etwas passieren, dann wirst du regieren. Und du wirst deine Sache gut machen. Ich diktierte diese Worte nicht seinem

Verstand. Ich erlaubte ihm einfach, sie in meinen Augen zu sehen. *Denn du weißt schon, was es bedeutet, ein König zu sein.*

Das hatte er bereits unzählige Male bewiesen, inklusive heute.

Schließlich nickte er mir erneut zu. „Du wirst immer mein König sein, Vesperus."

„Ich weiß", erklärte ich. „Aber das bedeutet nicht, dass du ewig mein Stellvertreter sein wirst."

Er dachte eine Weile über meine Worte nach und klopfte mir dann auf die Schulter. „Gold steht dir gut, Kumpel. Es passt zum Haus. Und zu deinem Zepter." Mit diesem leicht anzüglichen Kommentar drehte er sich um und machte sich auf den Weg. „Ich schreibe dir gleich."

Cara lachte, als er uns den Rücken zugekehrt hatte. „Er hat durchaus recht, Ves. Gold steht dir tatsächlich gut. Und Nyx auch." Sie zwinkerte, als sie an mir vorüber ging und dann zu Kaspian aufschloss. Sie stieß ihn in die Seite. Er legte ihr den Arm um die Schulter und umarmte sie auf freundschaftliche Weise, was Larus später wahrscheinlich sauer machen würde.

Das sah ihm wieder ähnlich.

Kaspian war ein notorischer Aufreißer.

Aber er würde Cara nie ernsthafte Avancen machen. Er respektierte die Bande des Schicksals und auch wenn er darüber Späße machte, dass er nicht auf der Suche nach einer Gefährtin war, so wusste ich tief in mir, dass er sich schon jemanden wünschte, den er sein eigen nennen konnte. Ob das ein Mann oder eine Frau war, war ihm einerlei. Er wollte nur jemanden, den er lieben konnte.

Ich kannte diese Situation, denn erst vor ein paar Wochen noch war ich genauso gewesen wie er und hatte behauptet, dass ich nicht das Verlangen hatte, einen Gefährten zu finden. Und jetzt, da ich eine Gefährtin hatte, die in meinem Bett auf mich wartete, erkannte ich, wie einsam ich zuvor gewesen war. Wie sehr ich mich nach dieser Verbindung gesehnt hatte. Nach dieser … übernatürlichen *Verbindung.*

Es war nicht Liebe. Nicht ganz. Oder besser gesagt, *noch nicht.* Es war mehr so etwas wie kompatibel zu sein und die andere Hälfte meiner Seele zu finden.

Meine Göttin der Nacht.

Sie war sicherlich nicht diejenige gewesen, von der ich gedacht hätte, dass sie die andere Hälfte meiner magischen Schicksalsbande werden würde. Aber ich war auf keinen Fall enttäuscht.

Ich huschte in Gedankenschnelle zurück in mein Zimmer – in *unser* Zimmer – und beobachtete ein paar Minuten lang, wie sie schlief, bevor ich wieder zu ihr ins Bett schlüpfte.

Sie kuschelte sich sofort an mich. Ihre Lippen waren auf gespenstische Weise nahe an meinem Hals, als ob sie meinen Geschmack sogar in ihrem Schlaf begehren würde.

Ich lächelte, hielt sie fest und übertrug ihr durch unsere zauberhafte Verbindung all die Kraft, die sie nötig hatte. Ich schloss meine Augen und wartete auf Kaspians Nachricht mit weiteren Details.

NYX

Mmm, summte ich und sog das süße Aroma von Schokolade ein. Der Duft kitzelte mich in der Nase und die Noten von Karamell und Marshmallow folgten kurz darauf.

Ich öffnete ein Auge, um die Quelle dieser Köstlichkeit auf meinem Nachttisch vorzufinden; nämlich in einer Art verzauberten Tasse.

Daneben stand eine Nachricht:

Vorsicht. Aufgepeppt.
–V

Begierig darauf, dieses köstliche Geschenk zu versuchen, setzte ich mich auf. Sofort griff ich nach dem verlockenden Getränk und nahm einen Schluck.

„Sterne", stöhnte ich und schwelgte sofort in diesem wunderbaren Trank. „Das schmeckt nach einem Orgasmus in Tassenform."

„Das sehe ich", sagte eine weibliche Stimme gedehnt und zog meine Aufmerksamkeit auf sich. Im Eingang zum Schlafzimmer stand eine Frau.

Ich hatte mich so sehr auf das aromatische Frühstücksgetränk konzentriert, dass ich nicht einmal daran gedacht hatte, auf meine Umgebung zu achten.

„Guten Morgen, Glitzersternchen", grüßte sie mich.

„Hallo, Blumenfee", murmelte ich und lehnte mich mit dem Getränk entspannt gegen das Kopfteil des Bettes. „Hast du wieder Babysitter-Dienst?"

„Nicht unbedingt", sagte sie und runzelte etwas die Stirn. „Kannst du dich an irgendetwas von gestern erinnern?"

Ich nahm einen weiteren Schluck von meiner heißen Schokolade und meine Lippen wurden zu einem geheimnisvollen Lächeln. „An letzte Nacht kann ich mich mit Sicherheit erinnern." Und an die wunderbare Einheit, die Vesperus und ich gebildet hatten.

Sein Geist hatte meinen mit Energie angereichert und mich so wieder zum Leben erweckt. Dieses Gefühl hatte ich so dringend gebraucht.

Ich hätte beinahe geseufzt, da ich sowohl von unserer Verbindung als auch von ihrer lebhaften Manifestation zwischen uns begeistert war.

Bloß dass der Grund für meine starke Begierde – der Grund für meinen schwachen Zustand – meine Lippen nach unten zog.

Ich wäre fast gestorben. *Wegen einer einzigen Kugel.* Ich massierte mein Brustbein. Die Erinnerung an die gestrige Attacke brachte mich zum Nachdenken.

„Ich wurde angeschossen", sagte ich langsam. „Und da … Da war eine Frau." Ich konnte sie vor mir sehen, wie sie vor mir auf der Straße stand. Sie war von Dunkelheit umgeben und verbreitete in alle Richtungen Schmerz.

„Sie war so gebrochen." Als ob ihre Seele in Scherben wäre.

Ich setzte meine Tasse ab. Die Erinnerung an ihre Präsenz schickte mir kalte Schauer den Rücken hinunter.

„Eine Frau?", wiederholte Cara.

Ich nickte. „Von Schatten verborgen."

„Das war die Person, die auf dich geschossen hat? Es war eine Frau?"

Furchen gruben sich in mein Gesicht. „Nein, das glaube ich nicht. Sie hatte keine Waffe. Aber mein Medaillon hat sie hektisch umkreist. I-Ich ..."

Ich versuchte, die Szene vor meinem inneren Auge abzuspulen und mich genau daran zu erinnern, was passiert war.

„Ich hatte meine Aufmerksamkeit auf sie gerichtet, als etwas oder jemand von einem anderen Winkel auf mich schoss. Sie war es nicht." Dennoch hatte sie etwas mit der Sache zu tun, schließlich hatte sie dort gestanden. „Sie hat gesehen, wie alles passiert ist." Während sie sich selbst in Dunkelheit gehüllt hatte.

Wer bist du?, wunderte ich mich. *Und warum hat dich die Magie meines Medaillons umschwirrt?*

Vielleicht besitzt Vesperus irgendwo eine Sammlung von Bildern, die mir helfen könnte, die Frau aufzuspüren oder zu identifizieren.

Oder vielleicht konnte ich zu demselben Ort zurückgehen, um sie zu finden.

Aber diesmal mit einer Schutzrüstung, dachte ich, während sich meine Augenbrauen senkten. Denn Caras Frage in Bezug auf die Frau sagte mir, dass sie nicht wussten, wer auf mich geschossen hatte. Oder wie die Attacke mich beinahe getötet hätte.

Ich blickte Cara an. „Wo ist Vesperus?"

„Er befragt Nox und Bane", erwiderte sie. „Er wollte nicht, dass du alleine aufwachst. Deshalb bin ich hier.

Nicht zum Babysitten, sondern um dich auf dem Laufenden zu halten, und auch um zu sehen, ob deine Erinnerungen zurückgekehrt sind."

„Sie sind zurückgekehrt", bekräftigte ich und schlüpfte unter den Decken hervor. „Und ich muss mit Vesperus reden." Ich machte mich schon auf den Weg zum Badezimmer, hielt dann aber inne. „Warte. Er befragt Nox und Bane?"

„Die Fragmente des Geschosses wiesen eine Art von Gift auf, das den Zellverfall beschleunigt." Cara sah mich mit ihren hellen Augen forschend an, als ob sie das Ausmaß des Schadens einschätzen wollte. „Das ist jedenfalls die Theorie. Paxton konnte keinen Zauber wahrnehmen, also nehmen wir an, dass es eine Art von Chemikalie ist."

„Verstehe." Ich dachte über ihre Worte nach, während ich nach passender Kleidung suchte. Ich entschied mich diesmal nicht für ein Kleid, sondern wählte eine schwarze Hose und einen Sweater. So ähnelte mein Outfit dem von Cara im Nebenraum. Vielleicht würde es mir helfen, nicht aufzufallen, was ich bevorzugte, sollte es aus irgendeinem Grund heute notwendig sein, den Palast zu verlassen.

Meine Kleider waren mein Markenzeichen. Und wenn irgendetwas Mysteriöses die Fähigkeit besaß, mich zu töten, dann wollte ich lieber unauffällig sein.

Ich kämmte mein Haar zu einem Pferdeschweif nach hinten, und ein goldenes Band war dieses Mal das einzige Schmuckstück in meinem Haar. Dann rief ich meine Mond-Halskette und trug sie außen, über dem schwarzen Sweater.

Ich komplettierte mein Outfit mit einem Paar Socken und kniehohen Stiefeln.

Cara verschlug es tatsächlich den Atem, als ich so aus

dem Badezimmer trat. „Heiliger Bimbam. Du trägst die Sachen, die ich für dich ausgesucht habe."

Ich verbeugte mich. „Ich bin heute lieber inkognito."

Sie schürzte ihre Lippen. „Ich weiß nicht, ob das möglich ist, Glitzersternchen."

Ich zuckte mit den Achseln. „Ich werde eine Kapuze überziehen.

Sie lachte und schüttelte ihren Kopf. „Ich bin froh, dass du nicht tot bist, Nyx. Du hast mir eine Minute lang einen Schrecken eingejagt."

„Ich wäre zurückgekommen", sagte ich zu ihr. „Denke ich." Da ich ein schöpfendes Wesen war, sollte meine Seele unzerstörbar sein, aber wegen der anhaltenden Energieknappheit in meinem Inneren fragte ich mich, ob das für mich wirklich zutraf.

Denn ich hatte mich absolut … *ausgelaugt* gefühlt. Und das nicht nur aufgrund des Blutverlustes, sondern aufgrund des Machtverlustes. Als wäre ich zum Tode verwünscht worden.

Kann ein Gift das tatsächlich verursachen?, fragte ich mich. Es schien unwahrscheinlich.

„Ich möchte mit Vesperus sprechen", sagte ich, als ich bereits zur Tür ging. „Ich glaube nicht, dass Nox oder Bane dahinterstecken. Aber ich würde ihnen gern ein paar Fragen stellen." Sie waren Phantome und deshalb mit dem Tod vertraut. Vielleicht hatten sie ein besseres Verständnis dafür, was mich so böse erwischt hatte.

Cara ging voraus und sagte mir, dass Vesperus nicht in seinem Büro, sondern in einem anderen Bereich seines Anwesens war; und zwar in einem, den ich zuvor noch nicht gesehen hatte: in den unterirdischen Hallen.

Es war nicht unbedingt ein Verließ. Dafür waren die Lichter zu hell und die Böden, Decken und Wände in zu gutem Zustand. Sie waren nur etwas schlicht und das Fehlen der Fenster ließ den Raum nüchtern erscheinen.

Es gab auch weder Zellen noch versperrte Türen, was ich Cara gegenüber auch erwähnte.

„Wir bewahren hier nicht unsere Verbrecher auf", sagte sie mir. „Das ist nur ein ruhigerer Bereich, in dem Vesperus es vorzieht, seine privaten Gespräche zu führen."

Als wir einen Raum am Ende des Ganges erreichten, verstand ich, was sie meinte. Denn es waren nur fünf Personen darin: Vesperus, Kaspian, Kieran sowie die zwei Phantome.

Niemand war angekettet.

Es gab keine blutigen Instrumente.

Nur einen einfachen, runden Tisch, um den alle herum saßen.

Dennoch fiel auf, dass Kaspian sich sehr nahe an der Tür befand – und dass er bewaffnet war.

„Ich gehe wieder hinauf, um Larus in deinem Büro Gesellschaft zu leisten", sagte Cara zu Vesperus. „Und übrigens: Sie erinnert sich an alles."

Mit diesem Kommentar verschwand sie.

Vesperus stand auf und musterte mein Outfit.

„Ich habe die Notwendigkeit gesehen, mich heute den Gegebenheiten ein bisschen anzupassen", kam ich ihm zuvor, noch bevor er fragen konnte.

Er lächelte und legte seine Handfläche auf meine Wange. „Ich hätte nicht gedacht, dass du dich jemals anpassen würdest, Göttin."

„Das hat Cara auch gesagt."

„Sie hatte recht", sagte er und beugte sich zu mir, um mir einen sanften Kuss auf die Lippen zu geben. „Wie fühlst du dich?"

Seine Zärtlichkeit strafte die Spannung im Raum Lügen. Dennoch starrte er auf mich hinunter, als wäre ich die einzige Person, die wichtig wäre und als ob wir kein Publikum hätten.

Denn vielleicht war das für ihn so. Für mich war es auch so.

„Ich bin aufgewacht und da stand eine umwerfende, heiße Schokolade", sagte ich zu ihm. „Sie hat mein Verlangen ein bisschen gestillt, aber ich möchte immer noch mehr von dir auf meiner Zunge schmecken."

Seine Lippen verzogen sich. „Wenn wir hier fertig sind, werden wir dein Durchhaltevermögen testen."

„Frisch vermählt", murmelte Kaspian.

„Ja, das ist ein unglaubliches Gefühl; eines, das ich auch gerne wieder erleben möchte", sagte Kieran. „Vesperus?"

Der König von Gold und Granat ignorierte ihn einen Moment lang und schaute mir immer noch in die Augen. „Woran erinnerst du dich?"

Ich ging alle Geschehnisse des gestrigen Tages im Detail durch und erzählte ihm alles: von dem Moment an, als ich mein Medaillon gespürt hatte, bis zu dem Moment, in dem ich angeschossen worden war.

„Zuerst hatte ich gedacht, dass mich meine Energie wieder attackiert", sagte ich und erinnerte mich daran, wie mich diese zuvor auf meine Knie gezwungen hatte. „Aber nun erkenne ich, dass sie nur versucht hat, mich zu beschützen. Dann hatte sie meine Aufmerksamkeit auf die Frau im Schatten gelenkt."

Ich beschrieb ihren gebrochenen Geist und ihre anderen Merkmale – inklusive ihres brünetten Haars, ihrer grünen Augen und ihrer kurvenreichen Figur.

„Kennst du sie?", fragte ich abschließend. „Weißt du, woran sie zerbrochen ist?"

Vesperus dachte lange über meine Worte nach, bevor er sich schließlich wieder zum Tisch drehte. „Kaspian?"

Der schüttelte seinen Kopf. „Ich habe keine Ahnung, von wem sie spricht."

Vesperus blickte den anderen Anführer an. „Irgendwelche Ideen?"

„Fragst du mich?" Er lachte leise. „Ich weiß nicht, Vesperus. Das sieht nach einer verschmähten Frau aus. Hast du in letzter eine vergrault?" Er blickte um sich, bevor er mich anschaute. „Vielleicht, indem du dir eine neue Gefährtin genommen hast?"

„Nein", antwortete Vesperus knapp.

„Unser König ist ein Anhänger der Monogamie", informierte Kaspian Kieran. „Aber die Frage ist berechtigt, Ves. Kennst du irgendjemanden, der sich von dir falsch behandelt fühlt? Vielleicht bei der Abstimmung von Tod und Diamanten?"

Vesperus stellte sich neben mich. Dabei legte er seine Hand auf meine Lendenwirbel und dachte über die Frage nach. „Die meisten Rückmeldungen waren positiv. Die paar wenigen Beschwerden, die ich erhalten habe, wurden alle bearbeitet und jeder scheint die Sache ziemlich gut aufzunehmen."

„Es hilft, dass du den Betroffenen angeboten hast, dass sie sich ihr Haus und ein Gebiet aussuchen können", gab Bane einen Kommentar ab. Seine dunklen Augen waren ernst und bei diesen Worten kam sein schottischer Akzent durch.

Worum es auch immer in der Unterredung, die sie vor meinem Eintreffen gehabt haben, gegangen war, so schien sie ihn und die anderen Phantome erleichtert zu haben. Deshalb war anzunehmen, dass sie von ihrer Schuld freigesprochen worden waren. Wenn es nicht so gewesen wäre, dann würden sie wohl, wie ich annahm, nicht in Eintracht an einem Tisch sitzen.

Spannung lag zwar noch in der Luft, aber auch diese

entsprach nicht unbedingt der gegenwärtigen Stimmung, sondern kam eher von der allgemeinen Lage.

„Er hat recht", stimmte Nox zu. „Ich habe keine Klagen gehört." Jeder hat das Bündnis der zwei Häuser verständnisvoll aufgenommen."

„Hast du das gehört, *Ves*?", sagte Kieran gedehnt. „Es gefällt ihnen, dass wir Freunde geworden sind."

„Das freut mich wirklich, *Asp*", antwortete Vesperus und klang dabei gar nicht erfreut. Offensichtlich war die Freundschaft zwischen den beiden noch nicht so tief, dass er von Kieran mit „Ves" angesprochen werden wollte.

„Hmm." Das Mischwesen aus Vampir und Elf musterte ihn mit seinen grauen Augen. „Veritas?"

„Aspen?" Vesperus wandte sich an mich und sagte mir, dass *Asp* die Kurzform für Aspen war. Was Kierans Nachname sein musste.

Der andere Mann nickte. „Einverstanden."

„Wunderbar." Vesperus sah Kaspian an. „Ich weiß nicht mehr weiter. Kennst du irgendjemanden, der das Haus angreifen wollte?"

„Oder Nyx", fügte Kieran hinzu.

Vesperus sah ihn wieder an, worauf Kieran seine Hände hob.

„Sie wurde von einem verwunschenen Geschoss getroffen, das sie beinahe umgebracht hätte, Veritas. Das sieht für mich nach einem gezielten Angriff aus, wenn man bedenkt, dass niemand sonst angeschossen wurde", erklärte er. „Fast so, als wäre es ein Racheakt gewesen."

Meine Augenbrauen zogen sich zusammen. „Rache – wofür?", fragte ich. „Laut euren Gesetzen ist das Einzige, was ich falsch gemacht habe, dass ich auf unkonventionellem Weg hier angekommen bin."

„Auf illegalem Weg", korrigierte er mich. „Und ich spreche nicht von Rache an dir, sondern von Rache an deinem Gefährten. Wenn du verletzt wirst, dann wird er verletzt. Also frage ich noch einmal: Hast du in letzter Zeit irgendjemanden vergrault, Veritas?"

„Meine Worte sagen dir doch schon, dass ich die Wahrheit spreche, Aspen", erwiderte Vesperus.

„So funktioniert meine Macht nicht unbedingt. Jedenfalls geht es im Moment nicht darum, ob du die Wahrheit sprichst oder nicht, oder?", ließ er nicht locker. „Nur weil dir ad hoc nichts einfällt, heißt das nicht, dass deine Antwort die Wahrheit ist."

Ich runzelte die Stirn. „Ist er auch ein Wahrheitsfinder?", fragte ich und schaute die seltene Mischung aus Vampir und Fee an.

„Ja. Anscheinend ist er von einem Schwert getroffen worden, das mit dem Blut eines Gottes getränkt worden ist, und jetzt kann er andere dazu bringen, die Wahrheit zu sagen." Vesperus sah das männliche Wesen abschätzend an, dann richtete er seinen Blick wieder auf mich. „Darüber hatten wir gerade gesprochen, als du aufgetaucht bist. Nun, also darüber und über Kierans Behauptung, dass er nicht genug Zeit hatte, noch irgendjemanden anderen mitzubringen."

„Das war keine Behauptung", fiel ihm der andere ins Wort.

„Du hast recht. Es war eine Lüge", antwortete Vesperus.

Kieran zuckte zur Antwort nur mit den Schultern und machte sich nicht einmal die Mühe, es abzustreiten.

„Es beschleunigt eine Befragung, wenn sich buchstäblich zwei Lügendetektoren im Raum befinden", murmelte Kaspian. „Aber zumindest wissen wir jetzt, dass die Phantome unschuldig sind."

„Ja, die Überreste des Projektils weisen Spuren von

Magie auf und nicht von Gift", sagte Kieran. „Alte Magie. Aber ich erkenne sie nicht."

„Du kannst sie wahrnehmen?", fragte ich noch neugieriger.

„Ich kann feststellen, dass Blut darin ist", verbesserte er sich. „*Antikes* Blut." Sein Fokus richtete sich auf Vesperus. „Das war ein sehr interessanter Besuch, mein Freund. Du stehst hoch in meiner Schuld. Denn es sieht so aus, als würde ich dir dabei helfen, alle Rätsel zu lösen."

„Und ich hatte immer gedacht, dass du dich einen Dreck um andere kümmerst und nur an dich selbst denkst, Aspen."

Er trommelte mit den Fingern auf den Tisch und schaute dabei nachdenklich drein. „Ich bin Sabrina zugetan. Und ihr ist das Haus von Tod und Diamanten wichtig. Also ist es für mich ein praktischer Zug, wenn ich mit dem hiesigen Monarchen und seiner Schicksalsgefährtin gut auskomme."

Sein Akzent war eindeutig nicht schottisch. Was meiner Meinung nach Sinn ergab. Soweit ich es verstanden hatte, kam er aus dem Haus von Blut und Beryll, und das war wiederum an der Westküste der ehemaligen USA beheimatet.

„Wir verlieren unsere Diskussion aus den Augen", warf Kaspian ein. „Wir suchen ein weibliches Wesen, das einen Grund für Rache haben könnte. Und da sie Nyx attackiert hat, scheint sich der Angriff gegen Vesperus persönlich gerichtet zu haben."

„Ich glaube nicht, dass sie es ist, die mich attackiert hat", sagte ich und runzelte meine Stirn. „Ich denke … Ich denke, dass sie bloß irgendwie in das Ganze involviert ist." Warum hätte sie sonst dort gestanden? Und warum sollte meine Magie von ihr angezogen worden sein?

„Was bedeutet, dass wir diejenige, wer auch immer sie

ist, finden und ihr ein paar Fragen stellen müssen", übersetzte Kaspian. „Aber ich nehme ebenso an, dass das irgendwie mit deinen jüngsten Banden zu Nyx zu tun hat. Dieser Angriff war darauf ausgerichtet, dich zu verletzen, vielleicht, um sie als deine Schicksalgefährtin aus dem Weg zu räumen. Die Frage stellt sich, *warum?*"

„Du hast gesagt, dass sie dir gebrochen erschienen ist?", fragte mich Vesperus. „Als wäre ihre Seele in Stücke gerissen?"

Ich nickte. „Ja, so als würde sie große Schmerzen leiden."

Vesperus dachte einen Moment lang darüber nach und nahm dann seine Hand von meinem Rücken. „Als wäre ihre Seele gebrochen. Eventuell durch den Verlust ihres Schicksalsgefährten." Sein Blick wanderte zu Kaspian, während dieser mit einem Knopfdruck einen Bildschirm aktivierte, der von der Decke heruntergefahren wurde.

„Ich sehe, was du mit diesem Gefährten andeuten willst", sagte er. Aus dünner Luft schien eine Tastatur zu entstehen. „Ich weiß nur von einem kürzlich Verstorbenen, der auch ein Schicksalsgefährte war."

„Von wem?", fragte ich.

„Fallon Doyle", antwortete er. Er tippte den Namen ein und drückte auf ENTER.

Das Bild der Frau erschien und nahm mir den Atem. „Sterne …" Das war sie. Und dennoch wieder nicht. Auf dem Bild erschien sie viel lebendiger zu sein: Auf ihren Lippen lag ein hübsches Lächeln, ihre grünen Augen strahlten und waren voller Leben. *Schön*, dachte ich. *Nicht gebrochen.*

„Ist sie das?", fragte mich Vesperus.

Ich nickte stumm und war immer noch zwischen diesen zwei Bildern in meinem Kopf hin und her gerissen: zwischen dieser Frau mit dem glücklichen Ausdruck und der anderen, die sich im Schatten versteckt hatte. „Ja", flüsterte ich schließlich und schluckte. „Aber sie ... Sie sieht nicht mehr so aus."

Sie schien am Boden zerstört zu sein. Ausgelöscht. *Tot.*

„Hat sie ...? Hat sie ihren Gefährten verloren?", fragte ich und sah nun die detaillierten Informationen unter dem Foto. „Klas?"

„Er war einer der Söldner, die wir auf dich angesetzt haben", murmelte Vesperus. „Er ist bei der Explosion ums Leben gekommen."

„Für die, wie ich annehme, diese Frau dann Nyx verantwortlich gemacht hat", verlautete Kieran, der sich vom Tisch erhob. „Was allerdings die Frage nach dem Urheber der Explosion in der Bar noch nicht löst. Aber ich vertraue darauf, dass ihr das herausfinden werdet."

„Ist das deine Art, uns zu sagen, dass du uns dabei nicht mehr weiterhelfen willst?", fragte Kaspian ihn belustigt.

„Nö, ich will euch nur nicht im Weg stehen", antwortete er. „Außer ihr braucht mich hier unbedingt?"

Vesperus schüttelte den Kopf. „Du hast genug getan. Und wir stehen offiziell in deiner Schuld. Wieder einmal."

Kieran grinste. „Sieh mal einer an. Eine Freundschaft, die mir Vorteile bringt. Elias wird stolz sein."

„Ich vertraue darauf, dass du ihn auf dem Laufenden hältst." Vesperus formulierte es als Aussage, hob aber dabei seine Augenbraue.

Der andere Anführer zuckte einfach nur mit den Schultern. „Wahrscheinlich."

„Hmm." Vesperus musterte ihn. „Du bist gar nicht so übel, Aspen."

„Du gleichfalls, Veritas." Er deutet mit seinem Kinn auf den Bildschirm. „Viel Glück damit." Dann schaute er auf die Phantome. „Solltest du beschließen, dass du sie nicht mehr brauchst, dann schick sie zurück. Tod und Diamanten würde sich glücklich schätzen, sie zu behalten."

Ein vielsagender Kommentar, mit dem er Bane und Nox wissen lassen wollte, dass ihnen Optionen offen standen, wenn sie diese brauchten. Die Tatsache, dass er ihnen eine Wahlmöglichkeit gegeben hatte, zeigte, welche Art von Oberhaupt Kieran werden würde. Es sagte ihnen ziemlich direkt, dass er hinter ihnen stehen würde, wenn sie seine Unterstützung nötig hatten.

„Ich danke dir", sagte Nox, dem die Dankbarkeit ins Gesicht geschrieben stand. „Aber wir werden versuchen, das auf die Reihe zu kriegen."

Bane nickte. „Sie haben uns nicht zuerst eingesperrt und dann Fragen gestellt. Sie haben uns von vornherein ihre Bedenken mitgeteilt, so wie ich es mir vorgestellt hatte."

„Ähm, also mein Schwiegervater könnte sich dazu noch äußern wollen", bemerkte Kieran und warf Vesperus einen Blick zu. „Veritas."

„Aspen."

„Ich finde selbst den Weg raus", sagte das Mischwesen aus Vampir und Fee. „Ruf mich, wenn du meinen Rat brauchst."

Vesperus knurrte. Die Bemerkung hatte eindeutig auf etwas in der Vergangenheit angespielt. Aber ich entdeckte ein leises Lächeln auf Vesperus' Gesicht. Zumindest bis er wieder auf den Bildschirm schaute. „Ich möchte, dass sie gefunden wird."

„Ich habe Slater bereits eine Nachricht geschickt", antwortete Kaspian. „Er ist unser bester Fährtenleser."

„Das ist er", bestätigte Vesperus. „Vielleicht wird er herausfinden, dass ihre Magie der Spur, die in die Bar führt, ähnelt." Er setzte sich wieder hin und rückte Kierans Stuhl für mich zurecht. „Schauen wir uns ihre Akte an.

Und bring vielleicht Niamh her. Sie hat eventuell nützliche Informationen über sie, schließlich war Fallon aus ihrem Territorium."

„Wird gemacht", stimmte Kaspian zu. Dann blickte er auf die Phantome. „Können sie gehen?"

Vesperus dachte einen Moment lang über das Paar nach und schüttelte dann den Kopf. „Nein, ich denke, wir können inzwischen sagen, dass sie auch an dem Fall dran sind. Das könnte ihre erste Bewährungsaufgabe sein."

Bane und Nox beugten sich neugierig vor und ich ließ mich schließlich auf dem Stuhl neben Vesperus nieder.

„Es geht doch nichts darüber, sie ins kalte Wasser zu werfen", sinnierte Kaspian und seine Lippen verzogen sich. „Aber sehen wir uns jetzt Fallon Doyle genauer an."

NYX

Fallon Doyle war eine Hexe.

Aber keine besonders mächtige, wenn man ihre Akte betrachtete.

Niamh wusste nicht viel von ihr und ihr Datenblatt im Computer gab auch nicht sonderlich viel Aufschluss. Jedenfalls hatte ihre Herkunft als Hexe sowohl Kaspian als auch Vesperus zu der Überzeugung gebracht, dass sie für die Magie am Projektil verantwortlich war.

„Sie hat die Kugel vielleicht nicht persönlich verwünscht oder sie abgefeuert, aber sie weiß bestimmt, wer das gemacht hat", hatte Kaspian gesagt.

In Übereinstimmung mit seinem Stellvertreter hatte Vesperus genickt.

Während ich die logischen Überlegungen der beiden nachvollziehen konnte, war ich von der Schuld der Hexe nicht vollkommen überzeugt. Vielleicht war es die Natur ihrer gebrochenen Seele, die mich zögern ließ, aber ich konnte das unverhohlene Strahlen des Schmerzes, das von ihrem Geist ausgegangen war, nicht vergessen: Als würde sie ein Gegengift suchen oder um Hilfe *flehen*.

Und meine Magie würde sicher nicht versuchen, einem grausamen Wesen beizustehen.

Vielleicht hielt mich das davon ab, zu glauben, dass sie für das Ganze hier verantwortlich sein könnte.

Nichtsdestotrotz hörte ich zu, während Vesperus und Kaspian ihre nächsten strategischen Züge planten. Sie wählten eine Handvoll Söldner aus, inklusive Bane und Nox, die die Stadt ohne großes Aufhebens nach Fallon absuchen sollten.

„Wahrscheinlich weiß sie nicht, dass wir sie identifiziert haben", sagte Kaspian. „Das können wir zu unserem Vorteil nutzen."

„Sie weiß, dass ich sie gesehen habe", murmelte ich von meinem Platz auf Vesperus' Couch aus.

Wir hatten das Meeting in sein Büro verlegt, wo Larus und Cara gearbeitet hatten. Niamh hatte uns auch kurz Gesellschaft geleistet, war dann aber wieder gegangen, um ein paar persönliche Anrufe zu tätigen und um so eventuell mehr über Fallon zu erfahren.

„Aber sie weiß nicht, dass du wieder bei Bewusstsein bist", führte Kaspian an. „Das wissen nur wenige von uns."

„Das stimmt nicht. Das Personal des Palastes weiß es auch", sagte Cara von ihrem Platz auf dem Boden aus. Sie hatte ein paar Waffen vor sich ausgelegt, die sie offenbar putzte.

Larus saß neben ihr und half ihr dabei. Seine Lippen zuckten, als er hinzufügte: „Weshalb Cara und ich das Gerücht in Umlauf gebracht haben, dass Nyx keine Erinnerung an den Angriff hat."

Kaspian und Vesperus tauschten einen Blick aus und verzogen dann beide ihren Mund zu einem zustimmenden Grinsen.

„Das ist ein gutes Gerücht, das weiterhin die Runde machen soll", stimmte mein Gefährte zu. „Aber ich denke, dass sie sich versteckt hält oder einen Zaubertrank benutzt, um sich selbst zu tarnen."

„Wenn sie das machen kann, warum hätte sie nicht von vornherein den Trank für sich verwendet?", fragte ich.

„Du hast gesagt, dass sie in Dunkelheit gehüllt war", antwortete er. „Also braucht sie vielleicht ohnehin keine Verkleidung."

„Weil sie sich bereits im Verborgenen befindet", fiel ich ein und nickte. „Das würde erklären, warum Cara sie nicht gesehen hat."

Die weibliche Fee schnaubte, gab aber keinen weiteren Kommentar ab.

„Was die Fährtensucher eventuell überflüssig macht", folgerte Kaspian. „Aber Slater ist mit Nolan schon auf dem Weg. Ich gebe ihnen die Fragmente der Kugel und wir werden sehen, ob sie das Blut oder die Verwünschung benutzen können, um sie aufzuspüren."

„Und wenn sie das nicht können?", fragte Cara.

„Dann starten wir einen Überraschungsangriff", sagte Vesperus und klang dabei müde. „Die zukünftige Königin von Gold und Granat wäre fast getötet worden. Die Leute werden das verstehen."

„Nur wenn sie gewillt sind, Nyx als ihre Königin anzuerkennen." Kaspians Stimme war mild, aber sein Hinweis drückte die Stimmung im Raum merklich.

Vesperus verstummte für eine Weile und sagte dann: „Du hast recht."

„Sie müssen nur die Chance bekommen, Nyx besser kennenzulernen", murmelte Cara. „Dann werden sie sehen, wie wunderbar unser Glitzersternchen ist. Ich meine, sie strahlt. Sie kann auf ihrer Party die Diskokugel spielen."

Larus gluckste und sein dunkles Haar wehte voll Magie gegen seine Schultern, während er seinen Kopf schüttelte.

Aber Kaspian und Vesperus schienen von ihren Worten weniger erheitert zu sein. Die zwei Männer wechselten wieder einen dieser langen Blicke.

Mit dem nächsten Atemzug räusperte sich Kaspian und sagte: „Wisst ihr was? Ich könnte ein Schläfchen vertragen. Das waren jetzt schon lange vierundzwanzig oder sechsunddreißig oder weiß-der-Kuckuck-wie-viele Stunden. Slater und Nolan werden nicht vor Mitternacht zurück sein. Wir haben bereits entschieden, welche Söldner wir als Fährtenleser ausschicken werden. Ich denke, dass wir fürs Erste fertig sind."

Vesperus schenkte ihm ein dankbares Lächeln.

Cara hingegen schien bereit für eine Diskussion. Lediglich Larus' Hand in ihrem Nacken hielt sie zurück, noch etwas zu sagen. Mit seinen silberblauen Augen sagte er etwas zu ihr, das sie schwer schlucken ließ. Dann gab sie nach und sagte: „Ja, ein Schläfchen wäre eine gute Idee."

Kaspian nickte. „Exzellent." Er stand auf und nahm das Säckchen mit den Metallfragmenten von Vesperus' Tisch. „Wenn Nolan und Slater eintreffen, werde ich sie eingehend befragen."

Ich hob eine Augenbraue. *Vor, während oder nach deinem Nickerchen?*, fragte ich mich.

„Danke", sagte Vesperus. „Sag mir Bescheid, wie es läuft."

„Das werde ich." Kaspian richtete seinen Blick auf die Tür. „Gehen wir, meine Turteltäubchen."

Cara sprang auf und warf ihm einen Kussmund zu, den Larus sofort in der Luft auffing. „Das hättest du wohl gern."

Kaspian kicherte, zwinkerte der Fee, die so gern mit

ihm flirtete, zu und ging als Erster aus Vesperus' Büro hinaus. Cara und Larus folgten ihm.

Ich wartete, bis die Tür zu war, dann sagte ich: „Deine Führungskräfte sind nicht besonders versiert in feinen Manieren."

Vesperus lachte, stand vom Tisch auf und ging darum herum. „Normalerweise sind sie viel besser darin. Aber es ist ihnen auch klar, dass wir beide ein paar Dinge zu besprechen haben; und ich denke, sie haben keinen Sinn darin gesehen, das zu verheimlichen."

„Also warum sagen sie nicht einfach: ‚Lassen wir Vesperus und seine neue Gefährtin ein paar Minuten lang alleine, damit sie über ihre Zukunft sprechen können?' Statt vorzugeben, dass sie ‚ein Nickerchen' brauchen?"

Vesperus lehnte sich gegen die Tischkante, streckte seine Beine durch und überkreuzte sie an den Knöcheln. „Nicht jeder ist so zuvorkommend wie du, Nyx."

„Ein zuvorkommender Ansatz ist in den meisten Situationen praktischer Natur, König."

„Da pflichte ich dir bei." Seine silbernen Iriden waren wieder normal, aber seine Pupillen waren geweitet, als er seinen Blick über mich schweifen ließ. „Möchtest du, dass wir oben auf dem Dach weiterreden oder hier im Büro?"

Ich schaute zum Fenster und bemerkte, dass die Sonne bald untergehen würde. „Das ist eine leichte Entscheidung, König." Ich stand auf und zog mir den Sweater über den Kopf. Dann schüttelte ich die Stiefel von den Füßen und beugte mich nach unten, um meine Socken abzustreifen.

„Du bringst mich noch dazu, dass ich im Büro bleiben möchte", sagte er trocken.

Meine Lippen verzogen sich. „Bist du dir sicher?" Ich versetzte mich in Gedankenschnelle auf die Dachterrasse, um mich dort weiter auszuziehen.

Er tauchte ein paar Sekunden später auf und brachte

meine Stiefel und meinen Sweater mit. Statt einen Kommentar darüber abzugeben, wie unglaublich es war, dass er sich meine Fähigkeit des Teleportierens zunutze machen konnte, stellte er bloß mein Schuhwerk auf den Boden. Dann faltete er meinen Sweater zusammen und legte ihn auf die nächste Bank.

„Also … Du kannst dich jetzt auch an einen anderen Ort versetzen?", sagte ich, um das Gespräch anzuregen.

„Offensichtlich", murmelte er. „Ein sehr nützlicher Trick. Wie weit kann ich mich so fortbewegen?"

„Normalerweise geht es mehr darum, was du dir vorstellen kannst, als um die Distanz", sagte ich, als ich mir gerade das Höschen auszog. „Aber je weiter weg du dich versetzen möchtest, desto mehr Energie ist dafür vonnöten."

Er nickte, während er sein Hemd aufzuknöpfen begann. Seine Haut darunter schimmerte wie meine. „Denkst du, dass diese Fähigkeit mit unserer Verbindung oder mit unserem Blut zu tun hat?"

Ich war schon an den Stufen des Pools, als ich darüber nachdachte. „Beides vielleicht. Aber im Moment ähneln deine Iriden keinen Eklipsen, was sie normalerweise tun, wenn du von meinem Blut getrunken hast. Demnach könnte das ein Resultat unserer schicksalshaften Verbindung sein."

„Eklipsen?", wiederholte er und legte sein Unterhemd zu seinem Hemd auf die Bank.

„Wenn du mich beißt, ähneln deine Augen immer einer kompletten Sonnenfinsternis." Ich lächelte. „Das sieht ziemlich schön aus."

„Dasselbe könnte ich über dich sagen", antwortete er, während sein Blick auf meinen Brüsten ruhte.

„Dein Körper hat mir bereits ein Kompliment

gemacht", sagte ich zu ihm und schaute eindringlich auf seine Leiste.

Er verbarg mir auch nichts, sondern verschaffte mir eine noch bessere Sicht, indem er seine Hose und seine Boxer-Short auszog. Aber dann drehte er sich um, um die Kleidungsstücke in der gleichen Manier, wie er es mit den anderen zuvor getan hatte, zusammenzulegen. Dann beugte er sich auch noch extra hinunter, um mein Höschen vom Boden aufzuheben und es auf den Stapel zu legen.

„So ordentlich und anständig", neckte ich ihn.

„Meine Mutter wäre stolz auf dieses Kompliment." Er richtete sich auf und kam auf mich zu. Dabei stellte er seinen Körper in voller Pracht zur Schau. „Hast du vor, draußen stehen zu bleiben, oder kommst du zu mir ins Wasser?", fragte er mich, als er auf den Stufen an mir vorüber ging.

Ich bewunderte seine Gestalt einen Moment länger, dann folgte ich ihm in den heißen Pool. „Es kommt mir so vor, als wäre das Wasser unser Element", sagte ich vertraut.

Das war wohl angemessen, wenn man meine Macht über die Gezeiten in Betracht zog; auch wenn das eher mit meiner Beziehung zum Mond als mit dem tatsächlichen Ozean zu tun hatte.

„Wasser und Wahrheit", sinnierte er und ließ sich auf den Rücken gleiten, um etwas mit den Armen zu rudern. „Ich nehme an, dass wir uns darüber unterhalten sollten, was es für uns bedeutet, Schicksalsgefährten zu sein, nachdem es jetzt kein Zurück mehr für uns gibt."

„Ich nehme an, dass wir beide wissen, was es bedeutet", sagte ich, während ich zu ihm schwamm. „Unsere Zukunft ist ineinander verstrickt, ob wir dafür bereit sind oder nicht."

„Wahrlich." Er schloss seine Augen, als die letzten

Sonnenstrahlen in der Dämmerung verschwanden. „Meine anderen Fürsten werden über meine neuen Fähigkeiten nicht erfreut sein. Plötzlich kann ich mich woanders hinversetzen. Ich kann irgendwie Sternenstaub herbeirufen. Ich scheine auf einmal nicht mehr so viel Blut wie früher zu brauchen. Und ich merke, dass mir die Sonne jetzt überhaupt nichts ausmacht. Als ob ich in sie hineinschauen könnte, und es nicht spüren würde, dass sie mich verbrennt."

„Ist das ungewöhnlich?", fragte ich, und bezog mich dabei auf den Teil mit der Sonne. „Denn ich habe ziemlich viele Vampire gesehen, die hier in der Sonne herumgegangen sind."

„Sie tut uns nichts. Aber unsere Sinne sind sehr geschärft, weshalb ich das Sonnenlicht oft als unangenehm empfinde. Zumindest war dies bis jetzt so." Er hörte auf, zurück zu rudern, und bewegte sich nun vorwärts. Er knickte unter Wasser etwas in den Knien ein, damit wir auf der gleichen Augenhöhe waren.

Ich imitierte seine Haltung und blieb direkt vor ihm stehen. „Also beschäftigt es dich, dass die anderen Monarchen diese Veränderungen vielleicht nicht akzeptieren werden?" Ich fasste das zusammen, was er gerade gesagt hatte, aber ich vermutete, dass das der wichtigste Punkt unserer Unterhaltung sein würde.

„Ja." Sein Blick fiel auf meinen Mund, bevor er mir wieder in die Augen blickte. „Vor ungefähr fünfzig Jahren hat sich in Portland, Oregon, ein Portal aufgetan. Es war nicht das erste seiner Art, aber es war das erste, das den Menschen nicht verborgen blieb. Denn es ging mitten auf eine große Autobahn hinaus."

„Oh." Meine Augen wurden größer. „Das muss Aufsehen erregt haben."

„Untertrieben gesprochen." Sein Gesichtsausdruck sagte mir ebenso, dass das *Aufsehen* nicht positiver Art gewesen war. „Die Welt veränderte sich drastisch: Magie manifestierte sich in Menschen, brachte eine Reihe von Arten und Energieniveaus hervor und verursachte ein generelles Chaos. All das führte zum Großen Opfer."

„Zum Genozid", sagte ich, indem ich mich an unsere vorherige Unterhaltung erinnerte. „Was dann zum Friedensabkommen unter den Häusern geführt hat."

„Ja. Es war auch ein Krieg. Eine Massenvernichtung. Denn jeder kämpfte aus verschiedenen Gründen. Aber für Gold und Granat ist es immer nur um Ruhm und Ehre gegangen. Wir haben unsere Familien beschützt. Und wir haben vom Blut der anderen profitiert."

„Ihr habt getan, was ihr tun musstet, um zu überleben", paraphrasierte ich es.

„Nein, wir haben getan, was getan werden musste, um *aufzublühen*", korrigierte er mich. „Wir waren besser vorbereitet als die meisten. Unsere Fertigkeiten waren bereits durch unsere Herkunft als Söldner gut ausgebildet. Obwohl wir viel verloren haben, haben wir auch viel gewonnen. Unsere Einigkeit gehört auch zu diesen Errungenschaften."

Ich nickte und verstand, was er meinte. „Deine Männer und Frauen arbeiten gut zusammen."

„Das tun sie." Er neigte seinen Kopf nach hinten, um auf den Himmel zu blicken. Dabei tauchte er sein dunkles Haar in das Wasser hinter sich.

Ich machte es ihm nach und erlaubte es dem heißen Wasser, meinen Kopf zu erwärmen, bevor ich mich wieder aufrichtete und sich unsere Augen einmal mehr trafen.

„Nach dieser schicksalshaften Nacht haben die Häuser einen Waffenstillstand geschlossen", erklärte er mir. „Deshalb ist es für manche ein Grund zum Feiern und für andere ein Gedenktag. Viele haben an diesem Tag ihr

Leben gelassen – wurden *geopfert*. Alles zugunsten eines Friedens, der auf wackeligen Beinen steht."

„Wird bei Gold und Granat nun an dem Tag gejubelt oder gibt es Gedenkfeiern?", überlegte ich laut.

„Wir mögen Söldner des Todes sein, aber das feiern wir nie", erwiderte ich. „Wir gedenken der Gefallenen und wir ehren sie in unserer Mitte."

Das passte genau zu dem, was ich über dieses Reich und über ihn als seinen Anführer erfahren hatte. „Jene Nacht kann man nicht als Sieg sehen."

„Ich tue es nicht", gab er zu. „Ich sehe sie als Wendepunkt in unserer Geschichte; als eine Nacht, von der wir lernen sollen, damit sie sich nicht wiederholt."

„Was uns zu deiner Sorge zurückbringt, dass die anderen Anführer die Veränderungen deiner Macht eventuell nicht akzeptieren werden", mutmaßte ich.

„Was mich zu meiner Sorge zurückbringt, dass die Häuser es möglicherweise nicht erlauben werden, dass wir beide regieren", spezifizierte er meine Worte. „Aber es geht um mehr als das. Es geht um meine Leute. Kaspian hatte recht, was ihre Akzeptanz dir gegenüber betrifft. Was er nicht laut ausgesprochen hat, war, ob sie mein neues Ich akzeptieren werden oder nicht."

„Wenn es bei Gold und Granat um Ruhm und Ehre geht, dann werden sie deine Machterweiterung respektieren", antwortete ich. „Oder nicht?"

„Ja, sie werden sie honorieren und respektieren. Aber es wird ihnen bewusst sein, dass der Rest der Welt das möglicherweise nicht tun wird. Und diese Unsicherheit wird Unruhe unter den Mitgliedern meines Hauses hervorrufen."

Ich verstand das und schluckte. Es war seine Aufgabe, seine Leute zu schützen, und nicht ihre Aufgabe, ihn zu beschützen. Aber sie würden eventuell dazu gezwungen werden, falls die anderen Anführer seine erweiterte Macht nicht billigen würden.

„Deine Rolle als Anführer wird sie in Gefahr bringen", sagte ich mit dem nächsten Atemzug. „Wenn man annimmt, dass die anderen Häuser diesen Veränderungen nicht wohlwollend begegnen."

„Genau." Er hielt meinen Nacken in seiner Handfläche, machte einen Schritt auf mich zu und zog mich an sich heran.

„Aber du hast den falschen Odin erwähnt und dass niemand seine enorme Macht in Frage stellt", erinnerte ich ihn. „Also müssen wir ihnen vielleicht beweisen, dass wir auf eine ähnliche Art und Weise regieren können."

„Erstens gibt es keinen falschen Odin", murmelte Vesperus. Seine silbernen Augen funkelten vor Fröhlichkeit. „Aber ich hoffe wirklich, dass du ihm das eines Tages selbst sagst."

„Für mich ist er eine Fälschung", stellte ich klar. „Denn ich kenne den wahren Odin."

„Ja. Aus deiner Welt. Das sagtest du bereits."

„In meiner Welt, ja."

„Aber in meiner hier ist dieser sehr echt. Und du hast recht: Er wird überaus respektiert. Deshalb ist es nichts unmöglich. Dennoch richtet sich meine Sorge darauf, wie schnell sich alles entwickelt hat. Viele Häuser werden das als Bedrohung sehen."

„Was, wenn wir nicht groß davon reden?", schlug ich vor. „Wir besänftigen sie, indem wir ihnen demonstrieren, dass wir uns unter Kontrolle haben können."

„Können wir uns unter Kontrolle haben?", fragte er mit ernster Stimme, während er meine Gesichtszüge zu ergründen versuchte. „Ich denke, das ist Kaspians größte Sorge. Und wenn ich ehrlich bin, ist das auch meine."

„Ich kann meine Macht unter Kontrolle halten", sagte

ich zu ihm und runzelte dabei meine Stirn. „Ich habe es tausende Jahre lang gemacht."

„Aber deine Fähigkeiten übersteigen alles, was in dieser Welt bekannt ist, Göttin", sagte er und ließ dabei seinen Daumen eine Linie meinen Hals hinaufziehen. „Kontrolle hin oder her, deine Fähigkeiten sind für all jene, die sie nicht verstehen, furchteinflößend."

„Das kommt daher, dass die Wesen deiner Welt mir nicht die Chance geben, zu ihnen zu sprechen. Sie wollen mich einfach nur eliminieren."

„Ich weiß", erwiderte er sanft. „Und das ist es auch, was mir am meisten Angst macht, Nyx. Ich weiß jetzt, wie es sich anfühlt, wenn ich dich verliere, und ich habe große Angst davor, das noch einmal zu erleben."

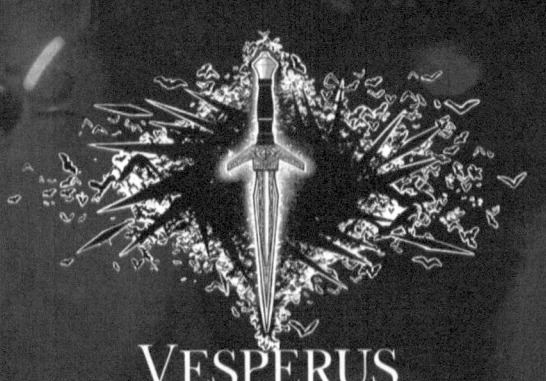

VESPERUS

Es war ein Bekenntnis, das mir aus der Seele gesprochen hatte.

Ich hatte gespürt, wie sie starb. Der Tod hatte ein Stück von mir mitgenommen und mich erkennen lassen, wie sehr unsere Seelen in diesem Leben ineinander verstrickt waren. Sogar ohne dass unsere Verbindung aufrecht gewesen war.

Und nun … Nun waren wir komplett eins.

Sie zu verlieren würde mich so zerstören wie sonst nichts anderes. Was zum ersten Mal in meinem Leben bedeutete, dass ich eine wahre Schwäche hatte.

Glücklicherweise war sie eine Göttin und konnte auf sich selbst aufpassen.

Unglücklicherweise war sie im Moment die Zielscheibe für die Herrscher der Welt.

„Die meisten Herrscher haben deine Beseitigung gefordert: entweder durch Tod oder Zurückschicken in dein eigenes Reich", sagte ich zu ihr. „Wenn das meine zwei Optionen sind, dann wähle ich dein Reich. Nur, dass ich mit dir gehen müsste."

Sie sah mich forschend an. „Würdest du mit mir kommen?"

Ich nickte, da ich selbst schon diese Entscheidung getroffen hatte. „Unsere Seelen sind miteinander verwoben, Nyx, in guten und in schlechten Zeiten."

„Was ist mit deinem Haus? Mit deinem Thron? Deinem Leben hier?"

Mit einem Kloß im Hals starrte ich sie an. „Ein guter Anführer weiß, wann er sich für seine Leute opfern muss."

Sie blinzelte. Der Respekt, der sich in ihren Augen widerspiegelte, sagte mir, dass sie verstanden hatte, was ich meinte.

„Wenn es mir in dieser Welt nicht erlaubt ist, mit dir zusammen zu sein, dann müssen wir eine andere Welt finden, in der es das ist." Wir hatten keine andere Wahl. „Wenn du weggehst, wird es sich für mich so anfühlen, als würdest du sterben. Und wir haben bereits festgestellt, was das für mich bedeuten würde. Zur Hölle, wir sehen es an Fallons Verhalten."

Ich verzog das Gesicht, als ich an die Hexe dachte, die an Klas' Tod zerbrochen war. Während ich ihre Handlungen nicht entschuldigen konnte, verstand ich sie jedoch sogar bis zu einem gewissen Grad.

Denn für ein paar kurze Momente hatte ich diese Reaktion auf den Tod eines Gefährten, der einem die Seele zerschmetterte, erlebt. Und sie hatte das seit mehr als einer Woche ertragen.

Das entschuldigte nicht ihre Taten oder ihre Entscheidungen, aber bis zu einem gewissen Ausmaß erklärte es die Irrationalität ihrer Schritte.

„Und selbst wenn ich dein Weggehen irgendwie überleben würde, was für eine Art von Anführer wäre ich dann?", fragte ich Nyx. „König zu sein bedeutet, dass man das Haus schützt, seine Mitglieder ehrt und für ihre Sicherheit sorgt. Das kann ich nicht, wenn ich gebrochen bin."

Genau deshalb hatte ich versucht, eine komplette Verbindung mit Nyx zu vermeiden. Das Schicksal hatte jedoch andere Pläne gehabt. Pläne, die ich akzeptierte, denn ich konnte nichts tun, um sie zu verändern.

Pläne, von denen ich mir nicht sicher war, ob ich sie ändern wollte, selbst wenn ich es gekonnt hätte.

„Ich kann mein Haus auch nicht beschützen, wenn die Zunahme meiner Macht unter den anderen Anführern Unfrieden stiftet. Meine Leute werden letztendlich wegen mir Kämpfe austragen – und nicht umgekehrt, und ich werde dieses Schicksal weder für sie noch für mich selbst akzeptieren. Ich würde sie keiner Gefahr aussetzen, nur um selbst auf dem Thron zu bleiben." Das würde die Bestimmung eines Königs ad absurdum führen.

Nyx presste ihre Handfläche auf mein Brustbein, genau über meinem Herzen. „Du bist ein guter Anführer, Vesperus Veritas. Du bist stark und weise und ich würde mich geehrt fühlen, deine Königin zu sein. Aber ich erkenne auch an, dass es unmöglich sein dürfte, in dieser Wirklichkeit zu regieren."

Meine Lippen verzogen sich. „Du wärst geehrt, meine Königin zu sein, hmm? Obwohl ich gar nicht offiziell danach gefragt habe?"

„Du kannst eine Göttin nicht fragen, ob sie regieren möchte, König. Das liegt in ihrer Natur." Sie sprach die Worte neckend und in einer Singsang-Stimme aus, aber die Ernsthaftigkeit in ihren Augen entging mir nicht.

Sie war eine Frau, die sich niemals beugen würde.

Nicht einmal vor einem König.

Aber sie würde vor mir knien, wenn ich sie richtig dazu verführen konnte.

Ich schlang meinen Arm um ihren Rücken und hielt sie mit der anderen Hand immer noch im Nacken. „Was liegt noch in deiner *Natur*, Göttin?", fragte ich sie. Meine

Lippen waren nur eine Haaresbreite von den ihren entfernt.

Ihre Nägel bohrten sich leicht in meine Haut, die andere Hand wanderte an meine Hüften. „Viele Dinge kommen bei mir ganz natürlich", murmelte sie und berührte bei jedem Wort leicht meine Lippen. „Ich stöhne. Ich lecke. Ich *sauge*."

„Mmm." Ich gab meinem Verlangen nach, an ihrer Unterlippe zu knabbern, bevor ich mich zu ihrem Ohr hinauf küsste. „Aber schluckst du auch?"

„Nur wenn ich den Geschmack mag", flüsterte sie und legte ihren Mund auf meinen Kiefer. „Und es trifft sich, dass ich deinen liebe." Ihre Zähne sanken in meinen Hals, dann sog sie mit heftigen Mundbewegungen meine Essenz in sich hinein und *schluckte*.

Es war überhaupt nicht das gewesen, was ich gemeint hatte. Das wusste sie genau, aber ich gewährte es ihr dennoch. Denn es fühlte sich gut an: ihr Mund an meinem Hals, ihre Zunge flink an meiner Wunde, damit sie sich nicht schloss, während die Endorphine meinen Blutstrom überrollten.

„Scheiße, Nyx", keuchte ich und presste meinen Schwanz gegen ihren flachen Bauch.

Ich war schon früher von Vampiren gebissen worden, aber noch nie hatte sich das so angefühlt. Ihr Biss war wie ein Aphrodisiakum für meine Sinne und machte mich so verdammt hart, dass ich knapp davor war zu kommen.

Aber sie ergriff meinen Schaft, um zu verhindern, dass ich noch praller wurde. Ihr Daumen fuhr an der Unterseite hinauf, bevor er schließlich die Eichel erreichte.

Ihr Mund wanderte von meinem Nacken, über meinen Hals und wieder zu meinen Lippen.

Dann küsste sie mich.

Nicht umgekehrt.

Nein, hier ging es darum, dass eine Göttin einen König in die Knie zwang, was das Gegenteil von dem war, was ich zu tun gedacht hatte, und dennoch war ich heillos in ihrem Mund verloren. In ihrer Berührung. Ihrer verflucht göttlichen Essenz.

Mein Griff an ihrem Nacken wurde fester und mein Arm um sie war fest wie Stahl, während meine Zunge ihren Kuss mit unterwürfigen Schlägen erwiderte.

Meine Göttin. Mein.

Ihre Nägel in meiner Brust sagten mir, dass sie etwas Ähnliches dachte. *Mein König. Mein.*

„Der Mond geht auf", flüsterte sie, als dessen Energie bereits unsere Haut berührte. „Fühlst du es?"

„Ja." Ich fuhr mit meinen Reißzähnen über ihre Unterlippe. „Ich schmecke es auch." Ich biss sie, da ich ihr Blut brauchte, und stöhnte auf, als sie meinen Schwanz wieder zusammendrückte.

„Nun bin ich damit an der Reihe, dich zu schmecken, König." Sie begann damit, mich nach hinten zu drängen. Dabei erinnerten mich ihre Iriden an volle Zwillingsmonde. Sie strahlten. Verführten mich. Und wollten mich *komplett verschlingen*.

Hypnotisiert von ihrem hungrigen Gesichtsausdruck, ließ ich mich von ihr führen.

Diese Frau war mir in jeder Hinsicht ebenbürtig. Oder mir sogar überlegen.

Es war meine Bestimmung, ihr nachzujagen. Sie zu zähmen. Sie *gefügig* zu machen. Aber sie hatte sich selbst auch als Jägerin entpuppt, nicht als Beute.

Und im Augenblick war ich das Gericht, das sie gewählt hatte.

Ich setzte mich auf den Sims, als ich dagegen stieß. Worte waren keine mehr notwendig, da ich die Begierde aus ihren Augen ablesen konnte.

Das konnte mich jedoch nicht davon abhalten, dass ich ausstieß: „Hoffentlich tust du mehr, als mich nur zu kosten, Göttin. Ich möchte, dass du mich Sterne fühlen lässt."

„Du bist als König so fordernd", sagte sie. Ihre Hände lagen an meinen Oberschenkeln, als sie zwischen sie trat und mich wiederum küsste.

Dieses Mal war der Kuss sanfter, mehr ein Necken als eine Umarmung.

„Das ist es, was Könige von Natur aus tun, Göttin. Wir fordern ein. Und jeder beugt sich."

„Bis auf mich", flüsterte sie.

„Bis auf dich", stimmte ich zu.

Sie lächelte mit ihren Lippen an meinem Mund, küsste mich am Kinn und begann dann, sich ihren Weg an meinem Körper nach unten zu lecken.

Langsam. Statt sich schnell zu bewegen, erforschte sie mich. Erst erkundete sie meine Brustmuskeln, bevor sie meine Schulter hinauf und meinen Arm wieder hinunter fuhr.

Ihre Zunge zog mein Haus-Tattoo nach und ihre Augen nahmen das goldene Schwert, das in Blut getaucht war, unter die Lupe.

Sie hielt an der Krone, die in den Griff gestanzt war, inne, dann folgte sie der Kette und den Blutstropfen, die zu meiner Hand hinunter führten.

Dort knabberte sie an meiner Handfläche, bevor sie einen meiner Finger in ihren Mund steckte.

Und an ihm saugte.

„So eine verführerische Mondnymphe", sagte ich. Ich hielt mich am Poolrand hinter mir fest und brachte unter meinem Griff beinahe die Marmorfliese zum Springen.

„Göttin", korrigierte sie mich.

„Meine Schicksalskönigin", fuhr ich fort.

Ihre Iriden glühten zustimmend, als sie sich wieder

ihren Weg zurück nach oben küsste, meinen Arm hinauf und zu meiner Brust hinunter. Nur dieses Mal setzte sie ihren Weg nach unten bis zu der feinen Linie meiner Behaarung am Unterleib fort.

Ich ließ den Rand des Pools los, um meine Finger durch ihr seidenes, nasses Haar gleiten zu lassen. Ihre goldenen Augen flackerten auf, als sie zu mir hochblickte, und blitzten verschmitzt, als sie sich weiter nach unten bewegte. „Jetzt werde ich dich wirklich lecken", sagte sie zu dem Kopf meines Schwanzes.

Mein Blut begann zu köcheln, als sie begann, dieses Versprechen einzulösen. Mit nur einem einzigen Schlag trieb mich ihre samtene Zunge in den Wahnsinn. „Du bringst mich um, Göttin."

„Dabei habe ich gerade erst mal begonnen." Ihre Lippen flüsterten über meine Haut hinweg. Sie prägten sich meine Länge ein und forderten meine Instinkte heraus.

Ich wollte das Kommando übernehmen, wollte ihr sagen, wie ich es gern hatte und wollte sie dazu bringen, mich zu *schlucken*.

Aber ich wollte dieses Spiel auch noch nicht so schnell beenden.

Sie wollte die Oberhand über mich haben und ich wollte sie es versuchen lassen. *Versuch dein Glück*, dachte ich und stöhnte auf, als sie mich schließlich in ihren Mund aufnahm. *So nass und perfekt.* Sie saugte genau richtig.

Und diese Augen. *Fick mich*, sagten *diese Augen* …

Sie hatte mich unentwegt angesehen und ihre Augen hatten vor Macht geflackert.

Diese hinreißende Kreatur kniete auf ihre eigene Weise vor mir, während sie sicherstellte, dass mir klar war, dass wir immer noch gleichberechtigt waren.

Das war ein Geschenk.

Und ein Test des Durchhaltevermögens, den sie wild entschlossen bestehen wollte. Was sie auch damit bewies, dass sie mich immer tiefer in ihren Mund schob, bis ich hinten in ihrem Rachen anstieß.

„Dieser Anblick von dir wird meine Träume bis in alle Ewigkeit begleiten" sagte ich zu ihr. Mein Hals war trocken und meine Stimme rau.

Sie summte billigend und ihre Iriden blitzten auf.

Flüssiges Gold.

Volle Lippen.

Eine verflucht geschickte Zunge.

Göttin, ich werde noch meinen Verstand verlieren, flüsterte ich ihr in Gedanken zu, während ich meinen Untergang voll und ganz in Kauf nahm. *Mach weiter so. Ja. Genau so.*

Ihre Handflächen fuhren an den Innenseiten meiner Schenkel hoch, was mir eine Gänsehaut bescherte.

Ich fluchte, als sie mich wieder tief in den Mund nahm und ihre Zunge dabei die Unterseite meines Schaftes massierte. Mir wurde schwarz vor den Augen.

Nur um dann wieder sie und dieses sinnliche Lächeln in ihren Augen zu sehen, das mich näher an die Klippe brachte. „Komm zu Atem, Göttin", trug ich ihr auf, während sich meine Muskeln anspannten. „Denn ich werde … dich gleich … *überschwemmen.* "

Sie zitterte und wartete vorausahnend ab. Mein Unterleib zog sich zusammen. Ich packte ihr Haar fester. Mein ganzer Körper spannte sich an, während ich darum kämpfte, noch ein paar Sekunden länger in ihrem glorreichen Mund zu schwelgen.

Aber ihre Zunge glitt über meinen Spalt und ihr Blick forderte, dass ich kam.

„*Nyx.*" Ich konnte ihren Namen nur zischen, als eine Welle der Ekstase meine Glieder durchfuhr. Meine

Muskeln verhärteten sich und ich musste in ihrem Mund explodieren.

Ihre Lippen lagen um meine Eichel, als sie schluckte und den Moment in die Länge zog, was mir einen Schauer die Wirbelsäule entlang schickte. Die ganze Zeit über ließ ich sie nicht aus den Augen. Ich ließ sie alles sehen, was sie verflucht noch mal mit mir anstellte und dann – trank sie meinen Liebessaft gierig und in vollen Zügen.

Mein Höhepunkt fühlte sich unendlich an und die Ekstase erhitzte jede Faser meines Seins.

Sie allerdings hörte nicht auf. Sie war fest entschlossen, über mich zu triumphieren.

Also ließ ich sie gewähren.

Ich gab nach und ließ sie diese Runde gewinnen. Zur Hölle, sie hatte mich auf die glorreichste Art zerstört. Und das übermittelte ich ihr mit ein paar wenigen, gezielten Worten, die ich an ihre Gedanken schickte.

Als sie dann fertig war, glühte sie vor Stolz. „Beeindruckt?", fragte sie und bewegte dabei ihre Augenbrauen.

„So sehr, dass ich eventuell verliebt sein könnte", gestand ich und zog sie mit meiner Hand in ihrem Haar zu mir nach oben. „Wie habe ich geschmeckt?"

„Wie Ambrosia", flüsterte sie in meinen Mund und gab mir ihre Zunge, um den Geschmack selbst zu erleben. „Ich denke, ich werde dich jeden Tag lecken, König Veritas."

„Nur wenn ich dir den Gefallen zurückgeben kann, Göttin Nyx", sagte ich und packte ihre Hüften.

Sie quietschte auf, als ich meine vampirische Schnelligkeit nutzte, um unsere Position zu verändern. Ich legte sie auf die Seite des Pools und spreizte ihre Schenkel auf. Aber ich machte mich nicht sofort über ihr Prunkstück her. Zuerst widmete ich mich ihren Brüsten und saugte den Sternenstaub von ihren rosigen Brustwarzen.

Zustimmend schlang sie ihre Beine um mich und fuhr mit ihren Fingern durch mein Haar, um meine Bewegungen zu dirigieren.

Nyx war diese Art von Frau, die mir ohne Worte sagen konnte, was sie wollte. Aber Anleitung brauchte ich keine. Ich kannte mich schon aus. Und das bewies ich auch, indem ich jede Regung und Reaktion ihres Körpers vorhersah und mich schließlich nach unten begab, um ihr angemessen zu huldigen.

Ihre Nägel bohrten sich in meinen Schädel und drängten mich dazu, weiterzumachen, während sie meinen Namen stöhnte.

Wie viele Male werde ich dich zum Kommen bringen, Göttin?, fragte ich. *Ich habe dir versprochen, dass du mich noch darum anflehen wirst aufzuhören* ... Was sie streng genommen letzte Nacht schon getan hatte. Aber warum die Vorstellung nicht wiederholen?

Mindestens drei Mal, erwiderte sie mit warmer, sinnlicher Stimme und ...

Ich hielt inne, ließ meinen Mund über ihrer Klitoris schweben und hob meinen Blick zu ihr hoch. *Das habe ich in meinem Kopf gehört.*

Sie zwinkerte zu mir nach unten. *Hast du das?*

Ja, das habe ich.

Ihre Augen wurden größer. *Oh.*

Meine Lippen neigten sich zu ihr. *Oh, tatsächlich.* Denn das würde das Ganze so viel spaßiger machen. Was ich auch weiterhin bewies, indem ich tief mit der Zunge in sie drang und bei der Zustimmung, die aus ihren Gedanken ausstrahlte, zufrieden knurrte. Es war, als hätten wir einen Kommunikationskanal gefunden, der es uns erlaubte, einander auch zu *hören*, nicht nur zu sprechen.

Ich testete die Grenzen mit meiner Zunge und meinen

Zähnen, indem ich sie zu neuen Höhen trug, bevor ich zwei meiner Finger in ihren glitschigen Tunnel einführte.

Sie ächzte, hob mir ihre Hüften entgegen und sang dabei meinen Namen in Gedanken.

Sie pulsierte an mir. Ihr Orgasmus war nahe und unaufhaltsam. Ich leckte sie weiter und genoss es, wie sie sich enger und enger um mich zusammenzog.

Drei Mal hatte sie gesagt.

Was mich dazu motivierte, mindestens vier anzustreben.

Vesperus, zischte sie und ihre Beine, die sie um mich gelegt hatte, zitterten.

Ich streifte mit meinen Fangzähnen über ihre Klitoris und brachte sie mit Leichtigkeit dazu, ein zweites Mal zu explodieren. Dabei schrie sie so laut, dass es die Götter im Himmel hören mussten.

Das gab mir eine Vorstellung davon, wie man sie außer Rand und Band brachte.

Vertraust du mir, Nyx?, fragte ich und knabberte mit einer bestimmten Absicht an ihrer empfindlichen Perle.

Sie schnappte nach Luft und packte mein Haar sogar noch fester mit ihren Händen. *Ja.*

Ich konnte in meinem Blut spüren, wie unverfälscht das war, wie wahrhaftig, dass ihr Körper unter meiner Berührung vibrierte. Sie wusste, was ich vorhatte und sie war schon voll der Vorfreude darauf.

Ich verstehe, warum das Schicksal uns zusammengebracht hat, Göttin, flüsterte ich ihr zu. *Wir sind verdammt noch einmal für einander gemacht.*

Sie antwortete mit einem unverständlichen Laut, der zu einem Aufschrei wurde, als ich sie biss. Genau dort. In den empfindlichsten Teil ihres ganzen Körpers.

Was sie auf der Stelle auf einen dritten Gipfel katapultierte.

Das Gemisch aus ihrer Erregung und ihrem Blut ließ mich stöhnen, und der Jäger in mir ließ mich in ihrem göttlichen Geschmack schwelgen.

Er wurde schnell zu meinem Lieblingsgetränk. Meine Zunge schlug nach ihr, meine Zähne bohrten sich in sie, meine Finger drehten sich in ihr.

Ihre Selbstvergessenheit wurde zu meiner Euphorie.

Bis jeder von uns aufgrund seiner Anstrengungen nach Luft schnappte. Ihre Wangen erröteten und ihre schöne, erfrischende Farbe breitete sich bis zu ihren Brüsten hinunter aus und tauchte sie in ein so schönes Roségold, dass ich sie gleich wieder ficken wollte.

Aber darum ging es hier nicht.

Es ging um unsere Verbindung. Unsere Beziehung. Unsere *Zukunft*.

Also zog ich sie vom Rand des Pools weg, nahm sie in meine Arme und schwamm mit ihr in die Mitte des Pools. Dann sahen wir dem Mond zu, wie er in den Himmel hinaufstieg.

Heute war er rot.

Ein Blutmond.

Was seltsam war. Ich hatte nicht gewusst, dass für heute einer vorhergesagt war.

Das ist eine Segnung, flüsterte Nyx mir zurück. *Der Mond stimmt unserer Verbindung zu.*

Sie drückte ihre Lippen an meinen Hals, während ich darüber nachdachte, was das bedeutete. *Verursacht das irgendwo auf der Welt mysteriöse Probleme?*

Sie schüttelte ihren Kopf. *Das ist nur eine Einbildung, etwas, das wohl nur wir sehen können. Aber es bedeutet, dass Veränderungen am Horizont aufziehen. Und es ist wahrscheinlich auch eine Nachricht von Khaos.*

Khaos, wiederholte ich. *Dein Schöpfer.*

Ja. Er ist so etwas wie mein Vater, nehme ich an. Sie lächelte an meiner Brust. *Dass der Mond rot ist, ist eine Möglichkeit, mir seine Zustimmung zu zeigen.*

Ihre ursprüngliche Welt war mit Wundern gefüllt und hatte für mich ein ganz neues Universum geschaffen, das ich erkunden konnte. Ein ganz neues Leben, das es potentiell zu leben galt.

Es bedeutete, dass wir Optionen hatten.

Denn wenn meine Welt sie nicht akzeptieren würde, dann würde ihre Welt vielleicht mich akzeptieren. *Uns.*

Wir werden die Sache mit Fallon regeln, dachte ich zu ihr und zu mir selbst. *Dann sehen wir weiter.*

Ich wollte weder mein Zuhause noch meine Leute verlassen. Aber ich erkannte auch, dass ich ihnen bereits eine lange Zeit gedient hatte. Ich hatte sie beschützt. Ich hatte für sie gesorgt. Und ich hatte sie auf eine Welt vorbereitet, in der ich nicht mehr existierte.

Das war es, was ein guter König tat: Er stellte sicher, dass seine Leute auf das Unausweichliche vorbereitet waren. Denn während meine Art ewig leben konnte, so war es meine Position, die Risiken mit sich brachte, wie beispielsweise den vorzeitigen Tod.

In meinem langen Leben hatte ich schon so vieles erreicht.

Wenn Nyx letztendlich der Katalysator dafür war, dass ich meinen Thron verlor, dann würde ich das akzeptieren.

Denn ich akzeptierte sie.

Als meine Gefährtin.

Meine Zukunft.

In einem Universum von unzähligen Möglichkeiten.

Wir können immer noch versuchen, sie zu überzeugen, dass wir bleiben können, flüsterte Nyx. *Ich möchte nicht, dass du dich wegen mir von deinen Leuten trennst.*

Ich küsste ihre Stirn und hielt sie fest. *Wie ich schon gesagt habe, Göttin, ein guter Anführer weiß, wann es Zeit ist, sich für seine*

Leute zu opfern. Und ich kann spüren, dass diese Zeit naht. Sie brauchen jemanden, der ihnen Stabilität gibt. Jemanden, der meine Bürde übernehmen und den Weg in die Zukunft fortsetzen kann.

Jemand wie Kaspian, erwiderte sie.

Jemand wie Kaspian, wiederholte ich wie ihr Echo. *Er führte sie bereits an. Vielleicht ist es Zeit, dass er meine Krone übernimmt.*

Dann wäre ich ein pensionierter König.

Und vom Schicksal dazu bestimmt, eine Welt kennenzulernen, von deren Existenz ich nicht gewusst hatte.

Mit dieser schönen Göttin an meiner Seite.

Das klang für mich nach einer reizvollen Aussicht auf die Zukunft.

Aber wir müssten erst sehen, ob das Schicksal zustimmte.

NYX

Magie summte über meine Arme und ließ mich aus meinem Schlaf hochschrecken. Es erinnerte mich an den Morgen, an dem ich Vesperus getroffen hatte, bloß dass es sich nun dringlicher anfühlte.

Gänsehaut breitete sich auf meinen Armen aus und meine Nackenhaare stellten sich auf. „Vesperus", flüsterte ich und legte meine Hand auf seine Schulter. Ausnahmsweise befand er sich neben mir im Bett. Er hatte seine Augen geschlossen und befand sich immer noch in einem Traum, aus dem ich ihn offenbar nicht wecken konnte.

„Vesperus", sagte ich. Dieses Mal war es lauter, während mein Herz bereits zu rasen begann.

Etwas stimmte nicht.

Es war sonst nicht so schwer, ihn aus dem Schlaf zu holen.

Und seine Haut fühlte sich so kühl an. „*Vesperus.*" Ich legte meine Hand auf seinen Brustkorb. „Wach auf."

Nichts.

Keine Antwort.

Nicht einmal eine Veränderung in seinen Atemzügen.

Als ob er für die Welt gestorben wäre.

Und diese Verwünschung hielt mich weiterhin in ihrem Bann und kroch in alle meine Sinne.

Das ist tödliche Magie, dachte ich zitternd. *Was ist das für ein Netz?* Es erinnerte mich an tintenschwarze Spinnweben, die sich über meine Haut legten und eine ungewollte Spur hinterließen.

Ich konnte sie nicht sehen, ich *fühlte* sie nur. Ebenso wie meinen Zauber, der mich anschrie, dass ich reagieren sollte. Etwas unternehmen sollte. Dass ich *zuhören* sollte.

Sie summte wie verrückt in der Luft und kämpfte gegen das dunkle Netz der Macht an, die meine Sinne infiltrierte. Ich blinzelte und die Welt wurde dunkel. Dann kam sie zurück. Und verdunkelte sich erneut.

Was ist das?, fragte ich mich. Meine Gliedmaßen zuckten unkontrollierbar.

Vielleicht …

Vielleicht sollte ich …

Ich gähnte, nur um von der Energie wieder getroffen zu werden. Ich riss meine Augen erneut auf. „*Was ist das?*", wollte ich unbedingt wissen. Der Sternenstaub auf meiner Haut erinnerte mehr an Asche als an Glitzer. Es war dasselbe bei Vesperus, dessen Haut sogar noch kühler war als zuvor.

Ich zwang mich dazu, mich vom Bett zu erheben. Dabei schlotterten meine Beine vor Anstrengung. Ich konnte kaum stehen. *Es fühlt sich an, als würde ich sterben*, dachte ich zitternd. *Und Vesperus scheint … Nein. Er atmet noch. Aber …*

Er wurde grau.

So wie es mir nach dem Schuss ergangen ist, dachte ich und ein Schauer lief mir den Rücken hinunter. „Woher kommt das?", murmelte ich undeutlich, während mein Blick auf die vibrierende Magie fiel. Sie schien gegen die Dunkelheit anzukämpfen und soweit ich das sehen konnte … behielt die Dunkelheit die Oberhand.

Was bedeutete, dass ich nicht viel Zeit hatte, bevor sie mich wieder überwältigen würde.

Ich raffte die Kleider von letzter Nacht, die Vesperus vom Pool mitgenommen hatte, zusammen und zog sie an. *Langsam. Viel zu langsam.*

Alles fühlte sich träge an, als ob mein Körper nicht über ausreichend Energie verfügen würde, sich bewegen zu können. Aber ich schlug mich durch den Schleier der Dunkelheit und zwang meine Gliedmaßen dazu, meinen Wünschen zu gehorchen. Währenddessen verschwand meine Magie langsam in der Ferne.

Was ist das für eine Macht, die mein Wesen so leicht zermalmen kann?

Ich schluckte, richtete meine Wirbelsäule auf und erinnerte meine Beine daran, wie sie zu funktionieren hatten.

Die Magie des Medaillons vollführte eine schwirrende Bewegung, die mir offenbar sagen wollte: *Beeil dich!*

„Ich versuche es", erwiderte ich leise und mit wenigen Worten. Denn um zu sprechen, bedurfte es der Energie. Um zu gehen, ebenso.

So werde ich mich nirgendwohin versetzen können, dachte ich, während ich den Raum verließ. *Ich muss nur jemanden … irgendjemanden … finden, der mir helfen kann.*

Mein Schritt glich einem Schleichen, als ich mich den Korridor entlang bewegte und mein Herz langsam in meiner Brust schlug. Die ganze Zeit über hüpfte meine Magie aufgeregt umher und zeichnete Ausrufezeichen in die Luft. So forderte sie mich entweder auf, dass ich mich schneller bewegen sollte, oder feuerte mich an. Ich war mir nicht sicher. Aber sie machte mich schwindlig.

So müde.

So …

Wieder so dunkel.

Wo ist das Licht? Warum ist es … so kalt?

Ich zitterte, meine Augenlider öffneten sich als Antwort und brachten mich dazu, meine Stirn zu runzeln. *Bin ich gerade auf der Treppe eingeschlafen?*

Wärme summte wieder um mich herum. Das goldene Licht meiner Magie war nun schwarz umrandet. Sie war bereits langsamer als zuvor und strahlte nicht mehr so hell.

Aufgrund ihrer Schlacht mit der Dunkelheit.

Ich versuchte mich schneller zu bewegen und meinen Schritt zu beschleunigen, aber das Netz auf mir fühlte sich so schwer an. *Als ob ich versuchen müsste, mir den Weg aus meinem Grab zu schaufeln*, dachte ich, während meine Lungen beinahe versagten.

Schwarze Punkte tanzten vor meinen Augen herum, während der Sauerstoff knapp wurde.

Aber ich weigerte mich aufzugeben

Ich weigerte mich *zu schlafen.*

Schließlich tauchte der unterste Stock auf, aber zu sehen war niemand. Ich versuchte meinen Mund aufzumachen, um jemanden zu rufen, hatte aber nicht genug Luft.

Geht weiter, gebot ich meinen Beinen.

Sie gaben jedoch nach und ließen mich stattdessen die letzten paar Stufen hinunter stolpern. Alles drehte sich. Mein Rücken und mein Kopf schmerzten vom Aufprall auf den Boden.

Steh auf, befahl ich mir selbst. *Steh auf. Steh auf. Steh auf.*

Die Magie schien dasselbe zu fordern. Ihr fahles Licht flimmerte und flehte mich an, dass das nicht mein Ende sein sollte. Dennoch konnte ich … spüren, wie … *die Erde* … mich schwer nach unten zog. *So schwer.*

Was passiert mit mir?

Ich schluckte schwer und hatte den Geschmack von Erde im Mund.

Das kann nicht sein.

Werde ich …?

Ich hustete. Das Geräusch klang fremd und unerwartet und war voll mit … mit …

Ich berührte meine Lippen und auf meinen Fingern war *Asche.*

Nichts von all dem ergab Sinn. Es war mehr ein Alptraum als die Wirklichkeit. *Träume ich?*

Ich schloss meine Augen, nur um dann erneut in Dunkelheit zu blicken, als ich sie wieder öffnete. Überall um mich herum war Dunkelheit. Der Geruch von frischer Luft drang in meine Nase. Und ein Funken von Energie blitzte über mir auf.

Meine sterbende Magie. Ich hob meine Hand, um sie zu berühren. Meine Haut hatte schon eine alarmierende Farbe angenommen: Unter dem Licht der Nacht sah sie grau wie die Asche aus. Ich war zu bleich. Wie ein sterbender Mond.

Unmöglich.

Ich schloss meine Augen wieder und wachte dann im Palast auf. Es war so, als befände ich mich an zwei Orten gleichzeitig.

In meinem Kopf drehte sich alles und mein Mund war trocken. Es bedurfte körperlicher Anstrengung, aus dem Fenster und auf den nächtlichen Himmel zu schauen.

Heile mich, flehte ich. *Verleih mir die Kraft, das wieder ins Lot zu bringen.*

Der Mond war in keiner optimalen Position, der Himmel war dunkel, aber nicht dunkel genug.

Ich schluckte wieder. Ich streckte meine Hand zum Fenster aus, als ein Fädchen von Energie durch die Luft schlingerte und auf mich zukam. Es war gerade einmal genug Sternenstaub, um meine Fähigkeit des Teleportierens in Gang setzen zu können.

Hinaus, dachte ich. *Bring mich hinaus.*

Ich stellte mir den Park hinter dem Anwesen vor.

Aber das war nicht die Umgebung, die mir erschien.

Ein Friedhof, erkannte ich beinahe sofort, zumal die Gerüche denen ähnelten, die ich in meinem Traum gerochen hatte. Oder in meiner Realität. Oder was auch immer dieser Moment gewesen war.

Ich ignorierte ihn, um mich auf den Mond zu konzentrieren, der in der anhaltenden Nacht nur spärlich am Himmel zu sehen war.

Ich inhalierte und sog so viel Energie ein, wie ich nur konnte, und erlaubte dieser dann, das Eis auf meinen Gliedmaßen zu verscheuchen.

Allerdings schien die erdrückende Magie – diese unablässige Energie, die in unsichtbaren Strähnen an meiner Haut klebte – alles schon im nächsten Moment zu absorbieren.

Ich fauchte und war von dem verfluchten Zauber, der mich einhüllte, irritiert. Der *uns* einhüllte. Er schien dick in der Luft zu liegen, als würde er sich über die ganze Stadt ausbreiten. Aber der Ausgangspunkt des Netzes befand sich ganz in der Nähe.

Ich konnte die tödliche Magie schmecken.

Mein Medaillon war verblasst und sein letztes Fünkchen Vitalität winkte in der Ferne. Es driftete durch die Luft. Pulsierte. Krampfte sich zusammen.

Über ... einem ... Grab.

Ich stützte mich am Boden auf, als ich mich auf meine

Knie zwang. Meine Welt schwankte bei der Bewegung vor und zurück.

Der Mond versuchte mir Mut zu machen und der Sternenstaub floss unnütz in goldenen Wellen um mein Wesen. Durch die tintenschwarze Finsternis, die sich über mich gelegt hatte, konnte er nicht mehr hindurchdringen.

Eis prickelte an meinen Armen, drang in mein Fleisch und sickerte in mein Blut.

Aber ich kroch weiter und zwang mich dazu, den Schmerz zu ignorieren und mich nach dem Medaillon auszustrecken.

Schlimmstenfalls kann ich in ein anderes Reich springen, dachte ich. *Aber dann … Dann konnte ich vielleicht nicht mehr hierher zurückkehren.*

Und was war mit Vesperus?

Ich konnte ihn nicht zurücklassen. Nicht so. Ohne zu wissen, was mit ihm passieren würde.

Ihn möchte ich … Ihn möchte ich auch nicht zurücklassen.

Er ist mein.

Ich bin sein.

Unsere Seelen sind für immer verbunden.

Also nein. In ein anderes Reich zu springen, war nicht das schlimmste Szenario. Es war ein unmögliches.

Aber vielleicht würde mich das Medaillon so weit stärken können, dass ich diesen Zauber überleben und die Verwünschung *durchbrechen* konnte. Es war Teil von mir. Ein fühlendes Wesen, das vielleicht dazu in der Lage war, dieses dicke, aschenartige Netz zu durchbrechen.

Der Sternenstaub rund um mich wurde immer dichter, als er versuchte, diese unsichtbare Magie, die mein Wesen erdrückte, zu überwinden. Ich konnte sie nicht wirklich sehen, aber ich wusste, dass sie schwarz war.

Vom Tod beschwert.

Ich drückte mich vom Boden ab und kroch weiter,

schleppte mich voran und erreichte endlich mein allmählich verschwindendes Medaillon, dessen Magie sich in seine ursprüngliche Form zurückverwandelt hatte. Nur dass es verkohlt war und zerfiel, da sein Leben im Einklang mit meiner körperlichen Form erstarb.

Vielleicht sogar mit meiner Seele.

Ich spürte bereits den kühlen Kuss des Jenseits, das mich zu sich ziehen wollte und mich mit Gedanken des Aufgebens lockte.

So stark. So verführerisch. So ... So ... falsch.

Ich drängte die Sehnsucht nach dem Tod weg und konzentrierte mich auf das feste Metall in meiner Hand. *Mein Medaillon.* Es bebte in meinen Fingern und trieb mir Tränen in die Augen.

Ich habe dich hängenlassen, dachte ich und hielt es fest. *Aber ich werde dich wieder zum Leben erwecken. Ich verspreche es.*

Es gab keine andere Möglichkeit. Ich konnte es nicht benutzen, um in ein anderes Reich zu wechseln. Nicht so. Nicht ohne die Gewissheit, dass ich wieder zurückkehren konnte. *Ich kann Vesperus nicht verlassen. Er ist meine andere Hälfte. Meine Seele.*

Wie konnte sich alles so rasch verändern?, dachte ich, während mein Blick auf dem vertrauten Gegenstand ruhte. *Du hast es gewusst, nicht wahr? Du hast gewusst, dass mein Herz in diesem Reich wohnt, also hast du sichergestellt, dass ich ihn finde. Und nun ...*

Nun musste ich das Medaillon damit belohnen, dass ich seine letzte Energie, die noch aufflackerte, auslöschte.

Indem ich es wieder in mich aufnahm.

Um zu kämpfen ... Aber gegen was genau musste ich kämpfen? Gegen diesen Fluch?

Würde mein Medaillon dafür überhaupt stark genug sein?

Es gab nur eine Möglichkeit, das herauszufinden. *Es tut*

mir leid, mein alter Begleiter. Du warst ein ... faszinierendes Accessoire in meinem Leben. Ich wünschte ... Ich wünschte, es gäbe eine andere Möglichkeit.

Zur Antwort zitterte es in meiner Handfläche und zerfiel zu Asche, genau so wie es das am Strand vor ein paar Monaten getan hatte. Nicht weil ich es dazu veranlasst hatte, sondern weil es das selbst so beschlossen hatte.

Es floh. Versteckte sich. Und verwirrte mich erneut.

Ich kann nicht ... Ich brach den Satz ab, als die Energie über den Boden zischte.

Frische Erde. Der Geruch warf mich fast um, so *stark* war die Erinnerung in meinen Sinnen verankert.

Dreck verhöhnte meine Zunge noch einmal. Meine Augen wurden dunkel, als ich mich bewegte ... und unter die Oberfläche tauchte.

Ich blinzelte und befand mich wieder über der Erde, während die letzten Funken meines Medaillons in der Nacht verschwanden.

Mein Herz begann plötzlich wieder in der Brust zu schlagen. Die Erkenntnis, dass mein Medaillon weg war, machte meine Kehle trocken. Es war tot; von diesem berauschenden Wahnwitz getötet worden.

Alles, nur um mir zu zeigen, was unter diesem frisch ausgehobenen Grab lag.

Ich dachte nicht an das Wie oder das Warum, ich begann einfach zu graben. Denn das war eindeutig der letzte Wunsch meines empfindsamen Medaillons gewesen, bevor es gestorben war: Dass ich das ausgrub, was auch immer sich in diesem Boden befand.

Vielleicht ist das alles nur ein Traum, sinnierte ich. Aber der Schmutz unter meinen Fingernägeln fühlte sich echt an. So wie die kalte Schlinge um meinen Hals. Das Eis, das sich um meine Arme und Beine legte. Der Sternenstaub, der vergeblich versuchte, durch diesen tintenschwarzen Schleier zu dringen, was auch immer dieser sein mochte.

Ich ignorierte alles, da ich dazu entschlossen war, das Geheimnis auszugraben, das da unten auf mich wartete.

Zu viel Erde. Da ist zu viel Erde!

Ich stöhnte genervt auf und musste eine andere Lösung finden, die in mehr als nur meinen bloßen Händen lag. Aber die Energie …

Nein. Jetzt gab es kein Versagen.

Ich war eine Göttin. Ein Wesen der Nacht. Und der dunkle Himmel gehörte immer noch mir. Dieser *Mond* gehörte zu mir.

Ich schloss meine Augen und suchte nach einem Sinn, nach einem Ziel oder irgendetwas, an das ich mich klammern konnte, um mich vorübergehend von dieser verhassten Heimsuchung zu befreien.

Der Mond musste näher kommen.

Das war der einzige Ausweg:

Den Mond ein wenig näher heranzuziehen.

Aber selbst das würde die Welt modifizieren, die Gezeiten verändern und Unschuldige verletzen.

Also muss ich etwas anderes tun, dachte ich. Ich rief die Sterne an und versuchte herauszufinden, was mir genügend Energie verleihen könnte, um weiterzumachen. Um mein Ziel zu erreichen. Um diesen Irrsinn zu *besiegen*.

Ich setzte mich auf meine Unterschenkel zurück, legte meinen Kopf in den Nacken und wandte mein Gesicht dem Himmel zu. *Hilf mir*, flehte ich. *Gib mir deine Finsternis und hilf mir, diesen Fluch zu durchbrechen.*

Als Antwort funkelten die Sterne mir zu. Der Mond schimmerte ein bisschen heller. Und ein Sturzbach aus Staub ergoss sich über mich.

Bedeckte mich.

Und den Boden.

Und alles, was sich in der Umgebung befand.

Und dennoch existierte diese unsichtbare Schicht immer noch.

Mehr Sternenstaub strömte herab und erinnerte mich an Schnee, der statt weiß, golden herabfiel. Er pulsierte vor Energie und wollte verwendet werden. Er wollte absorbiert und *akzeptiert* werden.

„Dringe in den Boden", herrschte ich ihn durch meine Zähne hindurch an. „Lege alles frei, egal, was mich unter der Oberfläche erwartet."

Ich zitterte, als die Sterne meinen Befehl ausführten. Ihre Macht war überwältigend schön und ausgesprochen wirkungsvoll. Ihre glitzernden Perlen formten scharfe Klingen, die durch die dunkle Magie schnitten, um den erdigen Boden aufzuschlitzen.

Ich kullerte vom Grab herunter, um ihnen genügend Platz zu lassen.

Die Energie vibrierte und pulsierte, die Sterne rangen mit dem Fluch und forderten, dass das tödliche Schild *weichen* sollte. Es war ein verheerender Kampf. Ich nahm an, dass es auf der ganzen Welt zu spüren war, als mir die Nacht zu Hilfe kam. Schließlich musste sie sich durch jenes dunkle Netz, das versucht hatte, ihre Königin einzufangen, hindurch kämpfen; was auch immer es sein mochte.

Aber das Eis zog weiter meine Venen hinauf, fror meine Gliedmaßen ein und erschwerte jede Bewegung.

Ich konnte kaum mehr blinzeln.

Der Boden jedoch bewegte sich; die Sterne legten das Geheimnis unter der Oberfläche frei und brachten ans Licht, worauf mein Medaillon bereits hingewiesen hatte.

Es handelte sich nicht um die andere Hälfte meiner Seele oder einen anderen Teil meiner selbst. Es war einfach nur eine Frau, deren Haar mit Erde bedeckt war. Ihre Haut war gespenstisch weiß und ihre smaragdgrünen

Augen waren matt und konnten nichts auf der Welt mehr sehen.

Ich erkannte ihr Gesicht wieder – aufgrund des Schmerzes, der sich in ihre stummen Gesichtszüge eingegraben hatte.

Meine Magie hatte versucht, mich zu jemandem zu führen ... zu *Fallon Doyle*.

NYX

Ich starrte auf die Frau neben mir, während der Sternenstaub wieder in den Himmel hinaufstieg. Mein Wunsch war mir gewährt worden. Aber ich begriff es nicht. *Wie kommt es, dass sie hier ist? Warum ist sie hier?*

Sie war nicht wirklich tot. Ich konnte spüren, dass ihr Geist noch hier war. Das bedeutete, dass sie wahrscheinlich erst vor kurzem hierher gebracht worden war.

Und mehrere Meter unter der Erde begraben wurde.

Sodass sie jedes Mal, wenn ihre Unsterblichkeit sie zurückbrachte, erneut sterben würde.

Aber für wie lange? Und warum?

Ich beobachtete sie weiter, während mein Körper sich aufgrund der tödlichen Verwünschung nicht mehr bewegen konnte und mich in einen Leichnam verwandelte.

Reglos wunderte ich mich, ob Fallon auch etwas davon spürte, als das Leben plötzlich wieder in ihre Iriden zurückkehrte. Sie begann, wild zu zittern und in die Luft zu greifen. Im nächsten Moment begann sie krampfhaft zu husten und Schmutz auszuspeien. Bei ihren Lauten verdrehte sich mir der Magen.

Nichtsdestotrotz konnte ich mich nicht rühren oder etwas anderes tun, als meine Augen zu bewegen. Ihr zuschauen. Sie beobachten. Ich fragte mich, was sie machen würde, wenn sie bemerkte, dass ich hier war.

Dann schien sie zu erstarren. Vielleicht hatte sie meinen Blick auf sich gespürt.

Dennoch blickte sie nicht mich an, sondern beugte ihren Kopf zum Boden und flüsterte: „E-Es … Es … tut mir leid. Bitte … Bitte, sei nicht …"

Sie zitterte. Ihre Worte waren wie ein Windhauch, den ich kaum spürte. Aber sie klang so gebrochen und allein, ihre Seele war ein Scherbenhaufen, den ich mehr spüren als sehen konnte.

Es vergingen ein paar weitere Minuten in furchtbarer Stille, bevor sie sich wieder rührte. Sie neigte ihren Kopf fast unmerklich erst auf eine Seite und dann auf die andere, wobei ich von meinem Blickwinkel aus ihren Gesichtsausdruck nicht sehen konnte. „Klas?", flüsterte sie.

Ich runzelte die Stirn. *Ruft sie ihren toten Gefährten?*

Ich konnte nicht antworten, denn meine Lippen waren wie zugefroren.

„Klas?", wiederholte sie. „Bist du …?" Sie machte sich schon auf eine heftige Reaktion gefasst. Aber als niemand antwortete, setzte sie sich ein wenig auf und blickte um sich. Und erschrak, als sie mich hinter sich entdeckte.

Sie rappelte sich auf, legte ihre Hand auf ihren Mund und stolperte ein paar Schritte nach hinten. Dann sah sie auf den Boden und ließ ihren Blick über den Friedhof schweifen.

„Oh, nein …" Sie begann, ihren Kopf zu schütteln, als ihr Tränen in die grünen Augen stiegen.

War es Reue, weil sie die Verwünschung ausgesprochen hatte? Oder etwas anderes?, fragte ich mich.

Dann fiel mir ein, dass ich sie tatsächlich *fragen* konnte. *Wegen Vesperus.*

Kannst du mich hören?, fragte ich sie. Ich war neugierig, ob ich nun auch über diese Fähigkeit verfügte.

Sie antwortete nicht, sondern starrte mich einfach nur weiterhin an.

Vielleicht mache ich es falsch. Ich versuchte, mich auf ihre Gedanken zu konzentrieren, auf *sie*, und dann fragte ich erneut.

Aber sie reagierte nicht.

Vesperus?, versuchte ich und fragte mich, ob ich in seinem komaähnlichen Zustand mit ihm kommunizieren konnte.

Stille.

Ich versuchte, meine Stirn zu runzeln, konnte es aber nicht. Stattdessen zwinkerte ich und hoffte, dass die Frau verstehen würde, dass ich noch nicht tot war.

Sie starrte mich an. „Was bist du?", fragte sie. Dabei suchte sie meinen Körper nach Hinweisen ab. „Nein, warte. Ich *kenne* dich. Von … Von der Straße …" Ihr blieb der Mund offen. „Klas hat auf dich geschossen."

Klas?, wiederholte ich. *Dein toter Gefährte?*

„Wie kommt es, dass …?" Sie kniff ihre Augenbrauen zusammen, als sie mich musterte. „Wie kommt es, dass du am Leben bist?"

Weil ich schwer umzubringen bin, wollte ich ihr sagen. *Auch wenn deine Magie ihren Job, mich am Boden zu halten, verdammt gut erledigt.*

Zumindest nahm ich an, dass es ihre Magie war.

In ihrem Blick konnte ich sowohl ihre Macht erkennen, als auch die Negativität ihrer Energie spüren, und die zersplitterte Aura um sie herum ließ mich ihren Geisteszustand in Frage stellen.

Sie schluckte und wandte ihre Aufmerksamkeit dem Friedhof und den Bäumen dahinter zu. „Götter, das hat er doch, oder?" Ihre Worte waren nur ein Flüstern. Ihre Hände, die sie an den Seiten ihres Körpers hielt, verkrampften sich zu Fäusten, als sie traurig ihren Kopf schüttelte. „Er hat es schließlich geschafft."

Schließlich was geschafft?, wollte ich sie fragen. *Und sprechen wir immer noch über Klas?*

Sie spielte mit dem Armband, das sie um ihr Handgelenk trug, während sie ihren Blick in die Ferne richtete. „Ich habe versucht, ihn aufzuhalten. Aber … Aber ich konnte es nicht. Er ist … Er ist mein Gefährte." Sie schüttelte ihren Kopf, dann blickte sie sorgenvoll auf ihre Hand hinunter. „Mein Amu…"

Sie wandte ihren Blick dem Grab zu. Ihre Panik war deutlich spürbar, als sie zu ihrem Grab zurücklief und hektisch in der Erde zu graben begann.

„Wo ist es? Wo bist du?" Sie klang wie von Sinnen. „Wo bist du?!" Nun war sie verzweifelt. Tränen quollen aus ihren Augen, als sie immer wieder wiederholte: „Nein, nein, nein. Sag mir, dass er dich nicht mitgenommen hat. Sag mir, dass er dich nicht gefunden hat."

Was suchst du?, wollte ich wissen, da ich das Verhalten dieser Frau nicht verstehen konnte.

Sie erstarrte und ihr Blick wanderte langsam zu mir zurück. „Hast du gerade etwas gesagt?"

Nicht laut, dachte ich.

Sie riss ihre Augen auf. „Wie machst du das?"

Kannst du mich hören?, fuhr ich fort.

„Natürlich kann ich dich hören. Du befindest dich in meinem Kopf." Sie legte die Hände an die Seiten ihres Kopfes und begann zu zittern. „Ich werde verrückt. Er hat es endlich geschafft. Er hat mich endlich komplett zerstört."

Wer?, fragte ich anstatt zu sagen, dass sie die Schwelle zum Wahnsinn bereits vor ein paar Minuten überschritten hatte.

„Klas", zischte sie. „Mein Schicksalsgefährte."

Sie begann umherzugehen, während sie ihre Hände noch immer auf ihren Kopf legte.

Er ist tot.

Sie schnaubte. „Nein. In Wahrheit ist er das nicht." Sie schnitt eine Grimasse und schaute wieder auf ihr Grab. „Und er hat mein Amulett genommen."

Dein Amulett?

Sie nickte. „Es hat mich beruhigt." Sie runzelte die Stirn. „Es hat mich letztlich auch zu dir geführt. Wann auch immer das war. Bevor ... Bevor Klas ...", sie schluckte und schaute mich an. „Wie hast du diesen Fluch überlebt? Es war ein intensiver Verfall-Zauber." Sie legte ihre Braue in Falten. „Und wie kannst du jetzt wach sein?"

Wegen der Nacht, sagte ich und warf einen Blick auf den immer noch dunklen Himmel. *Sie gibt mir das Wenige, das sie kann ... um mich so am Leben zu erhalten. Aber deine Verwünschung ...*

„Meine Verwünschung?" Sie riss ihre Augen auf. „Oh, nein. Die habe nicht ich ausgesprochen. Ich meine. Ich habe schon. Aber ... irgendwie auch nicht."

Ich starrte sie an. *Du hast schon – aber doch auch wieder nicht?*

„Ja. Es war meine Macht, aber es war nicht ich, die sie benutzt hat." Sie blickte um sich, senkte ihre Stimme und sprach dann im Flüsterton: „Er war es."

Mit „er" meinst du Klas?, riet ich und konnte ihrer Logik nicht ganz folgen.

„Ja", wiederholte sie. „Er trinkt mein Blut und ...

benutzt dann meine Magie." Sie klang beschämt und ließ ihre Schultern hängen, während sie ihre Arme um sich selbst schlang. „Das hätte ich dir nicht sagen sollen."

Woraus besteht deine Magie?, fragte ich und ignorierte den letzten Teil. *Wie kannst du ... Ich meine, wie kann* er *sie dazu benutzen, um das zu tun?*

„Es ist eine Form der Nekromantie." Ihre Stimme war wieder sehr leise, als fürchtete sie, dass jemand hören konnte, was wir sprachen. „Todesmagie."

Oh. Das ... Das ergab auf eine gespenstische Art und Weise Sinn. Es erklärte die Empfindungen, die ich gehabt hatte, und auch wie ich beinahe gestorben wäre.

Ihr Talent war meinem buchstäblich entgegengesetzt: Ich erschuf Leben. Sie kontrollierte den Tod.

Und dein Gefährte hat dein Talent benutzt, sagte ich und versuchte gedanklich dem zu folgen, was sie mir gesagt hatte. *Zu welchem Zweck?* Er war einer von Vesperus' Söldnern gewesen, richtig? Warum würde er seine Kräfte dazu verwenden, Gold und Granat zu schwächen?

„Er möchte ..."

Der Untergrund um uns herum begann zu beben, wodurch sie nicht mehr weiter sprach und stattdessen auf die Knie fiel.

„Oh, nein", flüsterte sie. „Er startet die nächste Phase."

Die nächste Phase, wovon?

„Die Toten wiederauferstehen zu lassen."

Ich runzelte die Stirn, aber als sich die Erde weiterhin bewegte, erkannte ich, was sie sagen wollte: Sie bezog sich auf die Toten in diesem Friedhof. *Warum?*

„Um alle zu töten", sagte sie mit aufgerissenen Augen. „Ich sollte gehen."

Nein, fauchte ich und ließ sie erstarren. *Du solltest mir helfen, damit ich ihn aufhalten kann.*

Sie starrte mich an. „Das kann ich nicht tun. Wenn ich

mich der Verwünschung entgegenstelle, dann wird er das spüren."

Dann bist du also mit allem, was er macht, einverstanden?, fragte ich aus ehrlicher Neugier.

„N-Nein", stammelte sie. „Aber ... Aber er ist mein Gefährte."

Ich kann deiner Logik nicht folgen.

„Ich kann ... Ich kann ihm nicht nein sagen. Er ist ... Er ist meine andere Hälfte." Sie zuckte bei ihren Worten zusammen und in ihren Augen loderten Flammen auf, die ihrer Aussage widersprachen. „Ich muss ihm helfen." Ihre Bewegungen waren steif, als sie begann, sich umzudrehen, fast so, als würde ein Teil von ihr bleiben wollen, während sie der andere dazu zwang, zu gehen.

Warte, rief ich. *Erzähl mir von deinem Amulett. Sag mir, wie es dir Frieden gebracht hat.*

Denn als sie mir davon erzählt hatte, dass das Amulett sie zu mir geführt hatte, hatte ich gespürt, dass dieses Amulett kein gewöhnliches Stück Metall gewesen war.

Und die Art und Weise, wie sie innehielt, als ob sie einen inneren Kampf austragen würde, ob sie gehen oder bleiben sollte, legte es ebenso nahe, dass mehr an der Sache dran war. *Etwas, das mit ihrer gesplitterten Aura zu tun hat*, folgerte ich, behielt diese Worte allerdings für mich. Oder zumindest hatte ich angenommen, dass ich das getan hatte. Denn sie reagierte nicht darauf.

Stattdessen berührte sie erneut ihr Handgelenk. „Es hat mir Frieden gegeben", flüsterte sie mir zurück. „Ich ... muss es finden." Sie kehrte zu ihrem Grab zurück, um nach ihrem Kleinod zu suchen, von dem ich wusste, dass sie es nicht würde ausgraben können. Denn es war nicht mehr da. Und seine letzte Aufgabe war es gewesen, mir zu helfen, sie zu finden.

Aus unerklärlichen Gründen hatte mein Medaillon uns

zusammengebracht. Vielleicht weil es wollte, dass ich ihren gebrochenen Geist wieder heilen könnte. Oder es hatte etwas gesehen, das ich nicht gesehen hatte.

Wie dem auch war, wir waren in diesem Moment nun gemeinsam hier.

Und sie musste mich von diesem tödlichen Fluch befreien, bevor sich die Armee der Toten um uns erhob.

Im Moment fühlte es sich wie die Ruhe vor dem Sturm an, denn der Boden hatte aufgehört zu beben. Das war für mich ein Zeichen, dass der Fluch, den Klas ausgesprochen hatte, sich in den Gräbern um uns herum ausbreitete.

Angenommen, dass er dafür verantwortlich ist und nicht sie, dachte ich. Aber nein. Ich ... Ich glaubte ihr. Etwas an der Art, wie sie sprach und an ihrer Haltung, zeigte mir, dass sie die Wahrheit sagte.

Vielleicht eine weitere Fähigkeit, die ich von Vesperus geerbt habe?, fragte ich mich und versuchte, Verbindung mit ihm aufzunehmen. Er war immer noch stumm. Aber meine Seele konnte ihn fühlen, was mir Frieden gab.

Auch wenn ich vermutete, dass der Frieden nicht lange anhalten würde.

„Wo ist es?", wollte Fallon wissen. Sie agierte erneut hektisch. „Ich brauche dich. Bitte. Du bist das Einzige, was hilft. Ich ... Ohne dich ... kann ich nicht ... klar denken", sie begann zu keuchen. Ihre Raserei war eine fühlbare Welle, die meine Sinne erfasste und meine Augen immer größer werden ließ.

Dann drehte sie sich zu mir und schlug mir eine Böe der Macht entgegen, die mir den Atem nahm. Gleichzeitig hob sich das unsichtbare Netz von meinem Geist und befreite mich von seiner tödlichen Umklammerung.

Sie stolperte ein paar Schritte nach hinten und fiel in ihr Grab. „Oh, nein", hauchte sie. „Oh, nein. Oh, nein. Oh, nein. Das hätte ich nicht tun sollen", sagte sie zu sich selbst. „Er wird wütend sein. Wir … Ich … Ich stehe hinter … Wir … gehören zusammen. Wir sind eins. Gefährten unterstützen einander. Gefährten schätzen einander. Gefährten *helfen* einander. Ja …"

Ihre Stimme hatte sich verändert. Hatte sie zuvor ängstlich geklungen, so klang sie nun so, als ob sie ihr gar nicht gehören würde. Dabei stieß sie die Worte laut und in einer Art Sprechgesang aus.

Vielleicht ein Fluch, dachte ich.

Sie begann sich aus ihrem Grab zu erheben. Ihre Macht zog über mein Wesen und füllte mich mit einem Gefühl des Grauens.

Ich wollte nicht gegen diese Frau ankämpfen. Sie war eindeutig von ihrem Gefährten niedergeprügelt und potentiell auch von ihm verwünscht worden.

Oder von jemand anderem, dachte ich, während mein Körper gierig all den Sternenstaub, der sich in der Luft befand, absorbierte.

„Wir müssen ihm helfen", wiederholte sie. Ihre Stimme klang immer noch distanziert und fremd. „Das ist meine Pflicht. Das ist mein Platz. Das bin ich in dieser Welt: Die Gefährtin von Klas."

Definitiv ein Fluch, entschied ich. *Für den ich viel Macht brauchen werde, um ihn zu durchbrechen.*

Denn ich brauchte diese Hexe an meiner Seite und nicht als meine Widersacherin.

Ich konnte gegen ihre tödliche Magie ankämpfen und versuchen, sie niederzustrecken, aber ihr Leben zu erneuern, wäre eine viel einfachere Aufgabe. Denn Schöpfung lag in meiner Natur. Und eine Seele zu heilen lag genau in meiner Macht.

Der Sternenstaub sammelte sich in meiner Handfläche und wartete auf meine Anweisungen, während sich ihre

Lippen zu einem antiken Singsang bewegten, in dem sich dunkle Mächte rankten.

„Du möchtest mich nicht verletzen", sagte ich sanft zu ihr. „Das bist nicht du." Das wusste ich, denn ich hatte ihr wahres Ich in diesem glühenden Blick und in dieser Böe der Macht, die mich von den Tauen des Bösen befreit hatte, gesehen.

„Das ist meine Pflicht. Das ist mein Platz. Das bin ich in dieser Welt: die Gefährtin von Klas", sagte sie und skandierte dabei eine Variante ihres Leitspruchs von vorhin.

„Es gibt so vieles mehr im Leben, als bloß der Gefährte von jemandem zu sein", versprach ich ihr. „Es ist die Pflicht eines Gefährten, ein Partner zu sein und nicht einen in der Erde zu vergraben und seine Macht auszunutzen. Dein Platz ist nicht an seiner Seite, Fallon Doyle. Dein Platz ist bei *dir*."

Ich blies den Sternenstaub in ihre Richtung und wünschte mir für sie, sie möge ganz sein. Sie möge ganz sich selbst gehören und *geheilt* sein. Die goldenen Kristalle wärmten sie und überschütteten sie mit neuem Leben.

Zuerst reagierte sie nicht, sondern riss nur verwirrt ihre Augen auf.

Und dann schrie sie auf, als sich ein Energiestoß von ihr löste und in die Erde unter ihr fuhr.

Er warf mich um, aber ich versetzte mich auf die andere Seite von ihr und beobachtete, wie sich die Splitter ihrer Seele wieder zu einem Ganzen zusammensetzten.

Sie fiel zu Boden und zog ihre Knie an die Brust, als sich ihr Körper als Antwort auf meine Macht heftig schüttelte. Ich konnte beinahe sehen, wie der Fluch zerbrach und sich die Kette, die sie umgeben hatte, wieder auflöste.

Zurück blieb eine wütende Frau.

„Hallo, Fallon", sagte ich, als ich langsam um die Hexe herumging, um in ihr feuriges Angesicht zu sehen. „Mein Name ist Nyx. Ich denke, dass wir etwas an Magie gemeinsam haben." Ich blickte auf ihr Handgelenk. „Oder zumindest hatten wir das, bis dein Gefährte sie ausgelöscht hat."

Sie starrte mich an, während ihre Gesichtszüge reine Wut ausstrahlten. „Er hat einen Gehorsamszauber an mir angewendet", spuckte sie mir entgegen. „Einen, der mich gezwungen hat, ihn *anzubeten.*"

Nun, *das* ergab viel mehr Sinn für mich. „Bedeutet das, dass du mir nun helfen wirst, ihn aufzuhalten?"

Sie fauchte. „Ich werde noch viel weiter gehen."

Ich hob eine Augenbraue und wartete.

„Ich werde dir helfen, diesen Mistkerl zu töten." Sie drückte sich vom Boden ab. Ihre Gliedmaßen zitterten noch etwas, aber das konnte auch noch vom Rest ihrer Rage kommen.

„Wo ist er jetzt?", fragte ich.

Sie schüttelte ihren Kopf. „Irgendwo in der Stadt. Aber ich weiß, wie ich ihn herlocken kann."

Ich sog mehr Sternenstaub ein, da ich ihn brauchte, um meinen Geist zu wappnen. Gleichzeitig versuchte ich, ihn durch unsere Verbindung an Vesperus zu übermitteln. „Ich höre dir zu", sagte ich zu ihr. „Was schlägst du vor?"

„Ich schlage vor, dass ich das in die Hand nehme." Sie hielt ihre Handflächen über den Boden und erschütterte ihn mit einer Welle der Macht, vor der ich zurückweichen musste, damit sie mich nicht umwarf.

Dann schrie sie, als sie den Fluch, der in der Luft schwebte, zum Bersten brachte und alles auf einmal vom Tod befreite.

Ich konnte spüren, wie er sich verzog: wie ein ahnungsvoller Nebelschleier, der sich in der Ferne verflüchtigte. Seine Macht löste sich beinahe augenblicklich auf.

Sie schickte eine weitere Explosion in den Untergrund, die – wie ich annahm – allem Einhalt gebot, was auch immer er im Friedhof hatte anstellen wollen.

Und dann blickte sie auf mich. „Jetzt warten wir."

„Worauf?", fragte ich mich.

„Dass er zu uns kommt."

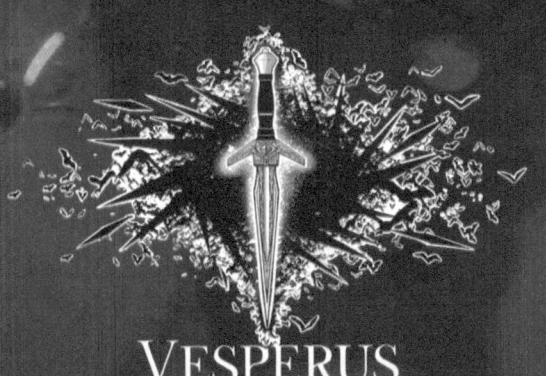

VESPERUS

„Ich habe dir gesagt, dass du sie nicht unterschätzen sollst", zischte eine Stimme in der Nähe. Augenblicklich war ich hellwach. „Sie ist nicht von dieser Welt."

„Deshalb haben wir unseren Plan B", antwortete eine männliche Stimme. „Ich habe vor langer Zeit schon gelernt, dass man sich nicht auf eine Frau verlassen kann, ganz zu schweigen von einer *Gefährtin*." Das Gift in diesem Wort ließ mich frösteln.

Aber es war nicht der Grund für diese Kälte. Das war etwas anderes. Etwas, das ich tief in meinen Knochen und bis in meine Seele hinein fühlte. *Eis. Kälte. Tod.*

Es erinnerte mich an meine erste Begierde. Obwohl ich als Vampir geboren worden war, war ich bis in meine späten Zwanziger nicht unsterblich gewesen. Damals hatte mich die Lust auf Blut zum ersten Mal gepackt.

Die Welt hatte damals ganz anders ausgesehen.

Und ich hatte ohne Reue getötet, da ich dachte, dass Blut das Einzige war, was ich brauchte.

Aber danach war jedes Mal in mir ein Gefühl der Kälte zurückgeblieben und ich hatte den Geschmack des Todes auf meiner Zunge gehabt. Ähnlich wie jetzt, nur dass mich nun kein Anfall von Blutgier oder Heißhunger übermannt hatte. Dieses Gefühl des Todes war das Resultat eines Fluches.

Nyx?, flüsterte ich und suchte nach ihrem Verstand, während ich den Eindringlingen in meinem Zimmer zuhörte.

Sie kamen meinem Bett immer näher.

Meine Gliedmaßen waren zu taub, als dass ich reagieren konnte. Mein Verstand war der einzige Teil von mir, der wach zu sein schien. *Nyx?*, versuchte ich es erneut.

Vesperus, hauchte sie. *Du bist wach.*

Nicht wirklich, antwortete ich. *Ich bin … Nun, ich bin mir nicht sicher, was ich bin.*

Es ist ein Fluch des Verfalls, erklärte sie mir. *Fallon besitzt Todesmagie. Und ihr Gefährte – Klas – hat ihr diese Magie aus dem Blut gesaugt.*

Klas?, wiederholte ich.

„Beeil dich", sagte eine der Stimmen und ich versuchte herauszufinden, zu wem dieser vertraute Tonfall gehörte. „Er wird bald aufwachen."

„Fallon hat den Fluch gerade erst gebrochen", flüsterte die andere Stimme. „Wir haben Zeit. Vertrau mir."

Ich hatte nicht so viel mit Klas gesprochen, um sagen zu können, ob das seine Stimme war oder nicht. Aber … *Klas ist doch tot.*

Nein, das ist er nicht. Ich bin mit Fallon noch nicht so weit gekommen, aber ich rate mal, dass er ihre Magie dazu benutzt hat, um seinen Tod vorzutäuschen. Die Bedeutung von Nyx' Worten drang in mein Bewusstsein.

Woher weißt du das? Wo bist du?

Auf einem Friedhof, antwortete sie. *Ich bin wegen meines Medaillons aufgewacht. Aber jetzt … Jetzt ist es weg.*

Weg?

Ich erkläre es dir später, sagte sie hastig. *Ich brauche dich. Wir stellen Klas eine Falle.*

Ich glaube nicht, dass er zu euch kommt, sagte ich, als mir etwas in den Arm stach. *Er ist … Er ist … hier.*

Was?

In … Verflucht, das brennt. Mein gesamter Körper ging in Flammen auf, aber ich war ein Gefangener meines Verstands und unfähig zu reagieren. *Verflucht!*

Vesperus?, fragte Nyx. *Vesperus?!*

Er ist … hier … Nyx. Zimmer. Verflucht, ich fühlte … Ich fühlte … Ich schluckte. Oder zumindest versuchte ich das. Alles … Alles wurde dunkel.

Und still.

Auf mysteriöse Weise.

Zu ruhig.

Nyx …?

Keine Antwort.

Denn es gab keinen Laut.

Da war … überhaupt nichts.

NYX

VESPERUS!, SCHRIE ICH, WÄHREND MEIN HERZ IN MEINER Brust hämmerte.

Nein, nein, nein. Etwas läuft komplett falsch.

Ich konnte spüren, wie es meine Adern hinaufkroch und mein Inneres mit *Hitze* versengte. Meine Seele verschmorte. Mich von innen in Brand steckte. Die Magie in meinem Herzen *zerstörte*.

Meinen Vesperus.

Meinen Gefährten.

„Wir müssen gehen", sagte ich zu Fallon.

„Nein, wir müssen warten", erwiderte sie. „Glaub mir. Er kommt hierher."

Ich schüttelte meinen Kopf. „Nein, das wird er nicht. Er ist bei Vesperus. Er … Er hat ihn schon attackiert." Ich legte die Handflächen auf meine Brust, da ich spürte, wie sich der Schmerz ausbreitete. „Wir müssen zu ihm."

„Was?"

„Wir müssen zu Vesperus", sagte ich zu ihr. Meine Stimme war kratzig, da mich meine Energie rasch verließ.

„S-Sofort." Ich versuchte mich wegzubeamen, kam aber nicht viel weiter als drei Meter.

Jeder Teil von mir schmerzte, unsere Verbindung zerriss ... Es zerfetzte mich ... Es *tötete mich.*

Nein, es *tötete ihn.*

Oh, ihr Sterne ... Ich konnte den Mond im Himmel erkennen, der gerade dabei war, unterzugehen. *Nicht jetzt. Verlass mich nicht ... jetzt.*

Ich brauchte seine Kraft. Ich brauchte die Nacht. Ich brauchte *Vesperus.*

Ich sammelte meine ganze Kraft zusammen, jedes Körnchen, das ich besaß, und befahl meinem Geist, dass er sich an einen Ort auf der Welt begeben sollte, an dem der Mond hoch am Himmel stand.

Aber ich brachte nur ein spärliches Rieseln aus Sternenstaub zuwege.

Das ist schlecht. Sehr schlecht.

Eine Hand packte meine Schulter und zog mich vom Boden hoch. Ich hatte nicht einmal bemerkt, dass ich hingefallen war. Meine Beine waren so schwach. „Was fühlst du?", wollte Fallon wissen.

„*Den Tod*", sagte ich zitternd zu ihr. „Aber es ist ... Es ist heiß. Wie die Kugel ..."

Sie nickte. „Er muss Vesperus erschossen haben, bevor sich dieser von seinem Schlaf-Zauber erholt hatte."

„Schlaf-Zauber?", wiederholte ich, während meine Zähne klapperten.

„Ja. Das bewirkt die Verwünschung, die er über die ganze Stadt gelegt hat: Sie lässt alle einfach in einen tödlichen Schlaf verfallen und niemand kann mehr daraus aufwachen; es sei denn, er wird davon befreit. Und nur, wenn man rechtzeitig erlöst wird, um sich davon erholen zu können." Sie blickte mich an. „Das ist der Zauber, den ich für dich und die Stadt gerade wieder aufgehoben habe."

Diese Fallon war eine ganz andere als die, die ich aus der Erde geholt hatte. Diese war jetzt viel selbstbewusster.

Und sie starrte mich mit einem grimmigen Ausdruck an.

„Wenn er Vesperus erschossen hat ..."

„Sag es nicht", bat ich durch meine klappernden Zähne hindurch. „Wir müssen ... Wir müssen gehen ... Wir müssen zu ihm." *Und ich brauche meinen Mond,* dachte ich, während ich auf den nächtlichen Himmel starrte. Ich versuchte mich wieder zu rühren, aber nichts passierte. Meine Seele verweigerte mir die Fähigkeit, mich richtig zu bewegen.

Aber Fallon half mir dabei, etwas Kraft zu sammeln und uns aus dem Friedhof und in eine nahegelegene Straße zu manövrieren.

Ich hatte keine Ahnung, wo wir waren, wie weit weg wir waren, ob wir uns immer noch in Reykjavik befanden oder ob sie mich eventuell sogar zum Palast dirigierte.

Wie dem auch war, ich konnte es in meiner Seele spüren. dass ich ihrer Hilfeleistung trauen konnte. Das war ein Instinkt, den ich mehr Vesperus als mir zuschreiben würde.

Er versteht Leute intuitiv, bemerkte ich. *Er versteht mich.*

Deshalb hatte er mir vom ersten Augenblick unseres Kennenlernens an vertraut. Warum er nicht wirklich gegen unsere Verbindung angekämpft hatte.

Vielleicht hatte die Zurückweisung unserer Verbindung nicht funktioniert, weil keiner von uns sie ernst gemeint hatte. Der Bruch, den wir gespürt hatten, war eine oberflächliche Trennung gewesen, eine, die unser Verstand akzeptiert hatte, aber nicht unsere Seelen.

Weil ich kein Wesen von dieser Welt bin, dachte ich. *Ich bin etwas anderes. Nichts, was diese übernatürlichen Wesen jemals gesehen haben.*

Ich hatte mich nach ihren Regeln verhalten – zumindest meistens – und war freundlich gewesen. Ich hatte meine Macht gezügelt und meine Kontrolle bewiesen, ohne dass irgendjemand das überhaupt bemerkt hatte.

Aber vielleicht war es Zeit, einfach nur ich selbst zu sein. Und nicht an die Konsequenzen zu denken.

Vesperus ist es wert, dachte ich. *Er ist mein.* Eine einfache Erklärung, die mir aus der Seele sprach. Wir sollten die Ewigkeit zur Verfügung haben, um das herauszufinden, nicht nur wenige Wochen.

Mein Medaillon hatte mich nicht umsonst gezwungen, hier zu bleiben. Es hatte gewollt, dass ich Fallon Doyle rettete. Und es wollte, dass ich Vesperus Veritas fand.

„Du beginnst zu strahlen", flüsterte Fallon.

„Weil ich verärgert bin", erklärte ich. Ich kniff meine Augen zusammen, während ich an alles dachte, was ich in diesem Reich durchgemacht hatte. Alles, was ich gefunden hatte. Alles, was ich verlieren würde.

Und ich wusste nicht einmal, *warum.*

„Warum macht er das?", wollte ich wissen. Meine Wut wurde mit jedem Moment größer und erfüllte mich mit einer noch nie dagewesenen Rage. Eine Rage, die Blut forderte. Eine Rage, die dazu führte, dass ich *alles*, was in meine Reichweite kam, vernichten wollte.

„Die Abstimmung", murmelte Fallon. „Vesperus hat zugunsten von Tod und Diamanten gestimmt, sodass wir als Folge unser Zuhause verloren haben. Klas hat das nicht verkraftet."

Hier geht es um die Abstimmung?, dachte ich ungläubig.

„Aber er war schon vorher verärgert", fuhr sie fort. „Er war jahrzehntelang ein normaler Söldner gewesen, und dachte, dass er schneller aufsteigen sollte. Dann fand er heraus, dass Vesperus der Wahl zugestimmt hatte, und das war für ihn weiterer Beweis dafür gewesen, dass unser König sich nicht um sein Wohlbefinden kümmerte."

„Also hat er es persönlich genommen."

„*Sehr* persönlich. Aber so ist Klas. Alles dreht sich nur um ihn. Wenn jemand in unsere Richtung schaut, dann nehmen sie offensichtlich ihn in Augenschein. Wenn jemand den Kontakt mit uns abbricht, dann war das absichtlich und natürlich darauf ausgerichtet, uns zu ärgern. Wenn ihm eine niedere Aufgabe zugeteilt wurde, dann deshalb, weil Vesperus und die anderen ihn unterschätzten. Er ist ..."

„Ein Narzisst", beendete ich den Satz für sie und konnte es nicht unterlassen, dabei zu fauchen. All das war nur passiert, weil Klas sich von einer Entscheidung ausgeschlossen gefühlt hatte, die er nicht hatte treffen können. Eine Entscheidung, die zu einem vorwiegend positiven Ausgang geführt hatte.

Kieran und Vesperus hatten allen die Wahl freigestellt. Sie hatten zusammengearbeitet, um das Wohlergehen der Betroffenen sicherzustellen. Dazu kamen noch die langen Stunden und genauen Prüfungen aller Anfragen. Ich hatte Vesperus' Erschöpfung mit eigenen Augen gesehen. Er kümmerte sich wirklich um seine Leute.

Und so dankten es ihm seine Söldner? Indem sie Chaos erschufen?

„Ja", stimmte sie nach einigen Minuten zu. „*Narzisst* trifft es gut. Nach der Abstimmung war er verärgert. Also entschied er sich, Vesperus einer Prüfung zu unterziehen."

Wir bogen auf eine Straße, die ich wiedererkannte, was mir bestätigte, dass wir immer noch in Reykjavik waren. Doch es schien so, als wären wir einige Häuserblocks von dort entfernt, wo ich sein sollte.

Ich blickte auf den sich langsam erhellenden Nachthimmel und hatte einen Kloß im Hals. *Bitte lass ihn nicht sterben. Bitte lass mich rechtzeitig hinkommen.*

„Er … Er hat einen Antrag auf Versetzung nach Island gestellt und als dieser nicht sofort genehmigt wurde … beschloss er, einige seiner Konkurrenten auszuschalten", fuhr Fallon fort. Ihre Worte erreichten mich auf wundersame Weise über das Lärmen in meinem Ohr hinweg. „In Dublin."

Ich zog meine Augenbrauen zusammen und etwas von dem Rauschen in meinem Kopf beruhigte sich, sodass ich sagen konnte: „Er hat die Bar in die Luft gejagt." Das hätte ich schon früher wissen müssen. „Um seinen eigenen Tod vorzutäuschen." Um seine Spuren zu verwischen und hierher zu kommen. *Um meinen Gefährten zu verletzen.*

„Er hat eine Hexe angeheuert, um einen Detonations-Zauber anzuwenden", antwortete sie. „Seine Absicht war eigentlich, Slater und Nolan auszuschalten. Aber du hast sie gerettet. Was ihn außerordentlich wütend gemacht hat. Also hat er dann tatsächlich seinen eigenen Tod vorgetäuscht. Und beschlossen, hierher zu kommen, um Rache zu üben."

Ich überdachte ihre Worte und die Geschehnisse in Dublin und dass Vesperus mir gesagt hatte, dass es *drei* Tote gegeben hätte und nicht zwei.

Wobei er Klas als den dritten gezählt hatte.

Sterne, dachte ich. *Warum habe ich nicht mehr Fragen gestellt?*

Weil ich zu sehr in der Schicksalsgefährten-Magie aufgegangen bin, um mein Augenmerk darauf zu richten.

Weil ich zu sehr über die Anschuldigung, ich hätte die Bar attackiert, verärgert war, um die Anzahl der Toten zu hinterfragen.

Ich schüttelte meinen Kopf. Es war jetzt einerlei. Alles, was noch zählte, war, zu Vesperus zu gelangen und …

Ein Gewehrschuss krachte durch die Luft und zwang mich, meine Fähigkeit zur Teleportation zu benutzen. Bloß, dass ich sie immer noch nicht wiedererlangt hatte. Ebenso wenig wie meine Fähigkeit, einen Schutzschild aufzuziehen.

Stattdessen duckte ich mich.

Und befand mich irgendwie unter Fallon.

Sie fühlte sich schwer auf mir an, was seltsam war, denn sie war nicht besonders groß. Kurvig, ja, das schon. Aber klein. Ich versuchte, mich unter ihr hervorzuwinden, um zu sehen, woher der Angriff gekommen war. Allerdings wollte sie sich nicht rühren.

Sie war unbeweglicher Ballast auf mir.

Mir wurde übel, als ich bemerkte, warum.

„Fallon", flüsterte ich, als etwas Klebriges meinen Nacken berührte. Ich streckte meine Hand aus, um ihre Schulter anzufassen und spürte, was es war: *Blut.*

Von dem Gewehrschuss.

Fallon hatte sich auf mich geworfen, um mich zu beschützen. Sie hatte mich umgeworfen, weil ... weil ... *sie angeschossen worden war.* Und nun reagierte sie nicht. *Ist sie ...? Ist sie tot?*

Ich schüttelte meinen Kopf. *Nein. Nein, das darf jetzt nicht passieren. Nein.*

Ich hatte genug von diesem Scheiß.

Ich hatte genug von dieser Welt.

Ich hatte die Nase voll von Leuten, die zuerst Kugeln abfeuerten und danach erst Fragen stellten.

Ich bin lange genug gutmütig geblieben und habe dem Geschehen nur zugeschaut.

Ich habe mich lange genug schwach gefühlt.

Es reicht. Es reicht. Es reicht.

Ich hörte Schritte, die sich mir näherten, und schloss die Augen. Ich hörte, wie Stiefel genau in dem Rhythmus auf den Betonboden donnerten, wie mein Herz schlug. Da waren Worte. Stimmen. Jemand sprach meinen Namen aus.

Aber ich hörte ihnen nicht genau zu.

Ich sprach mit dem Mond.

Mit der Nacht.

Ich rief mein *Geburtsrecht* an.

Komm zu mir, flüsterte ich. *Komm zu mir, lieber Mond. Ich brauche deine Macht. Und ich habe es satt, meine Kraft immer im Zaum zu halten.*

Ich hatte versucht, das kontrolliert anzugehen. Ich hatte versucht, in diesem Reich zu überleben, ohne meine schöpferischen Talente anzuwenden.

Und alles hatte nur tödliche Folgen gehabt.

Tödliche Flüche. Narzisstische Entscheidungen. Explosionen. Sinnloser Tod. Schmerz.

Den potentiellen Verlust meiner anderen Hälfte. Meines Gefährten.

Schluss damit. Schluss mit Freundlichkeit. Schluss mit Samthandschuhen.

Schluss. Damit. Nette. Gottheit.

Ich bin die Geliebte des Mondes, Göttin der Nacht.

Und. Ihr. Werdet. Euch beugen!

Der Boden unter mir bebte, als der Mond meinem Ruf nachkam. Das würde anhaltende Konsequenzen haben. Es würde alle zukünftigen Vorhersagen über die Bahnen von Sonne und Mond verändern.

Aber es würde nicht vielen schaden.

Nur ein paar Flutwellen verursachen.

Diese Welt, in der die Wesen an Magie gewohnt waren, würde damit zurechtkommen. Sie konnten ihre Grenzen sichern, Magie verwenden, um ungewollte Wogen abzuwehren und ihre Städte, die unter Meeresniveau lagen, beschützen.

Es würde sie nicht allzu sehr beeinträchtigen.

Und sogar wenn es das tat, dann war es vielleicht das, was sie verdienten.

„Was zur Hölle geht da vor sich?", hörte ich jemanden fragen. Die Stimme klang nah und doch wieder nicht. Denn ich konzentrierte mich nicht auf den Mann oder auf irgendeinen der anderen, die näher kamen.

Meine Aufmerksamkeit lag auf dem Mond.

Ich weiß, dass es wehtut, flüsterte ich ihm zu. *Ich werde die Brandwunden in deinem Inneren lindern. Aber ich brauche dich. Ich brauche dich, damit du mich stärkst, mich mit deiner Magie überschüttest und mich gedeihen lässt. Lass. Mich. Regieren.*

Denn ich war eine Gottheit. Und das war es, was wir taten: *Wir regierten.*

„Ist das …?"

„Ja …?"

„Verflucht."

„Ja …"

Ich wollte die männlichen Stimmen um mich herum beinahe zum Verstummen bringen, um nicht von ihnen gestört zu werden. Aber der Mond erledigte das für mich, indem er mich mit seiner glorreichen Gegenwart überschüttete, als er auf den Himmel Islands zurückkehrte. Es würde seine Umlaufbahn um eine Woche etwa verschieben, dafür dass er nun in voller Pracht für mich erschien.

„Heilige Scheiße …"

„Es ist … Es ist …"

„Er *brennt*", sagte ich und schaute auf die drei Männer, die auf der Straße zu uns gestoßen waren. *Kaspian. Nox. Nolan.* „Er ist verärgert. Er *blutet*. Er steht in Flammen." Ich teleportierte mich von Fallons Körper weg und landete ein paar Meter weiter entfernt auf meinen Beinen. „Ihr nehmt Unschuldigen das Leben." Ich war außer mir vor Wut über ihr Verhalten „*Wir haben sie gebraucht.*"

Sie war das Gegengift zu diesem ganzen Wahnsinn und die Einzige, die dazu imstande war, ihre eigene Macht zu verstehen und ihr Einhalt zu gebieten.

Bis jetzt.

Denn nun war ich in diesem Reich.

Und mein glühender Blutmond.

Dieses Mal war es wirklich wahr und nicht bloß eine Botschaft von Khaos oder ein Zeichen der Zustimmung. Das war ein Blutmond, der aus Wut und Flammen und vulkanischen Eruptionen bestand, weil seine Geliebte seine Position in seinem 28-Tage-Zyklus um eine Woche verschoben hatte.

Ich würde seine Wunden heilen, wenn ich diesen Kampf beendet hatte.

Aber zuerst musste ich Vesperus finden.

„Klas hat meinen Gefährten vergiftet. Ich weiß nicht, ob er immer noch im Palast ist oder nicht. Aber ich werde ihn jagen und töten. Und *ihr* werdet einen Weg finden, sie *wiederherzustellen.*" Ich deutete auf die Hexe auf dem Boden. Sie war begraben worden und hatte es überlebt. Irgendein Regenerierungs-Zauber hatte sie wieder zum Leben erweckt, nachdem sie bereits erstickt war. Hoffentlich wirkte dieser Zauber immer noch und würde dabei helfen, auch Gewehrschüsse zu überstehen.

Unter der Annahme, dass ich den Verjüngungs-Zauber zuvor nicht zunichte gemacht habe, als ich ihre Seele wieder zusammengesetzt habe.

Ich wartete nicht ab, dass mir die anderen zustimmten. Sie unterstanden meinen Befehlen und würden sich beugen.

Während ich mich auf die Suche nach unserem König machte.

NYX

Vesperus war nicht in seinem Zimmer.

Oder in seinem Büro.

Oder irgendwo sonst in seinem Palast.

Als ich hinausging, traf ich auf Kaspian, der bereits auf mich wartete. Sein Gesichtsausdruck war besorgt. „Du hast ihn nicht gefunden." Es war eine Aussage, keine Frage, also machte ich mir nicht einmal die Mühe, ihm zu antworten.

Stattdessen blickte ich hinauf zu meinem erzürnten Mond. Die Furchen an seiner Oberfläche wiesen feurige Spuren von ausgeworfener Lava auf. Millionen von Jahren lang hatten jene Vulkane geschlafen. Aber die Ereignisse dieser Nacht hatten die wilden Kräfte in ihm geweckt und den Mond dazu gezwungen, mit jener Wut zu pulsieren, die ich in meinem Herzen spürte.

„Zeig mir, wo er ist", forderte ich. „Zeichne mir mit den Sternen ein Bild."

Seitdem ich Fallon verlassen hatte, waren nicht einmal fünf Minuten vergangen, aber es reichte aus, dass ich mir

Sorgen machte, wo Vesperus hingebracht worden war. Ich konnte ihn nicht mehr spüren und meine Wut war so groß, dass ich nur mehr *pure Rage* empfand.

Dieses Denken war mir neu, dieses Verlangen zu töten und alle um mich herum bluten zu sehen. Aber ich würde diese Welt zerstören, wenn es bedeutete, dass ich meinen Gefährten finden würde.

Du hast dir genommen, was mein ist, Klas. Du hast auch die Menschen, die mein sein sollten, verletzt. Das wirst du mit deinem Blut bezahlen.

„Nimm deine Hände weg von mir", fauchte eine Frauenstimme. Ich blickte auf eine vor Wut tobende Fallon. Sie hielt sich offenbar ihren Arm, schien aber sonst unverletzt zu sein.

Ich nehme an, dass dieser Heilungszauber immer noch funktioniert. Oder sie ist einfach schwer umzubringen.

„Ich bin froh, dass du am Leben bist", sagte ich.

Sie schnaubte und deutete mit ihrem Daumen auf Nolan. „Dieser Idiot hat mir in die Schulter geschossen."

„Weil ich dich nicht umbringen wollte", murmelte er.

„Und die Wucht des Geschosses hat mich umgehauen", fügte sie hinzu. „Als ob meine Nacht nicht schon schlimm genug gewesen wäre."

„Du hast Nyx neben dir hergeschleppt", sagte Nox zu ihr. „Und wir hatten den Befehl, dich auszuschalten."

„Tatsächlich hatten sie die Erlaubnis, dich mit einem Schuss zu töten", stellte Kaspian trocken klar. „Du kannst von Glück reden, dass du am Leben bist."

Fallon schien von ihren Kommentaren weder beeindruckt noch amüsiert zu sein. „Ihr könnt mich alle mal." Ihre Augen flackerten. Sie schaute auf mich. „Ausgenommen du."

Ich richtete meinen Blick wieder gen Himmel und wartete auf den Mond, der mir den Weg zeigen sollte. Ich konnte spüren, wie sich die Energie sammelte und wie sie meinem Ruf folgte, während ich den Mond über meine Verbindung zu seiner eisernen Mitte am Himmel gefangen hielt.

Er konnte sich geringfügig bewegen, um seine Position auf seiner Bahn beizubehalten, aber ich ließ nicht zu, dass er sich weiterbewegte, bis ich fertig war. Bis ich meine andere Hälfte gefunden hatte.

„Zeig es mir", sagte ich erneut. „Wo ist dein neuer König?" Denn das war Vesperus geworden, als er mein Gefährte geworden war: ein Gott der Nacht. Vielleicht nicht mit all denselben Vorzügen und Fähigkeiten, die ich genoss, aber wenn man die Fertigkeiten betrachtete, die er bereits geerbt hatte, vermutete ich, dass er noch stärker werden würde.

Denn ich werde dich finden.

Ich werde dich retten.

Und ich werde dich wieder als mein beanspruchen.

Als meine andere Hälfte. Als meinen Schicksalsgefährten. Als meine Zukunft.

Energie summte in der Luft und der Mond reagierte auf meine Bitte mit einer Wolke aus Sternenstaub. Ich hob meine Hand, um die Essenz einzufangen. Ich ließ sie in meine Haut dringen und mich mit Energie speisen, während ich den Weg weiterging.

„Sollen wir …", fragte eine männliche Stimme. Nolan vielleicht? Ich schaute mich nicht um, um mich davon zu überzeugen.

„Ja", antwortete Kaspian.

Ich nahm an, dass sie darüber sprachen, ob sie mit mir kommen sollten. Seitdem sie meinem Wunsch, *Fallon wiederherzustellen*, nachgekommen waren, ließ ich sie hinter mir hertrotten.

Aber wenn sie sich mir in den Weg stellten, würde ich sie wegscheuchen.

Sternenstaub fiel immer noch. Das Pulver drang in meine Adern und belebte meinen Geist. Ich konnte spüren, wie es durch unsere Verbindung auch zu ihm vordrang und ihn mit genug Energie versorgte, dass er *kämpfen* konnte.

Mein Gefährte. Mein.

„Slater", rief Kaspian.

Ein Haufen Federn huschte durch die Luft. Die schwarzen Flügel passten sich der Nacht perfekt an, als der Raben-Wandler wenige Meter von uns entfernt landete; und Gott sei Dank nicht vor mir. Er stand etwas abseits und beobachtete mit seinen schiefergrauen Augen, wie ich den Sternenstaub in meiner Hand sammelte.

Vesperus mochte diesen Söldner, der für ihn der beste Fährtenleser war.

Das erklärte die ununterbrochene Achtsamkeit dieses Mannes. Seine Flügel strichen beinahe über meinen Arm, als er neben mir in Gleichschritt fiel. „Wir sind Vesperus auf der Spur", sagte er. Es war keine Frage, sondern eine Aussage.

„Das sind wir", bestätigte Kaspian. „Er ist von Klas entführt worden."

„Von Klas?", wiederholte Slater, der nun seine Aufmerksamkeit auf Fallon richtete. Diese ging mit Nolan auf der anderen Seite von Kaspian und Nox war direkt hinter ihr.

Ich behielt sie alle in meinem Augenwinkel, während ich mich auf den Sternenstaub konzentrierte. Er schien uns in eine Wohngegend zu führen.

„Er ist am Leben", antwortete Nolan. „Und ihrer Aussage nach hat er ihr Blut getrunken und ihre Kräfte verwendet."

„Ihrer Aussage nach", äffte Fallon ihm nach. „Als ob ich lügen würde."

„Das tust du nicht", murmelte ich. „Klas ist dafür verantwortlich und er wird sterben."

Ich schaute zu meinem Mond hinauf und bemerkte seine Risse und heißen Tränen. *Ja, er wird dafür bezahlen, dass er mich dazu gebracht hat, dir weh zu tun*, schwor ich. *Er wird bluten.*

Der Sternenstaub summte zur Antwort, sein Glitzern drang weiterhin in mein Sein und verjüngte meine Seele.

„Was hat er mit Vesperus angestellt?", fragte Slater. „Ich kann seine Macht kaum spüren."

„Todeszauber", antwortete ich.

„Es ist ein Verfall-Fluch. Derselbe, den jemand über die Kugel gelegt hat, die Nyx getroffen hat", fügte Fallon hinzu.

„Was wirkt dagegen?", fragte Kaspian.

„Ich", erklärte ich einfach. Ich würde meinen Gefährten mit der Macht des Mondes tränken, bis er zu mir zurückkommen würde. Wir hatten keine Wahl. So würde er überleben.

Oder nicht?, fragte ich und blickte zum Mond hinauf.

Zur Antwort fiel mehr Sternenstaub vom Himmel.

Richtig, antwortete ich mir selbst.

Bloß, dass der Weg plötzlich aufhörte, wodurch ich gezwungen wurde, innezuhalten und in den Himmel hinauf zu schauen, während Fallon etwas von einem Gegenzauber murmelte, der den Verfall-Fluch brechen konnte.

Am Ende sagte sie noch etwas von: „Aber das ist nicht sicher."

Kaspian begann, sie über ihre Mächte auszufragen, weil er genau wissen wollte, wozu sie imstande war und was heute Nacht bereits passiert war.

Sie erklärte ihm die tödliche Schlaf-Magie, bevor sie sich über Klas' Motive und Pläne ausließ.

Während der ganzen Zeit wartete ich darauf, dass mir mein Mond den Weg zeigte.

Aber er tat es nicht.

Ich blickte mich um und versuchte herauszufinden, warum er aufgehört hatte, mich zu führen. Wir standen in der Mitte einer Straße. Das nächste Gebäude war beinahe einen Häuserblock weit entfernt. Sonst waren wir nur von Bäumen umgeben.

„Versuchst du mir zu sagen, dass er hier ist?", wollte ich wissen. „Oder … Oder hast du seine Spur verloren?"

Letzteres wäre nicht akzeptabel.

Und Ersteres machte absolut keinen Sinn.

„Hier kann ich ihn nicht spüren", sagte Slater ruhig, während seine aufmerksamen Augen die Straße absuchten. „Etwas stimmt hier nicht."

Ich stimmte ihm zu. „Wo ist mein König?", fragte ich den Mond.

Zur Antwort fiel wieder Sternenstaub auf mich und veranlasste mich dazu, auf den Boden zu blicken. Das letzte Mal, als meine Magie das gemacht hatte, hatte sie gewollt, dass ich zu graben anfing. Und damals hatte ich Fallon gefunden.

„Gibt es hier Tunnel?", fragte ich und blickte dabei Kaspian an.

Er runzelte die Stirn. „Ja. Aber nur wenige kennen sie."

„Genauso wie nur wenige so schnell in Vesperus' persönliches Hauptquartier gelangen konnten, wie Klas es getan hat", fügte Nox hinzu, was nun mich dazu veranlasste, die Stirn zu runzeln.

Das … war eine interessante Bemerkung.

Soweit ich das verstanden hatte, hatte Vesperus Klas

nicht besonders gut – wenn überhaupt – gekannt. Also, woher hatte er dann gewusst, wo mein Gefährte schlief?

Vesperus' Palast war enorm groß. Seine Gemächer konnten überall sein. Aber dass Klas ihn so schnell gefunden hatte, nachdem Fallon den Zauber aufgehoben hatte, legte den Verdacht nahe, dass er genau gewusst hatte, wo er suchen musste.

„Vielleicht hat er einen Ortungszauber angewandt?", überlegte Nolan.

„Vielleicht", sagte Kaspian.

Fallon hingegen schüttelte den Kopf. „Das ist unwahrscheinlich. Er hätte etwas von Vesperus gebraucht, damit der Zauber tatsächlich an ihm wirkt. Und ich glaube nicht, dass er so weit voraus gedacht hat."

„Wie hat er Vesperus dann gefunden?", wollte ich wissen. „Und wie kommen wir in die Tunnel?" Denn es schien so, als würde meine Magie wollen, dass ich mich nach unten begab.

Kaspian deutete mit seinem Kopf auf das Gebäude vor uns. „Da drinnen gibt es einen Eingang."

Noch bevor er zu Ende gesprochen hatte, eilte ich schon in die genannte Richtung, wobei ich rasch die Straße entlang huschte. *Ich komme dich holen, Vesperus.*

„Was ist mit Paxton?", fragte Nox leise hinter mir.

„Was soll mit ihm sein?", fragte Kaspian zurück.

Das Phantom schien zu zögern, bevor es antwortete: „Würde er wissen, wo Vesperus schläft?"

„Natürlich weiß er das. Er ist mein Assistent und er hat fast überall Zugang." Es klang, als wäre es Kaspian unangenehm, aber er schien nicht unbedingt verärgert oder als wäre er in die Enge getrieben worden. „Warum?"

„Inklusive der Tunnel?", hakte Nox nach.

„Ja. Und jetzt sag mir, warum du ihn verdächtigst", wollte Kaspian wissen.

„Er war der Einzige, der behauptet hat, dass die Fragmente der Kugel nicht verflucht wären, sondern Spuren einer Chemikalie aufgewiesen haben." Nox hielt einen Moment inne. „Das erscheint mir eine wirksame Irreführung zu sein, um eine Untersuchung zu behindern, besonders für jemanden, der ein Hexenmeister ist, der Magie wahrnehmen kann."

Ich hatte beinahe schon das Gebäude vor uns erreicht, blieb aber an der Tür stehen, um Kaspian anzublicken.

Seine pechschwarzen Augen erinnerten mich an Flammen aus Obsidian. Die darin kochende Wut unterstrich, dass er den von Nox geäußerten Verdacht verstand und potentiell ebenso teilte. „Das hat er uns erzählt, während Vesperus unpässlich war."

„Was bedeutet, dass wir nicht wissen können, ob er gelogen hat oder nicht", fügte Nolan hinzu.

„Kannst du die Spur von Paxtons Magie nachverfolgen?", fragte ich Slater ohne Umschweife. Ich wollte mich auf kein Ratespiel einlassen, wenn wir die Wahrheit mittels natürlicher Ressourcen ergründen konnten.

„Ja, ich bin schon dran", bestätigte der Raben-Wandler.

„Dann sag mir, ob du die Magie auf diesem Weg spüren kannst", sagte ich, als ich das Gebäude betrat. „Wo soll ich hingehen, Kaspian?"

Er ging voran und führte uns zu einer Tür, die mit einem Sicherheitsschloss versehen war.

Ein weiterer Beweis, dass Klas Helfer hat.

„Wie viele Leute kennen den Code?", fragte ich, während er ihn eintippte.

„Vielleicht ein halbes Dutzend", gab er zu. „Und Paxton ist einer von ihnen."

„Hast du Paxton jemals getroffen?", fragte Nox Fallon.

„Nein, ich habe zuvor nicht einmal seinen Namen gekannt. Klas hat es nie zugelassen, dass ich seine Freunde treffe." Das erklärte sie leise, aber ihre Aussage war von Einsamkeit und Schmerz getränkt.

„Ich kann ihn spüren", bestätigte Slater ruhig. Er war auf der obersten Treppenstufe und seine schwarzen Federn bewegten sich aufgeregt. „Und ich kann auch den Todeszauber schmecken." Bei diesen Worten rümpfte er seine Nase und kniff seine Augen zusammen.

Als Erster trat Kaspian ein. Slater folgte ihm, sodass ich direkt hinter seinen schwarzen Schwingen war.

Zumindest größtenteils waren sie schwarz. Drei standen weiß aus dem Meer von tintenschwarzen Federn heraus, weshalb ich mich wunderte, ob das einen bestimmten Zweck hatte oder ein bestimmtes Zeichen war.

Aber ich fragte nicht nach.

Denn in dem Moment, in dem wir den Tunnel betraten, konnte ich Vesperus *fühlen*.

Ich setzte mich an die Spitze der Gruppe und die Energie, die ich von der Nacht bezogen hatte, war bereit zu *töten*.

Ich war noch nie eine Anhängerin von Gewalt gewesen, aber heute Nacht würde ich von Klas' Blut kosten.

Die Aura von Vesperus rief mich zu sich. Seine Gegenwart war wie das Licht eines Leuchtturms, dem ich folgte, ohne zurückzublicken.

Mein, mein, mein, schlug mein Herz.

Töte, töte, töte, forderte meine Seele.

Ich schnellte weiterhin nach vorne und jagte Vesperus' Essenz nach; sein schokoladiger Geruch hüllte mich bereits in eine herzliche Begrüßung ein.

Eine Kugel wurde abgefeuert, die mein Sternenstaub mit einem Schild schluckte. Meine Mächte waren geschärft und in Alarmbereitschaft versetzt. Allerdings waren sie auch bereit *zu vernichten.*

Jemand fluchte. Ich war mir nicht sicher, ob es von hinter oder von vor mir kam. Es war mir egal. Ich konzentrierte mich ausschließlich darauf, Vesperus zu finden.

Dort, dachte ich, als ich seine zusammengekauerte Gestalt erblickte. Auf der Stelle warf ich ihm eine Handvoll Sternenstaub entgegen.

Mehr Gewehrfeuer prasselte auf mich nieder; dazu flüsterte und skandierte jemand etwas.

Ich schickte eine hohe Welle aus Macht in ihre Richtung. Die Energie peitschte durch die Luft und warf sie alle um.

Sechs Männer.

Drei Frauen.

Ich erkannte lediglich Paxton.

Aber sie waren alle bewaffnet und schossen auf mich.

„Ich habe genug von euren Spielchen", zischte ich und bombardierte sie mit einem weiteren Schub meiner Macht. „Alles, was ihr Kreaturen seit dem Moment meiner Ankunft versucht habt, war, mich zu töten. Und wisst ihr was? Ich denke, dass es an der Zeit ist, euch diesen Gefallen zurückzugeben."

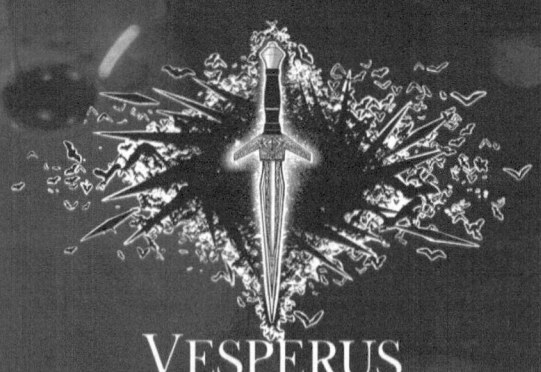

VESPERUS

Feuer legte sich über meine Sinne.

Heiße. Intensive. Flammen.

Ich musste meine Nase rümpfen, da der Geruch von Natur aus eine berauschende Wirkung hatte.

Denn es liegt eine süße, zitrusartige Duftnote darin, dachte ich: *Nyx*.

Vesperus, antwortete sie. Sie klang so erleichtert, dass ich meine Stirn runzelte.

Eine weitere Hitzewelle traf mich und ließ mich die Sterne tanzen sehen.

Nein, keine Sterne.

Nyx.

Mir stand der Mund offen, als sie den dunklen Raum mit ihrer goldenen Magie erhellte und ich spürte, dass ihre Wut rasend, ja geradezu angsteinflößend war.

Es folgte eine eisige Machtböe, die aus den Untiefen des Tunnels kam. *Wie bin ich bloß hier herunter gekommen?*, fragte ich mich. Aber mein Verstand wusste darauf keine Antwort.

Ich war nackt.

Schwach.

Und ich hatte mich auf dem Boden zusammengerollt.

Was zur Hölle war passiert?

Klas hat mit derselben Art von Kugel auf dich geschossen, wie er es mit mir getan hat, knurrte Nyx. *Und ich habe Schusswaffen wirklich satt.*

Ihre goldene Magie flackerte durch den Tunnel, dann hörte ich Geräusche von Metall – wie es gebogen wurde und zerbrach.

Aus. Schluss. Keine Schüsse mehr. Auf. Mich. Der Zorn in ihrer Stimme ließ mein Herz ein paar Schläge aussetzen. Das klang überhaupt nicht nach ihr. Sie war fast wie besessen. An der Grenze zur Furie.

Und ihr Fauchen unterstrich dies.

Sie erschuf eine Peitsche der Macht, die durch drei der Angreifer hindurchschnitt. Erst kullerten ihre Köpfe auf den Boden, dann plumpsten ihre Körper hinterher und schlugen dumpf auf.

Aber Nyx beachtete sie nicht einmal, sondern richtete ihren Fokus bereits auf die anderen.

Sie begann in ihrem Kopf mitzuzählen, als sie die beiden auf ähnliche Art zu Boden zwang, bis nur mehr zwei übrig waren:

Paxton und Klas.

Ich runzelte die Stirn. Die Gedanken daran, wie ich die beiden in meinem Zimmer gehört hatte, ließ Erinnerungen in mir aufflackern.

Irgendetwas mit einer Injektion tauchte auf.

Ich glaube nicht, dass er mich angeschossen hat, sagte ich langsam und kniff meine Augenbrauen zusammen. *Er … Er hat mir etwas gespritzt.*

Nyx schien mich nicht zu hören. Ihre unbändige Wut richtete sich komplett auf die zwei Männer.

„Wenn du ihn tötest, dann wirst du Fallon wehtun", sagte irgendjemand. *Nox.*

Ich runzelte die Stirn. *Seit wann ist er hier?* Ich blickte mich nach ihm um und sah die Menge, die sich hinter Nyx versammelt hatte. Sie hatte eine ganze Armee hier herunter gebracht, dennoch schien es so, als ob sie niemanden brauchen würde.

„Es geht schon in Ordnung", sagte Fallon mit zusammengekniffenen Augen. „Er verdient den Tod."

„Das wird Risse in deinem Gefährtenband verursachen", flüsterte Nox.

„Ich werde lieber verrückt, als dass ich noch länger mit ihm verbunden sein möchte", antwortete sie.

„Du warst schon immer eine Schlampe", setzte Klas nach.

„*Ruhe.*" Nyx wickelte mit einem Schlag ihre goldene Peitsche um seinen Hals und zog daran.

Der Söldner riss seine Augen immer weiter auf, als wäre er geschockt darüber, dass sie ihn töten wollte. Oder vielleicht auch, dass sie das überhaupt konnte. Allerdings hatte sie gerade ein halbes Dutzend Männer dahin geschlachtet, ohne mit der Wimper zu zucken.

Ich muss wissen, was er mir gespritzt hat, sagte ich zu ihr.

Sie schien immer noch nicht zuzuhören, da ihre Wut ihr rationales Denken überwältigt hatte.

„Nyx", sagte ich mit rauer Stimme. Ich konnte mich kaum bewegen, da sich meine Gliedmaßen wie Blei anfühlten.

Sie knurrte. Schließlich trafen sich unsere Blicke und ich starrte in ihre rot-gefärbten, goldenen Iriden. Sie erinnerten an Blutmonde.

Oh, verflucht. „Du bist in einem Blutrausch." Ein Blutrausch war wie eine Gier nach Blut, mit einem ausgeprägten Bedürfnis zu kämpfen, zu töten oder zu ficken.

Und im Moment war sie vom Bedürfnis zu *töten* besessen.

Deshalb klang sie für mich so fremd. Sie war nicht sie selbst.

Auch wenn Nyx nach wie vor eine Göttin mit all ihrer glorreichen Macht war. Aber die blutrünstige Gier des Mordens passte nicht zu ihr.

„Ich muss wissen, was er mir injiziert hat", sagte ich so sanft wie möglich zu ihr. „Das war kein Projektil."

Klas' Lippen verzogen sich zu einem Grinsen, was ihn wie einen irren Soziopathen aussehen ließ.

Plan B, hatte er gesagt.

Wie lautet dieser, Klas?, fragte ich mich. *Wirst du verhandeln?*

Nyx hatte immer noch ihre Peitsche um seinen Hals gewickelt und blickte mich an.

„Was hast du mir gespritzt?", fragte ich ihn und verwies auf meine raue Stimme und die Schwere in meinem Körper.

Nur aufgrund der Energiewelle, die von Nyx ausging, war ich wach. Das war der einzige Grund. Vielleicht konnte sie mich heilen. Aber der verrückte Ausdruck in Klas' Gesicht deutete auf etwas anderes hin.

Er wird uns gar nichts sagen.

„Paxton?", fragte ich. Daraufhin entfuhr Kaspian ein Knurren.

„Ich weiß nicht, was es war", antwortete Paxton. Die Wahrheit in seinen Worten ließ mich aufseufzen.

Denn das bedeutete, dass Klas es geplant hatte, was auch immer es gewesen war.

Ich hatte noch nicht alle Puzzleteile beisammen, aber es schien so, als ob Klas hinter allem steckte.

„Wie brauchen ihn lebend, Nyx", sagte ich zu ihr. *Zumindest bis er redet.*

Sie zischte. „Nein. Er *stirbt*."

Sie zog die Peitsche enger um seinen Hals, und der Blutrausch ergriff vollends von ihr Besitz. *Scheiße.*

Ich tat das Einzige, was ich tun konnte: Ich stöhnte auf. Dann gestattete ich ihr, meinen Schmerz zu fühlen, sowie die Qual in meinen Gedanken und mein Bedürfnis nach Heilung. Im nächsten Moment war sie neben mir auf den Knien und legte ihre Hände auf mein Gesicht, um mir Energie einzuflößen.

Ich lehnte mich gegen sie, ersehnte ihre Berührung und ihre Wärme und wollte in ihrem Sternenstaub schwelgen.

Sie streute etwas Pulver über mir aus. Ihre Absicht war eindeutig: Sie wollte, dass ich heilte. Aber ich vermutete, dass es mir ähnlich ergehen würde wie ihr, als ihr Körper aufgrund der Verwünschung immer wieder zu verfallen begonnen hatte.

Und mit einer körperlichen Vereinigung würde es diesmal nicht getan sein.

Kaspian begann im Hintergrund, Befehle auszugeben. Dabei waren seine Worte leise, um Nyx nicht zu beunruhigen, aber sie war zu sehr auf mich fokussiert, als dass sie ihn beachtet hätte.

Sie küsste mich und versuchte, unsere Zungen miteinander spielen zu lassen. Dann biss sie sich selbst, um mir ihre Essenz einzuflößen. Ich schluckte. Ihre Essenz und ihr Geschmack waren zumindest vorübergehend ein willkommenes Gegenmittel.

Bring mich in mein Zimmer zurück, bat ich sie, da mir bewusst war, was ich zu tun hatte, um ihren Blutrausch zu stoppen. *Ich möchte in dir sein.*

Sie stieß einen animalischen Laut aus und brachte uns beide mit einem Augenzwinkern in mein Schlafzimmer. Aber anstatt sich auf mich zu setzen oder zu versuchen, mich zu ficken, begann sie meinen Körper nach Wunden abzusuchen.

Ihre Lippen und Augen waren überall und stellten fest, dass ich immer noch da war; dass ich lebte und zu ihr gehörte.

Als sie mit ihrer Überprüfung fertig war, konnte ich es nicht erwarten, in sie zu dringen. Denn sie hatte mit ihrem ungezähmten Verhalten meine Begierde geweckt. Sie war eine aufreizende Königin gewesen, zügellos in ihrer Wut und umwerfend in ihrem goldenen Schimmer.

Dennoch machte sie keine Anstalten, mich zu nehmen.

Stattdessen liebkoste sie mit Mund und Nase meinen Nacken und seufzte: „Mein."

Meine Lippen verzogen sich. „Willst du von mir Besitz ergreifen?"

Sie schaute mir in die Augen. Die rötliche Verfärbung hatte sich verflüchtigt und goldene Pünktchen hinterlassen.

Ihr Blutrausch ist vorüber.

Sie hatte sich davon befreit, indem sie mir gehuldigt hatte. Von dieser Methode, einen Blutrausch in den Griff zu bekommen, hatte ich definitiv noch nie gehört. Aber an Nyx war nichts normal oder gewöhnlich.

Sie war eine Göttin. *Meine Göttin.*

„Ich muss den Mond heilen", flüsterte sie. Ich musste die Stirn runzeln. „Er vergießt heiße Tränen."

Ich starrte sie an. „Was?"

„Ich habe ihn vorhin gerufen, um meine Energie aufzufüllen. Und habe ihm dafür das Blut von Klas als Entschädigung versprochen. Ich muss ihn töten." Das waren keine Worte im Blutrausch, sondern die einer Göttin, die ihre Opfergabe für ein höheres Wesen einforderte.

„Du hast den Mond angerufen?"

Sie nickte. „Ich habe seinen Zyklus … um ungefähr eine Woche verschoben."

Ich hob meine Augenbrauen. „Willst du mir sagen, dass du den Mond aus seiner Bahn geworfen hast?"

„Nein. Ich habe ihn auf seiner Umlaufbahn gelassen. Ich habe dort lediglich seine Position verändert", erklärte ich. „Und nun muss ich ihm Tribut zollen: mit dem Blut von Klas."

„Verflucht", hauchte ich. „Hat das die Welt verändert? *Unsere* Welt?"

„Ein bisschen. Es hat sich vorwiegend auf die Gezeiten ausgewirkt. Aber der Mond ist am meisten verletzt. Ich muss mit Blut dafür bezahlen", insistierte sie.

„Zuerst müssen wir wissen, was er mir gespritzt hat. Außerdem müssen wir herausfinden, ob es noch andere gegeben hat, mit denen er zusammengearbeitet hat – wie beispielsweise Paxton.

Zudem möchte ich Motive und Gründe für ihre Attacke auf Gold und Granat wissen.

Und ich muss eine umfassende Erhebung durchführen, welche Auswirkungen das auf unser Haus haben kann."

Als ich an den Papierkram und die notwendigen Befragungen dachte, fuhr ich mir mit meiner Hand übers Gesicht. Das alles zusätzlich zu den Telefonanrufen, die ich in Bezug auf Nyx erhalten würde.

Du hast die Position des Mondes verändert, flüsterte ich. *Das … ist eine furchteinflößende Fähigkeit, Göttin.*

Die habe ich zuvor noch nie genutzt, antwortete sie. *Aber ich musste dich finden, mein König.*

Mein Blut begann sich bei diesen Worten zu erhitzen, was – wie ich annahm – ihre Absicht war.

Dennoch konnte ich meine Gedanken nicht von den Dingen lösen, die zu tun waren – Schadensbegrenzung stand ganz oben auf der Liste.

Aber ich war mir nicht sicher, wie dringend diese war.

Nyx hatte die Position des verfluchten Mondes *für mich* verändert. Um mich zu finden. Um mich zu retten.

Das war eine Geste, die den Erdboden erschüttert hat, dachte ich bei mir. Aber ich wusste, dass sie es gehört hatte, denn ihre Lippen verzogen sich.

Was soll ich mit dir machen, Göttin?, dachte ich und suchte ihren Blickkontakt.

Ich hätte da ein paar Ideen. Aber zuerst möchte ich duschen. Das wäre sicher ein guter Anfang.

Das Wasser würde meine Gliedmaßen etwas lockern, zumal ich mich nun wieder bewegen konnte. Ich fragte mich nur, wie lange das anhalten würde.

Vielleicht für immer.

Vielleicht auch nicht.

Ich nahm meine Uhr, die auf dem Nachttischchen stand, zur Hand und schickte Kaspian eine Liste von Dingen, die zu erledigen waren.

> Ruf Kieran an. Er kann uns dabei helfen, die Wahrheit aus Klas herauszuquetschen.

> Wir müssen eine formelle Stellungnahme darüber abgeben, was hier passiert ist, insbesondere in Bezug auf Nyx' Macht.

> Wir sollten wahrscheinlich auch eine offizielle Mitteilung über unsere Verpaarung anhängen, nachdem das Schicksalsband nun ziemlich offensichtlich ist.

> Klas nicht töten – Nyx braucht sein Blut für den Mond.

> Sie sagt, er stünde in Flammen ...
> Stimmt das?

Das Letzte war mehr eine Überlegung von mir, da ich

den Mond von meinem Platz im Bett aus nicht sehen konnte. Aber ich erhaschte eine seltsam orange Färbung am Himmel, die mich an den Sonnenaufgang erinnerte. Dafür war es jetzt allerdings nicht die richtige Zeit.

„Dusche?", schlug Nyx vor.

„Dusche", stimmte ich zu, als meine Uhr vibrierte. Es war Kaspians Antwort:

> Kieran ist bereits unterwegs.

> Cara hat eine Stellungnahme für beide Belange fast fertig.

> Über diesen Blutzoll werden wir noch sprechen. Fallon verdient es, in diese Diskussion miteingebunden zu werden.

> Siehe Anhang.

In der nächsten Sekunde erschien ein Bild, das mich auf das Display starren ließ. „Das verleiht der Bezeichnung Blutmond eine neue Dimension."

Der Mond stand buchstäblich in Flammen und wies Risse voll Lava auf. Das mussten auch die anderen Anführer bemerken.

Verflucht.

Nyx schaute auf das Bild und zuckte zusammen. „Deshalb brauche ich den Blutzoll." Unsere Blicke trafen sich. „Klas muss sterben."

„Und das wird er", schwor ich. „Sobald wir die Informationen von ihm erhalten haben, die wir brauchen." Ich nahm ihr Kinn in meine Hände. „Wie wäre es mit einer Dusche, und du verrätst mir dabei, wie du ihn töten möchtest?"

Sie überlegte kurz. „Mit einem Messer. Aber unter der Dusche werde ich dir mehr erzählen."

„Wir haben ein Rendezvous", scherzte ich.

Sie runzelte die Stirn und wog meine Worte ab. „Ich war noch nie auf einem echten Rendezvous, aber ich nehme diesen Vorschlag gerne an. Wasser, Rache und Orgasmen."

Also, wenn sie es so formulierte, dann klang es tatsächlich verlockend. „Ich verspreche dir, dass ich mit allen dreien dienen werde."

„Gut", antwortete sie. „Denn meine Ansprüche sind hoch."

„Von einer Göttin würde ich auch nichts anderes erwarten."

„So wie ich auch alles von einem König erwarten würde", konterte sie.

Ich grinste. „Und du sollst auch alles bekommen."

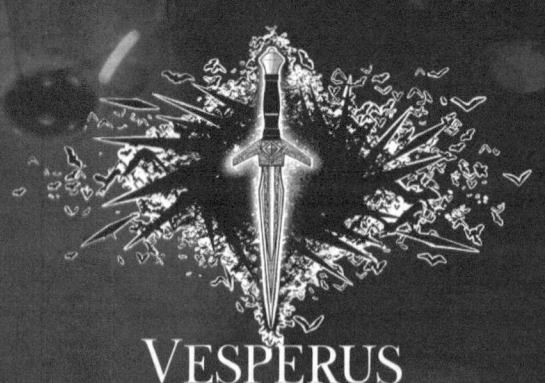

VESPERUS

Klas hatte mir einen Cocktail aus seinem Blut und einem tödlichen Gift injiziert.

Mit seiner Essenz war im Wesentlichen ein Verfall-Fluch verbunden gewesen.

„Er hat das Gift so hergestellt, dass er selbst am Leben bliebe", fasste Kaspian zusammen. „Denn ohne regelmäßige Dosen seines Blutes würdest du sterben."

„Nur dass er nicht damit gerechnet hat, dass es ein Gegenmittel dafür geben könnte", fügte Nox hinzu und zeigte mir ein Glasfläschchen. „Fallon hat mir geholfen, ein entsprechendes Serum herzustellen. Dazu hat sie ihr Blut verwendet, um das von ihrem Gefährten auszugleichen."

Kaspian klatschte in die Hände. „Wir müssen es dir nur spritzen."

„Verstehe." Ich schaute auf Nyx neben mir. Wir saßen auf der Couch in meinem Büro, Kaspian befand sich hinter meinem Schreibtisch und Nox stand neben ihm.

Eine ideale Konstellation: eine, die auf die Zukunft von Gold und Granat vorausdeutete, wenn man die jetzige Situation betrachtete.

Ich hatte die meiste Zeit der vergangenen beiden Tage in meinem Zimmer verbracht. Denn jedes Mal, sobald ich ganz genesen war, begann ich wieder zu ergrauen. So wie es bei Nyx der Fall gewesen war, nachdem sie angeschossen worden war. Mit ihrem Sternenstaub erhielt sie mich nun am Leben, aber das war nur eine vorübergehende Lösung und keine permanente.

In der Zwischenzeit hatte Kaspian die Befragung von Klas und Paxton geleitet. Kieran war ebenfalls zu Besuch gekommen, um ihm zu assistieren, und seine Fähigkeit, anderen die Wahrheit abzunötigen, war dabei ausgesprochen hilfreich gewesen.

Ich hatte den anderen Anführer nur im Vorübergehen gesehen, aber er hatte etwas zu mir gesagt, das sich sehr nach einer Verabschiedung angehört hatte.

„Du bist ein guter Mann, Veritas. Ich habe unsere Freundschaft sehr geschätzt. Ich möchte dich wissen lassen, dass dein ehemaliges Territorium in guten Händen ist." Er hatte Kaspian angeblickt, während er hinzufügt hatte: „Und damit spreche ich nicht nur von dem Gebiet, das Tod und Diamant gehört."

Ich hatte genickt und zwischen den Zeilen gelesen, was er zu mir gesagt hatte. Dann hatte ich einfach nur geantwortet: „Ich weiß."

Denn Kaspian würde einen guten König abgeben. Er hatte die Rolle bereits übernommen und als er jetzt so hinter meinem Schreibtisch saß, war es klar, dass er dazu auch bereit war.

Was eine gute Sache war, denn der generelle Tenor war, dass Nyx nicht hier bleiben konnte.

Kaiserin Asbesta war diejenige gewesen, die am lautesten die Auslöschung von Nyx gefordert hatte. Nyx' Manipulation der Mondposition hatte die Gezeiten vollkommen durcheinander gebracht, und obwohl es in der Folge nur wenige Verletzte gegeben hatte, so war das

Oberhaupt von Meer und Serpentine erbost. Und ich nahm nicht an, dass sie jemals einlenken würde.

Sie war sogar eher dazu geneigt, darüber einen Krieg zu beginnen, was sie mehr oder weniger auch in ihrer Nachricht an mich angedroht hatte.

> Wenn du sie nicht entfernst, dann werde ich das für dich erledigen.

Sie hatte sich nicht einmal die Mühe einer formellen Anrede oder einer Unterschrift gemacht.

Lady Gabriella hatte ihre Sichtweise in der Sache ähnlich ausgedrückt und ihre ernsten Worte ebenso mit Drohungen unterlegt.

> Wir haben dir mit dieser Kopfgeldjagd vertraut, und du hast uns hintergangen. Dein Urteilsvermögen ist durch die Magie deiner Schicksalgefährtin getrübt. Wir werden tun, was notwendig ist, Vesperus. Lass dir das deine einzige Warnung sein.

Mit Sky Serpell hatte ich nicht gesprochen, aber Kaspian hatte es getan. Und er hatte mit einem schnellen Anruf bestätigt, dass Geist und Saphir sich bereits auf das Unausweichliche vorbereitete.

Ich war mir nicht sicher, ob Sky ihm das so direkt gesagt hatte, oder ob er das einfach nur aus dem Gespräch geschlossen hatte.

Wie auch immer, der Punkt war unstrittig. Was zählte, war, dass sich schon mindestens zwei Häuser auf eine Invasion vorbereiteten.

Und meine Verbündeten würden sich nicht auf meine Seite schlagen.

Volker würde sich wahrscheinlich sogar der Widerstandsbewegung gegen mich anschließen, was nur eine faire Entscheidung war, zumal ich denselben Schritt überlegen würde, wenn ich in seiner Lage wäre.

Elias hatte seine Enttäuschung ausgedrückt und gesagt, dass es sehr schwierig war, eine Entscheidung zu treffen. Aber letztendlich wusste er schon, was ich wählen würde.

„Du warst ein guter König, Vesperus", sagte er. „Kaspian hat einen ziemlich schwierigen Weg vor sich, aber er ist von einem der Besten unterwiesen worden."

Es hatte sich sehr nach einer Verabschiedung angefühlt, ähnlich wie die Unterhaltung mit Kieran.

Die anderen Monarchen der Welt waren alle zurückhaltend gewesen und hatten ihre Warnungen höflich ausgesprochen.

Dennoch war es klar, dass es unter den Häusern zu einem Krieg kommen würde, wenn ich hier bliebe. Es würde weder ein Verständnis noch eine langsame Akzeptanz von Nyx' Mächten geben.

Und das, obwohl niemand wusste, dass sie bereits begonnen hatten, sich auf mich auszuwirken.

Dieses Detail wäre der letzte Nagel im Sarg unseres Hauses. Und wenngleich meine Leute für mich – für *uns* – kämpfen würden, so wäre das doch eine Situation, in die ich sie nie bringen würde.

Ich konzentrierte mich auf meinen Stellvertreter hinter meinem Schreibtisch. „Willst du mir die Ehre erweisen?", fragte ich ihn und bezog mich damit auf das Gegenmittel, das Nyx in der Hand hielt.

„Gibst du mir die Chance, dich mit etwas zu durchbohren?", fragte Kaspian. Seine dunklen Augen blitzten erheitert auf.

„Sieh es als Ritus der Amtsübergabe an", antwortete ich. Es war ein Zeichen des Vertrauens zwischen uns. Eine innige Geste der Freundschaft.

Ich stand auf und zog das Jackett meines Anzugs aus.

Dann knöpfte ich mein Hemd auf und schlüpfte mit der Schulter heraus, um meinen Oberarm freizulegen.

„Bist du dir mit diesem Gegenmittel sicher?", fragte Nyx. In einem ihrer typischen Kleider, die ihr Markenzeichen waren, hatte sie sich geschmeidig an meine Seite bewegt.

„Ungefähr zu neunzig Prozent", antwortete Kaspian.

Meine Gefährtin kniff ihre Augen zusammen. „Das sind keine hundert Prozent."

„Er lügt", murmelte ich, da ich den scherzhaften Unterton in seinen Worten erkannt hatte.

„Lüge ich, weil es tatsächlich mehr als neunzig Prozent sind oder weil es weniger sind?", überlegte er.

„Hau mir einfach die verfluchte Nadel rein, Kas", sagte ich genervt.

Er kicherte, während er die Spritze aufzog.

Es wird schon gutgehen, sagte ich zu Nyx.

Wer lügt jetzt?

Also, ich bin zu neunzig Prozent sicher, dass es gut gehen wird, stellte ich mit einem Augenzwinkern klar.

Kaspian packte meinen Arm und suchte nach einer Vene, bevor er mir die Nadel hineinstieß. Dann nahm Nox sie ihm ab und verließ das Büro, wahrscheinlich um die Spritze wegzuwerfen.

Nyx kniff ihre Augen zusammen, wobei sich bereits Sternenstaub in ihrer Handfläche sammelte.

Du bist sexy, wenn du mich beschützen willst, sagte ich zu ihr.

Sie antwortete nicht, dafür blickte sie mich forschend an und versuchte zu erkennen, ob ich durch das Serum irgendwie zu Schaden gekommen war. Als mehrere Minuten lang nichts passierte, begann sie sich etwas zu entspannen.

„In ein paar Stunden werden wir dann wissen, ob es gewirkt hat", verkündete ich und dachte dabei an die immer wiederkehrenden Symptome. Nyx hatte mich direkt vor diesem Treffen geheilt, also hatte ich mindestens sechzig Minuten, bevor ich wieder ergrauen würde.

Aber ich würde lieber erst nach ein paar Stunden ohne Symptome behaupten, dass das Mittel wirkte.

„Lenkt mich mit irgendwelchen Neuigkeiten ab", bat ich. Dabei wandte ich mich vorwiegend an Kaspian und setzte mich gleichzeitig wieder auf die Couch. Nyx war wieder direkt neben mir. Ihre Hand ruhte auf meinem Oberschenkel, als müsste sie mich berühren, um mich in Sicherheit zu wissen.

Ich legte meine Hand auf ihre und drückte sie leicht. *Ich fühle mich gut.*

In diesem Moment, erwiderte sie.

In diesem Moment, bestätigte ich.

„Möchtest du darüber sprechen, was wir noch bei unserer Befragung herausgefunden haben, oder möchtest du lieber die Unmenge von Anrufen durchgehen, die ich von verärgerten Astronomen erhalten habe?"

Ich hob eine Augenbraue. Während ich eher an Ersteres gedacht hatte, konnte ich es mir nicht verkneifen, nachzufragen: „Verärgerte Astronomen?"

„Ich habe die Position des Mondes verändert", murmelte Nyx. „Das verändert die Vorhersagen aller Ereignisse, in denen der Mond eine Rolle spielt." Sie rümpfte ihre Nase. „Aber wenn ich den Mond wieder auf seine normale Position setze, dann muss ich ihn wieder verletzen. Und ich habe gerade damit begonnen, ihn zu heilen."

Vergangene Nacht hatte sie einen Eimer voll Blut, das von Klas stammte, dazu verwendet, ein Opferritual durchzuführen. Fallon hatte den Eimer herangeschleppt, nachdem sie dem Mistkerl die Organe entnommen hatte. Die orangefarbenen, glühenden Flüsse auf dem Mond hatten sich langsam beruhigt und nur einen dünnen, weißen Schimmer hinterlassen.

Sie hatte gesagt, dass sie den Vorgang in den kommenden sechzig Tagen wiederholen musste – mit mehr Blut.

„Ich könnte das schneller erledigen, wenn ihr mich Klas töten lasst, aber nach all dem, was er verbrochen hat, scheint mir das so nun angemessener", sagte sie.

„Ja, also, vielleicht möchtest du dann mit dem nächsten Astronomen reden, der anruft", murmelte Kaspian.

„In dieser Welt gibt es immer noch Astronomen?", wunderte ich mich. „Ich dachte, dass das ein menschliches Hobby wäre."

„Magie mag unsere Sichtweise auf die Welt verändern, aber die Faszination des Universums bleibt." Kaspian zog eine Grimasse. „Und das ist noch dazu eine sehr laute Gruppe von Wissenschaftlern."

Nox kam mit Nolan und Slater zurück. Die drei grinsten, als sie eintraten.

„Hat wieder ein neuer Sternenanbeter angerufen?", fragte Nolan.

Kaspian rollte mit den Augen. „Wisst ihr was? Die zukünftigen Anrufe dürft ihr drei übernehmen. Wir werden ja sehen, wie sehr es euch gefallen wird, über Mondfinsternisse und den Mondkalender belehrt zu werden."

„Ich kann mit ihnen reden", bot Nyx an.

„Das würde die Sache wahrscheinlich nur noch schlimmer machen", räumte Kaspian ein. „Und es handelt sich nicht nur um Astronomen, sondern auch um die Berater von verschiedenen Häusern."

Ich nickte. „Ich habe die Nachrichten, die du mir weitergeschickt hast, durchgesehen, und ich habe mit ein paar von den Absendern persönlich gesprochen." Wie zum

Beispiel mit Volker und Elias, sowie auch mit Kieran, während er hier war. „Aber erzähl mir mehr von dem, was Klas gesagt hat."

Ich hatte Kaspian alle Belange übernehmen lassen, was sich irgendwie wie ein endgültiges Loslösen angefühlt hatte.

Oder wie eine kuriose Abschlussfeier.

Denn ich hatte mich selbst nicht daran beteiligt. Ich hatte Kaspian einfach alles so erledigen lassen, wie es ein König tun würde.

Slater und Nolan setzten sich auf die Couch mir gegenüber. Ihr Gesichtsausdruck war ernüchternd.

Als sich Nox wieder hinter Kaspian stellte, brachte mich der Symbolgehalt seiner Körperhaltung auf den Gedanken, dass das Phantom sich eventuell um eine Art Beschützerrolle bemühte. Er schien sich um Kaspian zu kümmern, was mich freute. Denn ich würde bald nicht mehr hier sein können, um meinen alten Freund zu unterstützen.

„Nun, wie ich schon sagte: Er hat zugegeben, dass es der Zweck seines ‚Plan B' gewesen war, sich selbst an dich zu binden. So konnte er sein eigenes Leben retten, ohne sich um die anderen zu kümmern, die ihm geholfen haben. Die meisten von ihnen sind mit ihm aus Dublin gekommen. Die anderen gehörten zu Paxtons Familie aus Irland, was auch ein Grund war, warum er uns betrogen hat."

Ja, Kaspian hatte mir diesbezüglich eine Nachricht geschickt. Er hatte sich selbst Vorwürfe gemacht, dass er es nicht bemerkt hatte, aber ich hatte ihm gesagt, dass es nicht seine Schuld war, dass Paxton seine Unzufriedenheit nicht zum Ausdruck gebracht hatte.

Leider jedoch … „Das alles zeigt mir, dass einige Mitglieder unseres Hauses nicht darüber erfreut sind, dass ich für die Bildung des Hauses von Tod und Diamanten gestimmt habe."

„Ja. Daran arbeite ich noch mit Niamh. Wir werden zu allen Betroffenen Berater schicken und dem Entscheidungsprozess einen persönlichen Anstrich geben."

Ich nickte. „Das hätte ich von Anfang an tun sollen."

„Nicht jeder schafft es, einen Gebietswechsel so über die Bühne zu bringen, wie ihr, Kieran und du, es gemacht habt. Du hast angeboten, die Kosten für die Übersiedelung für jeden, der in das Gebiet von Gold und Granat ziehen möchte, zu decken. Und du hast ihnen auch angeboten zu bleiben."

„Das stimmt, aber es scheint, dass ich mich mit meinen Wählern mehr hätte treffen sollen, um ihre Anliegen besser zu verstehen. Das hätte vieles verhindern können."

„Ja und nein", antwortete Kaspian. „Vielleicht hätte es Klas aufgehalten, aber ich denke, dass er eine tickende Zeitbombe war, die nur darauf gewartet hat, hochzugehen."

„Er ist ein verfluchter Soziopath", murmelte Nox. „Wenn man bedenkt, was er Fallon angetan hat …"

Kaspians Kiefermuskeln zuckten. „Jetzt ist sie komplett anders."

„Wirklich?" Das klang interessant.

Er brummte etwas und verscheuchte meinen Gedanken, indem er seinen Kopf schüttelte. „Ich kümmere mich im Moment um sie. Aber ich mache mir wegen ihrer Kräfte Sorgen." Sein Blick wanderte zu Nyx, bevor er sich wieder mir zuwandte. Seine Botschaft war klar: Er machte sich Sorgen, wie die anderen Länder auf Fallons Todesmagie reagieren würden.

Noch nie zuvor hatte ich eine Hexe mit derartigen Kräften getroffen. Ich würde sie eher als Totenbeschwörerin als als Hexe bezeichnen, aber ich war mir nicht sicher, ob sie Macht über die Toten hatte oder nicht.

„Was ist mit denen, die mit Klas zusammengearbeitet haben?", fragte Slater ruhig. „Gibt es noch andere seiner Sorte?"

„Nyx hat die kleine Schar seiner Anhänger unschädlich gemacht. Unter jenen Leuten befanden sich keine Söldner. Sie waren eher Bürohengste, ähnlich wie Paxton." Bei diesem Namen knirschte Kaspian mit den Zähnen und sein Ärger war deutlich spürbar. „Niamh wird sich also zuerst auf die konzentrieren, die denselben Geschäften nachgehen."

„Ich verstehe nicht, warum sie sich über die Veränderung des Territoriums beklagen wollen: Sie hätten in ihrer Branche und in ihrem Zuhause bleiben können, nur unter der Herrschaft von Tod und Diamanten statt unter Gold und Granat", murmelte Nyx.

„Es ging ihnen um den Ruhm und den Reichtum von Gold und Granat", erklärte ihr Nolan. „Obwohl viele von uns Söldner sind, die sich Ruhm durch ehrenhaftes Verhalten verdienen, so schätzt unser Haus auch Reichtum. Und viele von diesen Geschäftsleuten besitzen profitable Unternehmen."

„Unternehmen, deren Standorte sie nicht verändern wollen", ergänzte ich. „Aber sie möchten ihren Hausnamen auch nicht verlieren."

Nolan neigte sein Kinn. „Haargenau."

„Vielleicht sollte ich dich für die Untersuchung mit Niamh zusammenspannen", sagte Kaspian.

„Du möchtest mich mit der Vernehmung betrauen?", fragte der Erzengel gedehnt und seine vielfarbigen Augen blitzten dabei auf. „Bist du dir sicher?"

Kaspian lächelte. „Klingt so, als ob du mich herausfordern wolltest."

Nolan überkreuzte seine Arme. „Eine Herausforderung, über die ich mich nicht unbedingt freuen würde. Vielleicht gibst du die Aufgabe an Slater weiter? Er liebt es, Nachforschungen anzustellen. Ich bin mir sicher, dass ihm auch Arbeit mit Papierkram Spaß macht."

Die Augen des Raben-Wandlers blitzten auf, aber er verzichtete diesmal auf eine scharfe Erwiderung, die für ihn typisch gewesen wäre. Stattdessen war er nachdenklich, wodurch sich meine Lippen nach unten bogen.

„Was ist los?", fragte ich ihn.

Seine schiefergrauen Augen blickten mich an. Der dunkle Schatten auf seinem Kinn war wieder dichter, da er sich nicht rasiert hatte. „Ich denke an die Bar in Irland und an die Hexe, die er angeheuert hat, um sie zu verwünschen."

„Er kannte den Namen der Hexe nicht", fügte Kaspian erklärend hinzu. „Es war eine Hexe, die man mieten konnte. Was er offensichtlich immer wieder gemacht hat, denn er hat auch eine Hexe angeheuert, um diesen Zaubertrank herstellen zu lassen, der Fallon den freien Willen geraubt hat."

„Ja, das kommt häufig vor; ähnlich wie bei Kieran, der Trixie angeheuert hat", murmelte Slater.

„Hast du mit ihr gesprochen?", fragte ich ihn. „Über die Bar?"

„Das habe ich noch nicht, aber ich weiß, dass sie es nicht war. Die Magie passt nicht zusammen. In jedem Fall … muss ich den Schuldigen finden, wer auch immer es gewesen ist."

Ich hatte nicht den Verdacht gehegt, dass Trixie hinter dem Angriff stecken könnte, sondern nur gedacht, dass sie eventuell nützliche Informationen beitragen würde.

Aber ich sagte nichts dazu.

Denn die Dringlichkeit in seinem Ton am Ende seiner Aussage sagte mir, dass es ihm ein besonderes Anliegen war, die verantwortliche Hexe aufzuspüren. „Warum?"

Seine Lippen verzogen sich, während er sich überlegte, wie er seine Antwort formulieren sollte. „Denn ich glaube, dass ich verwünscht wurde."

Ich wechselte einen Blick mit Kaspian. Weil dieser aber keine Reaktion zeigte, wusste ich, dass Slater ihm das bereits anvertraut hatte. *Denn Slater betrachtet Kaspian bereits als seinen neuen König.*

Mein Atem setzte einen Moment lang aus, aber dann wurde mir auch sofort wieder warm ums Herz. Denn *das* war es schließlich, was ich für mein Haus wollte: Dass sie Kaspian nicht bloß akzeptierten, sondern ihn mit offenen Armen empfingen.

Und so wie sich alle im Raum verhielten, hatte ich das Gefühl, dass sie sich mit diesem Schicksal bereits angefreundet hatten.

„In welcher Hinsicht verwünscht?", fragte Nyx. Ihre Hand lag immer noch auf meinem Oberschenkel.

Er fuhr sich mit seinen Fingern durch das kurze, schwarze Haar und atmete hörbar aus. „Drei meiner Federn haben sich weiß verfärbt. Und ich habe mich letztens nicht … normal gefühlt." Er schien über seine eigene Aussage verwirrt zu sein, so als ob er nicht genau sagen könnte, *warum* es ihm so vorkam, als wäre etwas nicht in Ordnung mit ihm. Er spürte einfach nur, dass irgendetwas nicht stimmte.

„Hat die Hexe das gemeint, als sie deine Dunkelheit erwähnt hat?", fragte Nyx. „Die von Dublin? Die gesagt hat, dass du die Zauberkraft von drei mächtigen Hexen brauchen würdest, um gesund zu werden?"

Slater blinzelte Nyx zu und seine Lippen verzogen sich nach unten. „Das habe ich ganz und gar vergessen. Ihre

Bedenken haben sich damals so banal angehört, dass ich ihre Kommentare überhaupt nicht ernst genommen habe." Er blickte zuerst mich an und wandte sich dann Kaspian zu. „Weiß einer von euch, was sie mit dreifacher Hexenmacht gemeint hat?"

Ich schüttelte meinen Kopf. „Nein, aber ich kenne mich mit den Wesen von Geist und Saphir nicht so gut aus." Dieses Haus tendierte dazu, viele Hexen bei sich aufzunehmen.

„Ich auch nicht", gab Kaspian zu. „Aber ich kann dir einen bezahlten Urlaub gewähren, wenn du dich auf die Suche machen möchtest. Ich bitte dich nur darum, dass du mir Bescheid gibst, wenn du die Hexe findest, die für die Verwünschung in Dublin verantwortlich ist."

Slater nickte. „Das versteht sich von selbst. Ich sehe es als Kopfgeldjagd."

„Gut", sagte Kaspian und wandte seine Aufmerksamkeit mir zu. „Vesperus?"

Ich betrachtete ihn lange und wurde plötzlich von Emotionen überwältigt.

Denn das war es jetzt.

Das war der Moment, den Kaspian brauchte. Der Moment, den unser *Haus* brauchte.

Das war der Moment, in dem ich offiziell anerkennen musste, dass ich nicht länger ihr König war.

Nyx drückte mein Bein. Sie hatte eindeutig meinen Gedankengang erraten – oder sie dachte, dass es in diesem Augenblick passte.

Denn es war an der Zeit.

In dem Moment, als ich aufgewacht war und erfahren hatte, dass Nyx die Position des Mondes verändert hatte, hatte ich meine Entscheidung getroffen. Ich wusste, dass wir hier nicht bleiben konnten.

Um die wackelige Balance zwischen den Häusern zu bewahren, mussten wir gehen.

Und ich würde mein Reich mit dem Wissen verlassen, dass ich die Zügel in die Hände der fähigsten Nachfolger gelegt hatte.

„Ich denke, dass das ein guter Plan ist", begann ich langsam. „König Antonik."

In einer Geste der Ehrerbietung neigte ich meinen Kopf und es wurde still im ganzen Raum.

Nach einer Minute räusperte sich Kaspian und suchte meine Augen. „Du bist immer noch mein König, Vesperus."

„Ja", stimmte ich zu. „Aber du bist nicht mehr mein Stellvertreter, Kaspian."

Er schluckte und seine dunklen Augen begannen ebenso vor Emotionen zu schimmern, was für meinen alten Freund ungewöhnlich war. Dann blinzelte er und der Glanz in seinen Augen verschwand. Schließlich neigte er seinen Kopf, um zu demonstrieren, dass er sein Schicksal akzeptiert hatte.

„Du wirst ein hervorragender König sein", versicherte ich ihm. „Danke, dass du es mir erlaubst, in dem Wissen zu gehen, dass mein Haus auch lange nach meiner Abdankung gedeihen wird."

NYX

Ich verteilte die Reste von Klas' Blut auf dem Boden und streute anschließend etwas Sternenstaub darüber.

Vesperus saß neben mir und beobachtete mich, während die Magie auch heute so vibrierte, wie sie es in den vergangenen Nächten getan hatte. Er sah zu, wie sich das Gemisch aus Blut und Gold in den Wind erhob und wie die Nacht es zum Mond hinauftrug, wo es eine letzte, heilende Schicht bildete.

Dort zeigten sich keine heißen Tränen mehr und die Vulkane hatten sich wieder beruhigt.

„Die Blutschuld ist beglichen", flüsterte ich und lächelte, als sich Energie warm und summend über mich legte. So zeigte mir der Mond seine Dankbarkeit.

Es war egal, welches Reich oder welche Realität ich besuchte. Der Mond war immer mein und in jeder Facette des Universums hatten wir eine gemeinsame Geschichte.

Egal in welcher Zeit oder an welchem Ort wir waren:

Das Eisen in seinem Inneren war mit meiner Seele verbunden.

„Möchtest du Klas immer noch töten?", fragte Vesperus zärtlich.

Ich zog es kurz in Erwägung und schüttelte meinen Kopf. „Ich möchte, dass er tot ist, aber das Töten ist keine Ehre, die ich akzeptieren kann." Das stand Fallon zu. Und sie schien nach ihren eigenen Vorstellungen an dieser Lösung zu arbeiten.

„Das habe ich auch zu Kaspian in Bezug auf Paxton gesagt", murmelte Vesperus. „Ja, er hat mich betrogen, aber am meisten hat er Kaspian getäuscht."

Ich nickte. „In gewisser Weise ist es ein Bedürfnis und eine Strafe. Man möchte sich rächen, aber die Rache auszuführen … schmerzt."

„Eben", stimmte er zu. „Kaspian wird genesen."

„Das wird er", bekräftigte ich. „Und er hat Paxton ziemlich human getötet." Indem er ihm mit dem Hausschwert von Gold und Granat den Kopf abgeschlagen hatte.

Vesperus schaute einen Augenblick lang zum Mond hinauf, bevor er meinen Blick auffing. „Ich vermute, dass Klas nicht so schnell sterben wird."

„Nein, vermutlich nicht." Denn Fallon war erzürnt. Verletzt. Und tief in ihrem Inneren … verängstigt. Der Mann hatte ihren Willen mit einem Zaubertrank gebrochen. Damit hatte er sie gezwungen, ihm zu gehorchen, ihm zu *helfen*, ihn zu verehren.

Um sie dann umzubringen, während er einen Zauber verwendete, der sie am Leben hielt.

Ich erschauderte. „Ich hoffe, sie lässt ihn leiden." *Und zwar sehr, sehr lange.*

„Ich auch", stimmte Vesperus zu, während er nun auf die Sterne blickte. „Ich wünschte, ich könnte sagen, dass du bei den anderen Häusern nun einen Gefallen gut hast, weil du den Mond geheilt hast, aber …"

„Das habe ich nicht", sagte ich und lehnte mich gegen ihn, während meine Augen seinem Blick in den nächtlichen Himmel folgten. „Ich habe ihr Vertrauen verletzt. Auch wenn sie meines nie wirklich verdient haben."

Er summte zustimmend.

Wir saßen eine Weile so da und genossen die friedliche Atmosphäre auf seiner Dachterrasse, während Sternenstaub vom Himmel auf uns herunterfiel.

„Diese Welt ist zu eingesessen", sagte ich zu ihm. Ich sprach so leise wie möglich, um die Andacht des Abends nicht zu stören. „Ich wünsche mir eine Realität wie diese, die mit Magie gefüllt ist und wo übernatürliche Wesen sich nicht vor Menschen verstecken müssen. Aber es muss eine Welt sein, die mich respektiert – die *uns* respektiert."

„Eine Welt, in der man Samenkörner der Magie sät, die akzeptiert und nicht zurückgewiesen wird", mutmaßte er.

„Ja. Eine Welt, in der mächtige Wesen existieren, die keine Furcht vor ihrem Schöpfer haben, der unter ihnen weilt."

„Und wo würden wir diese Welt finden?", fragte er und blickte mich wiederum an. „Kannst du ein neues Medaillon erschaffen, das uns dorthin bringen könnte?"

„Ich kann es versuchen", antwortete ich und meine Lippen verzogen sich. „Aber auch diese Energie wird neu sein und sie wird nicht so sein wie das Medaillon, das ich verloren habe. Was bedeutet, dass es auch einen eigenen Willen haben wird, sodass ich nicht wissen kann, in welche Realität oder in welche Zeit es uns versetzen wird."

„In welche Zeit?", wiederholte er.

„Nun, als ich mein erstes Medaillon kreiert habe, ist es

immer in verschiedene Realitäten und Zeiten gesprungen."
Ich neige meinen Kopf. „Dinosaurier haben übrigens
tatsächlich existiert. Solltest du dich das mal gefragt
haben."

Seine Augenbrauen gingen in die Höhe. „Du warst
eine Zeitreisende?"

„So in der Art", sagte ich langsam. „Es hat mich in eine
frühere Zeit versetzt, in der ich dann ein bisschen
herumgewandert bin. Dann bin ich eingeschlafen … und
wieder in der Gegenwart aufgewacht. Also hat es sich
selbst korrigiert, aber nicht augenblicklich."

„Verstehe." Seine silberschwarzen Augen flackerten.
„Das klingt gefährlich."

„Schöpfungsmagie birgt immer Gefahren", murmelte
ich und zuckte mit den Schultern. „Du kannst etwas mit
guten Absichten erschaffen, aber du kannst nicht
kontrollieren, was es dann tatsächlich tut."

Er dachte einen Augenblick darüber nach. „Bis zu
einem gewissen Grad verstehe ich das. Es ist so wie beim
Regieren: Du kannst den Leuten deinen Rat geben, aber
das bedeutet nicht, dass sie auf dich hören oder deine
Vorschläge annehmen."

„Ja, ganz genau. Schöpfungsmagie funktioniert genau
so. Nur weil ich etwas herbeiwünsche, heißt das nicht, dass
es dann genau das tut, was ich möchte. So wie der Elf, den
sich die Ladenbesitzerin gewünscht hat. Wenn er überlebt
hätte, wer weiß schon, was er alles angestellt hätte? Sie hat
sich nur gewünscht, dass er existiert. Den Rest hätte er
entschieden."

„Ziemlich enttäuschend eigentlich, dass Raymond ihn
getötet hat."

„Ja und nein. Ja, weil es die Kreatur nicht verdient
hatte zu sterben. Nein, denn ich glaube nicht, dass diese
Welt den Elfen als meine Schöpfung akzeptiert hätte." Was

genau der Grund dafür war, warum ich weg musste. Diese Realität würde es mir nicht erlauben, ich selbst zu sein.

Und sie würde es Vesperus auch nicht erlauben, sich zu entfalten.

Offiziell hatten wir noch nicht über die Entscheidung diskutiert, ob wir uns in ein neues Reich aufmachen sollten. Wir waren beide irgendwie unabhängig voneinander zu demselben Schluss gekommen.

Was das ganze noch viel stärker machte. Denn wir würden nicht füreinander gehen – wir würden *mit*einander gehen. Das war ein wichtiger Unterschied, zumindest für mich.

Ich wollte, dass Vesperus an meiner Seite war, weil er dort sein wollte, nicht aufgrund eines Schicksalsgefährten-Zaubers oder aufgrund der Tatsache, dass es uns bestimmt war, für immer aneinander gebunden zu sein. Sondern weil er tatsächlich *mich* begehrte.

Und das tat er auch.

Und ich konnte es in seinen Gedanken hören, in seinen Berührungen spüren und in seinen Augen sehen.

„Als mein Medaillon mich hierher gebracht hat, fand ich die Magie hier bezaubernd", vertraute ich ihm zärtlich an. „Ich habe gedacht, dass diese Welt vielleicht mein neues Zuhause werden könnte. Aber nun bemerke ich, dass es nie darum ging, einen Ort zu finden, an dem ich leben wollte. Es ging darum, die andere Hälfte meiner Seele zu treffen."

Das war es gewesen, was mich immer wieder dazu getrieben hatte, neue Reiche und Realitäten zu erkunden – meine Seele hatte sich nach ihrem Gefährten gesehnt.

Ich hatte nicht bemerkt, wie leer ich mich bisher gefühlt hatte.

Ich war tausende Jahre durch die Welt gezogen, hatte vorübergehende Affären und kurze Freundschaften genossen. Aber nichts hatte mich so sehr erfüllt ... wie Vesperus.

Ich schaute ihn an und fühlte mich einfach komplett. Als hätte ich einen neuen Sinn gefunden. Einen Weg, um aufzublühen und zu leben. Einen Daseinszweck.

„Mein Medaillon hat keine Spielchen mit mir gespielt. Es hat nach einem neuen Lebenssinn gesucht. Denn es wusste, dass ich in diesem Reich finden würde, wonach ich gesucht hatte. Also hat es mich hier zurückgelassen, um einen anderen gebrochenen Geist zu finden, der geheilt werden wollte, indem er meine unvollständige Seele ganz machte. Mit dir."

Vesperus' silberne Augen glänzten. „Dann denke ich, dass wir gemeinsam ein neues Medaillon erschaffen müssen. Eines, das auf unsere vereinten Seelen reagiert und uns in ein Reich bringt, in dem wir uns ein neues Zuhause aufbauen können. Gemeinsam."

„Ja", stimmte ich zu. Dabei öffnete ich meine Handfläche, um den Sternenstaub, der vom Himmel fiel, aufzufangen. „Ein Medaillon, das uns in eine neue Realität bringt, wo wir den Samen für unsere eigene Magie säen können."

„Ja", wiederholte er. „Eine Realität, in der du als Göttin regierst und ich dich als dein erwählter König anbete."

„Nur wenn die Anbetung auch gegenseitig ist", sagte ich zu ihm. „Ich lecke dich allzu gern."

Seine Lippen verzogen sich. „Du kannst mich ablecken, wann immer du willst, Nyx, Göttin der Nacht."

„Und du kannst mich lecken, wann immer du willst, Vesperus, König der Nacht."

„Mmm", summte er. „Ein neuer Titel."

„Ja. Er schien angemessen."

„Vielleicht. Aber eine schöne Frau hat mir einst gesagt,

dass Titel nicht viel zu bedeuten haben. Und dass sie auch darin versagen, die wahre Macht zum Ausdruck zu bringen."

„Sie hört sich wie eine brillante Göttin an", antwortete ich lächelnd. „Eine, von der du möglicherweise einen Titel akzeptieren solltest, denn es scheint, als würde sie so einen nicht besonders oft vergeben."

„Wie wahr", stimmte er zu. Dabei schlang er seinen Arm um meinen Rücken, während er seinen Fokus auf meine Handfläche richtete. „Also, Gottheit. Bist du bereit, uns eine neue Zukunft zu erschaffen?"

„Das bin ich", flüsterte ich, während sich in meiner Hand bereits ein neues Medaillon bildete. „Haben wir uns von diesem Reich gehörig verabschiedet?"

„Das haben wir", bestätigte ich. „Kaspian ist bereit. Cara und Larus werden seine Stellvertreter sein. Das Haus ist über die Machtübernahme informiert worden. Und die anderen Monarchen werden bald von unserem Verschwinden hören."

„Ohne eine Spur zu hinterlassen." Denn das war die einzige Möglichkeit, die Sicherheit für Gold und Granat zu gewährleisten. Wir würden nicht länger mit dem Haus oder dieser Welt in Verbindung gebracht werden. Wenn wir es anders machen würden, würde das Gleichgewicht kippen und es würde Unfrieden unter den Häusern geben.

Wir gingen weg, um das zu vermeiden.

Und um die Sicherheit von Gold und Granat zu bewahren.

Um Freude in unserer eignen Welt zu finden – in einer Welt, in der wir frei leben konnten. Gemeinsam. Für immer.

Ich würde die Freunde vermissen, die ich hier gefunden hatte. Insbesondere Cara. Aber für eine Unsterbliche war das Leben lang. Sie würde weiterleben, so wie ich weiterleben würde. In jedem Fall würde ich die Erinnerungen an sie für immer in meinem Herzen bewahren.

Ebenso an Fallon. Auch wenn wir nur wenig Zeit miteinander verbracht hatten, so hatte uns meine Magie doch zusammengebracht. Ich würde sie nie vergessen.

Keinen von ihnen würde ich jemals vergessen.

Ich spürte ein leichtes Gewicht in meiner Handfläche, als sich das Medaillon gänzlich ausformte.

Ich starrte in Vesperus' Augen. Ich liebte den Glanz seiner silbernen Iriden im Mondlicht. „Bist du bereit, König?"

„Das bin ich, Göttin", bekräftigte er.

Ich lächelte. „Dann machen wir uns auf Erkundungstour."

Das Medaillon erwachte summend zum Leben. Die Welt rund um uns schmolz dahin und ließ nur unsere Erinnerungen zurück, während uns die Magie in eine neue Realität versetzte.

In der wir unsere eigene Zukunft erschaffen würden.

Gemeinsam.

Mit Magie.

EPILOG

NYX

EINIGE JAHRE SPÄTER

„ERZÄHL MIR DEINEN TRAUM VON EINER PERFEKTEN Welt", flüsterte Vesperus in mein Ohr. „Vielleicht kann ich dir alle deine Wünsche erfüllen."

Ich kicherte und kuschelte mich an ihn. Nach einem zu langen Schlaf schmerzten meine Gliedmaßen. „Ich wünsche mir eine Welt in einem aktuelleren Zeitalter", antwortete ich in Bezug auf unser Spiel. Denn wir hatten die vergangenen paar Jahre in verschiedenen Reichen der Antike verbracht.

Unser Medaillon wollte uns offensichtlich am Anfang der Zeit beginnen lassen.

Wahrscheinlich mit dem Ziel, Keime von Magie bereits in einer antiken Kultur zu säen, statt sie erst später höher entwickelten Menschen zu bringen.

Wir hatten uns schließlich gefügt und zwanzig

Sterbliche ausgewählt, die wir mit der Magie des Sternenstaubs beglückt hatten. Nun warteten wir darauf, was sie damit anstellen würden. Wie sie sich entwickeln würden. Was aus ihnen werden würde.

Wahrscheinlich Vampire, wenn man Vesperus' Erbe bedachte. Wolf-Wandler konnten sie – aufgrund meiner Verbindung zum Mond – ebenso werden.

Und vielleicht schicksalshafte Gefährten.

Aber mit der Möglichkeit, frei zu wählen.

Vesperus und ich hatten beide gespürt, dass das für jeden Sterblichen wichtig sein würde, der plötzlich unsterblich wurde: Dass er oder sie eine Möglichkeit haben sollte, sich mit seiner schicksalshaften, anderen Hälfte zu vereinigen.

„Hmm, eine gegenwärtige Zeitspanne", grübelte er. „Was sonst noch, Gottheit? Was kann ich sonst noch für dich tun?"

„Eine Welt voll von Magie", sagte ich und schaute in seine eklipsenhaften Augen. Das Schwarz hatte das Silber wieder übertüncht, was mir sagte, dass er genügend Mond-Magie aufgenommen hatte.

Ich drückte mich an ihn. Meine Zunge fuhr seinen Hals entlang nach oben, wobei ich seinen süßen Geschmack genoss.

„Eine Welt, in der ich dich immer ablecken kann: Wann ich will und wo ich will", fügte ich hinzu und schwang mein Bein über ihn, um mich rittlings auf ihn zu setzen. „Eine Welt, in der du mir gehörst, in der ich dich reiten kann. In der ich dir dienen kann. In der du einfach *mein* bist."

Mit Leichtigkeit glitt er mit seinem harten und gierigen Schwanz in mich.

„Sonst noch etwas?", fragte er. Sein Blick wurde immer dunkler, als ich mich zu bewegen begann.

Nicht schnell.

Nur ganz leicht.

Ich genoss ihn. Liebte ihn. Schwelgte in ihm.

Dann legte ich meine Hand auf seine Brust und setzte mich auf. „Eine Welt, die uns respektiert. Eine Welt, die uns versteht. Eine Welt mit einer heißen Quelle, die uns gehört."

Seine Lippen verzogen sich, als er nach oben stieß und seine Handfläche um meinen Nacken legte. „In dieser Reihenfolge, Göttin? Respekt, Verständnis und eine heiße Quelle?"

Ich schlang meine Beine um ihn herum, sodass wir einander näher waren und er tiefer in mich eindringen konnte. „Ich vermisse den Pool auf deiner Dachterrasse."

„Ich auch", stimmte er zu, während er heftiger in mich stieß. „Vielleicht können wir uns einen neuen bauen?"

Ich lächelte. „Ja, wenn die Wirklichkeit uns einholt."

Er knabberte an meiner Unterlippe. „Hmm, ist das ein weiterer deiner Wünsche, meine süße Göttin?"

„Ja", flüsterte ich. „Aber ich glaube, dass ich das schon erwähnt habe."

„Das hast du", bestätigte er und legte seinen Arm um meinen Rücken. „Was wünschst du sonst noch, Göttin?"

„Jetzt?", hauchte ich. Meine Hüften bewegten sich heftiger. „Befriedigung. Und ich will die Sterne sehen. Und mit dem Mond tanzen."

Er gluckste, wobei er raue und tiefe Laute produzierte. „Befriedigung", wiederholte er und fuhr mit einer Hand nach unten, um über meine Klitoris zu streicheln. „Befriedigung kann ich dir bieten. Aber ich glaube, dass es einen Grund dafür gibt, warum du so gierig aufgewacht bist. Voll des Lebens. Bereit zu explodieren."

Ich summte. „Denn ich bin neben dir aufgewacht, mein König." Er setzte permanent mein Blut in Flammen und machte mich zu jeder Tageszeit hungrig auf ihn. „Du bist mein Lieblingsdessert."

„Und du bist mein Lieblingsfrühstück", erwiderte er. „Du bist voll zitroniger Süße, und ich liebe es, dich gleich in der Früh zu trinken."

„Dann fick mich zuerst und leck mich dann sauber", forderte ich ihn auf.

„Das klingt nach einem Befehl, Göttin."

„Weil es einer ist, König."

Er wirbelte uns so sehr herum, dass mein Rücken auf die Matratze schlug. Er packte meine Hände und platzierte sie über meinem Kopf, während er begann, mir seine Macht zu zeigen.

Ich drückte mich ihm entgegen und verlor mich in seiner Berührung, in seiner Existenz und seiner *Magie*. Ich konnte sie überall spüren. Sie übermannte mich innerlich, brachte mein Blut zum Brodeln und ertränkte mich in einem Meer von verführerischem Zauber.

Es erinnerte mich beinahe an sein Heimatreich, dessen Energie berauschend gewesen war und tausende Erinnerungen hervorrief.

Ich kratzte mit meinen Nägeln über seinen Rücken. Ich brauchte mehr. Ich musste in der Größe seiner Macht ertrinken und in den Freuden seiner Existenz schwelgen.

„Vesperus", keuchte ich unter ihm.

Ich war mir nicht sicher, wie er das anstellte, aber ich fühlte mich lebendiger als jemals zuvor; als hätte er etwas getan, das mich noch kompletter als zuvor machte.

„Schrei für mich, Göttin", forderte er. „Lass sie alle ihre Königin hören."

Mein Blut pulsierte bei der Macht seiner Worte und der Mond badete uns beide in unendlich viel Sternenstaub und Energie. *Ich bin nah dran*, sagte ich zu ihm. *Oh, Sterne, ich bin so nah dran.*

Und es fühlte sich phänomenal an.

Als ob ich direkt in den Himmel rauschen und in tausend Lichtern explodieren und mich zum Mond gesellen würde.

So intensiv. So schön. So wir.

In einem Ausbruch von heißer Lava, die durch meine Adern schoss und meinen Unterleib mit einer exquisiten Qual der Lust verkrampfen ließ, schrie ich auf.

Vesperus kam gleich nach mir. Dabei lag sein Mund heiß auf meinem, als mich sein Samen von innen erhitzte.

Er ließ meine Hände los, nahm meine Wangen in seine Hände und wischte mit seinen Daumen die Tränen weg, die ich auf wundersame Weise vergossen hatte. Denn das … war… *überwältigend* gewesen.

„Wie …?", hauchte ich und betrachtete seine Gesichtszüge. Er hatte mich schon auf tausend verschiedene Arten gefickt und mich dabei zu intensiven und vollkommenen Höhepunkten gebracht, aber das soeben war anders gewesen. Ich fühlte mich neu. Von Leben erfüllt. *Voll Vitalität.*

„Spürst du es nicht?", flüsterte er. Er wiegte seinen Körper langsam in Einklang mit meinem, als wir die flacheren Nachwellen abritten. „Fühlst du die Magie nicht?"

Ich schluckte und nickte. „Doch. Hast du eine neue Fähigkeit erworben?"

Er schüttelte seinen Kopf. „Nein, Nyx. Ich habe dir nur dabei geholfen, dass du deine Wünsche in die Realität umsetzen kannst."

Meine Augen suchten seine. „Meine Wünsche?" „Meine …?" Ich verstummte, als es mir endlich zu dämmern begann. „Meine Welt …"

Seine Lippen, die noch an meinen hingen, verzogen sich. „Deine Welt."

Ich packte ihn an den Schultern. „Hat uns unsere Zeit eingeholt?"

„Unsere Wirklichkeit hat uns eingeholt", wiederholte ich im Echo. „Und deine Magie floriert definitiv."

„Hast du dich allein auf die Suche gemacht?", fragte ich und konnte nicht verbergen, dass ich verletzt war.

„Nein, Göttin. Ich kann es nur spüren. Du nicht?"

Der goldene Sternenstaub schimmerte auf meiner Haut. Er bestätigte seine Behauptung und flüsterte mir etwas über meine neue Realität zu. *Es ist Zeit*, sagte mein Medaillon. *Es ist an der Zeit zu sehen, was du erschaffen hast, Gottheit.*

„Ich spüre es", flüsterte ich und sperrte meine Augen immer weiter auf. „Das haben wir gemacht."

„Das haben wir gemacht", wiederholte er und lächelte mich an. „Bist du bereit?"

„Ich bin bereit", hauchte ich.

„Dann machen wir uns auf, unsere Utopie zu erkunden …"

―――

Sind Sie neugierig, welche *Utopie* Nyx und Vesperus erschaffen haben? Dann lesen Sie in der *Serie Blutallianz* darüber nach. Aber seien Sie gewarnt: In dieser Welt herrschen nicht nur Sonnenschein und eitle Wonne. Sie ist dunkel und tödlich und die Menschen besitzen keine Magie. Sie sind wie Vieh.

Lust auf mehr von der Welt der unvergänglichen Triebe und Tugenden? Dann gehen Sie unten auf die anderen Co-Autoren:
Verstoße mich von Kel Carpenter und Aurelia Jane

Es gab eine Zeit, in der die Menschheit über die Welt herrschte,
während Vampire und Lykaner im Verborgenen lebten.
Das ist nicht länger der Fall.

Juliet

Es ist mein Schicksal zu gehorchen, meinen Körper und
mein Blut einem Vampir zu geben, bis er nicht länger
Verwendung für mich hat.

Es gibt kein Entkommen.
Keinen Ort, an den ich fliehen könnte.
Befolge die Regeln oder stirb.
Ich möchte nicht sterben.

Darius

Zweiundzwanzig Jahre der Konditionierung haben das
perfekte Gift kreiert – eine Waffe, die meine Feinde nicht
kommen sehen werden. Ich werde sie brechen, sie

trainieren und mit ihrer Hilfe alle vernichten, die sich mir in den Weg stellen.

Sie ist verführerisch.
Sie ist perfekt.
Und sie gehört mir.

Willkommen in der Zukunft, wo die stärkere Blutlinie die Regeln macht.
Weiterlesen auf eigene Gefahr.

USA Today Bestsellerautorin Lexi C. Foss ist eine Schriftstellerin, verloren in der Welt der Computer. Sie lebt in Chapel Hill, North Carolina mit ihrem Mann und ihren haarigen Gesellen. Wenn sie nicht gerade schreibt, ist sie mit Sicherheit auf Reisen. Viele der Orte, die sie schon besucht hat, lassen sich in ihren Büchern wiederfinden, einschließlich der mystischen Welt von Hydria, die auf der griechischen Insel Hydra basiert.

Lexi ist ein bisschen verschroben, trinkt viel zu viel Kaffee und schwimmt gern.

Würden Sie gern über Neuerscheinungen informiert werden? Dann tragen Sie sich für ihren Newsletter ein: https://www.lexicfoss.com/deutschen-newsletter

Besuchen Sie Lexi im Netz!
https://www.lexicfoss.com/aktuell

E-Mail: lexicfoss@gmail.com

BÜCHER VON LEXI C. FOSS

Königin der Elemente:

Buch Eins

Buch Zwei

Buch Drei

Königin der Elementefeen: Die nächste Generation

Eigenständige Fee-Romane

Königin der Winterfeen

Unsterblich verflucht:

Blood Laws – Blutgesetze (Buch 1)

Forbidden Bonds – Unsterblich entfesselt (Buch 2)

Blood Heart – Blutige Unschuld (Buch 3)

Blood Bonds – Unsterblich geboren (Buch 4)

Angel Bonds – Himmlische Bande (Buch 5)

Blood Seeker – Die Fährte des Blutes (Buch 6)

Blood Burden – Himmlische Bürde (Buch 7)

Wicked Bonds - Himmlisch verrucht (Buch 8)

Blood King - Herrscher des Blutes (Buch 9)

Eigenständiger paranormaler Liebesroman

Rotanev – Eine Poseidon-Erzählung

Carnage Island: Wolfsklauen und verbotene Bisse

**Und auch die folgenden Bücher von Lexi C. Foss
werden in Kürze auf Deutsch erhältlich sein:**

Auferstanden aus der Dunkelheit:

Daughter of Death – Die Tochter und der Tod (Buch 1)

www.ingramcontent.com/pod-product-compliance
Lightning Source LLC
Chambersburg PA
CBHW031210260626
47169CB00013B/171